普通高等教育"十二五"规划教材

中外人文名作导读

主 编 杨 方
副主编 吴群英

科学出版社
北 京

内 容 简 介

本书共6篇,其内在逻辑是:以第一篇"敬重自然"确立以自然为本的理念来应对现代工业化文明过度的扩张;再以第二篇"热爱生活"作为大学生人文修养的基石;继以第三篇"选择人生"的多元态度与方法引导学生正确地选择人生,力争度过有价值的一生;无可置疑的是人生的选择、人的认识首先是感性先行的,所以有第四篇"观照人性";而人能够为万物之灵长,是人在感性之外还拥有理性的能力,于是有第五篇"反思理性";在既张扬理性的价值,又清醒地认识到理性的局限的基础上,最终回归到第六篇"感恩境界",感恩地生活正是当代大学生人文修养要求的最高境界之一。

本书可作为高等院校素质教育类课程教材,也可供有兴趣的读者参考。

图书在版编目(CIP)数据

中外人文名作导读/杨方主编. —北京:科学出版社,2012

普通高等教育"十二五"规划教材

ISBN 978-7-03-036013-7

Ⅰ.①中… Ⅱ.①杨… Ⅲ.①世界文学-文学欣赏-高等学校-教材 Ⅳ.①I 106

中国版本图书馆 CIP 数据核字(2012)第 272044 号

责任编辑:石 悦/责任校对:李 影
责任印制:阎 磊/封面设计:华路天然工作室

科学出版社 出版
北京东黄城根北街16号
邮政编码:100717
http://www.sciencep.com

保定市中画美凯印刷有限公司 印刷
科学出版社发行 各地新华书店经销

*

2012年12月第 一 版　开本:787×1092 1/16
2020年 8 月第十二次印刷　印张:18 3/4
字数:384 000

定价:49.00元

(如有印装质量问题,我社负责调换)

前　言

　　目前我国跨入了推进文化建设的新时期，中央从战略高度深刻认识文化的重要地位和作用，在党的十八大报告中明确提出："全面建成小康社会，实现中华民族伟大复兴，必须推动社会主义文化大发展大繁荣。"从而把文化建设推向了一个新高度。在此新形势下，高职院校作为高等教育的组成部分，应该发挥其文化传承与创新的教育职能，并以人文素质教育作为文化教育的重要抓手。学者们从不同角度论证了，高等教育的精华正在于深厚的人文精神、博大的"包容性"及批判性的思想；其人文素质教育体现的正是对人类对民族的关注和责任，以及爱与生命意义在人生中的崇高地位等。人文素质教育可以提升学生的道德素质、文化素质、业务素质与身心素质；而目前几乎占据高等教育半壁江山的高职院校教育目标过于突出专业性和知识性，而忽视与弱化了人文素质教育。当然刻意去谈高职院校人文教育的缺失似乎意义不大，真正需要的是用实际行动去补救这种缺失。

　　首先应该明确的是人文教育的渊源：人文主义教育在希腊时代就有萌芽，其发扬光大是在伟大的文艺复兴运动期间，文艺复兴运动的思想核心就是人文主义，其人文主义教育理想是对中世纪教育的反叛与改革，因为中世纪欧洲的教育片面强调神学权威，轻视自然，否定人的价值；所以文艺复兴时期的人文主义教育理想追求的是人性的解放和人格的完善，以及人生价值的实现。其后 18 世纪时孟德斯鸠、卢梭、伏尔泰、狄德罗等思想家发起启蒙运动，启蒙运动作为人文主义思想的完善期，其宗旨是对人理性的重视，对传统权威束缚的反抗，在教育主张上也尊重人的价值，尤其是尊重人作为精神存在的价值。可是现代资本主义国家在发展阶段随着经济的发展与职业教育的兴盛，过分强调实科技艺，而一度忽视了人文主义教育，使高技能人才的文化素质普遍下降，制约了社会与经济的进一步发展；所以 20 世纪 40 年代从美国兴起一种思潮，强调通才教育（即文雅教育），即普通教育与职业教育并重，这样就为社会提供具有多方面能力并具备一定文化素质的高技能人才。当然，文艺复兴时期与启蒙运动时期的人文主义教育代表的是新兴资产阶级的利益，其培养教育的对象并非指所有国民，而只指向新兴的资产阶级。后来随着资本主义生产和经济的发展，一度因为片面追求利润，又忽视了人的全面与和谐发展，所以伟大的无产阶级思想家马克思提出了"个性全面发展"的口号，主张在大工业社会中应该人人都获得受教育的权利,并通过教育使人在德、智、体、美、劳各方面都得到发展,由此可见马克思提出的"个性全面发展"正是人文教育的真谛所在。

纵观世界教育发展的历史,凡是坚持"全面发展"方针并重视人文教育的,教育就能获得成功。如文艺复兴时期教育的方针就迥异于以往,注重教育与生活的结合,追求实用知识,提倡实科教育,这样全面发展的人文主义教育既推动了自然科学的发展,也促进了英国产业革命的完成和德国职业教育的勃兴。由此我们还可以推断,教育目标的定位不应只根据社会的需要,或单纯只考虑人的因素,要全面考察与综合协调;因为单纯强调一方面,忽视或否定其他方面不能算做全面发展的教育,更不可能是成功的教育。比如现代职业教育过分强调专业技能,因此是不完整的教育;而另一方面,单纯强调陶冶人性和完善人格,忽视教育的社会作用、脱离实际生活的教育也是没有生命力的,如文艺复兴后期的人文主义教育过分强调古典语言的训练,培养的只能是会读书的学究,对社会对己都无益。因此,从本质上说,高职院校教育的定位应该是一种全面发展的教育,即强调重视知识的传授和技能的培养,但不单纯强调技能而放弃文化知识教育;同时既强调基于职业能力的职业教育,使教与学和生产实践、行业需求紧密结合,又强调人文素质教育,所以高职院校加强人文素质教育的目标是使培养出来的高技能人才比文艺复兴人文主义教育理想中的形象更健康、更适应社会与经济发展的需要,也就是培养马克思所倡导的真正得到全面发展的人。

从高职教育的定位是追求人的更全面发展出发,我们探讨实践层面高职院校提升人文素质教育质量的途径,这应该是多方面的,如直接增设人文素质教育课程、强化校园文化建设、在专业教育中融合人文素质教育等,其中强化人文素质教育的重要途径之一是发挥与拓展大学语文课作为人文素质教育载体的作用。因为人文素质教育的一个主要层面是人文学科的教育,人文学科一般指研究社会现象和文化艺术的学科,包括政治学、哲学、文学、理论学、语言学等。所以文学作为人文学科之一,其教育目的本身就包含着人文知识的传授,所以高职院校以大学语文课作为强化人文素质教育的重要载体就具备了理论上的可能性,而以文学作为人文教育的重镇在我国也是有历史渊源的:清末的大学专门设有经科,蔡元培主持的新教育废除经科即儒家经典课程的设置,将其并于哲学与文学之中;蔡先生不是反对学生阅读与学习儒家经典,而是将国文分为两种,他在《论国文的趋势及国文与外国语及科学的关系》中说:"国文分两种:一种实用文,在没有开化的时候,因生活上的必要发生的;一种美术文,没有生活上的必要,可是文明时候不能不有的。"他在《国文之将来》中又说:实用文即应用文,主要是用作记载和说明,是为了让别人看明白,所以应该用白话文来写;至于古典经文之美"在乎支配均齐,节奏调适",是全面发展的教育必须具备的,所以放在文学与哲学中对学生进行相关人文教育,这意味着我国现代大学建立之初就以文学教育作为文化传承与人文教育的重要载体。今天的有识之士同样指出,推进人文素质教育应该把加强文学教育作为重点,张志公先生就认为,文学教育是进行人文素质教育的重要途径与方法:诗、词、文、赋、小说、戏曲中的经典作品既具有文学审美的核心内涵,又具备人文的、道德的教育的延伸性,能够让学生在赏心悦目的阅读中体悟人生、社会与世界,在感悟大自然、人生与世界奥妙的同时,理解与思考人文的内涵与精华;所以凭借文学教育促进人文教育具有极强的可操作性与实践意义。

　　人文教育与文学教育的对接首先对教师提出了相应的挑战与更高的要求:人文教育的教师在教学理念上应该将文学作品提升到文化传承、人文载体的层面,同时认识到传播人文理念是文学教育的最高境界之一,因为对接人文精神的文学教育可以超越学科、生活的范围,进入一个人乃至一个民族的精神世界,能够深深地影响生命和灵魂的进化。通过对接人文精神的文学教育,可以为学生的精神家园高屋建瓴;可以让学生自尊与自信地走过日后的每一个人生驿站!对接文学教育的人文教育也对教师的个人素质提出了更高的要求,它要求授课者古今中外广泛涉猎,文、史、哲兼容贯通;所以作为学习活动的组织者和引导者的大学人文教师应该适应人文教育的需要,更新观念,继续学习,不断提升自身文学与人文的素养,并抓住机遇,迎难而上,充分发挥自身的优势和特长,形成人文教育中贯通文学教育的教学特色。

　　其次,人文教育与文学教育对接的魅力不仅在于挖掘了文学本身蕴含的人文理念,更在于教学成为了师生共同的生命主场。因为人文就是人类文化中的先进价值观及其规范,可以说是集中体现了重视人的文化;所以教师不仅要精心钻研教材与认真备课,更要在理念与行为上率先做到符合人文的价值观与规范,即以学生为主体,充分突出对学生的重视,也就是注重让学生平等地参与教学,在与学生平等对话的合作互动中,让学生活动充分,与学生共同合奏协调优美的旋律。只有多维互动的课堂教学体系,研究式、启发式、讨论式、跨学科的专题式等科学的教学方法,才能充分激活课堂,让学生的兴趣飞扬起来,由被动接受进入主动学习状态;才能使对接文学教育的人文教育建立在尊重学生主体地位、充分显示学生个性与价值的基础之上。

　　再次,人文教育对接文学教育的目的不只是传播人文或者文学的知识,而要注重使人文或者文学的知识内化为学生的人文精神。人文精神是在人文知识基础之上形成的精神成果,它内在于主体、蕴含于人的内心世界。人文知识可以相对容易地从课堂中获取;人文精神的获得一定要经过学生自身对人文知识的内化,才能转变为学生的人文素养,转变为学生的意识、思想、情感乃至行动。所以人文教育应该采取多种多样的教学方法,引导学生把人文或者文学知识内化为人文精神,这样也真正体现了人文素质课程传授的人文知识的价值。

最后,人文教育的最终目的是促进学生"精神成人"。夏中义曾经提出过"精神成人"的概念,夏中义先生所说的"精神成人"的鉴别尺度之一,是看学生在学习之余,能否认真且持续地追问"如何做人"这一终极命题,以及在何种价值水平上思索乃至践履此命题。所以语文知识的学习应该与学生的"精神成人"紧密联系起来,如讲授苏轼、辛弃疾的诗词时,应该指导学生熟读《人间词话》第四十五则:"读东坡、稼轩词,须观其雅量高致,有伯夷、柳下惠之风。白石虽似蝉蜕尘埃,然终不免局促辕下。"王国维意谓苏轼、辛弃疾词的最关键之处不在语言文字的技巧;更重要的是两者内在的高致,以及其高风亮节的君子之风。所以学文科,第一是学做人,因为文如其人,只有培养了浩浩荡荡,如日之东升、海之潮回的浩然正气,才能下笔如有神。其实人文教育的最终目的就是使学生初具"独立精神、自由思想"之资质,在对世界的认识、对人生的态度这种最根本的问题上能够自己做主,同时去追问人生到底有什么价值、意义与终极的根据,逐渐实现"精神成人"。这样的对接人文教育的文学教育,可以引领学生飞翔在精神的天空:"人应该诗意的栖居在大地上。"也可以使学生通过适当的自省、反思调整自己,以得体的形式展现自己,进而用自己的灵魂去安排自己的人生。

通过文学教育促进人文教育也符合当下高职学生学习的特点、能力与兴趣,文学教育虽有培养高职学生"精神成人"不可或缺的人文精神的教育目的,但不是用纯理论来普及人文价值,而是通过赏心悦目的文学阅读使人文知识与理念走近高职学生,因为高职院校的学生大多数通过理论、公式等非常抽象的媒介来接受知识较慢,但对具体的感性的知识或者与自己生活经验有联系的东西领悟很快、兴趣较高,所以文学教育与人文教育的对接吻合了高职学生的特点、阅读能力与阅读兴趣。我们作为编者,立足高职语文教育的实践,并结合人文教育的培养目标,对高职高专人文教育教材的编写进行了积极与有效的探索与实践,精选了中外文学经典作品,编写了这本人文素质教材,希望本书能够吻合高职学生的特点、阅读能力与阅读兴趣,促进学生的人文素质的养成。诚如教育部高等学校文化素质教育指导委员会的主任委员杨叔子院士说过的:"人文教育是根本的、长远的事业,加强人文教育、文化素质教育不应该问有什么用。文化素质教育'随风潜入夜,润物细无声',不可能立竿见影,但在未来就能看到巨大效果。我们现在进行文化素质教育,几十年后人们就会感激我们。"因此对接人文素质教育的文学教育可以因此而超越学科的范畴,深深地影响学生灵魂的进步和精神境界的升华。

前 言

本书不仅以中外文学经典为主,通过文学文本的赏析来探讨人生意义和价值等人文问题;而且编入了一些通俗易懂的哲学类散文与随笔,主要集中在"理性思考"这一篇里,入选的这些文章有着深厚的文化内涵与哲思,既能透彻地阐释理性精神,又能在文化承载层面上担负起人文教育的责任。当然所有的文章没必要在课内全部学习与讲解,特别是这部分哲学类散文与随笔,可以作为部分学有余力的学生课外进一步理解与思考人文价值的拓展阅读篇目。

另外,书末附有"人文经典拓展阅读书目"。从根本上来说,科学有判断真伪的法则,教人怎么做对;而人文是教人怎么做好,是没有绝对法则的,人文的修养是无法单纯靠传授而获得的,只能潜移默化,所以"人文经典拓展阅读书目"是为高职学生课外进一步的人文阅读与修炼提供指南。我们作为编者真诚祝愿学生通过文学教育与人文素质教育的融合可以理解人文的方法与精神,领悟身心平衡发展之道,从而实现自身主体能力和人格的全面的、和谐的发展。

最后值得一提的是,编撰时编者忙里偷闲地去了一次杭州萧山的湘湖,正是游人已尽的黄昏,烟波浩渺的湖面上居然映射出两轮太阳的倒影,与天际的夕阳成一直线,在惊叹自然的鬼斧神工之际,蓦然回首间,却见湖边红黄相间的树叶正色彩斑斓地燃烧着,一瞬间顿悟物我一也:莫非是澎湃的人文激情同时点燃了如火的枫叶与编者的内心?

杨 方

2012 年 7 月 3 日

目 录

前言
第一篇 敬重自然 …………………………………………………… (1)
　春江花月夜 ……………………………………………… 张若虚 (3)
　兰亭集序 ………………………………………………… 王羲之 (6)
　翡冷翠山居闲话 ………………………………………… 徐志摩 (10)
　野草 ………………………………………………………… 夏衍 (13)
　大地上的事情（节选） …………………………………… 苇岸 (15)
　一片树叶 ………………………………………… [日] 东山魁夷 (19)
　西风颂 ………………………………… [英] 珀西·比西·雪莱 (22)
　牛蒡花 ……………………… [俄] 列夫·尼古拉耶维奇·托尔斯泰 (26)
　冬日漫步（节选） ………………… [美] 亨利·大卫·梭罗 (28)
　敬畏生命（节选） ………………… [法] 阿尔贝特·史怀泽 (31)

第二篇 热爱生活 …………………………………………………… (37)
　逍遥游（节选） …………………………………………… 庄子 (39)
　告子下 ……………………………………………………… 孟子 (43)
　生活之艺术 ……………………………………………… 周作人 (46)
　我与地坛 ………………………………………………… 史铁生 (49)
　假如给我三天光明 ……………………………… [美] 海伦·凯勒 (55)
　生命——心灵 …………………………………… [印] 泰戈尔 (62)
　西西弗的神话 ……………………………… [法] 阿尔贝·加缪 (67)
　生命的召唤 …………………………… [美] 阿迪斯·惠特曼 (70)
　热爱生命 ……………………………………… [美] 杰克·伦敦 (72)
　我的病历 …………………………………… [英] 斯蒂芬·霍金 (80)

第三篇 选择人生 …………………………………………………… (83)
　离骚（节选）与译文 ……………………………………… 屈原 (85)
　伤逝——涓生的手记 …………………………………… 鲁迅 (93)

天才梦……………………………………………………张爱玲（105）
《人生》节选…………………………………………路遥（107）
未经省察的人生没有价值……………………………周国平（119）
堂吉诃德（节选）……［西班牙］米盖尔·台·塞万提斯·萨阿维德拉（123）
《居里夫人自传》原版引言（节选）…………［美］麦隆内夫人（129）
梦想悠悠……………………………………[美］阿莱克斯·黑利（135）
我的一天——为《世界上的一天》文集写的短文 … [苏] 尼·奥斯特洛夫斯基（139）
每个词语都对恶之圈有所知晓——2009年诺贝尔文学奖获奖演说……
　　　……………………………………………………[德] 赫塔·米勒（142）

第四篇　观照人性 ……………………………………………（151）

独抒性灵，不拘格套………………………………袁宏道（153）
牡丹亭（节选）……………………………………汤显祖（155）
竹刀…………………………………………………陆蠡（161）
丈夫…………………………………………………沈从文（166）
受戒…………………………………………………汪曾祺（179）
爱的颂歌……………………………………《圣经·新约》（193）
致燕妮………………………………………[德] 卡尔·马克思（195）
纪念爱米丽的一朵玫瑰花…………………[美] 威廉·福克纳（198）
乡村医生……………………………………[奥地利] 卡夫卡（206）
人性改变吗？………………………………[美] 约翰·杜威（211）

第五篇　反思理性 ……………………………………………（217）

子张问仁…………………………………………《论语》（219）
凤凰涅槃……………………………………………郭沫若（220）
敬告青年……………………………………………陈独秀（230）
清华大学王观堂先生纪念碑铭……………………陈寅恪（235）
没有不能造的桥……………………………………茅以升（237）
人之无知（节选）…………………………[古希腊] 苏格拉底（243）
人是能够思想的芦苇（节选）……………[法] 帕斯卡尔（246）
读书与书籍…………………………………[德] 亚瑟·叔本华（248）
人们一思索，上帝就发笑…………………[捷] 米兰·昆德拉（253）
大学生的精神升华…………………………[德] 雅斯贝尔斯（257）

第六篇　感恩境界 ……………………………………………（261）

兼爱（节选）………………………………………………墨子（263）

亡妻王氏墓志铭	苏轼	(265)
先妣事略	归有光	(267)
宗月大师	老舍	(270)
往事（一）·七	冰心	(273)
怀鲁迅	郁达夫	(275)
啊，母亲	舒婷	(276)
我们是怎样过母亲节的——一个家庭成员的自述	［加］斯蒂芬·巴特勒·里柯克	(278)
永不道别	［美］威廉·C·博伊尔斯	(282)
父亲与我	［瑞典］帕尔·费比安·拉格尔克维斯特	(284)

附录　人文经典拓展阅读书目 …………………………………… (287)

第一篇 敬重自然

人法地，地法天，天法道，道法自然。我们敬重自然，不是表面的供奉而是发自内在的诚意，不是内心的胆怯而是源于灵魂的震撼。人经常不自量力地企图征服自然，到猛然醒悟的一刻，油然而生的就是敬重。谁能不敬畏沧海桑田、海枯石烂？人类的理性只要清醒着，就能感受到自然的伟力。

敬重自然，是鲜花盛放时，满足于凝视，并心存感激；敬重自然，是蚂蚁搬家时，小心移步，呵护脆弱生命；敬重自然，是眼见自然遍布伤痕时，深深检讨，努力实行低碳与环保的生活方式。

本篇所选的文章都围绕人与自然的主题：张若虚的《春江花月夜》以明月初升到坠落的过程作为全诗起止的线索，在诗情画意中体现人与自然的融合。徐志摩在《翡冷翠山居闲话》中指出"自然是最伟大的一部书。"夏衍的《野草》揭示了一个真理：自然（野草）的力量是不可战胜的。东山魁夷的《一片树叶》生动描写了战争中当生命之火行将熄灭时，对自然景物旺盛活力的强烈震动。珀西·比西·雪莱的《西风颂》是五个节律完整、可以独立成篇的部分，却贯穿着一个一致的颂扬自然的中心思想。正是基于同样的对自然的态度，亨利·大卫·梭罗独居瓦尔登湖畔，穷其半生欣赏自然，其《冬日漫步》正是努力开掘自然对人生的意义，并赋予景物以强烈个性特征。而列夫·尼古拉耶维奇·托尔斯泰在《牛蒡花》中这样赞美牛蒡花："就好像从它身上撕下一块肉，取出五脏，砍掉了一只胳膊，挖去一只眼睛，但它仍然站了起来，对那消灭了它周围兄弟们的人，决不低头。"阿尔贝特·史怀泽也是感悟到了自然中一切生命的伟大和神圣，才奋笔疾书，写下《敬畏生命》阐述生命伦理观，其核心内容就是爱并且尊敬自然界的一切生命，保持生命、促进生命，使自然界的所有生命达到其最高度的发展。

康德说过，世界上只有两样东西是他最敬重的，那就是头上的星空和心中的道德律。是的，只有心存敬重，才能与自然和谐相处，才能充分认识自然的伟大与意义；而任何不尊重自然、破坏自然之举，都必将遭遇大自然的无情惩罚。所以，现代人文自然观的立场与科技主流自然观的立场截然相反，现代人文观维护并标举自然的生态多样性与多元性，自然界本身也拒绝任何有限的、人为设计的自然观念模式。同时，自然界是过去亿万年演化的结果，所以真正的智慧应是从理性技术的冒险设计回返传统经验，向自然学习、向历史传统学习，并力求人与自然共同和谐地发展。

春江花月夜[1]

张若虚

张若虚,唐代诗人,扬州(今属江苏)人,曾任兖州兵曹,生卒年、字号均不详。中宗神龙年间(公元705—公元707),张若虚与贺知章、贺朝、万齐融、邢巨、包融俱以文词俊秀驰名于京都,与贺知章、张旭、包融并称"吴中四士"。玄宗开元时张若虚尚在世。张若虚的诗仅存两首于《全唐诗》中,其中《春江花月夜》是一篇脍炙人口的名作,它沿用陈隋乐府旧题,抒写真挚动人的离情别绪及富有哲理意味的人生感慨,语言清新优美,韵律宛转悠扬。

春江潮水连海平,海上明月共潮生。
滟滟[2]随波千万里,何处春江无月明?
江流宛转绕芳甸[3],月照花林皆似霰[4]。
空里流霜不觉飞,汀上白沙看不见[5]。
江天一色无纤尘,皎皎空中孤月轮。
江畔何人初见月?江月何年初照人?
人生代代无穷已[6],江月年年只相似。
不知江月待[7]何人,但[8]见长江送流水。
白云一片去悠悠[9],青枫浦上不胜愁[10]。
谁家今夜扁舟子?何处相思明月楼[11]?
可怜楼上月徘徊[12],应照离人妆镜台[13]。
玉户帘中卷不去,捣衣砧上拂还来[14]。
此时相望不相闻,愿逐月华[15]流照君。
鸿雁长飞光不度,鱼龙潜跃水成文[16]。
昨夜闲潭[17]梦落花,可怜[18]春半不还家。
江水流春去欲尽,江潭落月复西斜。
斜月沉沉藏海雾,碣石潇湘无限路[19]。
不知乘月几人归?落月摇情满江树[20]。

◎ 注 释

(1)《春江花月夜》：乐府旧题，属《清商曲辞·吴声歌曲》，相传创自南朝陈后主叔宝。

(2) 滟滟：波光闪烁的样子。

(3) 芳甸：花草丛生的原野。

(4) 霰：细密的雪珠。

(5) "空里"二句：谓月光皎洁柔和如流霜暗中飞泻，江畔白茫茫一片空明。飞霜：比喻月光悄悄泻满大地。汀：水中或水边平地，此指江畔沙滩。

(6) 无穷已：没有止尽。已，止，止息。

(7) 待：一本作"照"。

(8) 但：只是。

(9) 白云：此喻指游子。去悠悠：形容白云缓缓飘逝。

(10) 青枫浦：一名双枫浦，故址在今湖南浏阳境内。浦，原指大江、大河与其支流的交汇处，此指离别场所。不胜：经不起，受不了。

(11) "谁家"二句：是说在此月夜，有许多游子舟行江中，在外漂泊；也有许多思妇伫立楼头，思念丈夫。"谁家"、"何处"互文见义。扁舟：小舟。

(12) 月徘徊：指月影缓缓移动。

(13) 妆镜台：梳妆台。

(14) "玉户"二句：说月光似乎故意与思妇为难，卷帘不去，手拂还来。玉户：此指思妇居室。捣衣砧：捣衣时的垫石。

(15) 逐：追随。月华：月光。

(16) "鸿雁"二句：谓游子、思妇彼此之间难通音信。鸿雁：此指信使，《汉书·苏武传》记有鸿雁传递书信之事。长飞光不度：鸿雁飞得再远，也不能逾越月光。度通"渡"。鱼龙：此指鲤鱼。《古诗·饮马长城窟行》："客从远方来，遗我双鲤鱼。呼儿烹鲤鱼，中有尺素书。"说鲤鱼也能传递书信。潜跃水成文：鲤鱼在水底潜游，水面上激起波纹。文：通"纹"，波纹。

(17) 闲潭：平和、幽静的水潭。

(18) 可怜：可惜。

(19) "碣石"句：说游子、思妇分处天南地北，难以相见。碣石潇湘：此处指天南地北。碣石，山名，故址在今河北省，一说碣石山已沉入海中。潇湘，水名，在今湖南省。

(20) "落月"句：江边树林洒满了落月的余晖，轻轻摇曳，牵系着思妇的离情别绪。

阅读思考题

《春江花月夜》在绘春江花月夜的美景中入墨，在叹幽忧别情中收尾。诗中对生命的美好感受，对月圆人寿的强烈向往，对人生的惆怅伤感，对宇宙亘古的哲理思索，全都溶浸于既透明纯净又似有似无的春江月色之中。作者既以明月初升到坠落的过程作为全诗的线索，又以月亮为景物描写的主体和离情别绪的依托，体现了作者对自然怎样的感情？

笔记区

兰亭集序

王羲之

王羲之（公元321—公元379），字逸少，出身贵族，乃淮南太守王旷之子，司徒王导之侄。少有美誉，为人天性率真，胸怀豁达，被推为"国举"（全国推崇的出类拔萃的人物）。王羲之"以骨鲠称"，素有济世之志。晚年称病去官，与东土之士尽山水之游，弋钓乐娱。王羲之是我国历史上最著名的书法家，被誉为"书圣"。王羲之也长于诗文，现存著作有辑本《王右军集》。

永和九年(1)，岁在癸丑(2)，暮春之初(3)，会于会稽山阴之兰亭(4)，修禊事也(5)。群贤毕至(6)，少长咸集(7)。此地有崇山峻岭，茂林修竹，又有清流激湍(8)，映带(9)左右。引以为流觞曲水(10)，列坐其次(11)。虽无丝竹管弦之盛(12)，一觞一咏(13)，亦足以畅叙幽情(14)。是日也，天朗气清(15)，惠风(16)和畅。仰观宇宙之大，俯察品类之盛(17)，所以游目骋怀(18)，足以极视听之娱(19)，信(20)可乐也。夫人之相与(21)，俯仰一世(22)。或取诸怀抱，晤言一室之内(23)；或因寄所托，放浪形骸之外(24)。虽趣舍万殊(25)，静躁不同(26)，当其欣于所遇(27)，暂得于己(28)，快然(29)自足，曾(30)不知老之将至(31)；及其所之既倦(32)，情随事迁(33)，感慨系之矣(34)。向(35)之所欣，俯仰之间，已为陈迹，犹不能不以之兴怀(36)；况修短随化(37)，终期于尽(38)。古人云，"死生亦大矣(39)。"岂不痛哉！

每览昔人兴感之由(40)，若合一契(41)，未尝不临文嗟悼(42)，不能喻之于怀(43)。固知一死生为虚诞(44)，齐彭殇为妄作(45)。后之视今(46)，亦由(47)今之视昔，悲夫！故列叙时人(48)，录其所述(49)。虽世殊事异(50)，所以兴怀(51)，其致一也(52)。后之览者(53)，亦将有感于斯文(54)。

◎ 注 释

(1) 永和九年：公元353年。永和，东晋穆帝司马聃年号。

(2) 癸（guǐ）丑：永和九年的干支纪年。

(3) 暮春之初：阴历三月初。暮春，春季的末一个月。

(4) 会（kuài）稽山阴之兰亭：会稽，当时的郡名，辖境相当于现在浙江省北部和江苏省东南部一带;郡治在山阴县,即今浙江绍兴市。兰亭,在今绍兴市西南,古有地名兰渚,渚中有亭。《水经·渐江水注》:"湖口有亭,号曰兰亭,亦曰兰上里。太守王羲之、谢安兄弟数往造焉。"古亭几经迁移,今亭为清康熙十二年(公元1673年)重建于兰渚山麓。

(5) 修禊(xì)事也:是为了举行春禊活动。修,这里是举行的意思。禊,古人常在春秋两季至水边用香熏草药洗濯,以祓除不祥,后来逐步演变为到水边宴饮、郊外游春一类活动,春禊在阴历三月上旬的"巳"日,魏以后定为三月三日;秋禊在阴历七月十四日。

(6) 群贤毕至:众多贤能之士都到了。群贤,指孙绰、谢安、支遁等当时名士。

(7) 少长咸集:年轻的、年长的都聚集在一起。少长,指王、谢家族的小辈和长辈。

(8) 清流激湍(tuān):清澈的溪水,急泻的水流。

(9) 映带:景物相互辉映衬托,彼此关联。

(10) 引以为流觞(shāng)曲水:引溪流来作为漂流酒杯的环曲小渠。觞,酒杯。流觞,把漆制酒杯盛酒放在曲水上,循流而下,杯子停在谁的面前,谁就取杯饮酒,这是古人劝酒取乐的一种方式。曲水,引水环曲为渠,流觞取饮。

(11) 列坐其次:在曲水旁依次就座。次,处所,地方。

(12) 丝竹管弦之盛:音乐伴奏的热闹场面。丝弦,指琴瑟等用丝做弦的弦类乐器。管竹,指箫笛等用竹制成的管类乐器。丝竹管弦常用来借代音乐。盛,盛况,热闹的场面。

(13) 一觞一咏:一边饮酒,一边赋诗。

(14) 畅叙幽情:酣畅地抒发内心的感情。幽情,内心深处的情怀。

(15) 天朗气清:天空晴朗,空气清新。

(16) 惠风:和风,春风。

(17) 品类之盛:地上繁多的万物。品类,指自然界的万物。

(18) 所以游目骋怀:借此来放开眼界,舒展胸怀。游目,目光由近及远,随意观览瞻望。骋怀,开畅胸怀。

(19) 足以极视听之娱:能尽情享受眼观和耳听的乐趣。极,穷尽。

(20) 信:实在,确实。

(21) 夫(fú)人之相与:人们相互交往。夫,句首发语词。与,结交,亲附。

(22) 俯仰一世:很快度过了一生。俯仰,低首抬头之间,形容时间短暂。

(23) 或取诸怀抱,晤(wù)言一室之内:有的人将自己的胸怀抱负,在家里与朋友倾心交谈。取诸,取之于,从……中取得。怀抱,胸怀抱负。晤言,面对面交谈。

(24) 或因寄所托,放浪形骸之外:有的人把情怀寄托在自己爱好的事物上,不受世俗礼法的约束,纵情游乐。因,依,随着。寄,寄托。所托,所爱好的事物。放浪,放任旷达,不拘形迹。形骸,身体,形体。

(25) 趣舍万殊:对事物的取舍千差万别。趣舍,取舍。

(26) 静躁不同:性情有沉静与急躁的不同。

(27) 欣于所遇:对接触的事物感到高兴。

(28) 暂得于己：心里暂时感到得志。得，得志。

(29) 快然：高兴的样子。

(30) 曾：竟，乃。

(31) 不知老之将至：不知道衰老之年即将到来，语出《论语·述而》："其为人也，发愤忘食，乐以忘忧，不知老之将至云尔。"

(32) 所之既倦：对于自己所喜爱的事物感到厌倦。之，往，到达。

(33) 情随事迁：感情随着事物和环境的变化而变化。

(34) 感慨系之：感慨随着产生。系，随着。

(35) 向：以前。

(36) 不以之兴怀：对这些尚且不能不激起心中的感触。犹，还，尚且。以，因。之，指"向之所欣……已为陈迹。"兴怀，引起感触。

(37) 况修短随化：更何况人的寿命长短完全由造化安排。修短，长短，指人的寿命长短。化，造化，大自然。

(38) 终期于尽：最终归于消灭。期，期限。

(39) 死生亦大矣：死和生也是人生的一件大事啊，语见《庄子·德充符》："仲尼曰：'死生亦大矣，而不得与之变。'"

(40) 每览昔人兴感之由：每看到古人文章中对死生问题发生感慨的原因。

(41) 若合一契：和我所感慨的总像符契那样相合。契，符契，古代一种信物，用竹木等制成。在符契上刻上文字，剖而为二，各执一半，作为凭证。

(42) 未尝不临文嗟（jiē）悼：没有一次不面对这些文章而叹息悲伤。临，面对。嗟悼，叹息悲伤。

(43) 不能喻之于怀：自己心中也不能明白是什么原因。喻，明白。

(44) 固知一死生为虚诞：我一向认为把死生看成一样是虚妄荒诞的。固，本来，向来。一，作动词用，把……看成一样。虚诞，虚妄的话。"一死生"语出《庄子·齐物论》："予恶（wū）知夫死者不悔其始之蕲（qí）生乎？"（我怎么知道死了的人不后悔当初求生呢？）

(45) 齐彭殇（shāng）为妄作：把长寿和短命等量齐观，也是胡说。彭：彭祖，传说他生活在尧、夏、商三代，活了800岁。殇，未成年而死的人。彭殇，指代长寿之人和短命之人。齐，作动词用，把……等量齐观。妄作，胡造，胡说。"齐彭殇"语出《庄子·齐物论》："莫寿于殇子，而彭祖为夭。"（没有比夭亡的儿童更长寿的，而活了八百岁的彭祖是短命的。）

(46) 后之视今：后代的人看现代（指作者所在的时代）的人。

(47) 由：通"犹"，如同。

(48) 列叙时人：一一记下当时参加兰亭集会的人的名字。

(49) 录其所述：抄录下他们所作的诗，编成诗集。

(50) 虽世殊事异：即使时代不同，世事会发生变化。

(51) 所以兴怀：因死生问题而产生感慨。

(52) 其致一也：这个情致是一样的。

(53) 后之览者：后世读到这本诗集的人。

(54) 亦将有感于斯文：也将有与我这篇序文所述的同样的感慨吧。斯文，这篇序文。

阅读思考题

《兰亭集序》是王羲之为诗集《兰亭集》所写的一篇序文，可以说是一篇立意深远、文笔清新自然的优美散文。文章用抒情的笔调，描绘了山、水、林、竹等清雅优美的自然景物，阐释了集会者在美好的自然环境中得到的审美愉悦以及忘却烦恼的情趣。请举自己亲身经历说明你对待自然的态度。

笔记区

翡冷翠山居闲话

徐志摩

徐志摩（1897—1931），现代诗人、散文家。原名章垿，字槱森。徐志摩是新月派代表诗人，新月诗社成员。1915年毕业于杭州一中，先后就读于沪江大学、北洋大学和北京大学。1918年赴美国学习银行学。1921年赴英国留学，入剑桥大学当特别生，研究政治经济学，其在剑桥两年深受欧美浪漫主义和唯美派诗人的影响。

在这里出门散步去，上山或是下山，在一个晴好的五月的向晚，正像是去赴一个美的宴会，比如去一果子园，那边每株树上都是满挂着诗情最秀逸的果实，假如你单是站着看还不满意时，只要你一伸手就可以采取，可以恣尝鲜味，足够你性灵的迷醉。阳光正好暖和，决不过暖；风息是温驯的，而且往往因为他是从繁花的山林里吹度过来他带来一股幽远的淡香，连着一息滋润的水气，摩挲着你的颜面，轻绕着你的肩腰，就这单纯的呼吸已是无穷的愉快；空气总是明净的，近谷内不生烟，远山上不起霭，那美秀风景的全部正像画片似的展露在你的眼前，供你闲暇的鉴赏。

作客山中的妙处，尤在你永不须踌躇你的服色与体态；你不妨摇曳着一头的蓬草，不妨纵容你满腮的苔藓；你爱穿什么就穿什么；扮一个牧童，扮一个渔翁，装一个农夫，装一个走江湖的桀卜闪（今译为吉卜赛），装一个猎户；你再不必提心整理你的领结，你尽可以不用领结，给你的颈根与胸膛一半日的自由，你可以拿一条这边颜色的长巾包在你的头上，学一个太平军的头目，或是拜伦那埃及装的姿态；但最要紧的是穿上你最旧的旧鞋，别管他模样不佳，他们是顶可爱的好友，他们承着你的体重却不叫你记起你还有一双脚在你的底下。

这样的玩顶好是不要约伴，我竟想严格的取缔，只许你独身；因为有了伴多少总得叫你分心，尤其是年轻的女伴，那是最危险最专制不过的旅伴，你应得躲避她像你躲避青草里一条美丽的花蛇！平常我们从自己家里走到朋友的家里，或是我们执事的地方，那无非是在同一个大牢里从一间狱室移到另一间狱室去，拘束永远跟着我们，自由永远寻不到我们；但在这春夏间美秀的山中或乡间你要是有机会独身闲逛时，那才是你福星高照的时候，那才是你实际领受，亲口尝味，自由与自在的时候，那才是你肉体与灵魂行动一致的时候；朋友们，我们多长一岁年纪往往只是加重我们头上的枷,加紧我们脚胫上的链,我们见小孩子在草里在沙堆里在浅水里打滚作乐,或是看见小猫追他自己的尾巴,何尝没有羡慕的时候,但我们的枷,我们的链永远是制定我们行动的上司!所以只有你单身奔赴大自然的怀抱时,像一个裸体的小孩扑入他母亲的怀抱时,你才知道灵魂的愉快是怎样的,单是活着的快乐是怎样的,单就呼吸单就走道单就张眼看耸耳听的幸福是怎样的。因此你得严格的为己,极端的自私,只许你,体魄与性灵,与自然同在一个脉搏里跳动,同在一个音波里起伏,同在一个神奇的宇宙里自得。我们浑朴的天真是像含羞草似的娇柔,一经同伴的抵触,他就卷了起来,但在澄静的日光下,和风中,他的姿态是自然的,他的生活是无阻碍的。

  你一个人漫游的时候,你就会在青草里坐地仰卧,甚至有时打滚,因为草的和暖的颜色自然的唤起你童稚的活泼,在静僻的道上你就会不自主的狂舞,看着你自己的身影幻出种种诡异的变相,因为道旁树木的阴影在他们纤徐的婆娑里暗示你舞蹈的快乐;你也会得信口的歌唱,偶尔记起断片的音调,与你自己随口的小曲,因为树林中的莺燕告诉你春光是应得赞美的;更不必说你的胸襟自然会跟着漫长的山径开拓,你的心地会看着澄蓝的天空静定,你的思想和着山壑间的水声,山罅里的泉响,有时一澄到底的清澈,有时激起成章的波动,流,流,流入凉爽的橄榄林中,流入妩媚的阿诺河去……

  并且你不但不须应伴,每逢这样的游行,你也不必带书。书是理想的伴侣,但你应得带书,是在火车上,在你住处的客室里,不是在你独身漫步的时候。什么伟大的深沉的鼓舞的清明的优美的思想的根源不是可以在风籁中,云彩里,山势与地形的起伏里,花草的颜色与香息里寻得?自然是最伟大的一部书,葛德(今翻译为歌德)说,在他每一页的字句里我们读得最深奥的消息。并且这书上的文字是人人懂得的;阿尔帕斯(今译为阿尔卑斯)与五老峰,雪西里(今译为西西里)与普陀山,来因河(今译为莱茵河)与扬子江,梨梦湖(今译为莱蒙湖)与西子湖,建兰与琼花,杭州西溪的芦雪与威尼市(今译为威尼斯)夕照的红潮,百灵与夜莺,更不提一般黄的黄麦,一般紫的紫藤,一般青的青草同在大地上生长,同在和风中波动——他们应用的符号是永远一致的,他们的意义是永远明显的,只要你自己心灵上不长疮瘢,眼不盲,耳不塞,这无形迹的最高等教育便永远是你的名分,这不取费的最珍贵的补剂便永远供你的受用:只要你认识了这一部书,你在这世界上寂寞时便不寂寞,穷困时不穷困,苦恼时有安慰,挫折时有鼓励,软弱时有督责,迷失时有南针。

阅读思考题

徐志摩在英国康桥时就深深感到"大自然的优美,宁静,调谐在这星光与波光的默契中不期然的淹入了你的性灵"(《我所知道的康桥》),所以徐志摩由衷地热爱自然,认同"自然是最伟大的一部书"。试分析徐志摩所感受到的自然的伟大力量。

笔记区

野　草

夏　衍

夏衍（1900—1995），于1900年10月30日生于浙江省余杭县（今浙江杭州）彭埠镇严家弄，原名沈乃熙，字端先，是中国左翼电影运动的开拓者、组织者和领导者之一，是中国著名文学、电影、戏剧作家，文艺评论家、文学艺术家、翻译家、社会活动家。

有这样一个故事。

有人问：世界上什么东西的力气最大？回答纷纭的很，有的说"象"，有的说"狮"，有人开玩笑似的说：是"金刚"，金刚有多少力气，当然大家全不知道。

结果，这一切答案完全不对，世界上气力最大的，是植物的种子。一粒种子所可以显现出来的力，简直是超越一切。

这儿又是一个故事。

人的头盖骨，结合得非常致密与坚固，生理学家和解剖学者用尽了一切的方法，要把它完整的分开来，都没有这种力气。后来忽然有人发明了一个方法，就是把一些植物的种子放在要解剖的头盖骨里，给它以温度与湿度，使它发芽。一发芽，这些种子便以可怕的力量，将一切机械力所不能分开的骨骼，完整地分开了，植物种子力量之大，如此如此。

这，也许特殊了一点，常人不容易理解。那么，你看见笋的成长吗？你看见过被压在瓦砾和石块下面的一棵小草的成长吗？它为着向往阳光，为着达成它的生之意志，不管上面的石块如何重，石块与石块之间如何狭，它必定要曲曲折折地，但是顽强不屈地透到地面上来，它的根往土壤钻，它的芽往地面挺，这是一种不可抗的力，阻止它的石块，结果被它掀翻，一粒种子的力量的大，如此如此。

没有一个人将小草叫做"大力士"，但是它的力量之大，的确是世界无比。这种力，是一般人看不见的生命力，只要生命存在，这种力就要显现，上面的石块，丝毫不足以阻挡，因为他是一种"长期抗战"的力，有弹性，能屈能伸的力，有韧性，不达目的不止的力。

这种不落在肥土而落在瓦砾中，有生命力的种子绝不会悲哀和叹气，因为有了阻力才有磨炼。生命开始的一瞬间就带来了斗争的草，才是坚韧的草，也只有这种草，才可以傲然地对那些玻璃棚中养育着的盆花哄笑。

1940年

阅读思考题

夏衍此文写于抗战中期，中心意思是鼓舞人民坚定抗战胜利信心。本文使用的是象征手法。白居易有脍炙人口的诗篇："离离原上草，一岁一枯荣。野火烧不尽，春风吹又生。"就是用野草象征顽强的生命力，鲁迅也用《野草·题辞》一文赞美与讴歌野草。夏衍的创新是在于将野草这一象征形象，表现得更加完整。夏衍揭示了自然（野草）的力量是不可战胜的。请探讨你对自然（野草）力量的认识。

笔记区

大地上的事情（节选）

苇 岸

苇岸（1960—1999），原名马建华。苇岸早期写诗，同顾城等朦胧诗人有较多的交往，后转写散文。1988年写作开放性散文作品《大地上的事情》，成为新生代散文代表性作品。在短暂的一生中，苇岸都生活在都市边缘，关注的是大地上的事情，代表文集有《大地上的事情》、《太阳升起以后》和《上帝之子》。

我在《上帝之子》一文中这样写过："在所有的生命里，我觉得羊的存在蕴义，最为丰富。'你们要防备假先知，他们到你们这里来，外面披着羊皮，里面却是残暴的狼。'羊自初便位于对立的一级，它们草地上的性命，显现着人间温暖的和平精神；它们汇纳众厄的孺弱躯体，已成人类某种特定观念标准的象征和化身。"它们在J·H·摩尔的著作中，被称作天空的孩子。它们是从文明之前的险峻高山，来到平原的。它们的颜色和形态，至今依然像在天上一样。它们没有被赋予捍护自己的能力，它们唯有的自卫方式便是温驯与躲避。它们被置于造物序列的最低一级，命定与舍身联在一起。它们以其悲烈的牺牲，维系着众生的终极平衡。它们是一支暴力与罪恶之外的力量，微弱而不息地生存在世界上。

在雀形目鸟类中，体形最大的是鸦科。鸦科鸟下分两支，一支是鸦，一支是鹊。鸦的种类较多，如寒鸦、松鸦、星鸦、渡鸦、白颈鸦、秃鼻乌鸦、大嘴乌鸦、小嘴乌鸦等。鹊主要为喜鹊和灰喜鹊两种（还有一种数量较少、分布不广的红嘴蓝鹊）。喜鹊的躯体比灰喜鹊壮实，粗拙。它们站立时惯有的警觉动作和那身从早到晚的燕尾服，使它们被儒勒·列那尔戏谑地称作"最有法国气派的禽类"。它们仿佛拥有一付金属的喉咙，叫声锐利、干燥、毛糙，一派大巧若拙的气度。灰喜鹊的形体柔美，羽色具有灰蓝和苍蓝的光泽。它们的叫声娇媚、委婉、悠然。它们聚在一起的时候，很像一群古代仕女。这是两种北方典型的留鸟。在冬季，看着它们，你会想到一个王国：喜鹊是王、灰喜鹊是后（它们喜欢在山地和树林活动，如在后宫），而那些在它们周围起落的、时而尾随它们飞行一程的麻雀，则是数量众多的国民。其他偶尔出现的鸟类，如乌鸦啦、老鹰啦及啄森鸟等，都像国外来的旅行者。

"40岁以前的相貌上帝负责，40岁以后的相貌自己负责。"这是上个世纪林肯的一个说法。它的直接意思是说，一具人的容貌在40岁之前取决于他的双亲，在40岁以后取决于他的心灵。即一个人的心质、灵魂能够通过他的容貌得到准确反映。莎士比亚曾经让哈姆莱特向他的母亲指出两个兄弟肖像的天壤之分：一个堂堂的先王，一个猥琐的篡位者。在《心灵史》中，我也读到过这样一段文字："关里爷是一位坚毅而善良的白须老者，永远手握一支竹笔，满面阿拉伯和波斯词汇，一脸圣洁的苏莱提之光。""苏莱提"，阿拉伯语，意即信仰者特有的容貌之美。传统"文如其人"（"人之邪正，至观其文则尽矣"）的结论，由于存在古今一些作家"言行不一"的反证，正受到愈来愈多的现代读者的质疑。我想，这一富有真理色彩的成语，也许将会被"貌如其人"代替。在放蜂人的营地，我曾看到过胡蜂（即我们通常所称的马蜂）同蚂蚁一起在蜜桶偷食蜂蜜。这个经验，导致我后来犯了一个无法弥补的过错。胡蜂在我的书房窗外筑巢期间，为了酬劳它们，我在巢下的窗台为它们放过一只尚有余蜜的空蜂蜜瓶。我是下午放上的，但到了傍晚，也未见一只胡蜂触动蜜瓶。晚上九点，我突然发现外面蜂巢大乱，只见窗户上，瓶子里，到处是蜂。可能它们天黑停止工作后，部分蜂出来吃蜜，这些带有蜜味的蜂回巢后遭到了攻击。直到夜里十一点，蜂巢才渐渐安静下来。我打开纱窗，将瓶子放倒，因为里面还有七、八只蜂无法出来。这些满身是蜜的蜂，艰难地沿窗向上爬去。它们小心翼翼地接近蜂巢，身后的玻璃上留下了道道蜜痕。翌日一早，蜂群又正常地开始了它们紧张有序的建设工作。一种预感，使我忽然想到楼下看看，在楼下，我找到了十余只死蜂。由于愧怍，我没有将这件事情写进《我的邻居胡蜂》里。但我当天写了日记，我在最后写道："请原谅，胡蜂！"

一双谛听的比脑袋还长的耳朵，两条风奔的比躯干还长的后腿，以及传统的北方村庄的颜色、木头一样的寂哑无声，这些大体构成了一只野兔的基本特征（同时也喻示了它们的黑暗命运）。这是一种富于传奇色彩的神秘气氛，以警觉和逃遁苟存于世的动物。它们像庄稼一样与土地密不可分，实际上它们看上去已经与土地溶为了一体（我将野兔视作土地的灵魂）。传说白天见到一只野兔的地方，夜晚便会出现一群。而误伤伙伴或自伤，往往是那些捕猎野兔的猎手的最后下场。在西方，野兔不仅曾经与月亮女神有关，也曾被民间当作遭到追逐而无处躲藏的女巫化身。野兔本有一种令人惊异的适应环境能力，它们在全球的分布比麻雀更为广泛和普遍（至海拔49000米的山地，远至两极的冻原），但是现在人们却很难见到它们的踪迹了。我一直居住在北京郊区，且常深入田野，但我对野兔的印象主要来自童年的记忆。一次愚人节，我打电话庄重地告诉城里一位朋友，说我赤手抓到了一只野兔。其实，甚至今年春天在河北霸州，我提着望远镜在平原上徒步走了一上午也未发现一只。是的，野兔已从我们的土地上销声匿迹，正如它们在一支西方民歌中所慨叹的："这是人的时代。""杜鹃"更像一个人的名字,一个在向日葵、碾盘和贫匮院落长大的农家姑娘的名字。我喜欢它们的别称:布谷(尽管在鸟类学家那里,杜鹃属中只有大杜鹃才被这样称呼)。"布谷"一词,让人联想到奇妙的、神奇的、准确无比的二十四节气,它从字形发音以及语音都像二十四节气,洋溢着古老的土地和农业气息。在鸟类中,如果夜莺能够代表爱情的西方,布谷即是劳作的东方的最好像征。就像伊索寓言里夏天沉迷于歌唱、冬天向蚂蚁乞粮而遭到嘲笑的蝉,唯一不自营而借它巢繁衍的鸟,即是引吭沥血高歌的杜鹃(杜鹃可产出与寄主的卵酷似的拟态卵,它将卵放入寄主的巢后,便会衔走寄主的一个或多个卵,以免被寄主觉察卵数的异常)。如冠军或独裁者,杜鹃在世上的数量不多。我从未听到过三只以上的杜鹃同时啼叫,通常只是一只。每一个巧取的富人须有若干本分的人作他的财富基础,而每一只杜鹃后面必有一个牺牲寄主满巢子代的血腥背景(出壳后的杜鹃幼雏,会将同巢寄主的卵或幼雏全部推出巢外,独享义亲哺养)。杜鹃的胆子,与其智能、体形均不相称。它们一般隐匿于稠密枝隙,且飞行迅疾,使人闻其声却难见其形。华兹结斯即曾为此感叹:"你不是鸟,而是无形的影子,是一种歌声或者谜。"迄今我只观察到过一次杜鹃,当时它在百米以外的一棵树上啼鸣。我用我的20倍望远镜反复搜寻,终于发现了它。它鸣叫的样子,正如我们通常在鸟类图谱中看到的:头向前伸、微昂,两翼低垂,尾羽上翘并散开,身躯上缘呈弧形。在望远镜里,这羞怯的、庄重的、令整个田园为它动容的歌手,无论大小、姿态及羽色都像一只凶猛的雀鹰。

  过去,我一直认为麻雀行走只会向前蹦跳,因为我从未看到过它们像其他鸟类那样迈步。这种怪异的、仿佛两腿被绊住的行走方式也许是麻雀所独有的,我注意过比麻雀体形更小的鸟在地面上行走时也是迈步。一次在北京西站候车,正是清晨,旅客稀少,在候车大厅外面的小广场上,我看到一只正在觅食的麻雀。我观察着它,它啄一下,便抬一次头,警觉地向四周瞧瞧。我忽然发现它会迈步:当它移动幅度大时,它便蹦跳;而移动幅度小时,它则迈步。法布尔经过试验推翻了过去的昆虫学家"蝉没有听觉"的观点(蝉听不到低频的声音,但能听到高频的声音),此时我感到我获得了一种法布尔式的喜悦和快感。我想,作为一种在人类周围生息的"蓬间雀"、一种地面鸟,麻雀在危机四伏的环境里觅食需要大步快速走动,但是"企者不立,跨者不行",由此便形成了它们像袋鼠一样跳跃行走的习性。

  在张家界,有一晚夜宿天子山。晚上我独自出来在漆黑的山路散步,听着近在咫尺的汩汩水声,我忽然想到了一个水系与一个国家的"对应"关系。就像任何水流都开始于水滴,任何人类社会行政单位的构成都需要有它若干数量的个体。一滴水,即一个人。当若干水滴喜悦相遇,连成一泓水线时,便出现了一个村。而若干水线形成的溪流,即是一个乡。若干溪流结成的已具备拥有自己名称资格的小河,则是一个县。若干小河汇成的仿佛能够划地独立的支流，就是一个省。最后，支流合成干流；省合成国家。一条干流的流域，就是一个国家的领土面积。从存在的角度讲，一个孤立的水滴意味着什么呢？死亡！故每个水滴都与生俱来地拥有一个终极愿望或梦想：天下所有的水滴全部汇聚在一起。在这个伟大梦想的驱动下，河流最终消失了，诞生了海洋。在人类这里，自古以来它的个体同样怀有与水滴相似的梦想，但它的废除了边界、海关和武器的"海洋"，至今尚被视作乌托邦。

在世界上，现在有两种事物的循环或轮回比较相像。一种是树叶，一种是水。这是两种壮美的、周而复始的运行：树叶春天从土地升到树上，秋天它们带着收集了三个季节的阳光又复归土地。而水从海洋升到天空，最终通过河流带着它们搬运的土壤又返回海洋（江河就是它们的永恒的道路和浩荡的队伍）。不同的是，对于水来讲，以前它们从海洋出发最后再回到海洋，只是完成了一次次轻松愉快的旅行（它们徒手而来，空手而归）。后来，由于人类的崛起及其对地表的无限占据，它们便沦为了苦难的往返搬运不息的奴隶。

秋天，大地上到处都是果实，它们露出善良的面孔，等待着来自任何一方的采取。每到这个季节，我便难于平静，我不能不为在这世上永不绝迹的崇高所感动，我应当走到土地里面去看看，我应该和所有的人一道去得到陶冶和启迪。第一场秋风已经刮过去了，所有结满籽粒和果实的植物都将丰足的头垂向大地，这里任何成熟者必致的谦逊之态，也是对孕育了自己的母亲一种无语的敬祝和感激。

> **阅读思考题**
>
> 苇岸的作品不多，仅有的几篇散文却完全可以将他可敬的人格表现出来。所谓的"大地上的事情"，比如蚂蚁窝的样子、熊蜂的尸体、一只飞翔的鸽子、黎明时鸟的叫声等，都是一些往往被人们忽略的事物；本文使我们重新认识了这些事物，并提示我们该怎样认识与对待虽平常却蕴涵着生命的庄严和奇妙的自然界？

一片树叶

[日] 东山魁夷

东山魁夷1908年生于横滨，曾经留学德国，并热衷旅行，曾旅行北欧、南欧、中国以及日本各地，游历丰富。他也经历了家族生意破产、战争、至亲全亡等人生变故，阅历深厚。太平洋战争爆发时，他被强征入伍，战争结束后，备受贫困之苦，但他没有抱怨与失落，反而将孤独时的落寞与大自然的美妙融为一体，体现在其散文与绘画创作中。他与同时期的川端康成被称为文坛"双璧"。

当我把京都作为主要题材来创作我的组画的时候，想起了圆山闻名的夜樱。我多想观赏一下那缀满枝头的繁盛的花朵同那春宵的满月交相辉映的情景啊！

那是4月10日前后吧，我弄清楚当夜确实是阴历十五之后，就向京都进发。白天，到圆山公园一看，却也幸运，樱花开得正旺，春天的太阳似乎同月夜良宵相约似的，朗朗地照着。时至向晚，我已经参观了寂光院和三千院，看看时间已到，就折向京都城里。

来到下鸭这地方，蓦然从车窗向外一望，东面天上不正飘浮着一轮又圆又大的月亮吗？我吃了一惊。本来我是想站在圆山的樱树林前，观赏那刚刚从东山露出笑脸的圆月。它一旦升上高空，就会失掉特有的风韵。我后悔不该在大原消磨那么多时光。

我急匆匆赶到圆山公园，稍稍松了口气。所幸，这儿靠近山峦，一时还望不见月亮的姿影。东山浸在碧青色的暮霭里，山前面一株枝条垂挂的樱树，披着绯红色华美的春装，仿佛将京都的春色完全凝聚于一身似的。地面上，不见一朵落花。

山头一片净明，月亮微微空出头来，静静地升上绛紫色的天空。这时，樱花仰望着月亮，月亮俯视着樱花。刹那之间，消尽了游春的灯火和杂沓的人影。四周阒无人声，只给月和花留下了清丽的好天地。

这也许就是常说的奇缘巧遇吧，花期短暂，难得碰上朗照的满月；再说，月华的胜景，也只限于今宵，要是碰上阴雨天气，就什么也看不到。此外，还必须有我这个欣赏者在场才成。

如果花儿常开不败，我们能永远活在地球上，那么花月相逢便不会引人如此动情。花开花落，方显出生命的灿烂光华；爱花赏花，更说明人对花木的无限珍惜。地球上瞬息即逝的事物，一旦有缘相遇，定会在人们的心里激起无限的喜悦。这不只限于樱花，即使路旁一棵无名小草，不是同样如此吗？

　　自然景物令人赏心悦目，这个体验是我在战争中获得的。那时想到自己的生命之火就要熄灭了，处在这样境况里，才发觉自然景物却充满了旺盛的活力。于是，我受到了强烈的震动。过去在我的眼里，这些景物都是平淡无奇，不堪一顾的呢。

　　战争结束以后，在贫困的年代里，我也隐入苦难的深渊。冬天，我伫立在凄清寂寞的山峦上，和大自然紧密相连，这才使我的心境感到充实而满足，我心中产生了对生活的切实而纯真的向往。打那时起，我便开始了一个风景画家的生涯。

　　我所喜欢描绘的不是人迹罕至的景致，而是富有生活情趣的自然风物。然而，在我所描绘的风景里，可以说，几乎没有人物出现。其中一个理由是，我描绘的风景是人们心灵的象征。我是通过自然景色本身，抒写人们的内心世界的。

　　我常常揣摩画面的内容，创作散文，这是我接触了清新的自然和素朴的形象之后引起的感动所致。在战后的时代激流勇进中，我有很多时候，是走着同时代相游离的道路的。现在看来，这条路算是对了。而且，我决心继续走下去。

　　人应当谦虚地看待自然和风景。为此，固然有必要出门旅行，同大自然直接接触，或深入异乡，领略一下当地人们的生活情趣。然而，就是我们住地周围，哪怕是庭院的一木一叶，只要用心观察，有时也能深刻地领略到生命的涵义。

　　我注视着院子里的树木，更准确地说，是在凝望枝头上的一片树叶。而今，它泛着美丽的绿色，在夏日的阳光里闪耀着光辉。我想起当初它还是幼芽的时候，我所看到的情景。那是去年初冬，就在这片新叶尚未吐露的地方，吊着一片干枯的黄叶，不久就脱离了枝条飘落到地上。就在原来的枝丫上，你这幼小的坚强的嫩芽，生机勃勃地诞生了。

　　任凭寒风猛吹，任凭大雪纷纷，你默默等待着春天，慢慢地在体内积攒着力量。一日清晨，微雨乍晴，我看到树枝上缀满粒粒珍珠，这是一枚枚新生的幼芽凝聚着雨水闪闪发光。于是我感到百草都在催芽，春天已经临近了。

　　春天终于来了，万木高高兴兴地吐翠了。然而，散落在地面上的陈叶，早已腐烂化作泥土了。

　　你迅速长成一片嫩叶，在初夏的太阳下浮绿泛金。对于柔弱的绿叶来说，初夏，既是生机旺盛的季节，也是最易遭受害虫侵蚀的季节。幸好，你平安地迎来了暑天，而今正同伙伴们织成浓密的青荫，遮蔽着枝头。

　　我预测着你的未来。到了仲夏，鸣蝉将在你的浓荫下长啸，等一场台风袭过，那啾啾蝉鸣变成了凄初的哀吟，天气也随之凉爽起来。蝉声一断，代之而来的是树根深处秋虫的合唱,这唧唧虫声,确也能为静寂的秋夜增添不少雅趣。

你的绿意,不知不觉黯然失色了,终于变成了一片黄叶,在冷雨里垂挂着。夜来秋风敲窗,第二天早晨起来,树枝上已经消失了你的踪影。只看到你所在的那个枝丫上又冒出一个嫩芽。等到这个幼芽绽放绿意的时候,你早已零落地下,埋在泥土之中了。

这就是自然,不光是一片树叶,生活在世界上的万物,都有一个相同的归宿。一叶坠地,绝不是毫无意义的。正是这片片黄叶,换来了整个大树的盎然生机。这一片树叶的诞生和消亡,正标志着生命在四季里的不停转化。

同样,一个人的死关系着整个人类的生。死,固然是人人所不欢迎的。但是,只要你珍爱自己的生命,同时也珍爱他人的生命,那么,当你生命渐尽,行将回归大地的时候,你应当感到庆幸。这就是我观察庭院里的一片树叶所得的启示。不,这是那片树叶向我娓娓讲述的生死轮回的要谛。

阅读思考题

本文以"一片树叶"为题,抒发了作者内心的情怀和对生命的感悟,但不仅仅写一片树叶,首先写到奇缘巧遇圆山月夜樱花,物我两融的境界,震撼人心而由衷喜悦;次写战争中当生命之火行将熄灭时,受到自然景物旺盛活力的强烈震动;最后一部分才由庭院的树叶联想到生命的意义。请举例探讨自然给你的启示。

笔记区

西 风 颂(1)

[英] 珀西·比西·雪莱

珀西·比西·雪莱（1792—1822），是英国文学史上最有才华的抒情诗人之一。其一生见识广泛，不仅是柏拉图主义者，更是个伟大的理想主义者。创作的诗歌节奏明快，积极向上，诗风自由不羁，常在天上地下、时间空间、神怪精灵之中自由往来变幻。1818~1819年，雪莱完成了两部重要的长诗《解放了的普罗米修斯》和《倩契》，以及其不朽的名作《西风颂》。

一

你是秋的呼吸，啊，奔放的西风；
你无形地莅临时，残叶们逃亡，
它们像回避巫师的成群鬼魂，

黑的、惨红的、铅灰的，或者蜡黄，
患瘟疫而死掉的一大群，啊，你，
送飞翔的种籽到它们的冬床，

它们躺在那儿，又暗、又冷、又低，
一个个都像尸体埋葬于墓中，
直到明春你青空的妹妹(2)吹起，

她的号角，唤醒了大地的迷梦，
驱羊群似地驱使蕾儿吐馨，
使漫山遍野铺上了姹紫嫣红；

你周流上下四方，奔放的精灵，
是破坏者，又是保护者，听呀听！

二

你在动乱的太空中掀起激流,
那上面飘浮着落叶似的云块,
掉落自天与海的错综的枝头(3);

它们是传送雨和闪电的神差。
你那气流之浪涛的碧蓝海面,
从朦胧的地平线到天的顶盖,

飘荡着快来的暴风雨的发辫,
像美娜德(4)头上金黄色的乱发。
随风飘动,你为这将逝的残年,

唱起挽歌,待到夜的帷幕落下,
将成为这一年的巨冢的圆顶,
你用凝聚的云雾为它作支架,

而从这浓云密雾中,将会涌迸:
电火、冰雹和黑的雨水;啊你听!

三

你也把青青的地中海水唤醒,
他原在贝宜湾(5)的一个浮岛边,
沉醉于他夏日幻梦里的美景,

被一圈圈晶莹的涟漪所催眠,
他梦见了古老的宫殿和楼阁,
荡漾于更明朗皎洁的水中天,

满披着翡翠似的苔藓和花朵,
花朵多芬芳,那气息使人醉迷;
浩瀚的大西洋本来平静无波,

随着你的脚步而裂开,在海底,
那些枝叶没有浆汁的湿树林,
还有海花,听到你来临的声息,

便突然地变色,它们大吃一惊,
瑟瑟地发抖,纷纷凋谢。啊你听!

四

如果我是任你吹的落叶一片;
如果我是随着你飞翔的云块;
如果是波浪,在你威力下急湍,

享受你神力的推动,自由自在,
几乎与你一样,啊,你难制的力!
再不然,如果能回返童年时代,

常陪伴着你在太空任意飘飞⁽⁶⁾,
以为要比你更神速也非幻想;
那我就不致处此窘迫境地,

向你苦苦求告:啊,快使我高扬,
像一片树叶、一朵云、一阵浪涛!
我碰上人生的荆棘,鲜血直淌!

时光的重负困着我,把我压倒,
我太像你了:难驯、迅速而骄傲。

五

把我当做你的琴,当做那树丛,⁽⁷⁾
纵使我的叶子凋落又何妨?
在你怒吼咆哮的雄浑交响中,

将有树林和我的深沉的歌唱,
我们将唱出秋声,婉转而忧愁。
精灵呀,让我变成你,猛烈、刚强!

把我僵死的思想驱散在宇宙,
像一片片的枯叶,以鼓舞新生;
请听从我这个诗篇中的符咒,

把我的话传播给全世界的人，
犹如从不灭的炉中吹出火花！
请向未醒的大地，借我的嘴唇，

像号角般吹出一声声预言吧！
如果冬天来了，春天还会远吗？

(杨熙龄译)

◎ 注 释

(1)《西风颂》写于 1819 年，是雪莱后期最著名的抒情诗。
(2) 指春天的东风。
(3) 诗人把天与海比作巨树，云比作落叶。
(4) 美娜德（Naenad）：疯女郎，希腊神话中酒神的侍女。
(5) 贝宜湾（Baiae）：意大利那不勒斯湾西部名称。
(6) 意谓童年时代幻想能够随风遨游太空。
(7) 意谓西风以树丛当做弦琴，奏出音乐。

阅读思考题

《西风颂》与《致云雀》、《云》并称为珀西·比西·雪莱的三大颂歌，《西风颂》共 5 个部分，由 5 首十四行诗组成。从形式上看，五个部分节律完整，可以独立成篇；从内容来看，它们贯穿着怎样一个一致的对待自然的中心思想？

笔记区

牛 蒡 花

[俄] 列夫·尼古拉耶维奇·托尔斯泰

列夫·尼古拉耶维奇·托尔斯泰，19世纪俄国伟大的批判现实主义作家，是世界文学史上最杰出的作家之一，他被称为具有"最清醒的现实主义"的"天才艺术家"。他的主要作品有长篇小说《战争与和平》、《安娜·卡列尼娜》、《复活》等。他的作品描写了俄国革命时人民的顽强抗争，因此被称为"俄国十月革命的镜子"。

我穿过田野回家。正是仲夏时节。草地已经割完了，黑麦刚要动手收割。

这正是万紫千红、百花斗艳的季节：红的、白的、粉红的、芬芳而且毛茸茸的三叶草花；傲慢的延命菊花；乳白的、花蕊黄澄澄的、浓郁袭人的"爱不爱"花；甜蜜蜜的黄色的山芥花；亭亭玉立的、郁金香形状的、淡紫的和白色的吊钟花；匍匐缠绕的豌豆花；黄的、红的、粉红的、淡紫的玲珑的山萝卜花；微微有点红晕的茸毛和微微有些愉快香味的车前草花；在青春时代向着太阳发着青辉的、傍晚即进入暮年、变得又蓝又红的矢车菊花；以及那娇嫩的、有点杏仁味的、立即就衰萎的菟丝子花。

我采了一大束各种的花朵走回家去，这时，我看见沟里有一朵异样深红的、盛开的牛蒡花，我们那里管它叫"鞑靼花"。割草人竭力避免割它，如果偶尔割掉一株，割草人怕它刺手，总是把它从草堆里扔出去。我忽然想要折下这枝牛蒡花把它放在花束当中。我走下沟去，把一只钻到花蕊中间，在那儿正睡得甜蜜蜜懒洋洋的山马蜂赶走，就开始折花了。然而这却是非常困难的：且不说花梗四面八方地刺人，甚至刺透我用来裹手的手巾，——它并且是这样惊人的坚韧，我得一丝丝地把纤维劈开，差不多同它搏斗了五分钟的光景。末了，我把那朵花折了下来，这时花梗已经破碎不堪，并且花朵已经不那么鲜艳了。此外，由于它的粗犷和不驯，同花束中娇嫩的花朵也不和谐。我惋惜我白糟蹋了一枝花，它本来在自己的位置上是好好的，于是把它扔掉了。"然而生命是多么富于精力和力量的呵。"我回忆折花时所费的气力，想道："它是如何努力地防卫着，并且高价地牺牲了自己的生命啊。"

回家的道路，是在休耕的、刚刚犁过的黑土的田地中间穿过的。我沿着满是尘土的黑土路爬坡走着。犁过的田地是地主的，非常广大，道路两旁和前面斜坡上，除了黑色的、犁得均匀的、还没有耙过的休耕地之外，什么都看不到。犁得很好，整个田地里连一棵小植物、一棵小草都看不见，全是黑色的。"人是一种多么善于破坏的残酷的动物啊，为了维护自己的生命，他毁灭了多少种动物、植物。"我一面想，一面不由得在这片净光的黑土田地里找寻活的东西。在我前面道路的右边，发现一棵灌木。当我走近了的时候，我认出这棵灌木仍然是"鞑靼花"，跟我徒然把它的花折下并且扔掉的那棵一样。

这棵"鞑靼花"有三个枝杈。其中一枝已经断掉了，残枝像砍断的胳膊突出着。另外两枝每枝都有一朵花。这两朵花原是红的，现在却变黑了。一枝是断的，断枝头上有一朵沾了泥的花耷拉着；另一枝也涂抹了黑泥，但仍然向上挺着。看样子，整棵灌木曾被车压过，过后才抬起头来，因此它歪着身子站着，但总算站起来了。就好像从它身上撕下一块肉，取出五脏，砍掉了一只胳膊，挖去一只眼睛，但它仍然站了起来，对那消灭了它周围兄弟们的人，决不低头。

阅读思考题

车尔尼雪夫斯基曾经指出托尔斯泰的才华具有两个特点："心灵的辩证法（即写心理的过程）和道德感情的纯洁。"本文的结尾正是体现了托尔斯泰的道德感情，他这样赞美牛蒡花："就好像从它身上撕下一块肉，取出五脏，砍掉了一只胳膊，挖去一只眼睛，但它仍然站了起来，对那消灭了它周围兄弟们的人，决不低头。"这一段体现了托尔斯泰对"牛蒡花"怎样的感情？

冬日漫步（节选）

[美] 亨利·大卫·梭罗

亨利·大卫·梭罗（1817—1862），美国著名散文家，生于马萨诸塞州的康谷城，哈佛大学毕业后曾执教两年。他是倡导超验主义的爱默生的信徒，其最有名的实践是在瓦尔登湖畔自力更生的两年独居，并由此把自己的日常观察和沉思写出经典之作《瓦尔登湖》。其文流畅自然，生动多变，散发出浓郁的大自然清新之气。

风轻轻的低声吹着，吹过百叶窗，吹在窗上，轻软的好像羽毛一般；有时候数声叹息，几乎叫人想起夏季长夜漫漫和风吹动树叶的声音。田鼠已经舒舒服服的在地底下的楼房中睡着了，猫头鹰安坐在沼地深处一棵空心树里面，兔子、松鼠、狐狸都躲在家里安居不动。看家的狗在火炉旁边安静地躺着，牛羊在栏圈里一声不响地站着。大地也睡着了——这不是长眠，这似乎是它辛勤一年以来的第一次安然入睡。时虽半夜，大自然还是不断地忙着，只有街上商店招牌或是木屋的门轴上，偶然轻轻地发出叽格的声音，给寂寥的大自然添一些慰藉。茫茫宇宙，在金星和火星之间，只有这些声音表示天地万物还没有全体入睡——我们想起了远处（就在心里头吧?）还有温暖，还有神圣的欢欣和朋友相聚之乐；可是这种境界是天神们互相往来时才能领略，凡人是不胜其荒凉的。天地现在是睡着了，可是空气中还是充满了生机，鹅毛片片，不断地落下，好像有一个北方的五谷女神，正在我们的田亩上撒下无数银色的谷种。

我们也睡着了，一觉醒来，正是冬天的早晨。万籁无声，雪厚厚的堆着，窗槛上像是铺了温暖的棉花；窗格子显得加宽了，玻璃上结了冰纹，光线暗淡而静，更加强了屋内的舒适愉快的感觉。早晨的安静，似乎静在骨子里，我们走到窗口，挑了一处没有冰霜封住的地方，眺望田野的景色；可是我们单是走这几步路，脚下的地板已经在吱吱地响。窗外一幢幢的房子都是白雪盖顶；屋檐下、篱笆上都累累的挂满了雪条；院子里像石笋似站了很多雪柱，雪里藏的是什么东西，我们却看不出来，大树小树四面八方地伸出白色的手臂，指向太空；本来是墙壁篱笆的地方，形状更是奇怪，在昏暗的大地上面，它们向左右延伸，如跳如跃，似乎大自然一夜之间，把田野风景重新设计过，好让人间的画师来临摹。

我们悄悄地拔去了门闩，雪花飘飘，立刻落到屋子里来；走出屋外，寒风迎面扑来，利如刀割。星光已经不这么闪烁光亮，地平线上面笼罩着一层昏昏的铅状的薄雾。东方露出一种奇幻的古铜色的光彩，表示天快要亮了；可是四面的景物，还是模模糊糊，一片幽暗，鬼影幢幢，疑非人间。耳边的声音，也带一种鬼气——鸡啼狗吠，木柴的砍劈声，牛群的低鸣声。——这一切都好像是阴阳河彼岸冥王的农场里所发出的声音；声音本身并没有特别凄凉之处，只是天色未明，这种种活动显得太庄严了，太神秘了，不像是人间所有的。院子里雪地上，狐狸和水獭所留下的脚印犹新，这使我们想起：即使在冬夜最静寂的时候，自然界生物没有一个钟头不在活动，它们还在雪上留下痕迹。把院子门打开，我们以轻快的脚步，跨上寂寞的乡村公路，雪干而脆，脚踏上去发出破碎的声音；早起的农夫，驾了雪橇，到远处的市场去赶早市；这辆雪橇一夏天都在农夫的门口闲放着，与木屑稻梗为伍，现在可有了用武之地，它的尖锐清晰刺耳的声音，对于早起赶路之人，也有提神醒脑的作用。农舍窗上虽然积雪很多，但是屋里的农夫已经早把蜡烛点起，烛光孤寂的照射出来，像一颗暗淡的星。树际和雪堆之间，炊烟也是一处一处的从烟囱里往上飞升。

大地冰冻，远处鸡啼狗吠；从各处农舍门口，也不时地传来丁丁劈柴的声音。空气稀薄干寒，只有比较美妙的声音才能传入我们的耳朵，这种声音听来都有一种简短的可是悦耳的颤动；凡是至清至轻的流体，波动总是少发即止，因为里面粗粒硬块，早就沉到底下去了。声音从地平线的远处传来，都清越明亮，犹如钟声，冬天的空气清明，不像夏天那样的多杂质阻碍，因此声音听来也不像夏天那样的毛糙模糊。脚下的土地，铿锵有声，如叩坚硬的古木；一切乡村间平凡的声音，此刻听来都美妙悦耳；树上的冰条，互相撞击，其声玲珑，如流水，如妙乐。大气里面一点水分都没有，水蒸气不是干化，就是凝结成冰霜的了；空气十分稀薄而似有弹性，人呼吸其中，自觉心旷神怡。天似乎是绷紧了的，往后收缩，人从下上望，很像处身大教堂中，顶上是一块连一块弧状的屋顶；空气中闪光点点，好像有冰晶浮游其间。据在格陵兰住过的人告诉我们说，那边结冰的时候，"海就冒烟，像大火燎原一般；而且有一种雾气上升，名叫烟雾；这种烟雾有害健康，伤人皮肤，能使人手脸等处，生疮肿胀。"我们这里的寒气，虽然其冷入骨，然而质地清纯可提神，可清肺；我们不能把它认为是冻结的雾，只能认为是仲夏的雾气的结晶，经过寒冬的洗涤，越发变得清纯了。

太阳最后总算从远处的林间上升，阳光照处，空中的冰霜都融化，隐隐之中似乎有铙钹伴奏，铙钹每响一次，阳光的威力逐渐增加；时间很快从黎明变成早晨，早晨也愈来愈老，很快地把西面远处的山头，镀上一层金色。我们匆匆的踏着粉状的干雪前进，因为思想感情更为激动，内心发出一种热力，天气也好像变得像十月小阳春似的温暖。假如我们能改造我们的生活，和大自然更能配合一致，我们也许就无需畏惧寒暑之侵，我们将同草木走兽一样，认大自然是我们的保姆和良友，她是永远照顾着我们的。

　　大自然在这个季节，特别显得纯洁，这是使我们觉得最为高兴的。残干枯木，苔痕斑斑的石头和栏杆，秋天的落叶，到现在被大雪掩没，像上面盖了一块干净的手巾。寒风一吹，无孔不入，一切乌烟瘴气都一扫而空，凡是不能坚贞自守的，都无法抵御；因此凡是在寒冷荒僻的地方（例如在高山之顶），我们所能看得见的东西，都是值得我们尊敬的，因为它们有一种坚强的纯朴的性格——一种清教徒式的坚韧。别的东西都寻求隐蔽保护去了，凡是能卓然独立于寒风之中者，一定是天地灵气之所钟，是自然界骨气的表现，它们具有和天神一般的勇敢。空气经过洗涤，呼吸进去特别有劲。空气的清明纯洁，甚至用眼睛都能看得出来；我们宁可整天处在户外，不到天黑不回家，我们希望朔风吹过光秃秃的大树一般的吹澈我们的身体，使得我们更能适应寒冬的气候。我们希望借此能从大自然借来一点纯洁坚定的力量，这种力量对于我们是一年四季都有用的。

阅读思考题

　　亨利·大卫·梭罗深爱自然，其根源是爱默生倡导的超验主义，超验主义是美国的一种文学和哲学运动，它认为存在一种理想的精神实体，超越于经验和科学之外，只能通过直觉来把握；超验主义所追求的人的自由精神已成为美国文化中一个重要遗产。梭罗在瓦尔登湖独居的目的是想通过体验自然界发生的事实来理解世界，所以亨利·大卫·梭罗说："我之所以走进林间并不是想生活得便宜或者更昂贵些，而是想以最少的麻烦做些个人想做的事。"请分析文中亨利·大卫·梭罗是怎样努力开掘自然对人生的意义，并赋予景物以强烈个性特征的？

敬畏生命（节选）

[法] 阿尔贝特·史怀泽

阿尔贝特·史怀泽（1875—1965），法国神学家，哲学博士，医生。其创立的以"敬畏生命"为核心的生命伦理学是当今世界和平运动、环保运动的重要思想资源。1904年，已经拥有巨大声望的他闻知刚果缺少医生，决定到非洲行医。他执著地学习9年后获得了行医证和医学博士学位，并于1913年来到非洲建立了丛林诊所，服务非洲人民直至逝世。1952年他获得了诺贝尔和平奖，被称为"非洲之子"。

一

善是保存和促进生命，恶是阻碍和毁灭生命。如果我们摆脱自己的偏见，抛弃我们对其他生命的疏远性，与我们周围的生命休戚与共，那么我们就是道德的。只有这样，我们才是真正的人；只有这样，我们才会有一种特殊的、不会失去的、不断发展的和方向明确的德性。

敬畏生命、生命的休戚与共是世界中的大事。自然不懂得敬畏生命。它以最有意义的方式产生着无数生命，又以毫无意义的方式毁灭着它们。包括人类在内的一切生命等级，都对生命有着可怕的无知。他们只有生命意志，但不能体验发生在其他生命中的一切；他们痛苦，但不能共同痛苦。自然抚育的生命意志陷于难以理解的自我分裂之中。生命以其他生命为代价才得以生存下来。自然让生命去干最可怕的残忍事情。自然通过本能引导昆虫，让它们用毒刺在其他昆虫身上扎洞，然后产卵于其中；那些由卵发育而成的昆虫靠毛虫过活，这些毛虫则被折磨致死。为了杀死可怜的小生命，自然引导蚂蚁成群结队地去攻击它们。看一看蜘蛛吧！自然教给它的手艺多么残酷。

从外部看，自然是美好和壮丽的，但认识它则是可怕的。它的残忍毫无意义！最宝贵的生命成为最低级生命的牺牲品。例如，一个儿童感染了结核病菌。接着，这种最低级生物就在儿童的最高贵机体内繁殖起来，结果导致这个儿童的痛苦和夭亡。在非洲，每当我检验昏睡病人的血液时，我总是感到吃惊。为什么这些人的脸痛苦得变了形并不断呻吟：我的头，我的头！为什么他们必须彻夜哭泣并痛苦地死去？这是因为，在显微镜下人们可以看见千分之十至千分之四十毫米的白色细菌；即使它们数量很少，以至于为了找到一个，有时得花上几个小时。

由于生命意志神秘的自我分裂，生命就这样相互争斗，给其他生命带来痛苦或死亡。这一切尽管无罪，却是有过的。自然教导的是这种残忍的利己主义。当然，自然也教导生物，在它需要时给自己的后代以爱和帮助。只是在这短暂的时间内，残忍的利己主义才得以中断。但是，更令人惊讶的是，动物能与自己的后代共同感受，能以直至死亡的自我牺牲精神爱它的后代，但拒绝与非其属类的生命休戚与共。

受制于盲目的利己主义的世界，就像一条漆黑的峡谷，光明仅仅停留在山峰之上。所有生命都必然生存于黑暗之中，只有一种生命能摆脱黑暗，看到光明。这种生命是最高的生命，人。只有人能够认识到敬畏生命，能够认识到休戚与共，能够摆脱其余生物苦陷其中的无知。

这一认识是存在发展中的大事。真理和善由此出现于世，光明驱散了黑暗，人们获得了最深刻的生命概念。共同体验的生命，由此在其存在中感受到整个世界的波浪冲击，达到自我意识，结束作为个别的存在，使我们之外的生存涌入我们的生存。

我们生存在世界之中，世界也生存于我们之中。这个认识包含着许多奥秘。为什么自然律和道德律如此冲突？为什么我们的理性不赞同自然中的生命现象，而必然形成与其所见尖锐对立的认识？为什么它必须在自身中发现完全不同于支配世界的规律？为什么在它发挥善的概念的地方，它就必须与世界作斗争？为什么我们必须经历这种冲突，而没有有朝一日调和它的希望？为什么不是和谐而是分裂？等等。上帝是产生一切的力量。为什么显示在自然中的上帝否定一切我们认为是道德的东西，即自然同时是有意义地促进生命和无意义地毁灭生命的力量？如果我们已能深刻地理解生命敬畏生命，与其他生命休戚与共；那么，我们怎样使作为自然力的上帝，与我们所必然想象的作为道德意志的上帝、爱的上帝统一起来？

我们不能在一种完整的世界观和统一的上帝概念中坚定我们的德性，我们必须始终使德性免受世界观矛盾的损害，这种矛盾像毁灭性的巨浪一样冲击着它。我们必须建造一条大堤，它能保存下来吗？

危及我们休戚与共的能力和意志的是日益强加于人的这种考虑：这无济于事！你为防止或减缓痛苦、保存生命所做的和能做的一切，和那些发生在世界上和你周围，你又对之无能为力的一切比较起来，是无足轻重的。确实，在许多方面，我们是多么的软弱无力,我们本身也给其他生物带来了多少伤害,而不能停止。想到这一点,真是令人害怕。

你踏上了林中小路,阳光透过树梢照进了路面,鸟儿在歌唱,许多昆虫欢乐地嗡嗡叫。但是,你对此无能为力的是:你的路意味着死亡。被你踩着的蚂蚁在那里挣扎,甲虫在艰难地爬行,而蠕虫则蜷缩起来。由于你无意的罪过,美好的生命之歌中也出现了痛苦和死亡的旋律。当你想行善时,你感受到的则是可怕的无能为力,不能如你所愿地帮助生命。接着你就听到诱惑者的声音:你为什么自寻烦恼?这无济于事。不要再这么做,像其他人一样,麻木不仁,无思想、无感情吧。

还有一种诱惑:同情就是痛苦。谁亲身体验了世界的痛苦,他就不可能在人所意愿的意义上是幸福的。在满足和愉快的时刻,他不能无拘束地享受快乐,因为那里有他共同体验的痛苦。他清楚地记着他所看见的一切。他想到他所遇见的穷人,看见的病人,认识到这些人的命运残酷性,阴影出现在他的快乐的光明之中,并越来越大。在快乐的团体中,他会突然心不在焉。那个诱惑者又会对他说,人不能这样生活。人必须能够无视发生在他周围的事情,不要这么敏感。如果你想理性地生活,就应当有铁石心肠。穿上厚甲,变得像其他人一样没有思想。最后,我们竟然会为我们还懂得伟大的休戚与共而惭愧。当人们开始成为这种理性化的人时,我们彼此隐瞒,并装着好像人们抛弃的都是些蠢东西。

这是对我们的三大诱惑,它不知不觉地毁坏着产生善的前提。提防它们。首先,你对自己说,互助和休戚与共是你的内在必然性。你能做的一切,从应该被做的角度来看,始终只是沧海一粟。但对你来说,这是能赋予你生命以意义的唯一途径。无论你在哪里,你都应尽你所能从事救助活动,即解救由自我分裂的生命意志给世界带来的痛苦;显然,只有自觉的人才会从事这种救助活动。如果你在任何地方减缓了人或其他生物的痛苦和畏惧,那么你能做的即使较少,也是很多。保存生命,这是唯一的幸福。

另一个诱惑,共同体验发生在你周围的不幸,对你来说是痛苦,你应这样认识:同甘与共苦的能力是同时出现的。随着对其他生命痛苦的麻木不仁,你也失去了同享其他生命幸福的能力。尽管我们在世间见到的幸福是如此之少;但是,以我们本身所能行的善,共同体验我们周围的幸福,是生命给予我们的唯一幸福。最后,你根本没有权利这么说:我要这么生存,因为你认为,你比其他生命幸福。你必须如你必然所是地做一个真正自觉的人,与世界共同生存的人,在自身中体验世界的人。你是否因此按流行的看法比较幸福,这是无所谓的。我们内心神秘的声音并不需要幸福的生存——听从它的命令,才是唯一能使人满足的事情。

我这样和你们说，是为了不让你们麻木不仁，保持清醒的头脑！这与你们的灵魂有关。如果这些表达了我内心思想的话语，能使在座的诸位撕碎世上迷惑你们的假象，能使你们不再无思想地生存，不再害怕由于敬畏生命和必然认识到共同体验的重要而失去自己，那么，我就感到满足，而我的行为也将被赞赏……

二

我是一个生命，生命的意愿是生存，在生命的中途，她愿意活着。在我的生命意识中，带着对毁灭和痛苦的惧怕，渴望着更广阔的生存和快乐；我的周遭围绕着同样的生命意识，无论她在我面前表达自己还是保持沉默。生命意识到处展现，在我自身也是同样。如果我是一个有思维的生命，我必须以同等的敬畏来尊敬其他生命，而不仅仅限于自我小圈子，因为我明白：她深深地渴望圆满和发展的意愿，跟我是一模一样的。所以，我认为毁灭、妨碍、阻止生命是极其恶劣的。尊敬生命，在实际上和精神上两个方面，我都保持真实。根据同样的理由，尽我所能，挽救和保护生命达到她的高度发展，是尽善尽美的。在我内部，生命意识懂得了其他的生命意识。她渴望透过自身达到整合，成为一个整体。我只能坚持这样一个事实，生命意识透过我展示了她自己：成为与其他生命意识相互依存的一员。

我经验过向一切生命意识表达同等敬畏的不可遏止的冲动，如同尊敬自身的一样。通过这种经验形成了我的伦理观。一个人遵从这种冲动，去帮助所有他能够帮助的生命，并且畏惧伤害任何活着的生灵，这个人才是符合伦理的。如果我把一个昆虫从泥坑救出来，我的生命对另一个生命做出贡献，那么对立于生命自身的生命分隔现象就消失了。不论何时不论何种方式，我的生命对另一个生命贡献出他自身，我的生命意识就经历了一个从有限到无限的融合的愿望，在这个愿望中，所有的生命是一个整体。

绝对伦理要求在生命中创造完美。她不可能完全实现；这一点倒无所谓。对生命敬畏的感觉是绝对的伦理。它使生命序列的保持和提升顺利运作。不论在什么情况下，毁灭和伤害生命都如同恶魔一样有罪。在实践中，我们真的被迫选择。我们经常必须武断地决定何种形式的生命，甚至何种特殊的人，我们应该挽救，何种我们应该毁灭。尽管如此，敬畏生命的原则仍然是完整的和毋庸置疑的。

这种伦理并不因为人们的伦理观抵触现象而失效，农民在牧场割草喂牛割下了一千棵花，可是他必须注意，在回家的路上，不要因为沉浸在消遣心情里而划掉路旁的花朵，因为这样做是不必要，是对生命犯下罪行。

阅读思考题

阿尔贝特·史怀泽曾说他在非洲志愿行医时，有一天黄昏，看到几只河马在河中与他们所乘的船并排而游，突然感悟到了生命的可爱和神圣。于是，"敬畏生命"的思想在他的心中蓦然产生，并且成了他今后努力倡导和不懈追求的事业。节选的文章对"敬畏生命"这一理念从伦理角度作了阐述，认为敬畏生命是有德性的人的道德标准；阿尔贝特·史怀泽将敬畏生命原则论证为伦理学的第一原则，其"敬畏生命"思想是当代世界最具影响的生态文明观。我们该怎样理解阿尔贝特·史怀泽敬畏生命的博大胸怀，并且重新认识人与自然中所有生命的关系？

笔记区

第二篇 热爱生活

我们以"热爱生活"作为大学生人文修养的出发点是基于以下认识：只有热爱生活，才能真正体会到人世间的快乐与美好；只有热爱生活，才能感到前途光明，且有取之不尽的前进动力；也只有了解生活而且热爱生活的人是幸福的，因为尊重与热爱生活，是生命进程中的必需条件，也是心理健康的一个必要条件。而且我们寄希望于所有大学生：不管遭遇到什么，请笑着面对生活。人生无论在最坏的或最好的时候，总是美的，而且总是可以笑着面对的。热爱人生的人永远不会是失败者。

热爱生活的方式是多元与丰富的，庄子是通过追求一种掌握宇宙规律之后的精神与物质上的绝对自由来展示对生活的热爱，换言之，庄子注重于追求的是个体精神的价值；而孟子热爱生活的态度与庄子迥异，他是秉承孔子之道，从济世救人、干预与改变现实的宗旨出发，认为一个热爱生活的人要学会在痛苦中成长。周作人的《生活之艺术》是把平凡普通的生活当做一种艺术来热爱；而泰戈尔在《生命——心灵》结尾说道："一切疯狂的调子，以美的复唱形式，融合在欢乐的歌声中，所有的获取和赋予，如花儿开放，似果实成熟。"我们热爱的正是泰戈尔对生命的肯定与热爱；阿尔贝·加缪《西西弗的神话》描写的是荒谬的英雄西西弗，作者坚持认为"西西弗是幸福的"，因为西西弗坚持斗争并热爱生活；阿迪斯·惠特曼在《生命的召唤》中呼吁："我们谁不愿像他们，使别人的生命之火燃烧？最重要的是先要弄清自己是否热爱生命，是否具有活力。热爱生命的人才能分享于他人。"

又盲、又聋、又哑的海伦·凯勒这样说："有时我想，要是人们把活着的每一天都看做是生命的最后一天该有多好啊！这就更能显出生命的价值"。我们可以从她的《假如给我三天光明》获得对生活最深切真挚的热爱。史铁生正是因为受到瘫痪的限制，所以其《我与地坛》就要为活着找到充分的理由，也就是为热爱生活找到充足的理由。还有患有不治之症的科学家斯蒂芬·霍金，在《我的病历》中写到："我现在比过去更懂得享受生活。我在研究上取得进展。

我订婚并且结婚。"正是因为他执著地热爱生活，他在事业与爱情上都获得了巨大成功。而杰克·伦敦在一个既无固定职业又无固定居所的家庭中长大，亲身体验了求生的千辛万苦，其小说《热爱生命》刻画了主人公对生命的极度执著与绝不放弃。

　　作为一个身体健全、智力完全的当代大学生，请热爱生活吧，这会使你更聪明、更成熟，并且迈向成功。生命如流水，只有在快乐地歌唱与奔涌向前之时，才是美，才有意义。

逍遥游（节选）

庄 子

庄子，先秦（战国）时期伟大的思想家、哲学家和文学家，系楚庄王后裔，后迁至宋国蒙，是道家学说的主要创始人，与老子并称为"老庄"。庄子主张"天人合一"和"清静无为"，其文采胜过老子。鲁迅在评价庄子文章时赞叹："汪洋辟阖，仪态万方，晚周诸子之作，莫能先也"（《汉文学史纲要》）。庄子最著名的作品有《逍遥游》、《齐物论》等。

北冥有鱼[1]，其名为鲲[2]。鲲之大，不知其几千里也；化而为鸟，其名为鹏。鹏之背，不知其几千里也；怒而飞，其翼若垂天之云[3]。是鸟也，海运则将徙于南冥[4]。南冥者，天池也。

《齐谐》者[5]，志怪者也。《谐》之言曰："鹏之徙于南冥也，水击三千里，抟扶摇而上者九万里[6]，去以六月息者也[7]。"野马也，尘埃也，生物之以息相吹也[8]。天之苍苍[9]，其正色邪？其远而无所至极邪其[10]？其视下也，亦若是则已矣。

且夫水之积也不厚[11]，则其负大舟也无力。覆杯水于坳堂之上[12]，则芥为之舟；置杯焉则胶[13]，水浅而舟大也。风之积也不厚，则其负大翼也无力。故九万里，则风斯在下矣，而后乃今培风[14]；背负青天，而莫之夭阏者[15]，而后乃今将图南。

蜩与学鸠笑之曰[16]："我决起而飞[17]，抢榆枋[18]，时则不至而控于地而已矣，奚以之九万里而南为[19]？"适莽苍者[20]，三飡而反，腹犹果然[21]；适百里者，宿舂粮[22]；适千里者，三月聚粮。之二虫又何知！

小知不及大知[23]，小年不及大年[24]。奚以知其然也？朝菌不知晦朔[25]，蟪蛄不知春秋[26]，此小年也。楚之南有冥灵者[27]，以五百岁为春，五百岁为秋；上古有大椿者[28]，以八千岁为春，八千岁为秋，此大年也。而彭祖乃今以久特闻[29]，众人匹之[30]，不亦悲乎？

汤之问棘也是已[31]："穷发之北[32]，有冥海者，天池也。有鱼焉，其广数千里，未有知其修者[33]，其名为鲲。有鸟焉，其名为鹏，背若太山[34]，翼若垂天之云；抟扶摇羊角而上者九万里[35]，绝云气[36]，负青天，然后图南，且适南冥也。

斥鴳笑之曰(37):'彼且奚适也?我腾跃而上,不过数仞而下(38),翱翔蓬蒿之间,此亦飞之至也(39)!而彼且奚适也?'"此小大之辩也(40)。

故夫知效一官,行比一乡,德合一君而征一国者(41),其自视也(42),亦若此矣。而宋荣子犹然笑之(43)。且举世誉之而不加劝,举世而非之而不加沮,定乎内外之分,辩乎荣辱之境,斯已矣。彼其于世,未数数然也(44)。虽然,犹有未树也(45)。

夫列子御风而行(46),泠然善也(47),旬有五日而后反。彼于致福者(48),未数数然也。此虽免乎行,犹有所待者也。

若夫乘天地之正(49),而御六气之辩(50),以游无穷者(51),彼且恶乎待哉!故曰:至人无己,神人无功,圣人无名。

◎ 注 释

(1) 北冥(míng):北海。冥,通"溟",浩瀚无边。

(2) 鲲(kūn):大鱼名。

(3) 垂:通"陲",边陲,边际。

(4) 海运:海动,海风刮起。

(5) 齐谐:书名。出于齐国,记载诙谐怪异之事,故名《齐谐》。

(6) 抟(tuán):环绕。一作"搏",拍打。扶摇:旋风,海中飓风。

(7) 去以六月息:乘着六月之风而去。此"息"作"风"解。一说,一去半年才歇息。此"息"作"休息"解。二者均通。

(8) 息:气息,风。

(9) 苍苍:深蓝色。

(10) 其:抑或,还是。

(11) 且夫:提起将要议论的下文。厚:深。

(12) 坳(ào)堂:读作"堂坳",屋中的低洼处。

(13) 胶:粘连。

(14) 培风:凭风,乘风。

(15) 夭阏(è):阻碍。夭,折。阏,遏,止。

(16) 蜩(tiáo):蝉。学鸠:小斑鸠。

(17) 决起:疾速而起,奋起。

(18) 抢:冲,撞。枋:檀树。

(19) 奚以:何以。之:往。为:句末语气词。

(20) 适:往,到。莽苍:郊野苍茫景色,代指郊外。

(21) 果然:吃饱的样子。

(22) 宿舂粮:读作"舂宿粮",春捣一宿之粮,准备过夜的吃食。

(23) 知：同"智"。

(24) 年：年寿，寿命。

(25) 朝菌：朝生暮死的菌类生物。晦朔：每月的最后一天为晦，每月的第一天为朔。这里指一天的晨与夕。

(26) 蟪蛄：寒蝉。因为春生夏死或夏生秋死，无法了解一年春夏秋冬四季的变化。

(27) 冥灵：大海灵龟。一说树木名。

(28) 大椿：大椿树，传说中的神树。

(29) 彭祖：传说中的长寿人物，一说活了七百岁，一说活了八百岁。

(30) 匹之：与他相比。匹，比。

(31) 汤：商汤，商朝第一代国君。棘：夏革，商朝大夫，为商汤的老师。

(32) 穷发：寸草不生的地方。

(33) 修：长。

(34) 太山：即泰山，今山东省境内。

(35) 羊角：形似羊角的旋风。

(36) 绝：超越，穿过。

(37) 斥鷃（yàn）：池泽中的小雀。斥，池塘，小泽。

(38) 仞：古代长度单位，八尺为一仞。

(39) 至：极至，指最高的境界。

(40) 辩：通"辨"，分别。

(41) "故夫"三句：知，同"智"。效，胜任。比、合，适合，符合。征，信。

(42) "其自视"二句：其，指上述三类人。此，指斥鷃、蜩、学鸠。

(43) 宋荣子：宋钘，战国时期宋人。犹然：嗤笑的样子。

(44) 数数然：汲汲追求名利的样子。

(45) 未树：不曾树立的，指超越自我的境界。

(46) 列子：列御寇，战国时期郑人。御风：乘风。

(47) 泠（líng）然：轻妙的样子。

(48) 彼：指列子。致：求，得。福：福报。

(49) 乘：因循，随顺。正：规律，本性。

(50) 御：与"乘"同义，顺从。六气：指阴、阳、风、雨、晦、明。辩：通"变"，变化。

(51) 无穷者：虚指无限的境界，实指无限的自然界。对主体个人讲，达到绝对自由自在的境界。

阅读思考题

热爱与尊重生活的方式是多元的，庄子对生活的热爱体现在追求一种掌握宇宙规律之后的精神与物质上的绝对自由。以老子、庄子为代表的道家思想是一种对人世与生命消极否定与积极肯定的矛盾综合体，其消极主要体现在不干预不改变现实的世界，而其积极主要体现在对个体精神生命与价值的肯定与追求，可以说庄子的思想是在动荡喧嚣的环境中映射出的一片宁静光辉，你怎样理解庄子热爱生活的方式与态度？

笔记区

告 子 下(1)

孟 子

孟子（约前372—前289），名轲。战国时期的思想家、政治家、教育家，后世将其与孔子并称为"孔孟"，曾游历齐、宋、滕、魏诸国，宣传"仁政"之道，不为当权者采纳，后归而与弟子讲学著书，作《孟子》7篇。除"仁政"学说外，孟子还提出"性善"论观点，其理论对宋代影响很大。《孟子》记载了孟子的言行，笔带锋芒，气势充沛并论辩严密，并常用夸张、比喻和寓言故事增强说服力。

舜发于畎亩之中(2)，傅说举于版筑之间(3)，胶鬲举于鱼盐之中(4)，管夷吾举于士(5)，孙叔敖举于海(6)，百里奚举于市(7)。故天将降大任(8)于斯人也(9)，必先苦其心志(10)，劳其筋骨(11)，饿其体肤(12)，空乏其身(13)，行拂乱其所为(14)，所以(15)动心忍性(16)，曾益其所不能(17)。

人恒(18)过(19)，然后能改(20)；困于心(21)，衡于虑(22)，而后作(23)；征于色(24)，发于声(25)，而后喻(26)。入则无法家拂士(27)，出则无敌国外患者(28)，国恒亡(29)。然后知生于忧患(30)而死于安乐(31)也。

◎ 注　释

(1) 选自《孟子·告子下》，告子，姓告，孟子的学生，兼治儒墨之学。这里节选的部分，有的版本题为《舜发于畎亩之中》。

(2) 舜发于畎亩之中：舜是从田野间发迹的。舜原来在历山耕田，三十岁时，被尧起用，后来继承尧的君主之位。发，起，指被任用。于，介词，从。畎，田间水沟，田中的垄沟。亩，田垄。"畎亩"，泛指田野。

(3) 傅说举于版筑之间：傅说从筑墙的泥水匠中被举用起来的。傅说原在傅岩地方作泥水匠，为人筑墙，殷王武丁访寻他，用他为相。举，被举用，被选拔。版筑，筑墙时在两块夹板中间放土，用杵捣土，使它坚实。筑，捣土用的杵。

(4) 胶鬲举于鱼盐之中：胶鬲是从卖鱼盐的商贩子中被举起来的。胶鬲，起初贩卖鱼和盐，周文王把他举荐给纣。后来又辅佐周武王。于，介词，从。

(5) 管夷吾举于士：管夷吾从狱官手里获释放被录用。管仲（夷吾）原为齐国公子纠的臣，公子小白（齐桓公）和公子纠争夺群位，纠失败了，管仲作为罪人被押解回国，齐桓公知道他有才能，即用他为相。举于士，指从狱官手里被释放并录用。士，狱官。
(6) 孙叔敖举于海：孙叔敖是从隐居的海边被举用进了朝廷的。孙叔敖，春秋时期楚国人，隐居海滨，楚庄王知道他有才能，用他为令尹。
(7) 百里奚举于市：百里奚是从市井里被举用而登上相位的。百里奚，春秋时期虞国大夫，虞王被俘后，他由晋入秦，又逃到楚，后来秦穆公用五张羊皮把他赎出来，用为大夫。
(8) 大任：重大责任或治理国家的责任。任，责任，担子。
(9) 于斯人也：（把重大责任）给这个人。斯，指示代词，这。也，用在前半句末了，表示停顿一下，后半句将要解释。
(10) 必先苦其心志：一定要先使他的内心痛苦。苦，形容词作使动用法，使……痛苦。
(11) 劳其筋骨：使他的筋骨劳累。劳，使……劳苦。其，代词，他的。
(12) 饿其体肤：意思是使他经受饥饿，以致肌肤消瘦。
(13) 空乏其身：意思是使他受到贫困之苦。空乏，资财缺乏。这里是动词。
(14) 行拂乱其所为：所行不顺，使他所做的事颠倒错乱。所为，所行。
(15) 所以：用来（通过那样的途径来……）。
(16) 动心忍性：使他的心惊动，使他的性情坚韧起来。
(17) 曾益其所不能：增加他所不能做的，使他增长才干。曾，通"增"，增加。所，助词，与"不能"组成名词性短语，指代不能达到的对象。
(18) 恒：常。
(19) 过：这里的意思是犯过失。
(20) 然后能改：这样以后才能改过。
(21) 困于心：内心困扰。困，忧困。于，介词，在。
(22) 衡于虑：思虑堵塞。衡通"横"，梗塞，指不顺。
(23) 而后作：然后才能有所行为。作，奋起，指有所作为。
(24) 征于色：征验于颜色。意思是憔悴枯槁，表现在颜色上。
(25) 发于声：意思是吟咏叹息之气发于声音。
(26) 而后喻：（看到他的脸色，听到他的声音）然后人们才了解他。
(27) 入则无法家拂士：在国内，如果没有有法度的世臣和足以辅佐君主的贤士。入，在里面，指国内。法家，有法度的世臣。拂士，足以辅佐君主的贤士。拂，通"弼"，辅弼。
(28) 出则无敌国外患者：在国外，如果没有敌对的国家或外来的祸患。出，在外面，指国外。敌国，敌对的国家。外患，外来的灾难，多指外部入侵。者，语气助词，表停顿。
(29) 国恒亡：国家常常要灭亡。恒，常。
(30) 然后知生于忧患：这样以后，才明白因为忧患而生存发展。然后，这样以后。于，介词，由于，表原因。生，使……生存。
(31) 死于安乐：安逸享受使人萎靡死亡。使……死亡。

阅读思考题

孟子所处的时代是我国历史上的战国时期,群雄四起,天下混战。孟子热爱生活的态度与庄子迥异,他是抱着古圣先贤的淑世之道,完全从济世救人、干预与改变现实的宗旨出发。在只讲霸术、争权夺利的战国时代,孟子热爱生活的态度正体现在"忧患意识"之中,他认为一个人要活着,想成功,就必须在痛苦中学会成长;而一旦得意了,就死亡了。请比较庄子与孟子对待生活的不同态度。

笔记区

生活之艺术

周作人

周作人（1885—1967），浙江绍兴人，鲁迅（周树人）之弟，周建人之兄。他是中国现代著名散文家、文学理论家、评论家、诗人、翻译家、思想家，新文化运动中是《新青年》的重要作者，"五四运动"之后，与郑振铎、沈雁冰、叶绍钧、许地山等人发起成立"文学研究会"；并与鲁迅、林语堂、孙伏园等创办《语丝》周刊，他堪称新文化运动的杰出代表。胡适晚年说过："到现在还值得一看的，只有周作人的东西了。"这说明周作人的文章是现代最好的散文之一。

契河夫（Tshekhob）书简集中有一节道，（那时他在爱珲附近旅行）"我请一个中国人到酒店里喝烧酒，他在未饮之前举杯向着我和酒店主人及伙计们，说道'请。'这是中国的礼节。他并不像我们那样的一饮而尽，却是一口一口的吸，每吸一口，吃一点东西；随后给我几个中国铜钱，表示感谢之意。这是一种怪有礼的民族……"

一口一口的吸，这的确是中国仅存的饮酒的艺术：干杯者不能知酒味，泥醉者不能知微醺之味。中国人对于饮食还知道一点享用之术，但是一般的生活之艺术却早已失传了。中国生活的方式现在只是两个极端，非禁欲即是纵欲，非连酒字都不准说即是浸身在酒槽里，二者互相反动，各益增长，而其结果则是同样的污糟。动物的生活本有自然的调节，中国在千年以前文化发达，一时颇有臻于灵肉一致之象，后来为禁欲思想所战胜，变成现在这样的生活，无自由、无节制，一切在礼教的面具底下实行迫压与放恣，实在所谓礼者早已消灭无存了。

生活不是很容易的事。动物那样的，自然地简易地生活，是其一法；把生活当作一种艺术，微妙地美地生活，又是一法；二者之外别无道路，有之则是禽兽之下的乱调的生活了。生活之艺术只在禁欲与纵欲的调和。蔼理斯对于这个问题很有精到的意见，他排斥宗教的禁欲主义，但以为禁欲亦是人性的一面，欢乐与节制二者并存，且不相反而实相成。人有禁欲的倾向，即所以防欢乐的过量，并即以增欢乐的程度。他在《圣芳济与其他》一篇论文中曾说道，"有人以此二者（即禁欲与耽溺）之一为其生活之唯一目的者，其人将在尚未生活之前早已死了。有人先将其一

（耽溺）推至极端，再转而之他，其人才真能了解人生是什么，日后将被记念为模范的高僧。但是始终尊重这二重理想者，那才是知。生活法的明智的大师……一切生活是一个建设与破坏，一个取进与付出，一个永远的构成作用与分解作用的循环，要正当地生活，我们须得模仿大自然的豪华与严肃。"他又说过，"生活之艺术，其方法只在于微妙地混和取与舍二者而已，"更是简明的说出这个意思来了。

生活之艺术这个名词，用中国固有的字来说便是所谓礼。斯谛耳博士在《仪礼》序上说，礼节并不单是一套仪式，空虚无用，如后世所沿袭者。这是用以养成自制与整饬的动作之习惯，唯有能领解万物感受一切之心的人才有这样安详的容止。"从前听说辜鸿铭先生批评英文《礼记》译名的不妥当，以为"礼"不是 Rite 而是 Art，当时觉得有点乖僻，其实却是对的，不过这是指本来的礼，后来的礼仪礼教都是堕落了的东西，不足当这个称呼了。中国的礼早已丧失，只有如上文所说，还略存于茶酒之间而已。去年有西人反对上海禁娼，以为妓院是中国文化所在的地方，这句话的确难免有点荒谬，但仔细想来也不无若干理由。我们不必拉扯唐代的官妓，希腊的"女友"（Hetaira）的韵事来做辩护，只想起某外人的警句，"中国挟妓如西洋的求婚，中国娶妻如西洋的宿娼"，或者不能不感到《爱之术》（Ars amatoria）的真是只存在草野之间了。我们并不同某西人那样要保存妓院，只觉得在有些怪论里边，也常有真实存在罢了。

中国现在所切要的是一种新的自由与新的节制，去建造中国的新文明，也就是复兴千年前的旧文明，也就是与西方文化的基础之希腊文明相合一了。这些话或者说的太大太高了，但据我想舍此中国别无得救之道，宋以来的道学家的禁欲主义总是无用的了，因为这只足以助成纵欲而不能收调节之功。其实这生活的艺术在有礼节重中庸的中国本来不是什么新奇的事物，如《中庸》的起头说，"天命之谓性，率性之谓道，修道之谓教，"照我的解说即是很明白的这种主张。不过后代的人都只拿去讲章旨节旨，没有人实行罢了。我不是说半部《中庸》可以济世，但以表示中国可以了解这个思想。日本虽然也很受到宋学的影响，生活上却可以说是承受平安朝的系统，还有许多唐代的流风余韵，因此了解生活之艺术也更是容易。在许多风俗上日本的确保存这艺术的色彩，为我们中国人所不及，但由道学家看来，或者这正是他们的缺点也未可知罢。

十三年十一月

（1924 年 11 月作，选自《雨天的书》）

阅读思考题

周作人本人似乎并不以其文章为重,他在《苦口甘口·自序》中说:"我一直不相信自己能写好文章,如或偶有可取,那么所可取者也当在于思想而不是文章。"这思想即是其《两个鬼的文章》中的说明:"自己所信毕竟是神灭论与民为贵论,这便与诗趣相远,与先哲疾虚妄的精神合在一起,对于古来道德学问的传统发生怀疑。"周作人的思想确有可值得借鉴之处,还有他在文学上不肯降心随俗的个性与巨大的创造力,以及他热爱生活、把平凡普通的生活当做一种艺术的态度更值得我们学习。请结合本文分析生活的艺术应该是什么。

笔记区

我 与 地 坛

史铁生

史铁生（1951—），当代著名作家，生于北京，1967年毕业于清华附中，1969年去延安一带插队，1972年因双腿瘫痪回到北京，后又患肾病并发展到尿毒症，靠透析维持生命。他自嘲为"职业是生病，业余在写作"，2002年获华语文学传媒大奖年度杰出成就奖，著有短篇小说《我的遥远的清平湾》、中篇小说《原罪·宿命》、散文集《自言自语》等。

一

我在好几篇小说中都提到过一座废弃的古园，实际就是地坛。许多年前旅游业还没有开展，园子荒芜冷落得如同一片野地，很少被人记起。

地坛离我家很近。或者说我家离地坛很近。总之，只好认为这是缘分。地坛在我出生前四百多年就坐落在那儿了，而自从我的祖母年轻时带着我父亲来到北京，就一直住在离它不远的地方——五十多年间搬过几次家，可搬来搬去总是在它周围，而且是越撤离它越近了。我常觉得这中间有着宿命的味道：仿佛这古园就是为了等我，而历尽沧桑在那儿等待了四百多年。

它等待我出生，然后又等待我活到最狂妄的年龄上忽地残废了双腿。四百多年里，它一面剥蚀了古殿檐头浮夸的琉璃，淡褪了门壁上炫耀的朱红，坍圮了一段段高墙又散落了玉砌雕栏，祭坛四周的老柏树愈见苍幽，到处的野草荒藤也都茂盛得自在坦荡。这时候想必我是该来了。十五年前的一个下午，我摇着轮椅进入园中，它为一个失魂落魄的人把一切都准备好了。那时，太阳循着亘古不变的路途正越来越大，也越来越红。在满园弥漫的沉静光芒中，一个人更容易看到时间，并看见自己的身影。

自从那个下午我无意中进了这园子，就再没长久地离开过它。我一下子就理解了它的意图。正如我在一篇小说中所说的："在人口密聚的城市里，有这样一个宁静的去处，像是上帝的苦心安排。"

两条腿残废后的最初几年，我找不到工作，找不到去路，忽然间几乎什么都找不到了，我就摇了轮椅总是到它那儿去，仅为着那儿是可以逃避一个世界的另一个世界。我在那篇小说中写道："没处可去我便一天到晚耗在这园子里。跟上班下班一样，别人去上班我就摇了轮椅到这儿来。园子无人看管，上下班时间有些抄近路的人们从园中穿过，园子里活跃一阵，过后便沉寂下来。""园墙在金晃晃的空气中斜切下一溜荫凉，我把轮椅开进去，把椅背放倒，坐着或是躺着，看书或者想事，撅一杈树枝左右拍打，驱赶那些和我一样不明白为什么要来这世上的小昆虫。""蜂儿如一朵小雾稳稳地停在半空；蚂蚁摇头晃脑捋着触须，猛然间想透了什么，转身疾行而去；瓢虫爬得不耐烦了，累了祈祷一回便支开翅膀，忽悠一下升空了；树干上留着一只蝉蜕，寂寞如一间空屋；露水在草叶上滚动，聚集，压弯了草叶轰然坠地摔开万道金光。""满园子都是草木竞相生长弄出的响动，悉悉碎碎片刻不息。"这都是真实的记录，园子荒芜但并不衰败。

除去几座殿堂我无法进去，除去那座祭坛我不能上去而只能从各个角度张望它，地坛的每一棵树下我都去过，差不多它的每一米草地上都有过我的车轮印。无论是什么季节，什么天气，什么时间，我都在这园子里呆过。有时候呆一会儿就回家，有时候就呆到满地上都亮起月光。记不清都是在它的哪些角落里了。我一连几小时专心致志地想关于死的事，也以同样的耐心和方式想过我为什么要出生。这样想了好几年，最后事情终于弄明白了：一个人，出生了，这就不再是一个可以辩论的问题，而只是上帝交给他的一个事实；上帝在交给我们这件事实的时候，已经顺便保证了它的结果，所以死是一件不必急于求成的事，死是一个必然会降临的节日。这样想过之后我安心多了，眼前的一切不再那么可怕。比如你起早熬夜准备考试的时候，忽然想起有一个长长的假期在前面等待你，你会不会觉得轻松一点？并且庆幸与感激这样的安排？

剩下的就是怎样活的问题了，这却不是在某一个瞬间就能完全想透的、不是一次性能够解决的事，怕是活多久就要想它多久了，就像是伴你终生的魔鬼或恋人。所以，十五年了，我还是得到那古园里去、去它的老树下或荒草边或颓墙旁，去默坐，去呆想、去推开耳边的嘈杂理一理纷乱的思绪，去窥看自己的心魂。十五年中，这古园的形体被不能理解它的人肆意雕琢，幸好有些东西是任谁也不能改变它的。譬如祭坛石门中的落日，寂静的光辉平铺的一刻，地上的每一个坎坷都被映照得灿烂；譬如在园中最为落寞的时间，一群雨燕便出来高歌，把天地都叫喊得苍凉；譬如冬天雪地上孩子的脚印，总让人猜想他们是谁，曾在哪儿做过些什么、然后又都到哪儿去了；譬如那些苍黑的古柏，你忧郁的时候它们镇静地站在那儿，你欣喜的时候它们依然镇静地站在那儿，它们没日没夜地站在那儿从你没有出生一直站到这个世界上又没了你的时候；譬如暴雨骤临园中，激起一阵阵灼烈而清纯的草木和泥土的气味，让人想起无数个夏天的事件；譬如秋风忽至，再有一场早霜，落叶或飘摇歌舞或坦然安卧，满园中播散着熨帖而微苦的味道。味道是最说不清楚的。味道不能写只能闻，要你身临其境去闻才能明了。味道甚至是难以记忆的，只有你又闻到它你才能记起它的全部情感和意蕴。所以我常常要到那园子里去。

二

现在我才想到，当年我总是独自跑到地坛去，曾经给母亲出了一个怎样的难题。

她不是那种光会疼爱儿子而不懂得理解儿子的母亲。她知道我心里的苦闷，知道不该阻止我出去走走，知道我要是老呆在家里结果会更糟，但她又担心我一个人在那荒僻的园子里整天都想些什么。我那时脾气坏到极点，经常是发了疯一样地离开家，从那园子里回来又中了魔似的什么话都不说。母亲知道有些事不宜问，便犹犹豫豫地想问而终于不敢问，因为她自己心里也没有答案。她料想我不会愿意她跟我一同去，所以她从未这样要求过，她知道得给我一点独处的时间，得有这样一段过程。她只是不知道这过程得要多久，和这过程的尽头究竟是什么。每次我要动身时，她便无言地帮我准备，帮助我上了轮椅车，看着我摇车拐出小院；这以后她会怎样，当年我不曾想过。

有一回我摇车出了小院；想起一件什么事又返身回来，看见母亲仍站在原地，还是送我走时的姿势，望着我拐出小院去的那处墙角，对我的回来竟一时没有反应。待她再次送我出门的时候，她说："出去活动活动，去地坛看看书，我说这挺好。"许多年以后我才渐渐听出，母亲这话实际上是自我安慰，是暗自的祷告，是给我的提示，是恳求与嘱咐。只是在她猝然去世之后，我才有余暇设想。当我不在家里的那些漫长的时间，她是怎样心神不定坐卧难宁，兼着痛苦与惊恐与一个母亲最低限度的祈求。现在我可以断定，以她的聪慧和坚忍，在那些空落的白天后的黑夜，在那不眠的黑夜后的白天，她思来想去最后准是对自己说："反正我不能不让他出去，未来的日子是他自己的，如果他真的要在那园子里出了什么事，这苦难也只好我来承担。"在那段日子里——那是好几年长的一段日子，我想我一定使母亲作过了最坏的准备了，但她从来没有对我说过："你为我想想"。事实上我也真的没为她想过。那时她的儿子，还太年轻，还来不及为母亲想，他被命运击昏了头，一心以为自己是世上最不幸的一个，不知道儿子的不幸在母亲那儿总是要加倍的。她有一个长到二十岁上忽然截瘫了的儿子，这是她唯一的儿子；她情愿截瘫的是自己而不是儿子，可这事无法代替；她想，只要儿子能活下去哪怕自己去死呢也行，可她又确信一个人不能仅仅是活着，儿子得有一条路走向自己的幸福；而这条路呢，没有谁能保证她的儿子终于能找到。——这样一个母亲，注定是活得最苦的母亲。

有一次与一个作家朋友聊天，我问他学写作的最初动机是什么？他想了一会说："为我母亲。为了让她骄傲。"我心里一惊，良久无言。回想自己最初写小说的动机，虽不似这位朋友的那般单纯，但如他一样的愿望我也有，且一经细想，发现这愿望也在全部动机中占了很大比重。这位朋友说："我的动机太低俗了吧？"我光是摇头，心想低俗并不见得低俗，只怕是这愿望过于天真了。他又说："我那时真就是想出名，出了名让别人羡慕我母亲。"我想，他比我坦率。我想，他又比我幸福，因为他的母亲还活着。而且我想，他的母亲也比我的母亲运气好，他的母亲没有一个双腿残废的儿子，否则事情就不这么简单。

在我的头一篇小说发表的时候，在我的小说第一次获奖的那些日子里，我真是多么希望我的母亲还活着。我便又不能在家里呆了，又整天整天独自跑到地坛去，心里是没头没尾的沉郁和哀怨，走遍整个园子却怎么也想不通：母亲为什么就不能再多活两年？为什么在她儿子就快要碰撞开一条路的时候，她却忽然熬不住了？莫非她来此世上只是为了替儿子担忧，却不该分享我的一点点快乐？她匆匆离我去时才只有四十九呀！有那么一会，我甚至对世界对上帝充满了仇恨和厌恶。后来我在一篇题为"合欢树"的文章中写道："我坐在小公园安静的树林里，闭上眼睛，想，上帝为什么早早地召母亲回去呢？很久很久，迷迷糊糊的我听见了回答：'她心里太苦了，上帝看她受不住了，就召她回去。'我似乎得了一点安慰，睁开眼睛，看见风正从树林里穿过。"小公园，指的也是地坛。

只是到了这时候，纷纭的往事才在我眼前幻现得清晰，母亲的苦难与伟大才在我心中渗透得深彻。上帝的考虑，也许是对的。

摇着轮椅在园中慢慢走，又是雾罩的清晨，又是骄阳高悬的白昼，我只想着一件事：母亲已经不在了。在老柏树旁停下，在草地上在颓墙边停下，又是处处虫鸣的午后，又是鸟儿归巢的傍晚，我心里只默念着一句话：可是母亲已经不在了。把椅背放倒，躺下，似睡非睡挨到日没，坐起来，心神恍惚，呆呆地直坐到古祭坛上落满黑暗然后再渐渐浮起月光，心里才有点明白，母亲不能再来这园中找我了。

曾有过好多回，我在这园子里呆得太久了，母亲就来找我。她来找我又不想让我发觉，只要见我还好好地在这园子里，她就悄悄转身回去，我看见过几次她的背影。我也看见过几回她四处张望的情景，她视力不好，端着眼镜像在寻找海上的一条船，她没看见我时我已经看见她了，待我看见她也看见我了我就不去看她，过一会我再抬头看她就又看见她缓缓离去的背影。我只是无法知道有多少回她没有找到我。有一回我坐在矮树丛中，树丛很密，我看她没有找到我；她一个人在园子里走，走过我的身旁，走过我经常呆的一些地方，步履茫然又急迫。我不知道她已经找了多久还要找多久，我不知道为什么我决意不喊她——但这绝不是小时候的捉迷藏，这也许是出于长大了的男孩子的倔强或羞涩？但这倔强只留给我痛悔，丝毫也没有骄傲。我真想告诫所有长大了的男孩子，千万不要跟母亲来这套倔强，羞涩就更不必，我已经懂了可我已经来不及了。

儿子想使母亲骄傲，这心情毕竟是太真实了，以致使"想出名"这一声名狼藉的念头也多少改变了一点形象。这是个复杂的问题，且不去管它了罢。随着小说获奖的激动逐日暗淡，我开始相信，至少有一点我是想错了：我用纸笔在报刊上碰撞开的一条路，并不就是母亲盼望我找到的那条路。年年月月我都到这园子里来，年年月月我都要想，母亲盼望我找到的那条路到底是什么。母亲生前没给我留下过什么隽永的哲言，或要我恪守的教诲，只是在她去世之后，她艰难的命运，坚忍的意志和毫不张扬的爱，随光阴流转，在我的印象中愈加鲜明深刻。

有一年，十月的风又翻动起安详的落叶，我在园中读书，听见两个散步的老人说："没想到这园子有这么大。"我放下书，想，这么大一座园子，要在其中找到她的儿子，母亲走过了多少焦灼的路。多年来我头一次意识到，这园中不单是处处都有过我的车辙，有过我的车辙的地方也都有过母亲的脚印。

三

如果以一天中的时间来对应四季，当然春天是早晨，夏天是中午，秋天是黄昏，冬天是夜晚。如果以乐器来对应四季，我想春天应该是小号，夏天是定音鼓，秋天是大提琴，冬天是圆号和长笛。要是以这园子里的声响来对应四季呢？那么，春天是祭坛上空飘浮着的鸽子的哨音，夏天是冗长的蝉歌和杨树叶子哗啦啦地对蝉歌的取笑，秋天是古殿檐头的风铃响，冬天是啄木鸟随意而空旷的啄木声。以园中的景物对应四季，春天是一径时而苍白时而黑润的小路，时而明朗时而阴晦的天上摇荡着串串扬花；夏天是一条条耀眼而灼人的石凳，或阴凉而爬满了青苔的石阶，阶下有果皮，阶上有半张被坐皱的报纸；秋天是一座青铜的大钟，在园子的西北角上曾丢弃着一座很大的铜钟，铜钟与这园子一般年纪，浑身挂满绿锈，文字已不清晰；冬天，是林中空地上几只羽毛蓬松的老麻雀。以心绪对应四季呢？春天是卧病的季节，否则人们不易发觉春天的残忍与渴望；夏天，情人们应该在这个季节里失恋，不然就似乎对不起爱情；秋天是从外面买一棵盆花回家的时候，把花搁在阔别了的家中，并且打开窗户把阳光也放进屋里，慢慢回忆慢慢整理一些发过霉的东西；冬天伴着火炉和书，一遍遍坚定不死的决心，写一些并不发出的信。还可以用艺术形式对应四季，这样春天就是一幅画，夏天是一部长篇小说，秋天是一首短歌或诗，冬天是一群雕塑。以梦呢？以梦对应四季呢？春天是树尖上的呼喊，夏天是呼喊中的细雨，秋天是细雨中的土地，冬天是干净的土地上的一只孤零的烟斗。

因为这园子，我常感恩于自己的命运。

我甚至现在就能清楚地看见，一旦有一天我不得不长久地离开它，我会怎样想念它，我会怎样想念它并且梦见它，我会怎样因为不敢想念它而梦也梦不到它。

阅读思考题

蒋子丹说过："我们从史铁生的文字里看得到一个人内心无一日止息的起伏，也在这个人内心的起伏中解读了宁静。"《我与地坛》全文渗透着只有在可怕遭遇与反复思索中，方能领略到深刻人生体验与感悟。史铁生自己总结过："人所不能者，即是限制，即是残疾。"正是因为受到限制，史铁生就要为活着找到充分的理由，也就是为热爱生活找到充足的理由。我们该怎样理解与学习史铁生对生命的解读、对母爱的感悟和对自然的体察？

笔记区

假如给我三天光明

[美] 海伦·凯勒

马克·吐温曾经说过："19世纪有两个奇人，一个是拿破仑，一个就是海伦·凯勒。"海伦·凯勒出生第19个月时，她被证实为又盲、又聋、又哑的不幸儿童，莎莉文老师的到来是其人生转折点，在莎莉文老师的帮助下她一步一步地走向了成功，后以优异的成绩毕业于哈佛大学，掌握英、德、法、希腊、拉丁五种语言。成名后，海伦·凯勒用全部的力量奔走呼告，终于建起了一家家慈善机构，造福残疾人。海伦·凯勒曾被美国《时代周刊》评选为20世纪美国十大英雄偶像。

第 一 天

第一天，我要看人，他们的善良、温厚与友谊使我的生活值得一过。首先，我希望长久地凝视我亲爱的老师，安妮·莎莉文·梅西太太的面庞。当我还是个孩子的时候，她就来到了我面前，为我打开了外面的世界。我将不仅要看到她面庞的轮廓，以便我能够将它珍藏在我的记忆中，而且还要研究她的容貌，发现她出自同情心的温柔和耐心的生动迹象，她正是以此来完成教育我的艰巨任务的。我希望从她的眼睛里看到能使她在困难面前站得稳的坚强性格，并且看到她那经常向我流露的、对于全人类的同情。

我不知道什么是透过"灵魂之窗"，即从眼睛看到朋友的内心。我只能用手指尖来"看"一个脸的轮廓。我能够发觉欢笑、悲哀和其他许多明显的情感。我是从感觉朋友的脸来认识他们的。但是，我不能靠触摸来真正描绘他们的个性。当然，通过其他方法，通过他们向我表达的思想，通过他们向我显示出的任何动作，我对他们的个性也有所了解。但是我却不能对他们有更深地理解，而那种理解，我相信，通过看见他们，通过观看他们对种种被表达的思想和境况的反应，通过注意他们的眼神和脸色的反应，是可以获得的。

我身旁的朋友，我了解得很清楚，因为经过长年累月，他们已经将自己的各个方面揭示给了我；然而，对于偶然的朋友，我只有一个不完全的印象。这个印象还是从一次握手中，从我通过手指尖理解他们的嘴唇发出的字句中，或从他们在我手掌的轻轻划写中获得来的。

你们有视觉的人，可以通过观察对方微妙的面部表情，肌肉的颤动，手势的摇摆，迅速领悟对方所表达的意思的实质，这该是多么容易，多么令人心满意足啊！但是，你们可曾想到用你们的视觉，抓住一个人面部的外表特征，来透视一个朋友或者熟人的内心吗？

我还想问你们：能准确地描绘出五位好朋友的面容吗？你们有些人能够，但是很多人不能够。有过一次试验，我询问那些丈夫们，关于他们妻子眼睛的颜色，他们常常显得困窘，供认他们不知道。顺便说一下，妻子们还总是经常抱怨丈夫不注意自己的新服装、新帽子的颜色，以及家内摆设的变化。

有视觉的人，他们的眼睛不久便习惯了周围事物的常规，他们实际上仅仅注意令人惊奇的和壮观的事物。然而，即使他们观看最壮丽的景观，眼睛都是懒洋洋的。法庭的记录每天都透露出"目击者"看得多么不准确。某一事件会被几个见证人以几种不同的方式"看见"。有的人比别人看得更多，但没有几个人看见他们视线以内一切事物。

啊，如果给我三天光明，我会看见多少东西啊！

第一天，将会是忙碌的一天。我将把我所有亲爱的朋友叫来，长久地望着他们的脸，把他们内在美的外部迹象铭刻在我的心中。我也将会把目光停留在一个婴儿的脸上，以便能够捕捉到在生活冲突所致的个人意识尚未建立之前的那种渴望的、天真无邪的美。

我还将看看我的小狗们忠实信赖的眼睛——庄重、宁静的小司格梯、达吉，还有健壮而又懂事的大德恩，以及黑尔格，它们的热情、幼稚而顽皮的友谊，使我获得了很大的安慰。

在忙碌的第一天，我还将观察一下我的房间里简单的小东西，我要看看我脚下的地毯的温暖颜色，墙壁上的画，将房子变成一个家的那些亲切的小玩意。我的目光将会崇敬地落在我读过的盲文书籍上，然而那些能看的人们所读的印刷字体的书籍，会使我更加感兴趣。在我一生漫长的黑夜里，我读过的和人们读给我听的那些书，已经成为了一座辉煌的巨大灯塔，为我指示出了人生及心灵的最深的航道。

在能看见的第一天下午，我将来到森林里进行一次远足，让我的眼睛陶醉在自然界的美丽之中，在几小时内，拼命吸取那经常展现在正常视力人面前的光辉灿烂的广阔奇观。自森林郊游返回的途中，我要走在农庄附近的小路上，以便看看在田野耕作的马（也许我只能看见一台拖拉机），看看紧靠着土地过活的悠然自得的人们，我将为光艳动人的落日奇景而祈祷。

当黄昏降临，我将由于凭借人为的光明看见外物而感喜悦，当大自然宣告黑暗

到来时，人类天才地创造了灯光，来延伸他的视力。在第一个有视觉的夜晚，我将睡不着，心中充满对于这一天的回忆。

第 二 天

有视觉的第二天，我要在黎明起身，去看黑夜变为白昼的动人奇迹。我将怀着敬畏之心，仰望壮丽的曙光全景，与此同时，太阳唤醒了沉睡的大地。

这一天，我将向世界，向过去和现在的世界匆忙瞥一眼。我想看看人类进步的奇观，那变化无穷的万古千年。这么多的年代，怎么能被压缩成一天呢？当然是通过博物馆。我常常参观纽约自然博物馆，用手摸一摸那里展出的许多展品，但我曾经渴望亲眼看看地球的简史和陈列在那里的地球上的居民——按照自然环境描画的动物和人类，巨大的恐龙和剑齿象的化石，早在人类出现并以他矮小的身材和有力的头脑征服了动物王国以前，它们就漫游在地球上了；博物馆还逼真地介绍了动物、人类，以及劳动工具的发展经过，人类使用这些工具，在这个行星上为自己创造了安全牢固的家；博物馆还介绍了自然史的其他无数方面。

我不知道，有多少文本的读者看到过那个吸引人的博物馆里所描绘的活着的动物的形形色色的样子。当然，许多人没有这个机会，但是，我相信许多有机会的人却没有利用它。在那里确实是使用你眼睛的好地方。有视觉的你可以在那里度过许多受益匪浅的日子，然而我，借助于想象中的能看见的三天，仅能匆匆一瞥而过。

我的下一站将是首都艺术博物馆，因为它正像自然史博物馆显示了世界的物质外观那样，首都艺术博物馆显示了人类精神的无数个小侧面。在整个人类历史阶段，人类对于艺术表现的强烈欲望几乎像对待食物、藏身外，以及生育繁殖一样迫切。在这里，在首都艺术博物馆巨大的展览厅里，埃及、希腊、罗马的精神在它们的艺术中表现出来，展现在我面前。

我通过手清楚地知道了古代尼罗河国度的诸神和女神。我抚摸了巴台农神庙复制品，感到了雅典冲锋战士有韵律的美。阿波罗、维纳斯，以及双翼胜利之神莎莫瑞丝都使我爱不释手。荷马的那幅多瘤有须的面容对我来说是极其珍贵的，因为他也懂得什么叫失明。我的手依依不舍地留恋罗马及后期的逼真的大理石雕刻，我的手抚摸遍了米开朗基罗的感人的英勇的摩西石雕像，我感知到罗丹的力量，我敬畏哥特人对于木刻的虔诚。这些能够触摸的艺术品对我来讲，是极有意义的，然而，与其说它们是供人触摸的，毋宁说它们是供人观赏的，而我只能猜测那种我看不见的美。我能欣赏希腊花瓶的简朴的线条，但它的那些图案装饰我却看不到。

因此，这一天，给光明的第二天，我将通过艺术来搜寻人类的灵魂。我会看见那些我凭借触摸所知道的东西。更妙的是，整个壮丽的绘画世界将向我打开，从富有宁静的宗教色彩的意大利早期艺术及至带有狂想风格的现代派艺术。我将细心的观察拉斐尔、达芬奇、提香、伦勃朗的油画。我要饱览维洛内萨的温暖色彩，研究艾尔·格列科的奥秘，从科罗的绘画中重新观察大自然。啊，你们有眼睛的人们竟能欣赏到历代艺术中这么丰富的意味和美！在我对这个艺术神殿的短暂的浏览中，我一点儿也不能评论展开在我面前的那个伟大的艺术世界，我将只能得到一个肤浅的印象。艺术家们告诉我，为了达到真正而深刻的艺术欣赏，一个人必须训练眼睛。一个人必须通过经验学习判断线条、构图、形式和颜色的品质优劣。假如我有视觉从事这么使人着迷的研究，该是多么幸福啊！但是，我听说，对于你们有眼睛的许多人，艺术世界仍是个有待进一步探索的世界。

我十分勉强地离开了首都艺术博物馆，它装纳着美的钥匙。但是，看得见的人们往往并不需要到首都艺术博物馆去寻找这把美的钥匙。同样的钥匙还在较小的博物馆中甚或在小图书馆书架上等待着。但是，在我假想的有视觉的有限时间里，我应当挑选一把钥匙，能在最短的时间内去开启藏有最大宝藏的地方。

我重见光明的第二晚，我要在剧院或电影院里度过。即使现在我也常常出席剧场的各种各样的演出，但是，剧情必须由一位同伴拼写在我的手上。然而，我多么想亲眼看看哈姆雷特迷人的风采，或者穿着伊丽莎白时代鲜艳服饰的生气勃勃的弗尔斯塔夫！我多么想注视哈姆雷特的每一个优雅的动作，注视精神饱满的弗尔斯塔夫的大摇大摆！因为我只能看一场戏，这就使我感到非常为难，因为还有数十幕我想要看的戏剧。

你们有视觉，能看到你们喜爱的任何一幕戏。当你们观看一幕戏剧、一部电影或者任何一个场面时，我不知道，究竟有多少人对于使你们享受它的色彩、优美和动作的视觉的奇迹有所认识，并怀有感激之情呢？由于我知道在一个限于手触的范围里，我不能享受到有节奏的动作美。但我只能模糊地想象一下巴甫洛娃的优美，虽然我知道一点律动的快感，因为我常常能在音乐震动地板时感觉到它的节拍。我能充分想象那有韵律的动作，一定是世界上最令人悦目的一种景象。我用手指抚摸大理石雕像的线条，就能够推断出几分。如果这种静态美都能那么可爱，看到的动态美一定更加令人激动。我最珍贵的回忆之一就是，约瑟·杰弗逊让我在他又说又做地表演他所爱的里·万·温克时去摸他的脸庞和双手。

我多少能体会到一点戏剧世界，我永远不会忘记那一瞬间的快乐。但是，我多少渴望观看和倾听戏剧表演进行中对白和动作的相互作用啊！而你们看得见的人该能从中得到多少快乐啊！如果我能看到仅仅一场戏，我就会知道怎样在心中描绘出我用盲文字母读到或了解到的近百部戏剧的情节。所以，在我虚构的重见光明的第二晚，我没有睡成，整晚都在欣赏戏剧文学。

第 三 天

　　下一天清晨，我将再一次迎接黎明，急于寻找新的喜悦，因为我相信，对于那些真正看得见的人，每天的黎明一定是一个永远重复的新的美景。依据我虚构的奇迹的期限，这将是我有视觉的第三天，也是最后一天。我将没有时间花费在遗憾和热望中，因为有太多的东西要去看。第一天，我奉献给了我有生命的无生命的朋友。第二天，向我显示了人和自然的历史。今天，我将在当前的日常世界中度过，到为生活奔忙的人们经常去的地方去，而哪儿像纽约一样找得到人们那么多的活动和那么多的状况呢？所以城市成了我的目的地。

　　我从我的家，长岛的佛拉斯特小而安静的郊区出发。这里，环绕着绿色草地、树木和鲜花，有着整洁的小房子，到处是妇女儿童快乐的声音和活动，非常幸福，是城里劳动人民安谧的憩息地。我驱车驶过跨越伊斯特河上的钢制带状桥梁，对人脑的力量和独创性有了一个崭新的印象。忙碌的船只在河中嘎嘎急驶——高速飞驶的小艇，慢悠悠、喷着鼻的拖船。如果我今后还有看得见的日子，我要用许多时光来眺望这河中令人欢快的景象。我向前眺望，我的前面耸立着纽约——一个仿佛从神话的书页中搬下来的城市的奇异高楼。多么令人敬畏的建筑啊！这些灿烂的教堂塔尖，这些辽阔的石彻钢筑的河堤坡岸——真像诸神为他们自己修建的一般。这幅生动的画面是几百万人民每天生活的一部分。我不知道，有多少人会对它回头投去一瞥？只怕寥寥无几。对这个壮丽的景色，他们视而不见，因为这一切对他们是太熟悉了。

　　我匆匆赶到那些庞大的建筑物之一——帝国大厦的顶端，因为不久以前，我在那里凭借我秘书的眼睛"俯视"过这座城市，我渴望把我的想象同现实作一比较。我相信，展现在我面前的一切景色一定不会令我失望，因为它对我将是另一个世界的景色。此时，我开始周游这座城市。首先，我站在繁华的街角，只看看人，试图凭借对他们的观察去了解一下他们的生活。看到他们的笑颜，我感到快乐；看到他们的严肃的决定，我感到骄傲；看到他们痛苦，我不禁充满同情。

　　我沿着第五大街散步。我漫然四顾，眼光并投向某一特殊目标，而只看看万花筒般五光十色的景象。我确信，那些活动的人群中的妇女的服装色彩一定是一幅决不令我厌烦的华丽景色。然而如果我有视觉的话，我也许会像大多数妇女一样——对个别服装的时髦式样感兴趣，而对大量的灿烂色彩不怎么注意。而且我还确信，我将成为一位习惯难改的橱窗顾客，因为，观赏这些无数精美的陈列品一定是一种眼福。

　　从第五大街起，我作一番环城浏览——到公园大道去，到贫民窟去，到工厂去，到孩子们玩耍的公园去，我还将参观外国人居住区，进行一次不出门的海外旅行。我始终睁大眼睛注视幸福和悲惨的全部景象，以便能够深入调查，进一步了解人们是怎样工作和生活的。

我的心充满了人和物的形象。我的眼睛决不轻易放过一件小事，它争取密切关注它所看到的每一件事物。有些景象令人愉快，使人陶醉；但是有些则是极其凄惨，令人伤感。对于后者，我决不闭上我的双眼，因为它也是生活的一部分。在它们面前闭上双眼，就等于关闭了心房，关闭了思想。

我有视觉的第三天即将结束了。也许有很多的重要而严肃的事情，需要利用这剩下的时间去看，去做。但是，我担心在最后一夜晚，我还会再次跑到剧院去，看一场热闹而有趣的戏剧，好领略一下人类心灵中的谐音。

到了午夜，我摆脱了盲人苦境的短暂时刻就要结束了，永久的黑夜阁再次向我迫近。在那短短的三天，我自然不能看到我想要看到的一切。只有在黑暗再次向我袭来之时，我才感到我丢下了多少东西没有见到。然而，我的内心充满了甜蜜的回忆，使我很少有时间来懊悔。此后，我摸索到每一件物品，我的记忆都将鲜明地反映出那件物品是个什么样子。

我的这一番如何度过重见光明的三天简述，也许与你假设知道自己即将失明而为自己所做的安排不相一致。可是，我相信，假如你真的面临那种厄运，你的目光将会尽量投向以前从未曾见过的事物，并尽量把它们储存在记忆中，为今后漫长的黑夜所用。你将比以往更好地利用自己的眼睛，你所看到的每一件东西，对你都是那么珍贵，你的目光将饱览那出现在你视线之内的每一件物品。然后，你将真正看到，一个美的世界在你面前展开。

失明的我可以给那些看得见的人们一个提示——对那些能够充分利用天赋视觉的人们一个忠告：善用你的眼睛吧，犹如明天你将遭到失明的灾难。同样的方法也可以应用于其他感官。聆听乐曲的妙音，鸟儿的歌唱，管弦乐队的雄浑而铿锵有力的曲调吧，犹如明天你将遭遇耳聋的厄运。抚摸每一件你想要抚摸的物品吧，犹如明天你的触觉将会衰退。嗅闻所有鲜花的芳香，品尝每一口佳肴吧，犹如明天你再不能嗅闻品尝。

充分利用每一个感官，通过自然给予你的几种接触手段，为世界向你显示的所有愉快而美好的细节而自豪吧！不过，在所有感官中，我相信，视觉一定是最令人赏心悦目的。

阅读思考题

罗斯福夫人所说："人类精神的美一旦被认识，我们就永远不会忘记。"《假如给我三天光明》是海伦·凯勒的散文代表作，情真意切地表达了作为残疾人的海伦·凯勒对生活热情洋溢的肯定与讴歌，我们从中可以得到什么样的启示？

笔记区

生命——心灵

[印] 泰戈尔

泰戈尔（1861—1941），印度著名诗人、文学家、作家、艺术家、社会活动家、哲学家和印度民族主义者，他属于婆罗门种姓。1913年他凭《吉檀迦利》获得诺贝尔文学奖，是首位获得诺贝尔文学奖的亚洲人。他与黎巴嫩诗人纪·哈·纪伯伦并称为"站在东西方文化桥梁的两位巨人"，其代表作有《吉檀迦利》、《飞鸟集》。

一

我的窗前是一条红土路。

路上辚辚地移行着载货的牛车；绍塔尔族姑娘头顶着一大捆稻草去赶集，傍晚归来，身后甩下一大串银铃般的笑声。

而今我的思绪不在人走的路上驰骋。

我一生中，为各种难题愁闷的、为各种目标奋斗的年月，已经埋入往昔。如今身体欠佳，心情淡泊。

大海表面波涛汹涌；安置地球卧榻的幽深的底层，暗流把一切搅得混沌不清。当波浪平息，可见与不可见，表面与底层处于充分和谐的状态时，大海是平静的。

同样，我拼搏的心灵憩息时，我在心灵深处获得的所在，是宇宙元初的乐土。

在行路的日子里，我无暇关注路边的榕树，而今我弃路回到窗前，开始和他接触。

他凝视着我的脸，心里好像非常着急，仿佛在说："你理解我吗？"

"我理解，理解你的一切。"我宽慰他，"你不必那么焦急。"

宁静恢复了片刻，等我再度打量他时，他显得越发焦灼，碧绿的叶片飒飒摇颤，灼灼闪光。

我试图让他安静下来，说："是的，是这样，我是你的游伴。千百年来，在泥土的游戏室里，我和你一样，一口一口吮吸阳光，分享大地甘美的乳汁。"

我听见他中间陡然起风的声响。他开口说："你说得对。"

在我心脏血液的流动中回荡的语音，在光影中无声地旋转的音籁，化为绿叶的沙沙声，传到我的身边。这话音是宇宙的官方语言。

它的基调是：我在，我在，我们同在。

那是莫大的欢乐，那欢乐中宇宙的原子、分子瑟瑟抖额。

今日，我和榕树操同一种语言，表达心头的喜悦之情。

他问我："你果真回来了？"

"哦，挚友，我回来了。"我即刻回答。

于是，我们有节奏地鼓掌，欢呼着"我在，我在。"

二

我和榕树倾心交谈的春天，他的新叶是嫩黄的，从高天遁来的阳光通过他的无数叶缝，与大地的阴影偷偷地拥抱。

六月阴雨绵绵，他的叶子变得和云霓一样沉郁。如今，他的叶丛像老人成熟的思维那样稠密，阳光再也找不到渗透的通道。以往他像贫苦的少女，如今则似富贵的少妇，心满意足。

今天上午，榕树脖子上绕着二十圈绿宝石项链，他对我说："你为什么头顶砖石，坐在那里？像我一样走进充实的空间吧。"

我说："人自古拥有内外两部分。"

"我不明白你的意思。"榕树摇摇身子。

我进一步解释："我们有两个世界——内在世界与外在世界。"

榕树惊叫一声："天哪，内在世界在哪儿呢？"

"在我的模具里。"

"在里面做什么？"

"创造。"

"模具里进行创造，这话太玄奥了。"

"如同江河被两岸夹着，"我耐心地阐述，"创造受模具的制约，一种素材注入不同的模具，或成为金刚石，或成为榕树。"

榕树把话题扯到我身上："你的模具是什么形状，请描述一番。"

"我的模具是心灵，落入其间的，变成纷繁的创造。"

"在我们的日月左侧，能够稍稍显示你那封闭的创造吗？"榕树来了兴致。

"日月不是衡量创造的尺度。"我说得十分肯定，"日月是外在物。"

"那么，用什么测量它呢？"

"用快乐，尤其是用痛苦。"

榕树说："东风在我耳畔的微语，在我心里激起共鸣。而你这番高论，我实在无法理解。"

"怎么使你明白呢……"我沉吟片刻,"如同你那东风被我们捕获,带入我们的领域,系在弦索上,它就从一种创造抵达另一种创造。这创造在蓝天或在哪一个博大心灵的记忆的天空获得席位,我不得而知,好像有一个情感的不可测量的天空。"

"请问它年寿几何?"

它的年寿不是事件的时间,而是情感的时间,所以不能用数字计算。"

"你是两种天空、两种时间的生灵,你太怪诞了,你内在的语言,我听不懂。"

"不懂就不懂吧。"我无可奈何。

"我外在的语言,你能正确地领会吗?"

"你外在的语言演变为我内在的语言,要说懂的话,它意味着称之为歌便是歌,称之为想象便是想象。"

三

榕树伸展着他所有的枝丫对我说:"停一停,你的思绪飞得太远,你的议论太无边际了。"

我觉得他言之有理,说:"我来找你本是为了宁谧,但由于恶习难改,闭着嘴,话却从嘴唇间泄流出来,跟有些人睡着走路一样。"

我掷掉纸和笔,直直地望着他,他油亮青葱的叶子,犹如名演员的纤指,快速弹着光之琴弦。

我的心灵忽然问道:"你目睹的和我思索的,两者的纽带何在?"

"住嘴!"我一声断喝,"不许你问这问那!"

我目不转睛地看着他。时光潺潺流逝。

"怎么样,你彻悟了吗?"榕树末了问。

"悟彻了"。

四

一天悄然逝去。

翌日,我的心灵问我:"昨天,你凝望着榕树说悟彻了,你悟彻了什么?"

"我躯壳里的生命,在纷乱的愁思中变得混浊了。"我说,"要观瞻生命的纯洁面目,必须面对碧草,面对榕树。"

"你看见了什么?"

"我看见太初的生命包孕纯正的欢愉。他非常仔细地剔除了他的绿叶、花朵、果实里的糟粕,奉献丰富的色彩、芳香和甘浆。因而我望着榕树默默地说,'哦,树王，地球上诞生的第一个生命发出的欢呼声，至今在你的枝叶间荡漾。远古时代质朴的笑容，在你的叶片上闪烁。在我的躯壳里，往日囚禁在忧思的牢笼里的原初的生命，此刻极其活跃，你召唤他，来呀，走进阳光，走进柔风，跟我一道携来形象的彩笔，色泽的钵盂，甜汁的金觞。'"

我的心灵沉默片时，略为伤感地说："你谈论生命，口若悬河，可为什么不有条不紊地阐明我搜集的材料呢？"

"何用我阐明！它们以自己的喧嚣、吼叫震惊天宇。它们的负载复杂性和垃圾，压痛了地球的胸脯。我思之再三，不知何时是它们的终极。它们一层层累积多少层，一圈圈打多少个死结，答案在榕树的叶子上。"

"噢——告诉我答案是什么？"

"榕树说，没有生命之前，那些材料不过是一种负担、一堆废物。由于生命的触摸，材料浑然交融，呈现为完整的美。你看，那美在树林里漫步，在榕树的凉阴里吹笛。"

五

渺远的一天的黎明。

生命离弃昏眠之榻。上路奔向未知，进入无感知世界的德邦塔尔平原。那时，他没有丝毫倦意和忧愁，他王子般的装束本沾染灰尘，没有腐蚀的黑斑。

细雨霏霏的上午，我在榕树中间看见不倦的、坦荡的、健旺的生命。他摇舞着枝条对我说："谨向你致敬！"

我说："王子啊，介绍一下与沙漠这恶魔激战的情况吧。"

"战斗非常顺利，请你巡视战场。"

我举目四望，北边芳草萋萋，东边是绿油油的稻田，南边堤坝两侧是一行行棕榈树，西边红松、椰子树、穆胡亚树、芒果树、黑浆果树、枣树茂密交杂，郁郁葱葱，遮蔽了地平线。

"王子啊，你功德无量。"我赞叹着，"你是娇嫩的少年，可恶魔老奸巨猾，心狠手辣。你年幼力单，你的箭囊里装的是短小的箭矢，可恶魔是庞然大物，他的盾牌坚韧，棒棍粗硬。然而，我看见处处飘扬着你的旌旗，你脚踏着恶魔的脊背，岩石对你臣服，风沙在投降书上签字。"

他显露诧异之色："在哪儿你见到如此动人的情景？"

我说："我看见你的阵营以安详的姿态出现，你的繁忙身着憩息的衣服，你的胜利有一副温文尔雅的风度。所以修道士坐在你的树荫下学习轻易获胜的咒语和轻易达成权力分配的协议的方法。你在树林里开设了教授生命如何发挥作用的学校。所以倦乏的人在你的绿荫里休息，颓唐的人来寻求你的指教。"

听着我的颂赞，榕树内的生命欣喜地说："我前去同沙漠这恶魔作战，与我的胞弟失去了联系，不知他在何处进行怎样的战斗。刚才你好像提到过他。"

"是的，我称他为心灵。"

"他比我更加活跃，他不满意任何事情。你能告诉我那不安分的胞弟的近况吗？"

"可以讲一些。"我说，"你为生存而战，他为获取而战，远处进行着一场为了舍弃的战斗。你与僵死作战，他与贫乏作战，远处进行着一场为了积蓄的战斗。战斗日趋复杂，闯入战阵的寻不到出阵的路，胜败难卜。在这迷惘的彷徨之际，你的绿旗高喊'胜利属于生命'，给战士以鼓舞。歌声越来越高亢，在乐曲的危机中，你朴实的琴弦鼓励道：'别害怕，别害怕！我已谱写了乐曲的基调——太初的生命的乐调。一切疯狂的调子，以美的复唱形式，融合在欢乐的歌声中，所有的获取和赋予，如花儿开放，似果实成熟。'"

阅读思考题

泰戈尔生逢急剧变革的时代，受到印度传统哲学思想和西方哲学思想的影响，但他的世界观最基本最核心部分还是印度传统的泛神论思想。印度人认为："他是我们圣人中的第一人：不拒绝生命，而能说出生命之本身的，这就是我们所以爱他的原因了。"我们热爱的也是泰戈尔对生命的肯定与不拒绝。本文结尾说："一切疯狂的调子，以美的复唱形式，融合在欢乐的歌声中，所有的获取和赋予，如花儿开放，似果实成熟。"请结合全文探讨这些话的含义，并探讨作者认为的"生命之本身"是什么？

笔记区

西西弗的神话

[法] 阿尔贝·加缪

阿尔贝·加缪出生于阿尔及利亚的蒙多维城，是法国小说家、哲学家、戏剧家、评论家。其主要作品有：剧本《误会》、《卡利古拉》，中篇小说《局外人》，长篇小说《鼠疫》，哲学论文集《西西弗的神话》等。1957年，他因为"作为一个艺术家和道德家，通过一个存在主义者对世界荒诞性的透视，形象地体现了现代人的道德良知，戏剧性地表现了自由、正义和死亡等有关人类存在的最基本的问题"而获得诺贝尔文学奖。

诸神处罚西西弗不停地把一块巨石推上山顶，而石头由于自身的重量又滚下山去。诸神认为再也没有比进行这种无效无望的劳动更为严厉的惩罚了。

荷马说，西西弗是最终要死的人中最聪明最谨慎的人。但另有传说说他屈从于强盗生涯。我看不出其中有什么矛盾。各种说法的分歧在于是否要赋予这地狱中的无效劳动者的行为动机以价值。人们首先是以某种轻率的态度把他与诸神放在一起进行谴责，并历数他们的隐私。阿索玻斯的女儿埃癸娜被朱庇特劫走，父亲对女儿的失踪大为震惊并且怪罪于西西弗，深知内情的西西弗对阿索玻斯说，他可以告诉他女儿的消息，但必须以给柯兰特城堡供水为条件。他宁愿得到水的圣浴，而不是天火雷电。他因此被罚下地狱。荷马告诉我们西西弗曾经扼住过死神的喉咙。普洛托忍受不了地狱王国的荒凉寂寞，他催促战神把死神从其战胜者手中解放出来。

还有人说，西西弗在临死前冒失地要检验妻子对他的爱情。他命令她把他的尸体扔在广场中央，不举行任何仪式。于是西西弗重堕地狱。他在地狱里对那恣意践踏人类之爱的行径十分愤慨，他获得普洛托的允诺重返人间以惩罚他的妻子。但当他又一次看到这大地的面貌，重新领略流水、阳光的抚爱，重新触摸那火热的石头、宽阔的大海的时候，他就再也不愿回到阴森的地狱中去了。冥王的召令、气愤和警告都无济于事。他又在地球上生活了多年，面对起伏的山峦、奔腾的大海和大地的微笑他又生活了多年。诸神于是进行干涉，墨丘利跑来揪住这冒犯者的领子，把他从欢乐的生活中拉了出来，强行把他重新投入地狱，在那里，为惩罚他而设的巨石已准备就绪。

我们已经明白：西西弗是个荒谬的英雄。他之所以是荒谬的英雄，还因为他的激情和他所经受的磨难。他藐视神明，仇恨死亡，对生活充满激情，这必然使他受到难以用言语尽述的非人折磨：他以自己的整个身心致力于一种没有效果的事业，而这是为了对大地的无限热爱必须付出的代价。人们并没有谈到西西弗在地狱里的情况。创造这些神话是为了让人的想象使西西弗的形象栩栩如生。在西西弗身上，我们只能看到这样一幅图画：一个紧张的身体千百次地重复一个动作：搬动巨石，滚动它，并把它推至山顶。我们看到的是一张痛苦扭曲的脸，看到的是紧贴在巨石上的面颊，那落满泥土、抖动的肩膀，沾满泥土的双脚，完全僵直的胳膊，以及那坚实的满是泥土的人的双手。经过被渺渺空间和永恒的时间限制着的努力之后，目的就达到了。西西弗于是看到巨石在几秒钟内又向着下面的世界滚去，而他则必须把这巨石重新推向山顶。他于是又向山下走去。

正是因为这种回复、停歇，我对西西弗产生了兴趣。这一张饱经磨难近似石头般坚硬的面孔已经自己化成了石头！我看到这个人以沉重而均匀的脚步走向那无尽的苦难。这个时刻就像一次呼吸那样短促，它的到来与西西弗的不幸一样是确定无疑的，这个时刻就是意识的时刻。在每一个这样的时刻中，他离开山顶并且逐渐地深入到诸神的巢穴中去。他超出了他自己的命运，他比他搬动的巨石还要坚硬。

如果说，这个神话是悲剧的，那是因为它的主人公是有意识的。若他行的每一步都依靠成功的希望所支持，那他的痛苦实际上又在哪里呢？今天的工人终生都在劳动，终日完成的是同样的工作，这样的命运并非不比西西弗的命运荒谬，但是，这种命运只有在工人变得有意识的偶然时刻才是悲剧性的。西西弗，这诸神中的无产者，这进行无效劳役而又进行反叛的无产者，他完全清楚自己所处的悲惨境地：在他下山时，他想到的正是这悲惨的境地。造成西西弗痛苦的清醒意识同时也就造就了他的胜利。不存在不通过蔑视而自我超越的命运。

如果西西弗下山推石在某些天里是痛苦地进行着的，那么这个工作也可以在欢乐中进行。这并不是言过其实。我还想象西西弗又回头走向他的巨石，痛苦又重新开始。当对大地的想象过于着重于回忆，当对幸福的憧憬过于急切，那痛苦就在人的心灵深处升起：这就是巨石的胜利，这就是巨石本身。巨大的悲痛是难以承担的重负，这就是我们的客西马尼之夜。但是雄辩的真理一旦被认识就会衰竭，因此，俄狄浦斯不知不觉首先屈从命运，而一旦他明白了一切，他的悲剧就开始了。与此同时，两眼失明而又丧失希望的俄狄浦斯认识到，他与世界之间的唯一联系就是，一个年轻姑娘鲜润的手。他于是毫无顾忌地发出这样震撼人心的声音："尽管我历尽艰难困苦，但我年逾不惑，我的灵魂深邃伟大，因而我认为我是幸福的。"索福克勒斯的俄狄浦斯与陀思妥耶夫斯基的基里洛夫都提出了荒谬胜利的法则。先贤的智慧与现代英雄主义汇合了。

人们要发现荒谬，就不能不想到要写某种有关幸福的教材。"哎，什么！就凭这些如此狭窄的道路……"但是，世界只有一个，幸福与荒谬是同一大地的两个产儿。若说幸福一定是从荒谬的发现中产生的，那可能是错误的，因为荒谬的感情还很可能产生于幸福。"我认为我是幸福的。"俄狄浦斯说。而这种说法是神圣的，它回响在人的疯狂而又有限的世界之中；它告诫人们一切都还没有也从没有被穷尽过；它把一个上帝从世界中驱逐出去，这个上帝是怀着不满足的心理以及对无效痛苦的偏好而进入人间的；它还把命运改造成为一件应该在人们之中得到安排的人的事情。

西西弗无声的全部快乐就在于此。他的命运是属于他的，他的岩石是他的事情。同样，当荒谬的人深思他的痛苦时，他就使一切偶像哑然失声。在这突然重又沉默的世界中，大地升起千万个美妙细小的声音。无意识的、秘密的召唤，一切面貌提出的要求，这些都是胜利必不可少的对立面和应付的代价。不存在无阴影的太阳，而且必须认识黑夜。荒谬的人说"是"，但他的努力永不停息。如果有一种个人的命运，就不会有更高的命运，或至少可以说，只有一种被人看做是宿命的和应受到蔑视的命运。此时，荒谬的人知道，他是自己生活的主人。在这微妙的时刻，人回归到自己的生活之中。西西弗回身走向巨石，他静观这一系列没有关联而又变成他自己命运的行动。他的命运是他自己创造的，是在他的记忆的注视下聚合而又马上会被他的死亡固定的命运，因此，盲人从一开始就坚信一切人的东西都源于人道主义。就像盲人渴望看见而又知道黑夜是无穷尽的一样，西西弗永远行进，而巨石仍在滚动着。

我把西西弗留在山脚下！我们总是看到他身上的重负，而西西弗告诉我们，最高的虔诚是否认诸神并且搬掉石头。他也认为自己是幸福的，这个从此没有主宰的世界对他来讲既不是荒漠，也不是沃土，这块巨石上的每一颗粒，这黑黝黝的高山上的每一颗矿砂唯有对西西弗才形成一个世界，他爬上山顶所要进行的斗争本身就足以使一个人心里感到充实。应该认为，西西弗是幸福的。

阅读思考题

阿尔贝·加缪是在车祸中丧生的，实属辛辣的哲学讽刺；因为他思想的中心是如何对人类处境做出一个深刻的正确的回答。阿尔贝·加缪的一生是在悲观中乐观地生存，积极地介入生活与社会，与政敌抗争，与一切不正义的现象抗争。他爱生命，爱艺术，但也承认生命的荒谬，他描写的西西弗就是个荒谬的英雄，但是作者认为"西西弗是幸福的"，因为西西弗坚持着抗争。你是怎样看待西西弗的？

生命的召唤

[美] 阿迪斯·惠特曼

阿迪斯·惠特曼（Ardis Rumsey Whitman 1905—1990），大学教师，美国著名女作家。

记得小时候，我住在加拿大挪瓦斯科塔乡下时，发生过一件事。邻居一位太太去世，鳏夫整日酗酒，根本不管孩子。村中有位寡妇把那家的一个男孩带回自己家。她很贫穷，又没上过学，但却竭尽全力照顾这浑身发抖、性情孤僻的孩子。他好像转眼间变了，个子长高了，性格也开朗了。但是我们和他不熟，谁也不跟他讲话，这使他很自卑。

有一天，他的养母看见我们在玩耍，而那孩子却躲在一边抽泣，没人理睬。她把他带回屋里，然后对我们大动肝火："我不准你们这样待他！这孩子也是人。现在的生活会影响他的一生。每次我使他稍微抬起头来，你们又把它压下去。你们不想让他活吗？"

许多年过去，我总也忘不了这件事。它使我第一次领悟到深刻而严肃的人生哲理——人能成全他人，也能毁弃他人，互相帮助能使人奋发向上，互相抱怨会使人退缩不前。人与人之间的这种影响，就像阳光与寒霜对田野的影响一样。每个人都随时发出一种呼唤，促使别人荣辱毁誉，生死成败。

一位作家曾把人生比做蛛网。他说："我们生活在世界上，对他人的热爱、憎恨或冷漠，就像抖动一个大蜘蛛网。我影响他人，他人又影响他人。巨网振动，辗转波及，不知何处止，何时休。"

有些人专会鼓吹人生没有意义没有希望。他们的言行使人放弃、退缩或屈服。这些人之所以如此，可能是因为自己受了委屈或遇到不幸，但不论原因如何，他们孤僻冷淡，使梦想幻灭、希望成灰、欢乐失色。他们尖酸刻薄，使礼物失值、成绩无光、信心瓦解。留下来的只是恐惧。

这种人为数不多，但类似的冷言冷语我们都遇到过。例如，妻子因丈夫身体虚弱，收入微薄，便讥笑他："你也配做男人？"又如，妻子努力学习烹调，而丈夫的回答却是："我看你根本不是那块料。"再如，学生写了一篇有才华有创见的论文，而老师却嫌他书法拙劣，有错别字。

这种人使人觉得没有办法应付人生，从而灰心丧气，自惭形秽，惊慌失措。而我们可能又会将这种情绪传染给别人。因为我们受了委屈，一定要向人诉苦。

但是那些生性爽朗，鼓励别人奋发，令人难以忘怀的人又怎样呢？和这些人在一起，会感到朝气蓬勃，充满信心。他们使我们表现才能，发挥潜力，有所作为。

我上小学时，遇到过这样一位好老师。她讲课生动，充满激情。她在课上念我们幼稚的作文时，我们看到她脸上惊喜的表情，或会心的微笑，听到她愉快的赞叹，或同情的低泣。每当我们的文笔有清新之处，她一定倍加鼓励。她的批评恳切而委婉："这里还可以加加工"，"那里还可以更深刻些。"

英国大诗人白朗宁也是这样的人。他使他的妻子伊丽莎白·巴莱特重获新生。伊丽莎白的母亲去世很早，留下 11 个子女。伊丽莎白从小体弱多病，全家都对他特殊照顾，医生也怀疑她身患肺病，使伊丽莎白自己深信不疑，整日闷闷不乐，生活毫无乐趣。

她 40 岁时，遇到白朗宁。他对她一见倾心。见面一两天后，就给她写来热情洋溢的信。他否认她有任何疾病，消除了她的恐惧。他把她带出病室，和她结了婚。她 41 岁时周游了世界，43 岁生下了一个健康的孩子。她的才华得到了充分施展。她后来写的诗充满了激情。不热爱生活的人是写不出这样的诗句的。

我们谁不愿像他们，使别人的生命之火燃烧？最重要的是先要弄清自己是否热爱生命，是否具有活力。热爱生命的人才能分享于他人。不要按捺住自己的热情，应该拿出来为别人打通幸福的道路。

我们珍惜自己的生命，但也应该同样尊重别人的意志。我们应当了解别人的生活和理想与我们不同，应当倾听别人的诉说，找出他们的长处，给他们表现的机会，并让它继续生长。任何生物都要生长。生长是生命的过程——生命是棵生长着的树，不是毫无生机的雕像。

是的，人的一生非常曲折，甚至艰辛。但前途无穷，富有生机，充满机会。那些有希望的人都不是怨天尤人的人。

珍惜自己生命活力，便也使他人分享了你的活力。有给予，必有报答。人生和爱情一样，不会自己滋长，必须先给予而后才有发展。给予越多，生命便越丰富。

阅读思考题

《生命的召唤》告诉我们应该发挥每个人内在的对生命的热爱，这种热爱是与生俱来的，人人都拥有它。我们需要做的只是去回应它，而不是忽略它。我们该怎样回应生命的召唤、热爱与拥抱生活呢？

热 爱 生 命

[美] 杰克·伦敦

杰克·伦敦（1876—1916年），美国著名的现实主义作家。他一生共创作了约50卷作品，著名的有《野性的呼唤》、《海狼》、《白牙》、《马丁·伊登》和一系列短篇小说《热爱生命》、《老头子同盟》、《北方的奥德赛》、《马普希的房子》、《沉寂的雪原》等。他的作品不仅在美国本土广泛流传，而且受到世界各国人民的欢迎。

他们两个一瘸一拐地，吃力地走下河岸，有一次，走在前面的那个还在乱石中间失足摇晃了一下。他们又累又乏，因为长期忍受苦难，脸上都带着愁眉苦脸、咬牙苦熬的表情。他们肩上捆着用毯子包起来的沉重包袱。总算那条勒在额头上的皮带还得力，帮着吊住了包袱。他们每人拿着一支来复枪。他们弯着腰走路，肩膀冲向前面，而脑袋冲得更前，眼睛总是瞅着地面。

"我们藏在地窖里的那些子弹，我们身边要有两三发就好了。"走在后面的那个人说道。

他的声调，阴沉沉的，干巴巴的，完全没有感情。他冷冷地说着这些话；前面的那个只顾一瘸一拐地向流过岩石、激起一片泡沫的白茫茫的小河里走去，一句话也不回答。

后面的那个紧跟着他。他们两个都没有脱掉鞋袜，虽然河水冰冷——冷得他们脚腕子疼痛，两脚麻木。每逢走到河水冲击着他们膝盖的地方，两个人都摇摇晃晃地站不稳，跟在后面的那个在一块光滑的圆石头上滑了一下，差一点没摔倒，但是，他猛力一挣，站稳了，同时痛苦地尖叫了一声。他仿佛有点头昏眼花，一面摇晃着，一面伸出那只闲着的手，好像打算扶着空中的什么东西。站稳之后，他再向前走去，不料又摇晃了一下，几乎摔倒。于是，他就站着不动，瞅着前面那个一直没有回过头的人。

他这样一动不动地足足站了一分钟，好像心里在说服自己一样。接着，他就叫了起来："喂，比尔，我扭伤脚腕子啦。"

比尔在白茫茫的河水里一摇一晃地走着。他没有回头。

后面那个人瞅着他这样走去；脸上虽然照旧没有表情，眼睛里却流露着跟一头受伤的鹿一样的神色。

前面那个人一瘸一拐，登上对面的河岸，头也不回，只顾向前走去，河里的人眼睁睁地瞧着。他的嘴唇有点发抖，因此，他嘴上那丛乱棕似的胡子也在明显地抖动。他甚至不知不觉地伸出舌头来舔舔嘴唇。

"比尔！"他大声地喊着。

这是一个坚强的人在患难中求援的喊声，但比尔并没有回头。他的伙伴干瞧着他，只见他古里古怪地一瘸一拐地走着，跌跌撞撞地前进，摇摇晃晃地登上一片不陡的斜坡，向矮山头上不十分明亮的天际走去。他一直瞧着他跨过山头，消失了踪影。于是他掉转眼光，慢慢扫过比尔走后留给他的那一圈世界。

靠近地平线的太阳，像一团快要熄灭的火球，几乎被那些混混沌沌的浓雾同蒸气遮没了，让你觉得它好像是什么密密团团，然而轮廓模糊、不可捉摸的东西。这个人单腿立着休息，掏出了他的表，现在是四点钟，在这种七月底或者八月初的季节里——他说不出一两个星期之内的确切的日期——他知道太阳大约是在西北方。他瞧了瞧南面，知道在那些荒凉的小山后面就是大熊湖；同时，他还知道在那个方向，北极圈的禁区界线深入到加拿大冻土地带之内。他所站的地方，是铜矿河的一条支流，铜矿河本身则向北流去，通向加冕湾和北冰洋。他从来没到过那儿，但是，有一次，他在赫德森湾公司的地图上曾经瞧见过那地方。

他把周围那一圈世界重新扫了一遍。这是一片叫人看了发愁的景象。到处都是模糊的天际线。小山全是那么低低的。没有树，没有灌木，没有草——什么都没有，只有一片辽阔可怕的荒野，迅速地使他两眼露出了恐惧神色。

"比尔！"他悄悄地、一次又一次地喊道："比尔！"

他在白茫茫的水里畏缩着，好像这片广大的世界正在用压倒一切的力量挤压着他，正在残忍地摆出得意的威风来摧毁他。他像发疟子似地抖了起来，连手里的枪都哗啦一声落到水里。这一声总算把他惊醒了。他和恐惧斗争着，尽力鼓起精神，在水里摸索，找到了枪。他把包袱向左肩挪动了一下，以便减轻扭伤的脚腕子的负担。接着，他就慢慢地，小心谨慎地，疼得闪闪缩缩地向河岸走去。

他一步也没有停。他像发疯似的拼着命，不顾疼痛，匆匆登上斜坡，走向他的伙伴失去踪影的那个山头——比起那个瘸着腿，一瘸一拐的伙伴来，他的样子更显得古怪可笑。可是到了山头，只看见一片死沉沉的，寸草不生的浅谷。他又和恐惧斗争着，克服了它，把包袱再往左肩挪了挪，踉跚地走下山坡。

谷底一片潮湿，浓厚的苔藓，像海绵一样，紧贴在水面上。他走一步，水就从他脚底下溅射出来，他每次一提起脚，就会引起一种吧唧吧唧的声音，因为潮湿的苔藓总是吸住他的脚，不肯放松。他挑着好路，从一块沼地走到另一块沼地，并且顺着比尔的脚印，走过一堆一堆的、像突出在这片苔藓海里的小岛一样的岩石。

他虽然孤零零的一个人，却没有迷路。他知道，再往前去，就会走到一个小湖旁边，那儿有许多极小极细的枯死的枞树，当地的人把那儿叫做"提青尼其利"——意思是"小棍子地"。而且，还有一条小溪通到湖里，溪水不是白茫茫的。

溪上有灯心草——这一点他记得很清楚——但是没有树木，他可以沿着这条小溪一直走到水源尽头的分水岭。他会翻过这道分水岭，走到另一条小溪的源头，这条溪是向西流的，他可以顺着水流走到它注入狄斯河的地方，那里，在一条翻了的独木船下面可以找到一个小坑，坑上面堆着许多石头。这个坑里有他那支空枪所需要的子弹，还有钓钩、钓丝和一张小渔网——打猎钓鱼求食的一切工具。同时，他还会找到面粉——并不多——此外还有一块腌猪肉同一些豆子。

比尔会在那里等他的，他们会顺着狄斯河向南划到大熊湖。接着，他们就会在湖里朝南方划，一直朝南，直到麦肯齐河。到了那里，他们还要朝着南方，继续朝南方走去，那么冬天就怎么也赶不上他们了。让湍流结冰吧，让天气变得更凛冽吧，他们会向南走到一个暖和的赫德森湾公司的站头，那儿不仅树木长得高大茂盛，吃的东西也多得不得了。

这个人一路向前挣扎的时候，脑子里就是这样想的。他不仅苦苦地拼着体力，也同样苦苦地绞着脑汁，他尽力想着比尔并没有抛弃他，想着比尔一定会在藏东西的地方等他。

他不得不这样想，不然，他就用不着这样拼命，他早就会躺下来死掉了。当那团模糊的像圆球一样的太阳慢慢向西北方沉下去的时候，他一再盘算着在冬天追上他和比尔之前，他们向南逃去的每一寸路。他反复地想着地窖里和赫德森湾公司站头上的吃的东西。他已经两天没吃东西了；至于没有吃到他想吃的东西的日子，那就更不只两天了。他常常弯下腰，摘起沼地上那种灰白色的浆果，把它们放到口里，嚼几嚼，然后吞下去。这种沼地浆果只有一小粒种子，外面包着一点浆水。一进口，水就化了，种子又辣又苦。他知道这种浆果并没有养分，但是他仍然抱着一种不顾道理、不顾经验教训的希望，耐心地嚼着它们。

走到九点钟，他在一块岩石上绊了一下，因为极端疲倦和衰弱，他摇晃了一下就栽倒了。他侧着身子、一动也不动地躺了一会。接着，他从捆包袱的皮带当中脱出身子，笨拙地挣扎起来勉强坐起。这时候，天还没有完全黑，他借着流连不散的暮色，在乱石中间摸索着，想找到一些干枯的苔藓。后来，他收集了一堆，就升起一蓬火——一蓬不旺的，冒着黑烟的火——并且放了一白铁罐子水在上面煮着。

他打开包袱，第一件事就是数数他的火柴。一共六十六根。为了弄清楚，他数了三遍。他把它们分成几份，用油纸包起来，一份放在他的空烟草袋里，一份放在他的破帽子的帽圈里，最后一份放在贴胸的衬衫里面。做完以后，他忽然感到一阵恐慌，于是把它们完全拿出来打开，重新数过。

仍然是六十六根。

他在火边烘着潮湿的鞋袜。鹿皮鞋已经成了湿透的碎片。毡袜子有好多地方都磨穿了，两只脚皮开肉绽，都在流血。一只脚腕子胀得血管直跳，已经肿得和膝盖一样粗了。他一共有两条毯子，他从其中的一条撕下一长条，把脚腕子捆紧。此外，他又撕下几条，裹在脚上，代替鹿皮鞋和袜子。接着，他喝完那罐滚烫的水，上好表的发条，就爬进两条毯子当中。

早上六点钟的时候，他醒了过来，开始整理包袱准备上路。在检查一个厚实的鹿皮口袋时，他踌躇了一下。袋子并不大。

他知道它有十五磅重，里面装着粗金沙——这是他一年来没日没夜劳动的成果，在是否要继续带上它的问题上，他犹豫了很久。最后，当他站起来，摇摇晃晃地开始这一天的路程的时候，这个口袋仍然包在他背后的包袱里。

他扭伤的脚腕子已经僵了，他比以前跛得更明显，但是，比起肚子里的痛苦，脚疼就算不了什么。饥饿的疼痛是剧烈的。它们一阵一阵地发作，好像在啃着他的胃，疼得他不能把思想集中在去狄斯河必经的路线上。

傍晚时，他在一条小河边发现了一片灯心草丛。他丢开包袱，爬到灯心草丛里，像牛似的大咬大嚼起来。他还试图在小水坑里找青蛙，或者用指甲抠土找小虫，虽然他也知道，这么远的北方，是既没有青蛙也没有小虫的。

他瞧遍了每个水坑，都没有用，最后，到了漫漫的暮色袭来的时候，他才发现一个水坑里有一条独一无二的、像鲦鱼般的小鱼。他把胳膊伸下水去，一直没到肩头，但是它又溜开了。于是他用双手去捉，把池底的乳白色泥浆全搅浑了。正在紧张的关头，他又掉到了坑里，半身都浸湿了。现在，水已经太浑，看不出鱼在哪儿，他只好等着，等泥浆沉淀下去。可是，并没有什么鱼。他这才发现石头里面有一条暗缝，鱼已经从那里钻到了旁边一个相连的大坑——坑里的水他一天一夜也舀不干。

他四肢无力地倒在潮湿的地上。起初，他只是轻轻地哭，过了一会，他就对着把他团团围住的无情的荒原号啕大哭起来……

天亮了——又是灰蒙蒙的一天，没有太阳。雨已经停了。刀绞一样的饥饿感觉也消失了，他已经丧失了想吃食物的感觉。

虽然饿的痛苦已经不再那么敏锐，他却感到了虚弱。他在摘那种沼泽地上的浆果，或者拔灯心草的时候，常常不得不停下来休息一会。他觉得他的舌头很大，很干燥，含在嘴里发苦。

这一天，他走了十多英里路；第二天，他走了不到五英里。

又过了一夜；早晨，他解开系着那厚实的鹿皮口袋的皮绳，倒出一半黄澄澄的金沙。把它们包在一块毯子里，在一块突出的岩石上藏好，又从剩下的那条毯子上撕下几条，用来裹脚。

这是一个有雾的日子，中午的时候，累赘的包袱压得他受不了。于是，他又从口袋中倒出一半金沙，不过这次是倒在地上。到了下午，他把剩下来的那点也扔掉了。

他重新振作起来，继续前进。这地方狼很多，它们时常三三两两地从他前面走过。但是都避着他。一则因为它们为数不多，此外，它们要找的是不会搏斗的驯鹿，而这个直立行走的奇怪动物可能既会抓又会咬。

傍晚时他碰到了许多零乱的骨头，说明狼在这儿咬死过一头野兽。这些残骨在一个钟头以前还是一头小驯鹿，一面尖叫，一面飞奔，非常活跃。他端详着这些骨头，它们已经给啃得精光发亮，其中只有一部分还没有死去的细胞泛着粉红色。难道在天黑之前，他也可能变成这个样子吗？生命就是这样吗？真是一种空虚的、转瞬即逝的东西。只有活着才感到痛苦。死并没有什么难过。死就等于睡觉。它意味着结束，休息。那么，为什么他不甘心死呢？

但是，他对这些大道理想得并不长久。他蹲在苔藓地上，嘴里衔着一根骨头，吮吸着仍然使骨头微微泛红的残余生命。接着下了几天可怕的雨雪。他不知道什么时候露宿，什么时候收拾行李。他白天黑夜都在赶路。他摔倒在哪里就在哪里休息，一到垂危的生命火花重新闪烁起来的时候，就慢慢向前走。他已经不再像人那样挣扎了。逼着他向前走的，是他的生命，因为它不愿意死。

有一天，他醒过来，神智清楚地仰卧在一块岩石上。太阳明朗暖和。他只隐隐约约地记得下过雨，刮过风，落过雪，至于他究竟被暴风雨吹打了两天或者两个星期，那他就不知道了。

他痛苦地使劲偏过身子，想确定一下自己的方位。下面是一条流得很慢的很宽的河。他觉得这条河很陌生，真使他奇怪。他慢慢地顺着这条奇怪的河流的方向，向天际望去，只看到它注入一片明亮光辉的大海。后来，他又看到光亮的大海上停泊着一艘大船，但他并不激动。多半是幻觉。也许是海市蜃楼，他想到。他眼睛闭了一会再睁开——奇怪，这种幻觉竟会这样的经久不散！

他听到背后有一种吸鼻子的声音——仿佛喘不出气或者咳嗽的声音。在离他不到二十尺远的两块岩石之间，他隐约看到一匹灰狼的头。这是一匹病狼，它的那双尖耳朵并不像别的狼那样竖得笔挺；眼睛也昏暗无光，布满血丝。

至少，这总是真的，他一面想，一面又翻过身，以便瞧见先前给幻象遮住的现实世界。可是，远处仍旧是一片光辉的大海，那艘船仍然清晰可见。难道这是真的吗？他闭着眼睛，想了好一会，毕竟想出来了。他已经偏离了原来的方向，一直在

第二篇 热爱生活

向北偏东走，走到了铜矿谷。这条流得很慢的宽广的河就是铜矿河。那片光辉的大海是北冰洋。这次不是幻觉而是真的！

他换气着坐起来，裹在脚上的毯子已经磨穿了，他的脚破得没有一处好肉。最后一条毯子已经用完了。他总算还保住了那个白铁罐子。他打算先喝点热水，然后再开始向船走去，他已经料到这是一段可怕的路程。

他的动作很慢。他好像半身不遂地哆嗦着。等到他想去收集干苔藓的时候，他才发现自己已经站不起来了。他试了又试，后来只好死了这条心，他用手和膝盖支着爬来爬去。

这个人喝下热水之后，觉得自己可以站起来了，甚至还可以走路了。这天晚上，等到黑夜笼罩了光辉的大海的时候，他知道他和大海之间的距离只缩短了不到四英里。

这一夜，他总是听到那匹病狼咳嗽的声音，有时候，他又听到了一群小驯鹿的叫声。他周围全是生命，不过那是强壮的生命，非常活跃而健康的生命，同时他也知道，那只病狼所以要紧跟着他这个病人，是希望他先死。

太阳亮堂堂地升了起来，这一早晨，他一直在栽栽跌跌地，朝着光辉的海洋上的那艘船走去。天气好极了。这是高纬度地方的那种短暂的晚秋。它可能连续一个星期。也许明后天就会结束。

下午，这个人发现了一些痕迹，那是另外一个人留下的，他不是走，而是爬的。他认为可能是比尔，不过他只是漠不关心地想想罢了。他并没有什么好奇心。事实上，他早已失去了兴致和热情。他已经不再感到痛苦了。他的胃和神经都睡着了。但是内在的生命却逼着他前进。他非常疲倦，然而他的生命却不愿死去。正因为生命不肯死，他才仍然要吃沼泽地上的浆果和鲦鱼，喝热水，一直提防着那只病狼。

他跟着那个挣扎前进的人的痕迹向前走去，不久就走到了尽头——潮湿的苔藓上摊着几根才啃光的骨头，附近还有许多狼的脚印，他发现了一个跟他自己的那个一模一样的厚实的鹿皮口袋，但已经给尖利的牙齿咬破了。比尔至死都带着它。

他转身走开了。不错，比尔抛弃了他；但是他不愿意拿走那袋金子，也不愿意吮吸比尔的骨头。

这一天，他和那艘船之间的距离缩短了三英里；第二天，又缩短了两英里——因为现在他不是在走，而是在爬了；到了第五天结束，他发现那艘船离开他仍然有七英里，而他每天连一英里也爬不到了。

他的膝盖已经和他的脚一样鲜血淋漓，尽管他撕下了身上的衬衫来垫膝盖，他背后的苔藓和岩石上仍然留下了一路血渍。有一次，他回头看见病狼正饿得发慌地舐着他的血渍，他清楚地看出了自己可能遭到的结局——除非他干掉这匹狼。于是，一幕残酷的求生悲剧就开始了——病人一路爬着，病狼一路跛行着，两个生灵就这样在荒原里拖着垂死的躯壳，相互猎取对方的生命。

有一次，他从昏迷中被一个喘息的声音惊醒了。他听到病狼喘着气，在慢慢地向他逼近。它愈来愈近，总是在向他逼近，好像经过了无穷的时间，他始终一动不动地躺在那儿，静静地等着。它已经到了他耳边。那条粗糙的干舌头正像砂纸一样地摩擦着他的两腮。他的两只手一下子伸了出来，他的指头弯得像鹰爪一样，可是抓了个空。

狼的耐心真是可怕。人的耐心也一样可怕。

这一天，有一半时间他一直躺着不动，尽力和昏迷斗争，等着那个要把他吃掉，而他也希望能吃掉的东西。

当他又一次从梦里慢慢苏醒过来的时候，觉得有条舌头在顺着他的一只手舔去。他静静地等着。狼牙轻轻地扣在他手上了；扣紧了；狼正在尽最后一点力量把牙齿咬进它等了很久的东西里面。突然，那只给咬破了的手抓住了狼的牙床。于是，慢慢地，就在狼无力地挣扎着，他的手无力地掐着的时候，他的另一只手已经慢慢摸了过去……

五分钟之后，这个人已经把全身的重量都压在狼的身上。他的手的力量虽然还不足以把狼掐死，可是他的脸已经紧紧地压住了狼的咽喉，嘴里已经满是狼毛。半小时后，这个人感到一小股暖和的液体慢慢流进他的喉咙。后来，这个人翻了一个身，仰面睡着了。

捕鲸船"白德福号"上，有几个科学考察队的人员。他们从甲板上望见岸上有一个奇怪的东西。它正在向沙滩下面的水面挪动。他们没法分清它是哪一类动物，于是他们划着小艇到岸上去察看。

他们发现了一个活着的动物，可是很难把它称作人。它已经瞎了，失去了知觉。它就像一条大虫子在地上蠕动着前进。它用的力气大半都不起作用，但是它仍在一刻也不停地向前扭动。照它这样，一个小时大概可以爬上二十英尺。

三星期以后，这个人躺在"白德福号"的一张床铺上，眼泪顺着他的消瘦的面颊往下淌，他说出他是谁和他经过的一切。同时，他又含含糊糊地、不连贯地谈到了他的母亲，谈到了阳光灿烂的南加利福尼亚，以及橘树和花丛中的他的家园……

没过几天，他就跟那些科学家和船员坐在一张桌子旁边吃饭了，他馋得不得了地望着面前这么多好吃的东西，焦急地瞧着它溜进别人口里。每逢别人咽下一口的时候，他眼睛里就会流露出一种深深惋惜的表情。他的神志非常清醒，可是，每逢吃饭的时候，他免不了要恨这些人。他给恐惧缠住了，他老怕粮食维持不了多久。他向厨子、船舱里的服务员和船长打听食物的贮藏量。他们对他保证了无数次，但是他仍然不相信，仍然会狡猾地溜到贮藏室附近亲自窥探。

看起来，这个人正在发胖。他每天都会胖一点。那批研究科学的人都摇着头，根据他们的理论，他们限制了这个人的饭量，可是他的腰围仍然在加大，身体胖得惊人。

　　水手们都咧着嘴笑。他们心里有数。等到这批科学家派人来监视他的时候，他们也知道了。他们看到他在早饭以后萎靡不振地走着，而且会像叫花子似的，向一个水手伸出手。那个水手笑了笑，递给他一块硬面包，他贪婪地把它拿住，像守财奴瞅着金子般地瞅着它，然后把它塞到衬衫里面。别的咧着嘴笑的水手也送给他同样的礼品。

　　这些研究科学的人很谨慎，他们随他去。但是他们常常暗暗检查他的床铺。那上面摆着一排排的硬面包，褥子也给硬面包塞得满满的；每一个角落里都塞满了硬面包。然而他的神志非常清醒，他是在防备可能发生的另一次饥荒——就是这么回事。研究科学的人说，他会恢复常态的；事实也是如此，"白德福号"的铁锚还没有在旧金山湾里隆隆地抛下去，他就正常了。

阅读思考题

　　杰克·伦敦生于旧金山，他来自"占全国人口十分之一的贫困不堪的底层阶级"，在一个既无固定职业又无固定居所的家庭中长大，所以他亲身体验了求生的千辛万苦。其代表作《热爱生命》以雄健粗犷的笔触，记述了一个悲壮的故事，生动地展示出人性的伟大的和坚强。我们该怎样看待主人公对生命的执著及其寄予着的作者独特的人生理想和美学追求？

笔记区

我 的 病 历

[英] 斯蒂芬·霍金

斯蒂芬·霍金是剑桥大学应用数学及理论物理系教授，是当代最重要的广义相对论和宇宙论家。20世纪70年代他与彭罗斯一道证明了著名的奇性定理，为此他们共同获得了1988年的沃尔夫物理奖。他被誉为继爱因斯坦之后世界上最著名的科学思想家和最杰出的理论物理学家。斯蒂芬·霍金的生平非常有传奇性，尽管他一生大部分时间都坐在轮椅上，他的思想却遨游到广袤的时空，去解开宇宙之谜。

人们经常问我：运动神经细胞病对你有多大的影响？我的回答是，不很大。我尽量地过一个正常人的生活，不去想我的病况或者为这种病阻碍我实现的事情懊丧，这样的事情不怎么多。

我被发现患了运动神经细胞病，这对我无疑是晴天霹雳。我在童年时动作一直不能自如。我对球类都不行，也许是因为这个原因我不在乎体育运动。但是，我进牛津后情形似乎有所改变。我参与掌舵和划船。我虽然没有达到赛船的标准，但是达到了学院间比赛的水平。

但是在牛津上第三年时，我注意到自己变得更笨拙了，有一两回没有任何原因地跌倒。直到第二年到剑桥后，我母亲才注意到并把我送到家庭医生那里去。他又把我介绍给一名专家，在我二十一岁生日后不久即入院检查。我住了两周医院，其间进行各式各样的检查。他们从我的手臂上取下了肌肉样品，把电极插在我身上，把一些放射性不透明流体注入我的脊柱中，一面使床倾斜，一面用X光来观察这流体上上下下流动。做过了这一切以后，除了告诉我说这不是多发性硬化，并且是非典型的情形外，什么也没说。然而，我合计出，他们估计病情还会继续恶化，除了给我一些维生素外束手无策。我能看出他们预料维生素无济于事。这种病况显然不很妙，所以我也就不寻根究底。

意识到我得了一种不治之症并在几年内要结束我的生命，对我真是致命打击。这种事情怎么会发生在我身上呢？为什么我要这样地夭折呢？然而，住院期间我目睹在我对面床上一个我认识的男孩死于肺炎。这是个令人伤心的场合。很清楚，有些人比我还更悲惨。我的病情至少没有使我感觉到生病。只要我觉得自哀自怜，就会想到那个男孩。

不知什么灾难还在前头,也不知病情恶化的速率,我不知所措。医生告诉我回剑桥去继续我刚开始的在广义相对论和宇宙论方面的研究。但是,由于我的数学背景不够,所以进展缓慢,而且无论如何,我也许活不到完成博士论文了。我感到十分倒霉。我就去听瓦格纳的音乐。但是杂志上说我酗酒是过于夸张了。麻烦在于,一旦有一篇文章这么说,另外的文章就照抄,这样可以起轰动效应。似乎在印刷物上出现多次的东西都必定是真的。

那时我的梦想甚受困扰。在我的病况确诊之前,我就已经对生活非常厌倦了。似乎没有任何值得做的事。我出院后不久,即做了一场自己被处死的梦。我突然意识到,如果我被赦免的话,我还能做许多有价值的事。另一场我做了好几次的梦是,我要牺牲自己的生命来拯救其他人。毕竟,如果我总是要死去,做点善事也是值得的。

但是,我没死。事实上,虽然我的将来总是笼罩在阴云之下,我惊讶地发现,我现在比过去更懂得享受生活。我在研究上取得进展。我订婚并且结婚,我还从剑桥的凯尔斯学院得到一份研究奖金。

凯尔斯学院的研究奖金及时解决了我的生计问题。选择理论物理作为研究领域是我的好运气,因为这是我的病情不会成为很严重阻碍的少数领域之一。而且幸运的是,在我的残疾越来越严重的同时,我的科学声望越来越高。这意味着人们准备给我许多职务,我只要作研究,不必讲课。

直到1974年我还能自己喂饭并且上下床。简设法帮助我并在没有外助的情形下带大两个孩子。然而此后情形变得更困难,这样我们开始让我的一名研究生和我们同住,报酬是免费住宿和我对他研究的大量关注。他们帮助我起床和上床。1980年我们变成一个小团体,其中私人护士早晚来照应一两小时。这样子一直持续到1985年我得了肺炎为止。我必须采取穿气管手术,从此我便需要全天候护理。能够做到这样是受惠于好几种基金。

我的言语在手术前已经越来越不清楚,只有少数熟悉我的人能理解。但是我至少能够交流。我依靠对秘书口授来写论文,我通过一名翻译来做学术报告,他能更清楚地重复我的话。然而,穿气管手术一下子把我的讲话能力全部剥夺了。有一阵子我唯一的交流手段是,当有人在我面前指对拼写板上我所要的字母时,我就扬起眉毛,就这样把词汇拼写出来。像这种样子交流十分困难,更不用说写科学论文了。还好,加利福尼亚的一位名叫瓦特·沃尔托兹的电脑专家听说我的困境后,寄给我他写的一段叫做平等器的电脑程序。这就使我可以从屏幕上一系列的目录中选择词汇,只要我按手中的开关即可。这个程序也可以由头部或眼睛的动作来控制。当我积累够了我要说的，就可以把它送到语言合成器中去。

最初我只在台式计算机上跑平等器的程序。后来，剑桥调节通信公司的大卫·梅森把一台很小的个人电脑以及语言合成器装在我的轮椅上。我用这个系统交流得比过去好得多，每分钟我可造出十五个词。我可以要么把写过的说出来，要么把它存在磁碟里。我可以把它打印出来，或者把它"召来"一句一句地说出来。我已经使用这个系统写了两部书和一些科学论文。我还进行了一系列的科学和普及的讲演。听众的效果很好。我想，这要大大地归功于语言合成器的质量。一个人的声音很重要。如果你的声音含糊，人们很可能以为你有智能缺陷。就我所知，我的合成器是最好的，因为它会抑扬顿挫，并不像一台机器在讲话。唯一的问题是它使我说话带有美国lZl音。然而，现在我已经和它的声音相认同。甚至如果有人要提供我英国口音，我也不想更换。否则的话，我会觉得变成了另外一个人。我实际上在运动神经细胞病中度过了整个成年。但是它并未能够阻碍我有个非常温暖的家庭和成功的事业。我要十分感谢从我的妻子、孩子以及大量的朋友和组织得到的帮助。很幸运的是，我的病况比通常情形恶化得更缓慢。这表明一个人永远不要绝望。

阅读思考题

作为一个在不治之症即运动神经细胞病中度过了整个成年的斯蒂芬·霍金却热爱生活，并懂得享受人生，所以拥有非常温暖的家庭和成功的事业，他的成功带给你怎样的思考？我们应该怎样对待有残缺的生活？

笔记区

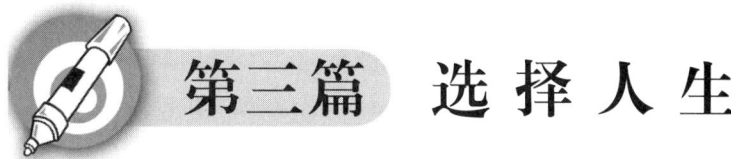
第三篇 选择人生

　　生活就是一门选择的艺术，正确选择比什么都重要。人的一生就是一个选择的过程。无论是人的生活、爱情与婚姻、友谊，还是职业、工作、事业等，都面临持续不断的选择，今天的选择，决定你以后的人生；今天的选择，决定你以后的幸福。

　　成功就在于选择得当，因为选择可以改变人生，所以选择改变世界不如选择改变自己，不如选择积极的人生态度，不如选择珍惜今天。成功的人生就是由大大小小的选择所组成的璀璨夺目的珍珠项链，或者说大大小小的选择点所勾画的轨迹共同组合为成功的人生。

　　选择伴随着我们的一生，也决定了我们一生的成败和优劣。而有些是人生决定性的时刻，决定性时刻的选择则需要决定性的果决和勇气，而这果决和勇气也许有冒险和赌博的成分，但这份果决和勇气就是负责任的一种选择和境界。

　　当屈原面对坎坷崎岖的人生际遇，其果敢的选择就是"路漫漫其修远兮，吾将上下而求索。"鲁迅的《伤逝》则暗示青年勇敢的个性解放与情感自由的选择应该与社会解放结合，青年还应该选择去寻求"新的生路"。周国平的《未经审察的人生没有价值》展示了苏格拉底选择为真理献身、不向权威屈服的人生态度。麦隆内夫人所著的《居里夫人自传》引言就展现了居里夫人献身科学的执著信念和献身人类的高尚人格。而阿莱克斯·黑利的《梦想悠悠》表明作者的奋斗过程就是一个执著地坚持自己的人生选择、最终获得成功的历程。苏联著名文学家尼·奥斯特洛夫斯基因严酷的战争致使他全身瘫痪，双目失明；但他经受住了生活的考验和磨炼，他说："只有像我这样发疯地爱生活、爱斗争、爱那新的更美好的世界的建设的人，只有我们这些看透和认识了生活的全部意义的人，才不会随便死去，哪怕只有一点机会就不能放弃生活。"我们可以从他的《我的一天》中读到他果断选择的充实而快乐的生活。而2009年诺贝尔文学奖获得者赫塔·米勒在获奖演说《每个词语都对恶之圈有所知晓》中叙述了自己关键的几次人生选择：年轻时候她选择不做密探，不出卖同事朋友，也不放弃自己的工作，最终作者选择了写作，因为作者希望通过她的写作"能为所有那些被剥夺尊严的人说一句话。"这也就是选择了坚持自己的做人准则与人道理想。

　　人生的选择也有不尽如人意的另一面,张爱玲在《天才梦》中就表白自己在选择做"出名要趁早"的"天才"后的困扰;而路遥《人生》则细腻地记叙了高加林在自我奋斗的过程中,因为出身低微,所以自尊、自卑、自信错综复杂地交织在其性格中,再加上现实环境的冲突与限制,在人生的关键时刻他做出了后悔终生的选择。

　　应该承认,选择失败是人生的常态,一旦发现选择失败,我们要学会坦然面对,有承担自己选择结果的从容与坚强。再换个角度看,失败的选择又何尝不是成功的另一种体现?在人生紧要关头,你必须做一个选择,也许会失败,但是通过失败的选择你会成长,会变成熟,这也是一种成功。

离骚（节选）与译文

屈 原

屈平（约公元前340—约前278），字原，是中国最伟大的浪漫主义诗人之一，他创立了"楚辞"这种文体，使古代诗歌从集体歌唱进入到诗人独立创作的新阶段，并开创了"香草美人"的象征传统。其代表作品有《离骚》、《九歌》等。《离骚》是中国古代诗歌史上最长的一首浪漫主义的政治抒情诗，抒发了作者遭谗被害的苦闷与矛盾，表现了诗人"美政"的理想，以及不愿同流合污的独立精神。

帝高阳之苗裔兮，	我是古帝高阳氏的子孙，
朕皇考曰伯庸。	我已去世的父亲字伯庸。
摄提贞于孟陬兮，	岁星在寅那年的孟春月，
惟庚寅吾以降。	正当庚寅日那天我降生。
皇览揆余初度兮，	父亲仔细揣测我的生辰，
肇锡余以嘉名：	于是赐给我相应的美名：
名余曰正则兮，	父亲把我的名取为正则，
字余曰灵均。	同时把我的字叫做灵均。
纷吾既有此内美兮，	天赋给我很多良好素质，
又重之以修能。	我不断加强自己的修养。
扈江离与辟芷兮，	我把江离芷草披在肩上，
纫秋兰以为佩。	把秋兰结成索佩挂身旁。
昔三后之纯粹兮，	从前三后公正德行完美，
固众芳之所在。	所以群贤都在那里聚会。
杂申椒与菌桂兮，	杂聚申椒菌桂似的人物，

岂惟纫夫蕙茝！	岂止联系优秀的茝和蕙。
汩余若将不及兮，	光阴似箭我好像跟不上，
恐年岁之不吾与。	岁月不等待人令我心慌。
朝搴阰之木兰兮，	早晨我在大坡采集木兰，
夕揽洲之宿莽。	晚上在小洲中摘取宿莽。
日月忽其不淹兮，	时光迅速逝去不能久留，
春与秋其代序。	四季更相代谢变化有常。
惟草木之零落兮，	我想到草木已由盛而衰，
恐美人之迟暮。	害怕君王逐渐衰老。
不抚壮而弃秽兮，	何不利用盛时扬弃秽政，
何不改乎此度也？	为何还不改变这些法度？
乘骐骥以驰骋兮，	乘上千里马纵横驰骋吧，
来吾道夫先路也！	来呀，我在前引导开路！

彼尧舜之耿介兮，	唐尧虞舜多么光明正直，
既遵道而得路。	他们沿着正道登上坦途。
何桀纣之猖披兮，	夏桀殷纣多么狂妄邪恶，
夫唯捷径以窘步。	贪图捷径落得走投无路。
惟夫党人之偷乐兮，	结党营私的人苟安享乐，
路幽昧以险隘。	他们的前途黑暗而险阻。
岂余身之惮殃兮，	难道我害怕招灾惹祸吗，
恐皇舆之败绩！	我只担心祖国为此覆灭。
忽奔走以先后兮，	前前后后我奔走照料啊，
及前王之踵武。	希望君王赶上先王脚步。
荃不察余之中情兮，	你不深入了解我的忠心，
反信谗而齌怒。	反而听信谗言对我发怒。
余固知謇謇之为患兮，	我早知道忠言直谏有祸，
忍而不能舍也。	原想忍耐却又控制不住。
指九天以为正兮，	上指苍天请他给我作证，
夫唯灵修之故也。	一切都为了社稷的缘故。
初既与余成言兮，	你以前既然和我有成约，
后悔遁而有他。	现另有打算又追悔当初。
余既不难夫离别兮，	我并不难于与你别离啊，

伤灵修之数化。	只是伤心你的反反复复。
余既滋兰之九畹兮，	我已经栽培了很多春兰，
又树蕙之百亩。	又种植香草秋蕙一大片。
畦留夷与揭车兮，	分垄培植了留夷和揭车，
杂杜衡与芳芷。	还把杜衡芳芷套种其间。
冀枝叶之峻茂兮，	我希望他们都枝繁叶茂，
愿竢时乎吾将刈。	等待着我收获的那一天。
虽萎绝其亦何伤兮，	它们枯萎死绝有何伤害，
哀众芳之芜秽。	使我痛心的是它们质变。
众皆竞进以贪婪兮，	大家都拼命争着向上爬，
凭不厌乎求索。	利欲熏心而又贪得无厌。
羌内恕己以量人兮，	他们猜疑别人宽恕自己，
各兴心而嫉妒。	他们钩心斗角相互妒忌。
忽驰骛以追逐兮，	急于奔走钻营争权夺利，
非余心之所急。	这些不是我追求的东西。
老冉冉其将至兮，	只觉得老年在渐渐来临，
恐修名之不立。	担心美好名声不能成立。
朝饮木兰之坠露兮，	早晨我饮木兰上的露滴，
夕餐秋菊之落英。	晚上我用菊花残瓣充饥。
苟余情其信姱以练要兮，	只要我的情感坚贞不移，
长顑颔亦何伤。	形销骨立又有什么关系。
揽木根以结茝兮，	我用树木的根结成茝草，
贯薜荔之落蕊。	再把薜荔花瓣穿在一起。
矫菌桂以纫蕙兮，	我拿菌桂枝条联结蕙草，
索胡绳之纚纚。	胡绳搓成绳索又长又好。
謇吾法夫前修兮，	我向古代的圣贤学习啊，
非世俗之所服。	不是世间俗人能够做到。
虽不周于今之人兮，	我与现在的人虽不相容，
愿依彭咸之遗则。	我却愿依照彭咸的遗教。
长太息以掩涕兮，	我揩着眼泪啊声声长叹，
哀民生之多艰。	可怜人生道路多么艰难。
余虽好修姱以鞿羁兮，	我虽爱好修洁严于责己，

謇朝谇而夕替。　　　　　早晨进谏晚上又丢官。
既替余以蕙纕兮，　　　　他们攻击我佩戴惠草啊，
又申之以揽茝。　　　　　又指责我爱好采集芷兰。
亦余心之所善兮，　　　　这是我心中追求的东西，
虽九死其犹未悔。　　　　就是多次死亡也不后悔。
怨灵修之浩荡兮，　　　　怨就怨楚王这样糊涂啊，
终不察夫民心。　　　　　他始终不体察我的心情。
众女嫉余之蛾眉兮，　　　那些庸人妒忌我的风姿，
谣诼谓余以善淫。　　　　造谣诬蔑说我妖艳好淫。
固时俗之工巧兮，　　　　庸人本来善于投机取巧，
偭规矩而改错。　　　　　背弃规矩而又改变政策。
背绳墨以追曲兮，　　　　违背是非标准追求邪曲，
竞周容以为度。　　　　　争着苟合取悦作为法则。
忳郁邑余侘傺兮，　　　　忧愁烦闷啊我失意不安，
吾独穷困乎此时也。　　　现在孤独穷困多么艰难。
宁溘死以流亡兮，　　　　宁可马上死去魂魄离散，
余不忍为此态也。　　　　媚俗取巧啊我坚决不干。
鸷鸟之不群兮，　　　　　雄鹰不与那些燕雀同群，
自前世而固然。　　　　　原本自古以来就是这样。
何方圜之能周兮，　　　　方与圆怎能够互相配合，
夫孰异道而相安？　　　　志向不同何以彼此相安。
屈心而抑志兮，　　　　　宁愿委屈心志压抑情感，
忍尤而攘诟。　　　　　　宁把斥责咒骂统统承担。
伏清白以死直兮，　　　　保持清白节操死于直道，
固前圣之所厚！　　　　　本来是古代圣贤所推崇的！

悔相道之不察兮，　　　　后悔当初不曾看清前途，
延伫乎吾将反。　　　　　迟疑了一阵我又将回头。
回朕车以复路兮，　　　　调转我的车走回原路啊，
及行迷之未远。　　　　　趁着迷途未远赶快罢休。
步余马于兰皋兮，　　　　我打马在兰草水边行走，
驰椒丘且焉止息。　　　　跑上椒木小山暂且停留。
进不入以离尤兮，　　　　既然进取不成反而获罪，

退将复修吾初服。	那就回去把我旧服重修。
制芰荷以为衣兮，	我要把菱叶裁剪成上衣，
集芙蓉以为裳。	我并用荷花把下裳织就。
不吾知其亦已兮，	没有人了解我也就罢了，
苟余情其信芳。	只要内心真正馥郁芳柔。
高余冠之岌岌兮，	把我的帽子加的高高的，
长余佩之陆离。	把我的佩带增得长悠悠。
芳与泽其杂糅兮，	我的芳香和光泽杂糅在一起啊，
唯昭质其犹未亏。	唯独我光明纯洁的品质还没有亏损。
忽反顾以游目兮，	我忽然回头啊纵目四望，
将往观乎四荒。	我要游观四面遥远地方。
佩缤纷其繁饰兮，	佩戴五彩缤纷华丽装饰，
芳菲菲其弥章。	散发着一阵阵浓郁清香。
民生各有所乐兮，	人生各有各的乐趣啊，
余独好修以为常。	我独爱美，并且习以为常。
虽体解吾犹未变兮，	即使被肢解，我也不会改变啊，
岂余心之可惩。	难道我的志向是可以挫败的吗？
女媭之婵媛兮，	姐姐对我遭遇十分关切，
申申其詈予：	她曾经一再地向我告诫。
曰："鲧婞直以亡身兮，	她说："鲧太刚直不顾性命，
终然殀乎羽之野。	结果被杀死在羽山荒野。
汝何博謇而好修兮，	你为何忠言无忌爱好修饰，
纷独有此姱节？	还独有很多美好的节操。
薋菉葹以盈室兮，	满屋堆着都是普通花草，
判独离而不服。	你却与众不同不肯佩戴。
众不可户说兮，	众人无法挨家挨户说明，
孰云察余之中情？	谁会来详察我们的本心。
世并举而好朋兮，	世上的人都爱成群结伙，
夫何茕独而不予听？"	为何对我的话总是不听？"
依前圣以节中兮，	我以先圣行为节制性情，
喟凭心而历兹。	愤懑心情至今不能平静。
济沅湘以南征兮，	渡过沅水湘水向南走去，

就重华而陈词：	我要对虞舜把道理讲清：
"启《九辩》与《九歌》兮，	"夏启偷得《九辩》和《九歌》啊，
夏康娱以自纵。	他寻欢作乐而放纵忘情。
不顾难以图后兮，	不考虑将来看不到危难，
五子用失乎家巷。	因此武观得以酿成内乱。
羿淫游以佚畋兮，	后羿爱好田猎溺于游乐，
又好射夫封狐。	对射杀大狐狸特别喜欢。
固乱流其鲜终兮，	本来淫乱之徒无好结果，
浞又贪夫厥家。	寒浞杀羿把他妻子霸占。
浇身被服强圉兮，	寒浇自恃有强大的力气，
纵欲而不忍。	放纵情欲不肯节制自己。
日康娱而自忘兮，	天天寻欢作乐忘掉自身，
厥首用夫颠陨。	因此他的脑袋终于落地。
夏桀之常违兮，	夏桀行为总是违背常理，
乃遂焉而逢殃。	结果灾殃也就难以躲避。
后辛之菹醢兮，	纣王把忠良剁成肉酱啊，
殷宗用而不长。	殷朝天下因此不能久长。
汤禹俨而祗敬兮，	商汤夏禹态度严肃恭敬，
周论道而莫差。	正确讲究道理还有文王。
举贤而授能兮，	他们都能选拔贤者能人，
循绳墨而不颇。	遵循一定准则不会走样。
皇天无私阿兮，	上天对一切都公正无私，
览民德焉错辅。	见有德的人就给予扶持。
夫维圣哲以茂行兮，	只有古代圣王德行高尚，
苟得用此下土。	才能够享有天下的土地。
瞻前而顾后兮，	回顾过去啊把未来瞻望，
相观民之计极。	观察做人根本打算怎样。
夫孰非义而可用兮？	哪有不义的事可以去干，
孰非善而可服？	哪有不善的事应该承当。
阽余身而危死兮，	我虽然面临死亡的危险，
览余初其犹未悔。	毫不后悔自己当初志向。
不量凿而正枘兮，	不度量凿眼就削正榫头，

固前修以菹醢。"
曾歔欷余郁邑兮,
哀朕时之不当。
揽茹蕙以掩涕兮,
沾余襟之浪浪。

跪敷衽以陈辞兮,
耿吾既得此中正。
驷玉虬以桀鹥兮,
溘埃风余上征。
朝发轫于苍梧兮,
夕余至乎县圃。
欲少留此灵琐兮,
日忽忽其将暮。
吾令羲和弭节兮,
望崦嵫而勿迫。
路漫漫其修远兮,
吾将上下而求索。
饮余马于咸池兮,
总余辔乎扶桑。
折若木以拂日兮,
聊逍遥以相羊。
前望舒使先驱兮,
后飞廉使奔属。
鸾皇为余先戒兮,
雷师告余以未具。
吾令凤鸟飞腾兮,
继之以日夜。
飘风屯其相离兮,
帅云霓而来御。
纷总总其离合兮,
斑陆离其上下。
吾令帝阍开关兮,

前代的贤人正因此遭殃。"
我泣声不绝啊烦恼悲伤,
哀叹自己未逢美好时光。
拿着柔软蕙草揩抹眼泪,
热泪滚滚沾湿我的衣裳。

铺开衣襟跪着慢慢细讲,
我已获得正道心里亮堂。
驾驭着玉虬啊乘着风车,
飘忽离开尘世飞到天上。
早晨从南方的苍梧出发,
傍晚就到达了昆仑山上。
我本想在灵琐稍事逗留,
夕阳西下已经暮色苍茫。
我命令羲和停鞭慢行啊,
莫叫太阳迫近崦嵫山旁。
前面的道路啊又远又长,
我要上上下下追求理想。
让我的马在咸池里饮水,
把马缰绳拴在扶桑树上。
折下若木枝来挡住太阳,
我可以暂时从容地徜徉。
叫前面的望舒作为前驱,
让后面的飞廉紧紧跟上。
鸾鸟凤凰为我在前戒备,
雷师却说还没安排停当。
我命令凤凰展翅飞腾啊,
要夜以继日地不停飞翔。
旋风结聚起来互相靠拢,
它率领着云霓向我迎上。
云霓越聚越多忽离忽合,
五光十色上下飘浮荡漾。
我叫天门守卫把门打开,

倚闾阖而望予。	他却倚靠天门把我呆望。
时暧暧其将罢兮，	日色渐暗时间已经晚了，
结幽兰而延伫。	我纽结着幽兰久久徜徉。
世溷浊而不分兮，	这个世道混浊善恶不分，
好蔽美而嫉妒。	喜欢嫉妒别人抹杀所长。
朝吾将济于白水兮，	清晨我将要渡过白水河，
登阆风而绁马。	登上阆风山把马儿系着。
忽反顾以流涕兮，	忽然回头眺望涕泪淋漓，
哀高丘之无女。	哀叹高丘竟然没有美女。

阅读思考题

司马迁在《史记·屈原列传》中引刘安《离骚传》说："屈平疾王听之不聪也，谗谄之蔽明也，邪曲之害公也，方正之不容也，故忧愁幽思而作《离骚》，离骚者，犹离忧也。"面对坎坷崎岖的人生际遇，屈原的选择是"路漫漫其修远兮，吾将上下而求索"。请思考屈原为什么做这样的选择？

笔记区

伤 逝

——涓生的手记

鲁 迅

鲁迅（1881—1936），是中国现代文学的主将，被誉为"民族魂"。其主要作品有小说集《呐喊》、《彷徨》、《故事新编》，散文集《野草》、《朝花夕拾》，以及《坟》、《热风》、《华盖集》、《华盖集续编》、《三闲集》、《二心集》、《南腔北调集》、《伪自由书》、《准风月谈》、《花边文学》、《且介亭杂文》、《且介亭杂文二集》、《且介亭杂文末编》等15部杂文集。

如果我能够，我要写下我的悔恨和悲哀，为子君，为自己。

会馆里的被遗忘在偏僻里的破屋是这样地寂静和空虚。时光过得真快，我爱子君，仗着她逃出这寂静和空虚，已经满一年了。事情又这么不凑巧，我重来时，偏偏空着的又只有这一间屋。依然是这样的破窗，这样的窗外的半枯的槐树和老紫藤，这样的窗前的方桌，这样的败壁，这样的靠壁的板床。深夜中独自躺在床上，就如我未曾和子君同居以前一般，过去一年中的时光全被消灭，全未有过，我并没有曾经从这破屋子搬出，在吉兆胡同创立了满怀希望的小小的家庭。

不但如此。在一年之前，这寂静和空虚是并不这样的，常常含着期待；期待子君的到来。在久待的焦躁中，一听到皮鞋的高底尖触着砖路的清响，是怎样地使我骤然生动起来呵！于是就看见带着笑窝的苍白的圆脸，苍白的瘦的臂膊，布的有条纹的衫子，玄色的裙。她又带了窗外的半枯的槐树的新叶来，使我看见，还有挂在铁似的老干上的一房一房的紫白的藤花。

然而现在呢，只有寂静和空虚依旧，子君却决不再来了，而且永远，永远地！……

子君不在我这破屋里时，我什么也看不见。在百无聊赖中，顺手抓过一本书来，科学也好，文学也好，横竖什么都一样；看下去，看下去，忽而自己觉得，已经翻了十多页了，但是毫不记得书上所说的事。只是耳朵却分外地灵，仿佛听到大门外一切往来的履声，从中便有子君的，而且橐橐地逐渐临近，——但是，往往又逐渐渺茫，终于消失在别的步声的杂沓中了。我憎恶那不像子君鞋声的穿布底鞋的长班的儿子，我憎恶那太像了君鞋声的常常穿着新皮鞋的邻院的搽雪花膏的小东西！

莫非她翻了车么？莫非她被电车撞伤了么？……

我便要取了帽子去看她，然而她的胞叔就曾经当面骂过我。

蓦然，她的鞋声近来了，一步响于一步，迎出去时，却已经走过紫藤棚下，脸上带着微笑的酒窝。她在她叔子的家里大约并未受气；我的心宁帖了，默默地相视片时之后，破屋里便渐渐充满了我的语声，谈家庭，谈打破旧习惯，谈男女平等，谈伊孛生，谈泰戈尔，谈雪莱……她总是微笑点头，两眼里弥漫着稚气的好奇的光泽。壁上就钉着一张铜板的雪莱半身像，是从杂志上裁下来的，是他的最美的一张像。当我指给她看时，她却只草草一看，便低了头，似乎不好意思了。这些地方，子君就大概还未脱尽旧思想的束缚，——我后来也想，倒不如换一张雪莱淹死在海里的纪念像或是伊孛生的罢；但也终于没有换，现在是连这一张也不知哪里去了。

"我是我自己的，他们谁也没有干涉我的权利！"

这是我们交际了半年，又谈起她在这里的胞叔和在家的父亲时，她默想了一会之后，分明地，坚决地，沉静地说了出来的话。其时是我已经说尽了我的意见，我的身世，我的缺点，很少隐瞒；她也完全了解的了。这几句话很震动了我的灵魂，此后许多天还在耳中发响，而且说不出的狂喜，知道中国女性，并不如厌世家所说那样的无法可施，在不远的将来，便要看见辉煌的曙色的。

送她出门，照例是相离十多步远；照例是那鲇鱼须的老东西的脸又紧贴在脏的窗玻璃上了，连鼻尖都挤成一个小平面；到外院，照例又是明晃晃的玻璃窗里的那小东西的脸，加厚的雪花膏。她目不邪视地骄傲地走了，没有看见；我骄傲地回来。

"我是我自己的，他们谁也没有干涉我的权利！"这彻底的思想就在她的脑里，比我还透彻，坚强得多。半瓶雪花膏和鼻尖的小平面，于她能算什么东西呢？

我已经记不清那时怎样地将我的纯真热烈的爱表示给她。岂但现在，那时的事后便已模糊，夜间回想，早只剩了一些断片了；同居以后一两月，便连这些断片也化作无可追踪的梦影。我只记得那时以前的十几天，曾经很仔细地研究过表示的态度，排列过措辞的先后，以及倘或遭了拒绝以后的情形。可是临时似乎都无用，在慌张中，身不由己地竟用了在电影上见过的方法了。后来一想，就使我很愧恧，但在记忆上却偏只有这一点永远留遗，至今还如暗室的孤灯一般，照见我含泪握着她的手，一条腿跪了下去。

不但我自己的，便是子君的言语举动，我那时就没有看得分明；仅知道她已经允许我了。但也还仿佛记得她脸色变成青白，后来又渐渐转作绯红，——没有见过，也没有再见的绯红；孩子似的眼里射出悲喜，但是夹着惊疑的光，虽然力避我的视线,张皇地似乎要破窗飞去。然而我知道她已经允许我了,没有知道她怎样说或是没有说。

她却是什么都记得:我的言辞,竟至于读熟了的一般,能够滔滔背诵;我的举动,就如有一张我所看不见的影片挂在眼下,叙述得如生,很细微,自然连那使我不愿再想的浅薄的电影的一闪。夜阑人静,是相对温习的时候了,我常是被质问,被考验,并且被命复述当时的言语,然而常须由她补足,由她纠正,像一个丁等的学生。

这温习后来也渐渐稀疏起来。但我只要看见她两眼注视空中,出神似的凝想着,于是神色越加柔和,笑窝也深下去,便知道她又在自修旧课了,只是我很怕她看到我那可笑的电影的一闪。但我又知道,她一定要看见,而且也非看不可的。

然而她并不觉得可笑。即使我自己以为可笑,甚而至于可鄙的,她也毫不以为可笑。这事我知道得很清楚,因为她爱我,是这样地热烈,这样地纯真。

去年的暮春是最为幸福,也是最为忙碌的时光。我的心平静下去了,但又有别的部分和身体一同忙碌起来。我们这时才在路上同行,也到过几回公园,最多的是寻住所。我觉得在路上时时遇到探索,讥笑,猥亵和轻蔑的眼光,一不小心,便使我的全身有些瑟缩,只得即刻提起我的骄傲和反抗来支持。她却是大无畏的,对于这些全不关心,只是镇静地缓缓前行,坦然如入无人之境。

寻住所实在不是容易事,大半是被托辞拒绝,小半是我们以为不相宜。起先我们选择得很苛酷,——也非苛酷,因为看去大抵不像是我们的安身之所;后来,便只要他们能相容了。看了二十多处,这才得到可以暂且敷衍的处所,是吉兆胡同一所小屋里的两间南屋;主人是一个小官,然而倒是明白人,自住着正屋和厢房。他只有夫人和一个不到周岁的女孩子,雇一个乡下的女工,只要孩子不啼哭,是极其安闲幽静的。

我们的家具很简单,但已经用去了我的筹来的款子的大半;子君还卖掉了她唯一的金戒指和耳环。我拦阻她,还是定要卖,我也就不再坚持下去了;我知道不给她加入一点股份去,她是住不舒服的。

和她的叔子,她早已经闹开,至于使他气愤到不再认她做侄女;我也陆续和几个自以为忠告,其实是替我胆怯,或者竟是嫉妒的朋友绝了交。然而这倒很清静。每日办公散后,虽然已近黄昏,车夫又一定走得这样慢,但究竟还有二人相对的时候。我们先是沉默的相视,接着是放怀而亲密的交谈,后来又是沉默。大家低头沉思着,却并未想着什么事。我也渐渐清醒地读遍了她的身体,她的灵魂,不过三星期,我似乎于她已经更加了解,揭去许多先前以为了解而现在看来却是隔膜,即所谓真的隔膜了。

子君也逐日活泼起来。但她并不爱花,我在庙会时买来的两盆小草花,四天不浇，枯死在壁角了，我又没有照顾一切的闲暇。然而她爱动物，也许是从官太太那里传染的罢，不一月，我们的眷属便骤然加得很多，四只小油鸡，在小院子里和房主人的十多只在一同走。但她们却认识鸡的相貌，各知道哪一只是自家的。还有一只花白的叭儿狗，从庙会买来，记得似乎原有名字，子君却给它另起了一个，叫作阿随。我就叫它阿随，但我不喜欢这名字。

　　这是真的，爱情必须时时更新，生长，创造。我和子君说起这，她也领会地点点头。

　　唉唉，那是怎样的宁静而幸福的夜呵！

　　安宁和幸福是要凝固的，永久是这样的安宁和幸福。我们在会馆里时，还偶有议论的冲突和意思的误会，自从到吉兆胡同以来，连这一点也没有了；我们只在灯下对坐的怀旧谭中，回味那时冲突以后的和解的重生一般的乐趣。

　　子君竟胖了起来，脸色也红活了；可惜的是忙。管了家务便连谈天的工夫也没有，何况读书和散步。我们常说，我们总还得雇一个女工。

　　这就使我也一样地不快活，傍晚回来，常见她包藏着不快活的颜色，尤其使我不乐的是她要装作勉强的笑容。幸而探听出来了，也还是和那小官太太的暗斗，导火线便是两家的小油鸡。但又何必硬不告诉我呢？人总该有一个独立的家庭。这样的处所，是不能居住的。

　　我的路也铸定了，每星期中的六天，是由家到局，又由局到家。在局里便坐在办公桌前抄，抄，抄些公文和信件；在家里是和她相对或帮她生白炉子，煮饭，蒸馒头。我学会了煮饭，就在这时候。

　　但我的食品却比在会馆里时好得多了。做菜虽不是子君的特长，然而她于此却倾注着全力；对于她的日夜的操心，使我也不能不一同操心，来算作同甘共苦。

　　况且她又这样地终日汗流满面，短发都粘在脑额上；两只手又只是这样地粗糙起来。

　　况且还要饲阿随，饲油鸡，……都是非她不可的工作。我曾经忠告她：我不吃，倒也罢了；却万不可这样地操劳。她只看了我一眼，不开口，神色却似乎有点凄然；我也只好不开口。然而她还是这样地操劳。

　　我所预期的打击果然到来。双十节的前一晚，我呆坐着，她在洗碗。听到打门声，我去开门时，是局里的信差，交给我一张油印的纸条。我就有些料到了，到灯下去一看，果然，印着的就是：

　　奉局长谕史涓生着毋庸到局办事

秘书处启　十月九号

这在会馆里时，我就早已料到了；那雪花膏便是局长的儿子的赌友，一定要去添些谣言，设法报告的。到现在才发生效验，已经要算是很晚的了。其实这在我不能算是一个打击，因为我早就决定，可以给别人去抄写，或者教读，或者虽然费力，也还可以译点书，况且《自由之友》的总编辑便是见过几次的熟人，两月前还通过信。但我的心却跳跃着。那么一个无畏的子君也变了色，尤其使我痛心；她近来似乎也较为怯弱了。

"那算什么。哼，我们干新的。我们……"她说。

她的话没有说完；不知怎地，那声音在我听去却只是浮浮的；灯光也觉得格外黯淡。人们真是可笑的动物，一点极微末的小事情，便会受着很深的影响。我们先是默默地相视，逐渐商量起来，终于决定将现有的钱竭力节省，一面登"小广告"去寻求抄写和教读，一面写信给《自由之友》的总编辑，说明我目下的遭遇，请他收用我的译本，给我帮一点艰辛时候的忙。

"说做，就做罢！来开一条新的路！"

我立刻转身向了书案，推开盛香油的瓶子和醋碟，子君便送过那黯淡的灯来。

我先拟广告；其次是选定可译的书，迁移以来未曾翻阅过，每本的头上都满漫着灰尘了；最后才写信。

我很费踌躇，不知道怎样措辞好，当停笔凝思的时候，转眼去一瞥她的脸，在昏暗的灯光下，又很见得凄然。我真不料这样微细的小事情，竟会给坚决的，无畏的子君以这么显著的变化。她近来实在变得很怯弱了，但也并不是今夜才开始的。我的心因此更缭乱，忽然有安宁的生活的影像——会馆里的破屋的寂静，在眼前一闪，刚刚想定睛凝视，却又看见了昏暗的灯光。

许久之后，信也写成了，是一封颇长的信；很觉得疲劳，仿佛近来自己也较为怯弱了。于是我们决定，广告和发信，就在明日一同实行。大家不约而同地伸直了腰肢，在无言中，似乎又都感到彼此的坚忍倔强的精神，还看见从新萌芽起来的将来的希望。

外来的打击其实倒是振作了我们的新精神。局里的生活，原如鸟贩子手里的禽鸟一般，仅有一点小米维系残生，决不会肥胖；日子一久，只落得麻痹了翅子，即使放出笼外，早已不能奋飞。现在总算脱出这牢笼了，我从此要在新的开阔的天空中翱翔，趁我还未忘却了我的翅子的扇动。

小广告是一时自然不会发生效力的；但译书也不是容易事，先前看过，以为已经懂得的，一动手，却疑难百出了，进行得很慢。然而我决计努力地做，一本半新的字典，不到半月，边上便有了一大片乌黑的指痕，这就证明着我的工作的切实。《自由之友》的总编辑曾经说过，他的刊物是决不会埋没好稿子的。

可惜的是我没有一间静室，子君又没有先前那么幽静，善于体贴了，屋子里总是散乱着碗碟，弥漫着煤烟，使人不能安心做事，但是这自然还只能怨我自己无力置一间书斋。然而又加以阿随，加以油鸡们。加以油鸡们又大起来了，更容易成为两家争吵的引线。

加以每日的"川流不息"的吃饭；子君的功业，仿佛就完全建立在这吃饭中。

吃了筹钱，筹来吃饭，还要喂阿随，饲油鸡；她似乎将先前所知道的全都忘掉了，也不想到我的构思就常常为了这催促吃饭而打断。即使在坐中给看一点怒色，她总是不改变，仍然毫无感触似的大嚼起来。

使她明白了我的工作不能受规定的吃饭的束缚，就费去五星期。她明白之后，大约很不高兴罢，可是没有说。我的工作果然从此较为迅速地进行，不久就共译了五万言，只要润色一回，便可以和做好的两篇小品，一同寄给《自由之友》去。

只是吃饭却依然给我苦恼。菜冷，是无妨的，然而竟不够；有时连饭也不够，虽然我因为终日坐在家里用脑，饭量已经比先前要减少得多。这是先去喂了阿随了，有时还喂那近来连自己也轻易不吃的羊肉。她说，阿随实在瘦得太可怜，房东太太还因此嗤笑我们了，她受不住这样的奚落。

于是吃我残饭的便只有油鸡们。这是我积久才看出来的，但同时也如赫胥黎的论定"人类在宇宙间的位置"一般，自觉了我在这里的位置：不过是叭儿狗和油鸡之间。

后来，经多次的抗争和催逼，油鸡们也逐渐成为肴馔，我们和阿随都享用了十多日的鲜肥；可是其实都很瘦，因为它们早已每日只能得到几粒高粱了。从此便清静得多。只有子君很颓唐，似乎常觉得凄苦和无聊，至于不大愿意开口。我想，人是多么容易改变呵！

但是阿随也将留不住了。我们已经不能再希望从什么地方会有来信，子君也早没有一点食物可以引它打拱或直立起来。冬季又逼近得这么快，火炉就要成为很大的问题；它的食量，在我们其实早是一个极易觉得的很重的负担。于是连它也留不住了。

倘使插了草标到庙市去出卖，也许能得几文钱罢，然而我们都不能，也不愿这样做。终于是用包袱蒙着头，由我带到西郊去放掉了，还要追上来，便推在一个并不很深的土坑里。

我一回寓，觉得又清静得多多了；但子君的凄惨的神色，却使我很吃惊。那是没有见过的神色，自然是为阿随。但又何至于此呢？我还没有说起推在土坑里的事。

到夜间，在她的凄惨的神色中，加上冰冷的分子了。

"奇怪。——子君，你怎么今天这样儿了？"我忍不住问。

"什么？"她连看也不看我。

"你的脸色……。"

"没有什么，——什么也没有。"

我终于从她言动上看出，她大概已经认定我是一个忍心的人。其实，我一个人，是容易生活的，虽然因为骄傲，向来不与世交来往，迁居以后，也疏远了所有旧识的人，然而只要能远走高飞，生路还宽广得很。现在忍受着这生活压迫的苦痛，大半倒是为她，便是放掉阿随，也何尝不如此。但子君的见识却似乎只是浅薄起来，竟至于连这一点也想不到了。

我拣了一个机会，将这些道理暗示她；她领会似的点头。然而看她后来的情形，她是没有懂，或者是并不相信的。

天气的冷和神情的冷，逼迫我不能在家庭中安身。但是，往哪里去呢？大道上，公园里，虽然没有冰冷的神情，冷风究竟也刺得人皮肤欲裂。我终于在通俗图书馆里觅得了我的天堂。

那里无须买票；阅书室里又装着两个铁火炉。纵使不过是烧着不死不活的煤的火炉，但单是看见装着它，精神上也就总觉得有些温暖。书却无可看：旧的陈腐，新的是几乎没有的。

好在我到那里去也并非为看书。另外时常还有几个人，多则十余人，都是单薄衣裳，正如我，各人看各人的书，作为取暖的口实。这于我尤为合适。道路上容易遇见熟人，得到轻蔑的一瞥，但此地却决无那样的横祸，因为他们是永远围在别的铁炉旁，或者靠在自家的白炉边的。

那里虽然没有书给我看，却还有安闲容得我想。待到孤身枯坐，回忆从前，这才觉得大半年来，只为了爱，——盲目的爱，——而将别的人生的要义全盘疏忽了。第一，便是生活。人必生活着，爱才有所附丽。世界上并非没有为了奋斗者而开的活路；我也还未忘却翅子的扇动，虽然比先前已经颓唐得多……。

屋子和读者渐渐消失了，我看见怒涛中的渔夫，战壕中的兵士，摩托车中的贵人，洋场上的投机家，深山密林中的豪杰，讲台上的教授，昏夜的运动者和深夜的偷儿……。子君，——不在近旁。她的勇气都失掉了，只为着阿随悲愤，为着做饭出神；然而奇怪的是倒也并不怎样瘦损。

冷了起来，火炉里的不死不活的几片硬煤，也终于烧尽了，已是闭馆的时候。

又须回到吉兆胡同，领略冰冷的颜色去了。近来也间或遇到温暖的神情，但这却反而增加我的苦痛。记得有一夜，子君的眼里忽而又发出久已不见的稚气的光来，笑着和我谈到还在会馆时候的情形，时时又很带些恐怖的神色。我知道我近来的超过她的冷漠，已经引起她的忧疑来，只得也勉力谈笑，想给她一点慰藉。然而我的笑貌一上脸，我的话一出口，却即刻变为空虚，这空虚又即刻发生反响，回响我的耳目里，给我一个难堪的恶毒的冷嘲。子君似乎也觉得的，从此便失掉了她往常的麻木似的镇静，虽然竭力掩饰，总还是时时露出忧疑的神色来，但对我却温和得多了。

我要明告她，但我还没有敢，当决心要说的时候，看见她孩子一般的眼色，就使我只得暂且改作勉强的欢容。但是这又即刻来冷嘲我，并使我失却那冷漠的镇静。

她从此又开始了往事的温习和新的考验，逼我做出许多虚伪的温存的答案来，将温存示给她，虚伪的草稿便写在自己的心上。我的心渐被这些草稿填满了，常觉得难于呼吸。我在苦恼中常常想，说真实自然须有极大的勇气的；假如没有这勇气，而苟安于虚伪，那也便是不能开辟新的生路的人。不独不是这个，连这人也未尝有！

子君有怨色，在早晨，极冷的早晨，这是从未见过的，但也许是从我看来的怨色。我那时冷冷地气愤和暗笑了；她所磨练的思想和豁达无畏的言论，到底也还是一个空虚，而对于这空虚却并未自觉。她早已什么书也不看，已不知道人的生活的第一着是求生，向着这求生的道路，是必须携手同行，或奋身孤往的了，倘使只知道揪着一个人的衣角，那便是虽战士也难于战斗，只得一同灭亡。

我觉得新的希望就只在我们的分离；她应该决然舍去，——我也突然想到她的死，然而立刻自责，忏悔了。幸而是早晨，时间正多，我可以说我的真实。我们的新的道路的开辟，便在这一遭。

我和她闲谈，故意地引起我们的往事，提到文艺，于是涉及外国的文人，文人的作品：《诺拉》，《海的女人》。称扬诺拉的果决……。也还是去年在会馆的破屋里讲过的那些话，但现在已经变成空虚，从我的嘴传入自己的耳中，时时疑心有一个隐形的坏孩子，在背后恶意地刻毒地学舌。

她还是点头答应着倾听，后来沉默了。我也就断续地说完了我的话，连余音都消失在虚空中了。

"是的。"她又沉默了一会，说，"但是，……涓生，我觉得你近来很两样了。可是的？你，——你老实告诉我。"

我觉得这似乎给了我当头一击，但也立即定了神，说出我的意见和主张来：新的路的开辟，新的生活的再造，为的是免得一同灭亡。

临末，我用了十分的决心，加上这几句话：

"……况且你已经可以无须顾虑，勇往直前了。你要我老实说；是的，人是不该虚伪的。我老实说罢：因为，因为我已经不爱你了！但这于你倒好得多，因为你更可以毫无挂念地做事……。"

我同时预期着大的变故的到来，然而只有沉默。她脸色陡然变成灰黄，死了似的；瞬间便又苏生，眼里也发了稚气的闪闪的光泽。这眼光射向四处，正如孩子在饥渴中寻求着慈爱的母亲，但只在空中寻求，恐怖地回避着我的眼。

我不能看下去了，幸而是早晨，我冒着寒风径奔通俗图书馆。

在那里看见《自由之友》，我的小品文都登出了。这使我一惊，仿佛得了一点生气。我想，生活的路还很多，——但是，现在这样也还是不行的。

我开始去访问久已不相闻问的熟人，但这也不过一两次；他们的屋子自然是暖和的，我在骨髓中却觉得寒冽。夜间，便蜷伏在比冰还冷的冷屋中。

冰的针刺着我的灵魂，使我永远苦于麻木的疼痛。生活的路还很多，我也还没有忘却翅子的扇动，我想。——我突然想到她的死，然而立刻自责，忏悔了。

在通俗图书馆里往往瞥见一闪的光明，新的生路横在前面。她勇猛地觉悟了，毅然走出这冰冷的家，而且，——毫无怨恨的神色。我便轻如行云，漂浮空际，上有蔚蓝的天，下是深山大海，广厦高楼，战场，摩托车，洋场，公馆，晴明的闹市，黑暗的夜……。

而且，真的，我预感得这新生面便要来到了。

我们总算度过了极难忍受的冬天，这北京的冬天；就如蜻蜓落在恶作剧的坏孩子的手里一般，被系着细线，尽情玩弄，虐待，虽然幸而没有送掉性命，结果也还是躺在地上，只争着一个迟早之间。

写给《自由之友》的总编辑已经有三封信，这才得到回信，信封里只有两张书券：两角的和三角的。我却单是催，就用了九分的邮票，一天的饥饿，又都白挨给于己一无所得的空虚了。

然而觉得要来的事，却终于来到了。

这是冬春之交的事，风已没有这么冷，我也更久地在外面徘徊；待到回家，大概已经昏黑。就在这样一个昏黑的晚上，我照常没精打采地回来，一看见寓所的门，也照常更加丧气，使脚步放得更缓。但终于走进自己的屋子里了，没有灯火；摸火柴点起来时，是异样的寂寞和空虚！

正在错愕中，官太太便到窗外来叫我出去。

"今天子君的父亲来到这里，将她接回去了。"她很简单地说。

这似乎又不是意料中的事，我便如脑后受了一击，无言地站着。

"她去了么？"过了些时，我只问出这样一句话。

"她去了。"

"她，——她可说什么？"

"没说什么。单是托我见你回来时告诉你，说她去了。"

我不信；但是屋里是异样的寂寞和空虚。我遍看各处，寻觅子君；只见几件破旧而黯淡的家具，都显得极其清疏，在证明着它们毫无隐匿一人一物的能力。

我转念寻信或她留下的字迹，也没有；只是盐和干辣椒，面粉，半株白菜，却聚集在一处了，旁边还有几十枚铜元。这是我们两人生活材料的全部，现在她就郑重地将这留给我一个人，在不言中，教我借此去维持较久的生活。

我似乎被周围所排挤，奔到院子中间，有昏黑在我的周围；正屋的纸窗上映出明亮的灯光，他们正在逗着孩子玩笑。我的心也沉静下来，觉得在沉重的压迫中，渐渐隐约地出现脱走的路径：深山大泽，洋场，电灯下的盛筵；壕沟，最黑最黑的深夜，利刃的一击，毫无声响的脚步……。

心地有些轻松，舒展了，想到旅费，并且嘘一口气。

躺着，在合着的眼前经过的预想的前途，不到半夜已经现尽；暗中忽然仿佛看见一堆食物，这之后，便浮出一个子君的灰黄的脸来，睁了孩子气的眼睛，恳托似的看着我。我一定神，什么也没有了。

但我的心却又觉得沉重。我为什么偏不忍耐几天，要这样急急地告诉她真话的呢？现在她知道，她以后所有的只是她父亲——儿女的债主的烈日一般的严威和旁人的赛过冰霜的冷眼。此外便是虚空。负着虚空的重担，在严威和冷眼中走着所谓人生的路，这是怎么可怕的事呵！而况这路的尽头，又不过是——连墓碑也没有的坟墓。

我不应该将真实说给子君，我们相爱过，我应该永久奉献她我的说谎。如果真实可以宝贵，这在子君就不该是一个沉重的空虚。谎语当然也是一个空虚，然而临末，至多也不过这样地沉重。

我以为将真实说给子君，她便可以毫无顾虑，坚决地毅然前行，一如我们将要同居时那样。但这恐怕是我错误了。她当时的勇敢和无畏是因为爱。

我没有负担虚伪的重担的勇气，却将真实的重担卸给她了。她爱我之后，就要负了这重担，在严威和冷眼中走着所谓人生的路。

我想到她的死……。我看见我是一个卑怯者，应该被摈于强有力的人们，无论是真实者，虚伪者。然而她却自始至终，还希望我维持较久的生活。

我要离开吉兆胡同，在这里是异样的空虚和寂寞。我想，只要离开这里，子君便如还在我的身边；至少，也如还在城中，有一天，将要出乎意料地访我，像住在会馆时候似的。

然而一切请托和书信，都是一无反响；我不得已，只好访问一个久不问候的世交去了。他是我伯父的幼年的同窗，以正经出名的拔贡，寓京很久，交游也广阔的。

大概因为衣服的破旧罢，一登门便很遭门房的白眼。好容易才相见，也还相识，但是很冷落。我们的往事，他全都知道了。

"自然，你也不能在这里了，"他听了我托他在别处觅事之后，冷冷地说，"但哪里去呢？很难。你那，什么呢，你的朋友罢，子君，你可知道，她死了。"

我惊得没有话。

"真的？"我终于不自觉地问。

"哈哈。自然真的。我家的王升的家，就和她家同村。"

"但是，不知道是怎么死的？"

"谁知道呢。总之是死了就是了。"

我已经忘却了怎样辞别他，回到自己的寓所。我知道他是不说谎话的；子君总不会再来的了，像去年那样。她虽是想在严威和冷眼中负着虚空的重担来走所谓人生的路，也已经不能。她的命运，已经决定她在我所给与的真实无爱的人间死灭了！

自然，我不能在这里了；但是，"哪里去呢？"

四围是广大的空虚，还有死的寂静。死于无爱的人们的眼前的黑暗，我仿佛一一看见，还听得一切苦闷和绝望的挣扎的声音。

我还期待着新的东西到来，无名的，意外的。但一天一天，无非是死的寂静。

我比先前已经不大出门，只坐卧在广大的空虚里，一任这死的寂静侵蚀着我的灵魂。死的寂静有时也自己战栗，自己退藏，于是在这决绝之交，便闪出无名的，意外的，新的期待。

一天是阴沉的上午，太阳还不能从云里面挣扎出来；连空气都疲乏着。耳中听到细碎的步声和咻咻的鼻息，使我睁开眼。大致一看，屋子里还是空虚；但偶然看到地面，却盘旋着一匹小小的动物，瘦弱的，半死的，满身灰土的……。

我一细看，我的心就一停，接着便直跳起来。

那是阿随。它回来了。

我离开吉兆胡同，也不单是为了房主人们和他家女工的冷眼，大半就为着这阿随。但是，"哪里去呢？"新的生路自然还很多，我约略知道，也间或依稀看见，觉得就在我面前，然而我还没有知道跨进那里去的第一步的方法。

经过许多回的思量和比较，也还只有会馆是还能相容的地方。依然是这样的破屋，这样的板床，这样的半枯的槐树和紫藤，但那时使我希望，欢欣，爱，生活的，却全都逝去了，只有一个虚空，我用真实去换来的虚空存在。

新的生路还很多，我必须跨进去，因为我还活着。但我还不知道怎样跨出那第一步。有时，仿佛看见那生路就像一条灰白的长蛇，自己蜿蜒地向我奔来，我等着，等着，看看临近，但忽然便消失在黑暗里了。

初春的夜，还是那么长。长久的枯坐中记起上午在街头所见的葬式，前面是纸人纸马，后面是唱歌一般的哭声。我现在已经知道他们的聪明了，这是多么轻松简捷的事。

然而子君的葬式却又在我的眼前,是独自负着虚空的重担,在灰白的长路上前行,而又即刻消失在周围的严威和冷眼里了。

我愿意真有所谓鬼魂,真有所谓地狱,那么,即使在孽风怒吼之中,我也将寻觅子君,当面说出我的悔恨和悲哀,祈求她的饶恕;否则,地狱的毒焰将围绕我,猛烈地烧尽我的悔恨和悲哀。

我将在孽风和毒焰中拥抱子君,乞她宽容,或者使她快意……。

但是,这却更虚空于新的生路;现在所有的只是初春的夜,竟还是那么长。

我活着,我总得向着新的生路跨出去,那第一步,却不过是写下我的悔恨和悲哀,为子君,为自己。

我仍然只有唱歌一般的哭声,给子君送葬,葬在遗忘中。

我要遗忘;我为自己,并且要不再想到这用了遗忘给子君送葬。

我要向着新的生路跨进第一步去,我要将真实深深地藏在心的创伤中,默默地前行,用遗忘和说谎做我的前导……。

一九二五年十月二十一日毕

阅读思考题

《伤逝》是鲁迅唯一的反映青年男女恋爱婚姻问题的作品。作者将一对青年的爱情故事放置到"五四"退潮后的历史背景中,通过他们引人深思的社会悲剧启发新青年应该怎样正确选择情感与婚姻,暗示青年的选择要寻求"新的生路"。你认为这"新的生路"应该是什么?

笔记区

天 才 梦

张爱玲

张爱玲（1920—1995），其祖父为张佩纶，外曾祖父为李鸿章，现代著名作家。1943年因发表《沉香屑·第一炉香》而一举成名，还有代表作《金锁记》、《倾城之恋》等，另外出版了小说集《传记》和散文集《流言》

我是一个古怪的女孩，从小被目为天才，除了发展我的天才外别无生存的目标。然而，当童年的狂想逐渐褪色的时候，我发现我除了天才的梦之外一无所有——所有的只是天才的乖僻缺点。世人原谅瓦格涅的疏狂，可是他们不会原谅我。

加上一点美国式的宣传，也许我会被誉为神童。我三岁时能背诵唐诗。我还记得摇摇摆摆地立在一个满清遗老的藤椅前朗吟"商女不知亡国恨，隔江犹唱后庭花"，眼看着他的泪珠滚下来。七岁时我写了第一部小说，一个家庭悲剧。遇到笔画复杂的字，我常常跑去问厨子怎样写。第二部小说是关于一个失恋自杀的女郎。我母亲批评说：如果她要自杀，她决不会从上海乘火车到西湖去自溺，可是我因为西湖诗意的背景，终于固执地保存了这一点。

我仅有的课外读物是《西游记》与少量的童话，但我的思想并不为它们所束缚。八岁那年，我尝试过一篇类似乌托邦的小说，题名《快乐村》。快乐村人是一好战的高原民族，因克服苗人有功，蒙中国皇帝特许，免征赋税，并予自治权。所以快乐村是一个与外界隔绝的大家庭，自耕自织，保存着部落时代的活泼文化。

我特地将半打练习簿缝在一起，预期一本洋洋大作，然而不久我就对这伟大的题材失去了兴趣。现在我仍旧保存着我所绘的插画多帧，介绍这种理想社会的服务，建筑，室内装修，包括图书馆，"演武厅"，巧克力店，屋顶花园。公共餐室是荷花池里一座凉亭。我不记得那里有没有电影院与社会主义——虽然缺少这两样文明产物，他们似乎也过得很好。

九岁时，我踌躇着不知道应当选择音乐或美术作我终身的事业。看了一张描写穷困的画家的影片后，我哭了一场，决定做一个钢琴家，在富丽堂皇的音乐厅里演奏。

对于色彩，音符，字眼，我极为敏感。当我弹奏钢琴时，我想象那八个音符有不同的个性，穿戴了鲜艳的衣帽携手舞蹈。我学写文章，爱用色彩浓厚、音韵铿锵的字眼，如"珠灰"、"黄昏"、"婉妙"、"splendour"、"melancholy"，因此常犯了堆砌的毛病。直到现在，我仍然爱看《聊斋志异》与俗气的巴黎时装报告，便是为了这种有吸引力的字眼。

在学校里我得到自由发展。我的自信心日益坚强，直到我十六岁时，我母亲从法国回来，将她睽隔多年的女儿研究了"我懊悔从前小心看护你的伤寒症，"她告诉我，"我宁愿看你死，不愿看你活着使你自己处处受痛苦。"

我发现我不会削苹果。经过艰苦的努力我才学会补袜子。我怕上理发店，怕见客，怕给裁缝试衣裳。许多人尝试过教我织绒线，可是没有一个成功。在一间房里住了两年，问我电铃在哪儿我还茫然。我天天乘黄包车上医院去打针，接连三个月，仍然不认识那条路。总而言之，在现实的社会里，我等于一个废物。

我母亲给我两年的时间学习适应环境。她教我煮饭；用肥皂粉洗衣；练习行路的姿势；看人的眼色；点灯后记得拉上窗帘；照镜子研究面部神态；如果没有幽默天才，千万别说笑话。

在待人接物的常识方面，我显露惊人的愚笨。我的两年计划是一个失败的试验。除了使我的思想失去均衡外，我母亲的沉痛警告没有给我任何的影响。

生活的艺术，有一部分我不是不能领略。我懂得怎么看"七月巧云"，听苏格兰兵吹 bagpipe（风笛，编者注），享受微风中的藤椅，吃盐水花生，欣赏雨夜的霓虹灯，从双层公共汽车上伸出手摘树巅的绿叶。在没有人与人交接的场合，我充满了生命的欢悦。可是我一天不能克服这种咬啮性的小烦恼，生命是一袭华美的袍，爬满了蚤子。

阅读思考题

张爱玲散文创作力求作家个人的写作色彩。她的作品大多写于民族斗争和阶级斗争激烈的年代，但少有硝烟气味。她大多抒写日常的情景，青菜萝卜的生活，但同时极具个性化的感受与体验，在现代文学中独树一帜。你是怎样看待张爱玲的人生选择即其"出名要趁早"的"天才梦"的？

《人生》(节选)

路 遥

路遥(1949—1992),现代作家。其影响较大的作品有:中篇小说《人生》,长篇小说《平凡的世界》(三卷本)及随笔《早晨从中午开始》等。本书节选自《人生》的第十八、十九、二十三章。

高加林预感到的暴风雨终于来到了。内心激烈的斗争是不可避免的。他虽然只有二十四岁,但已不是一个马马虎虎的人;而且往往比他同龄的青年人思想感情要更为复杂。①

他在进行一场非常严重的抉择。

毫无疑问,黄亚萍和刘巧珍放在一起比较,不平衡是显而易见的——在他最初的考虑中,倾向就有了偏重。

他当然想和黄亚萍结合在一起。他现在觉得黄亚萍和他各方面都合适。她有文化,聪明,家庭条件也好,又是一个漂亮的南方姑娘。在她身上弥漫着一种对他来说是非常神秘的魅力。像巧珍这样的本地姑娘,尤其是农村姑娘,他非常熟悉,一眼就能看到底。他认为她们是单纯的,也往往是单调的。

但是,对黄亚萍他又了解又不了解。虽然一块儿交往很多,但她好像还有无数更多的东西他不知道。家庭出身和经济条件的差别;不同的生活环境和个人经历,

---

① 《人生》的故事梗概:《人生》发表于1982年,改革时期陕北高原的城乡生活构成了它的时空背景,主要描写了高中毕业生高加林回到土地又离开土地,再回到土地这样人生的变化过程,以及高加林同农村姑娘刘巧珍、城市姑娘黄亚萍之间的感情纠葛,体现了高加林人生艰难选择的悲剧。高加林高中毕业后当民办教师,后被大队书记高明楼的儿子三星顶替,无奈回到高家村务农。马店村马拴三番五次向高家村刘巧珍求婚,刘巧珍却暗恋着高加林。高加林回农村后,给巧珍的爱情带来了希望,她不顾父亲刘立本的反对,在赶集卖蒸馍、给凉水井撒漂白粉和进县城拉茅粪的过程中,俩人产生了真挚的感情,深深相爱。高加林的二爸复员后分配到地区劳动局当局长,县劳动局副局长马占胜私下调整招工指标,把加林安排到县委通讯组工作。县广播站播音员黄亚萍报道抗洪救灾通讯稿时,得知自己的同学高加林来县城工作,俩人情真意切、志同道合,一起讨论能源问题、国际问题,加林袒露胸襟:"我联合国都想去。"巧珍到县城看望加林,告诉他:"你们家的老母猪昨晚下了十二个猪娃。"加林后来提出分手,不久巧珍赌气嫁给了马拴。黄亚萍也和恋人张克南分手,跟高加林热恋起来。张克南的母亲认为这些矛盾都是高加林带来的,为给儿子出气,向地区纪检委反映,安排高加林到县城工作属不正之风,应予以纠正。地区纪检委核实情况后,作出严肃处理,将高加林清退回农村。高加林只好离开了黄亚萍,重新回到农村务农。

使他们天然地隔了一层什么。这反而更增加了他对她的神秘感。他觉得她云雾缭绕，他不能走近她。中学时期的交往像雨后蓝天上美丽的彩虹一般，很快就消失了，变成了一种记忆中的印象。这印象以前也偶然从心头翻上来，叫他若有所失地惆怅一阵；但接着也就很快消失得无踪无影……

现在，这些过去曾幻想过的游丝断缕，突然就变成了一种实实在在的东西。黄亚萍已经向他表示了爱情。只要他现在愿意，他就将和她一块儿生活喽！生活啊，生活！有时候它把现实变成了梦想，有时候它又把梦想变成了现实！

但他不能不认真考虑他和巧珍的关系。他和她已经热烈地相爱了一段时间。巧珍爱他，不比克南爱亚萍差。所不同的是，亚萍说对克南没有感情，而他在内心深处是爱巧珍的。巧珍的美丽和善良，多情和温柔，无私的、全身心的爱，曾最初唤醒了他潜伏的青春萌动；点燃起了他身上的爱情火焰。这一切，他在内心里是很感激她的——因为有了她，他前一段尽管有其他苦恼，但在感情生活上却是多么富有啊……

现在，当黄亚萍向他表示了爱情，并准备让他跟她去南京工作的时候，他才把爱情和他的前途联系在一起看了。他想，巧珍将来除了是个优秀的农村家庭妇女，再也没有什么发展了。如果他一辈子当农民，他和巧珍结合也就心满意足了。可是现在他已经是"公家人"，将来要和巧珍结婚，很少有共同生活；而且也很难再有共同语言：他考虑的是写文章，巧珍还是只能说些农村里婆婆妈妈的事。上次她来看他，他已经明显地感到了苦恼。再说，他要是和巧珍结婚了，他实际上也就被拴在这个县城了；而他的向往又很高很远。一到县城工作以后，他就想将来决不能在这里待一辈子；要远走高飞，到大地方去发展自己的前途……现在，这一切就等他说个"愿意"就行了！

他反复考虑，觉得他不能为了巧珍的爱情，而贻误了自己生活道路上这个重要的转折——这也许是决定自己整个一生命运的转折！不仅如此，单就从找爱人的角度来看，亚萍也可能比巧珍理想得多！他虽然还没和亚萍像巧珍那样恋爱过，但他感到肯定要更好，更丰富，更有色彩！

他权衡了一切以后，已决定要和巧珍断绝关系，跟亚萍远走高飞了！

当然，他的良心非常不安——他还不是一个十恶不赦的坏蛋！克南方面他考虑得很少，主要在巧珍方面。他像一个疯子一样在自己的窑里转圈圈走；用拳头捣办公桌；把头往墙壁上碰……

后来，他强迫自己不朝这方面想。他在心里自我嘲弄地说："你是一个混蛋！你已经不要良心了，还想良心干什么……"

他尽量使他的心变得铁硬，并且咬牙切齿地警告自己：不要反顾！不要软弱！

为了远大的前途，必须做出牺牲！有时对自己也要残酷一些！

现在，这个已经"铁了心"的人，开始考虑他和巧珍断绝关系的方式。他预想这是一个撕心裂肝的场面，就想用一种很简短的方式向过去告别。使他苦恼的是，巧珍一个字也不识，要不，给她写一封信是最好的断交方式了；这样可以避免双方面对面的痛苦。

他于是一整天躺在床上，考虑他怎样和巧珍断绝关系。

黄亚萍不失时机地来了，问他考虑得怎样？

他犹豫了好一会儿，才把他和巧珍的关系，大略地给亚萍说了一下。

黄亚萍听后，先是半天没说话。后来，她带着一脸的惊讶，说："你原来在农村想和一个不识字的农村女人结婚？"

"嗯。"加林肯定地点点头。

"这简直是一种自我毁灭！你一个有文化的高中生，又有满身的才能，怎么能和一个不识字的农村女人结婚？我真不理解你当时是怎样想的！"

"住嘴！"加林一下子愤怒地从床上跳起来，"我那时黄尘满面，大老百姓一个，你们哪个城里的小姐来爱我？"

亚萍一下子被他的愤怒吓住了，半天才说："你这么凶！克南可从来都没对我发这么大的火！"

"你找你的克南去！"加林一下子躺在铺盖上，闭住了眼睛。一种新的烦恼涌上了心头。他心里也想："哼！巧珍从来也不这样对我说话……"

没过一会儿，亚萍来到他床边，手轻轻在他肩膀上推了一把。

高加林睁开眼，看见她眼里闪着泪光。

他仍在生气，不理她。

亚萍声音有点激动地说："加林！你千万别生气！你给我发火，我心里绝不生气，反而很高兴！你不知道，张克南你就是把刀放在他脖颈上都发不起来火！有时，我真想叫这个人愤怒了，美美给我发一通火，把我骂一通，可你怎样骂他，挖苦他，他总是对你笑嘻嘻的，气得人只能流泪。我就喜欢你这种性格！男子汉，大丈夫，血气方刚……"

高加林暂时还不能知道，她这话倒究是真的还是为了与他和好而编的。但他看见亚萍两道弯弯的细眉下，一双眼睛泪汪汪的，心便软了，说："我这个脾气不好……以后在一块儿生活，你可能要受不了的。"

"加林！"亚萍一把抓住他的肩头，问："那你是说，你愿意和我一块儿生活了？"

他恍惚地对她点了点头。

亚萍顺床边坐下，和他挨在一起。加林很快把自己的身子往开挪了挪。不知为什么，他此刻一下子又想起了巧珍。他觉得他这一刻无法接受黄亚萍这种表示感情的方式。

高加林沉默了一会儿，对亚萍说："我得要和巧珍把这事谈清楚……不瞒你说，我心里很不好受……请你原谅，我不愿对你说假话。"

"是的，你应该很快结束你们的不幸！"

"也可能是不幸的结束！"他像宿命论者一样回答她。

"我和克南好办，我给他写一封信就行了。在感情上我没有什么特别痛苦的，只不过同情和可怜他罢了。他倒是真心实意爱我……"

"克南是会很痛苦的……"加林叹了一口气。

"克南我先不考虑，我现在主要考虑我父母亲。他们一心喜欢克南；而且又都是老干部，道德观念完全是过去的……"

"你父亲肯定不会接受我！他们要门当户对的！我一个老百姓的儿子，会辱没他们的尊严！"加林又突然暴躁地喊着说。

亚萍用极温柔的音调说："你看你，又发脾气了。其实，我父母倒不一定是那样的人，关键是他们认为我已经和克南时间长了，全城都知道，两家的关系又很深了，怕……"

"那就算了！"加林打断她的话。

黄亚萍一下子哭了，站起来说："加林！你别这样发脾气行不行？我的事由我做主哩！我父母最后一定会尊重我的选择……现在我唯一要知道的是，你爱不爱我！是不是要和我好！"她说着，坚决地挨着他的身边坐下来了……

黄亚萍回到家里，按时作息的父母亲早已在他们的房间里睡着了。

她进了自己的房子，扭开灯，先坐在桌前的椅子上，什么也不做，静静地坐着——她的心在欢蹦乱跳！

她即刻又站起来，在镜子前立了一会儿。她看见自己在笑。

她又躺在床上；躺下后又马上坐起来。

她站在脚地当中，不知自己做什么好，思绪像浪花飞溅的流水一般活跃。先是一连串往事的片断从眼前映过；接着是刚才所发生的从头到尾的一切细节，然后又是未来各种各样幻想的镜头……

直到她洗完脸，脑子才稍微冷静了一下。

晚上肯定又要失眠。失眠就失眠吧！反正明早上她不值班，另外一个人广播，她可以在家睡觉——至于明天上午能不能睡着，她也没有把握。

那么，现在该做什么呢？给克南写信？还是给父母亲"发表声明"？。

父母亲已经睡着了。那么，就先给克南写信！

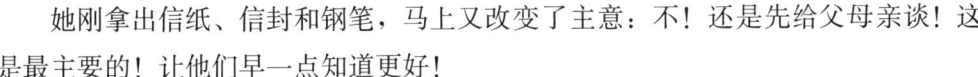

她刚拿出信纸、信封和钢笔,马上又改变了主意:不!还是先给父母亲谈!这是最主要的!让他们早一点知道更好!

于是她开了自己的门,出了院子。

这个睡不着觉的人也决心不让她父母亲睡了。

她敲了敲父母亲的门,叫道:"爸爸,妈妈,你们起来,过我这边来一下!我有个要紧事要给你们说!"

里面的灯开了,听见一阵紧张的唏嘘声。站在外面的任性的女儿这时候抿嘴直笑,回到了自己的房子里。

她母亲先过来了。接着父亲一边穿外套,一边也跌跌撞撞进了她的房间。两个人都先后紧张地问她:出了什么事?

黄亚萍看见父母亲都这么紧张,先忍不住笑了,然后又严肃起来,说:"你们别紧张。这事并不很急,但有些震动性!"

父亲瞪起眼看着她,还没反应过来他的这个任性的小宝贝,为什么黑天半夜把他老两口叫起来。

她母亲揉了揉眼睛,也着急地对她说:"哎呀,好萍萍!有什么事你就快说!你把人急死了!"

黄亚萍想了一下,说:"事情很复杂,但今晚上我先大概说一下。详细情况将来我不说,你们也会追问的……是这样,我已经和另外一个男同志好了,并且已经在恋爱;因此,我要和克南断绝关系……"

"什么?什么?什么?……"

她父母亲都从坐的地方站起来,惊慌失措地看着他们的女儿。

"对我来说,这已经不能改变了。我知道你们对克南很爱,但我并不喜欢他……"

一阵长时间的沉默。

她父亲半天才清醒过来,困难地咽了一口唾沫,悲哀地说:"克南当初还不是你引回来的?这已经两年多了,全城人都知道!我和老张,你妈和克南妈,这关系……天啊,你这个任性的东西!我和你妈把你惯坏了,现在你这样叫我们伤心……"老汉捶胸顿足,两片厚嘴唇像蜜蜂翅膀似地颤动着。

她母亲已伏在她的床上哭开了。

她父亲尽管爱她胜过爱自己,但看来今晚实在气坏了,猛烈地发起了火:"你这是典型的资产阶级思想!你们现在这些青年真叫人痛心啊!垮掉的一代!无法无天的一代!革命要在你们手里葬送呀!……"老汉感情过于冲动,什么过分话都往外倒!

黄亚萍一下伏在桌子上哭起来。她父亲从来都没有这样骂过她；她一下了忍受不了。

母亲见女儿哭了，也哭着，过来数说起了丈夫："就是萍萍不对，你也不能这样吼喊我的女儿……"

"都是你惯坏的！"老军人咆哮着说。

"你没惯？"亚萍她妈也喊叫起来。

亚萍她爸一拧身出去了。出去后，他也没回房子去，站在院子里，掏出一根纸烟，在烟盒上敲得嘣嘣直响，也不点。

亚萍站起来，两只手硬把她母亲推出房子，然后关上了门。

她过去拿毛巾把脸上的泪水揩干净，然后坐到桌子前，开始给克南写信——

克南：

为了我们都好，我必须告诉你：我已经和加林相爱了。咱们的恋爱关系现在应该断绝；以后像过去一样还是要好的同学和同志。

我知道你会很痛苦的。但你应该想想，为一个不爱你的女人而痛苦，是不值得的。你应该寻找真正爱你的人。我相信你会找到这样的人。我愿你得到幸福。

你自己应该知道。我在学校时就和加林感情好。

现在我觉得我真正爱的人是他，而不是你。过去咱们两个之所以发展了关系，完全是因为你适时地关怀了我，使我受了感动。但这并不是爱情。

你是好人，也是一个出色的人。不要因为我影响你的发展。你也不要恨加林。如果你认为你受了伤害，这完全是我一个人造成的；是我追求加林，你恨我吧！

我在内心里永远感谢你。我还要告诉你：在我爱情以外所有友爱的朋友中，你是我的第一个朋友。如果你能原谅我，那么我请求你为我祝福。

亚萍写于匆忙中

高加林把自行车放到路边，然后伏在大马河的桥栏杆上，低头看着大马河的流水绕过曲曲折折的河道，穿过桥下，汇入到县河里去了。

他在这里等着巧珍。他昨天让回村的三星捎话给巧珍，让她今天到县城来一下，他决定今天要把他和巧珍的关系解脱。他既不愿意回高家村完结这件事，也不愿意在机关。他估计巧珍会痛不欲生，当场闹得他下不了台。

前天，老景让他过两天到刘家湾公社去，采访一下秋田管理方面的经验，他就突然决定把这件事放在大马河桥头了。因为去刘家湾公社的路，正好过了大马河桥，向另外一条川道拐过去。在这里谈完，两个人就能很快各走各的路，谁也看不见谁了……

高加林伏在桥栏杆上，反复考虑他怎样给巧珍说这件事。开头的话就想了许多种，但又觉得都不行。他索性觉得还是直截了当一点更好。弯拐来拐去，归根结蒂说的还不就是要和她分手吗？

在他这样想的时候，听见背后突然有人喊："加林哥……"

一声喊叫，像尖刀在他心上捅了一下！

他转过身，见巧珍推着车子，已经站在他面前了。她来得真快！是的，对于他要求的事，她总是尽量做得让他满意。

"加林哥，没出什么事吧？昨天我听三星捎话说，你让我来一下，我晚上急得睡不着觉，又去问三星是不是你病了，他说不是……"她把自行车紧靠加林的车子放好，一边说着，向他走过来，和他一起伏在了桥栏杆上。

高加林看见她今天穿了一身新衣服，浑身上下都打扮得漂漂亮亮的，登时感到有点心酸。

他怕他的意志被感情重新瓦解，赶快进入了话题：

"巧珍……"

"唔。"她抬头看见他满脸愁云，心疼地问："你怎了？"

加林把头转向一边，说："我想对你说一件事，但很难开口……"

巧珍亲切地看着他，疼爱地说："加林哥，你说吧！既然你心里有话，你就给我说，千万别憋在心里！"

"说出来怕你要哭。"

巧珍一愣。但是还是说："你说吧，我……不哭！"

"巧珍……"

"唔……"

"我可能要调到几千里路以外的一个地方去工作了，咱们……"

巧珍一下子把手指头塞在嘴里，痛苦地咬着。过了一会儿，才说："那你……去吧。"

"你怎办呀？"

"……"

"我主要考虑这事……"

一阵长时间的沉默。两串泪珠静静地从巧珍的脸颊上淌下来了。她的两只手痉挛地抓着桥栏杆，哽咽着说："……加林哥，你再别说了！你的意思我都明白了！你……去吧！我决不会连累你！加林哥，你参加工作后，我就想过不知多少次了，我尽管爱你爱得要命，但知道我配不上你了。我一个字不识，给你帮不上忙，还要拖累你的工作……你走你的，到外面找个更好的对象……到外面你多操心，人生地疏，不像咱本乡田地……加林哥，你不知道，我是怎样爱你……"

巧珍说不下去了，掏出手绢一下子塞在了自己的嘴里！

高加林眼里也涌满了泪水。他不看巧珍，说："你……哭了……"

巧珍摇摇头，泪水在脸上刷刷地淌着，一串接一串掉在了桥下的大马河里。清朗朗的大马河，流过桥洞，流进了夏日浑黄的县河里……

沉默……沉默……整个世界都好像沉默了……

巧珍迅疾地转过身，说："加林哥……我走了！"

他想拦住她，但又没拦。他的头在巧珍的面前，在整个世界面前，深深地低下了。

她摇摇晃晃走过去，困难地骑上了她的自行车，然后就头也不回地向大马河川飞跑而去了。等加林抬起头的时候，眼前只剩下了满川绿色的庄稼和一条空荡荡的黄土路……

高加林也猛地骑上了他的车子，转到通往刘家湾公社的公路上。他疯狂地蹬着脚踏，耳边风声呼呼直响，眼前的公路变成了一条模模糊糊的、飘曳摆动的黄带子……

他骑到一个四处不见人的地方，把自行车猛地拐进了公路边的一个小沟里。

他把车子摔在地上，身子一下伏在一块草地上，双手蒙面，像孩子一样大声号啕起来，这一刻，他对自己仇恨而且憎恶！

一个钟头以后，他在沟里一个水池边洗了洗脸，才推着车子又上了公路。

现在他感觉到自己稍微轻松了一些。眼前，阳光下的青山绿水，一片鲜明；天蓝得像水洗过一般，没有一丝云彩。一只鹰在头顶上盘旋了一会儿，便像箭似地飞向了遥远的天边……

五天以后，高加林从刘家湾公社返回县城，就和黄亚萍开始了他们新的恋爱生活。

他们恋爱的方式完全是"现代"的。

他们穿着游泳衣，一到中午就去城外的水潭里游泳。游完泳，戴着墨镜躺在河边的沙滩上晒太阳。傍晚，他们就到东岗消磨时间；一块儿天上地下地说东道西；或者一首连一首地唱歌。

黄亚萍按自己的审美观点，很快把高加林重新打扮了一番：咖啡色大翻领外套，天蓝色料子直筒裤，米黄色风雨衣。她自己也重新烫了头发，用一根红丝带子一扎，显得非常浪漫。浑身上下全部是上海出的时兴成衣。

有时候，他们从野外玩回来，两个人骑一辆自行车，像故意让人注目似的，黄亚萍带着高加林，洋洋得意地通过了县城的街道……

他们的确太引人注目了。全城都在议论他们，许多人骂他们是"业余华侨"。

但是他们根本不理睬社会的舆论，疯狂地陶醉在他们罗曼蒂克的热恋中。

高加林起先并不愿意这样。但黄亚萍说，他们不久就要离开这个县城了，别人愿怎样看他们，何必理睬呢？她要高加林更洒脱一些，将来到大城市好很快适应那里的生活。高加林就抱着一种"实习"的态度，任随黄亚萍折腾。

他的情绪当然是很兴奋的，因为黄亚萍把他带到了另一个生活的天地。他感到新奇而激动，就像他十四岁那年第一次坐汽车一样。

他当然也有不满意和烦恼。他和亚萍深入接触，才感到她太任性了。他和她在一起，不像他和巧珍，一切都由着他，她是绝对服从他的。但黄亚萍不是这样。她大部分是按她的意志支配他，要他服从她。

有时正当他们都愉快至极的时候，他就猛然会想起巧珍来，心顿时像刀绞一般疼痛，情绪一下子就从沸点降到了冰点，把个兴致勃勃的黄亚萍弄得败兴极了。亚萍一时又猜不透他为什么情绪会这么失常，感到很苦恼。于是，她为了改变他这状况，有时又想法子瞎折腾，使得高加林失常的现象频频加骤，这反过来又更加剧了她的苦恼。他们有时候简直是一种苦恋！

……

在高三星把加林的铺盖行李捎回村的当天晚上，高家村的大部分人都知道了高加林被检举从县广播站撤职回乡。全村人都很感慨，谁也没有想到小伙子竟然落了这么个下场！

玉德老两口倒平静地接受了三星捎回来的铺盖卷，也平静地接受了儿子的这个命运。他们一辈子不相信别的，只相信命运；他们认为人在命运面前是没什么可说的。

……

天还没有明时，高加林就赤手空拳悄然地离开了县委大院。

他匆匆走过没有人迹的街道，步履踉跄，神态麻木，高挑的个子不像平时那般笔直，背微微地有些驼了；失神的眼睛深陷在眼眶里，没有一点光气，头发也乱蓬蓬的像一团茅草。整个脸上像蒙了一层灰尘，额头上都似乎显出了几条细细的皱纹。

漂亮而潇洒的小伙子啊，一下子就像老了许多岁！

到现在，高加林才感到自己像个一无所有的叫化子一般。他感觉到自己孤零零的，前不着村，后不靠店。他不知道自己从什么路上走来，又向什么路走去……

当他走到大马河桥上的时候，他一下子有气无力地伏在了桥栏杆上。桥下，清清的大马河在黎明前闪着青幽幽的波光，穿过桥洞，汇入了初秋涨宽了的县河里，县河浑黄的流水平静地绕过城下，流向了看不见的远方。

他手抚着桥栏杆，想起第一次卖馍返回的时候，巧珍就是在这里等他的；想起在这同一个地方,他不久前又曾狠心地和她断绝了关系……眼下他又在这里了,可是他现在还有什么呢?他幻想的工作和未来在大城市生活的梦想破灭了,黄亚萍又退回到了他生活的远景上;亲爱的刘巧珍被他冷不丁地抛弃,现在已和别人结了婚。他真想一纵身从这桥上跳下去!

这一切怨谁呢?想来想去,他现在谁也不怨了,反而恨起了自己:他的悲剧是他自己造成的!他为了虚荣而抛弃了生活的原则,落了今天这个下场!他渐渐明白,如果他就这样下去,他躲过了生活的这一次惩罚,也躲不过去下一次惩罚——那时候,他也许就被彻底毁灭了……

严峻的现实生活最能教育人,它使高加林此刻减少了一些狂热,而增强了一些自我反省的力量。他进一步想:假如他跟黄亚萍去了南京,他这一辈子就会真的幸福吗?他能不能就和他幻想的那样在生活中平步青云?亚萍会不会永远爱他?南京比他出色的人谁知有多少,以后根本无法保证她不再去爱其他男人,而把他甩到一边,就像甩张克南一样。可是,如果他和巧珍结了婚,他就敢保证巧珍永远会爱他。他们一辈子在农村虽然生活苦一点,但会活得很幸福的……现在,他把生活中最宝贵的东西轻易地丢掉了!他做了昧良心的事!爸爸和德顺爷的话应验了,他害了别人,也害了自己!他搅乱了许多人的生活,也把自己的生活搅了个一塌糊涂……

黎明不知什么时候已经静悄悄地来临了。县城的灯光先后熄灭,大地万物在一种自然柔和的光亮中脱去了夜的黑衣裳,显出了它们各自的面目。时令已进入初秋,山头和川道里的庄稼、树木,绿色中已夹杂了点点斑黄。

城里已经又开始熙熙攘攘了。一天的生活像往常一样开始了它的节奏。

高加林望了一眼罩在蓝色雾霭中的县城,就回过头,穿过桥面,拐进了大马河川道。

他走在庄稼地中间的简易公路上,心里涌起了一种从未体验过的难受。他已经多少次从这条路上走来走去。从这条路上走到城市,又从这条路上走回农村。这短短的十华里土路,对他来说,是多么的漫长!这也象征着他已经走过的生活道路——短暂而曲折!

突然,有一个孩子在对面山坡上唱起了《信天游》——

哥哥你不成才,

卖了良心才回来……

孩子们都哈哈大笑,叽叽喳喳地跑到后沟里去了。

这古老的歌谣,虽然从孩子的口里唱出来,但它那深沉的谴责力量,仍然使高加林感到惊心动魄。他知道,这些孩子是唱给他听的。

唉!孩子们都这样厌恶他,村里的大人们就更不用说了。

第三篇 选择人生

他走不远,就看见了自己的村子。一片茂密的枣树林掩映着前半个村子;另外半个村子伸在沟口里,他看不见。

他忍不住停下了脚步,忧伤地看了一眼他熟悉的家乡。一切都是原来的样子——但对他来说,一切又都不一样……

……

当他从公路上转下来,走到大马河湾的分路口上时,腿猛一下子软得再也走不动了。他很快又想起,他和巧珍第一次相跟着从县城回来时,就是在这个地方分手的——现在他们却永远地分手了。他也想起,当他离开村子去县城参加工作时,巧珍也正是在这个地方送他的。现在他回来了,她是再不会来接他了……

他坐在一块石头上,身上像火烧着一般烫热。他用两只手蒙住眼睛,头无力地垂在胸前。他真不知道往后的日子怎么过呀?他嘴里喃喃地说:"亲爱的人!我要是不失去你就好了……"泪水立刻像涌泉一般从指缝里淌出来了……

好久,高加林才抬起头。他猛然发现,德顺爷爷正蹲在他面前。他不知道德顺爷爷是什么时候蹲在他面前的。他只是静静地蹲着,抽着旱烟锅。

他见他抬起头来,便笑眯眯地说:"你还有眼泪呢?"接着一脸皱纹一下子缩到眼角边,摇了摇那白雪般的头颅,痛心地说:"娃娃呀,回来劳动这不怕,劳动不下贱!可你把一块金子丢了!巧珍,那可是一块金子啊!"

……

德顺爷爷用缀补丁的袖口揩了一下脸上的汗水,说:"听说你今天上午要回来,我就专门在这里等你,想给你说几句话。你的心可千万不能倒了!你也再不要看不起咱这山乡圪塔了。"他用枯瘦的手指头把四周围的大地山川指了一圈,说:"就是这山,这水,这土地,一代一代养活了我们。没有这土地,世界上就什么也不会有!是的,不会有!只要咱们爱劳动,一切都还会好起来的。再说,而今党的政策也对头了,现在生活一天天往好变。咱农村往后的前程大着哩,屈不了你的才!娃娃,你不要灰心!一个男子汉,不怕跌跤,就怕跌倒了不往起爬,那就变成了死狗了……"

"爷爷,你的话给我开了窍,我会记住的,也会重新好好开始生活的。刚才我在前川碰见庄里的其他人,他们也给俺说了不少宽心话。唉,我现在就担心高明楼和刘立本两家人往后会找我的麻烦,另眼看我……"

"啊呀,这你别担心!就是为了这事,我刚才还去明楼家找了他。我和他爸当年是拜把兄弟,我敢指教他哩!我已经把话给他敲明了,叫他再不要捣你的鬼……噢,我倒忘了给你说了!我刚才去明楼家,正碰见巧珍央求明楼,让他给公社做做工作,让你再教书哩!巧珍说得鼻涕一把泪一把,明楼当下也应承了。不知为什么,他儿媳妇巧英也帮巧珍说话哩。你不要担心,书教成教不成没什么,好好重新开始活你的人吧……啊,巧珍,多好的娃娃!那心就像金子一样……金子一样啊……"德顺老汉泪水夺眶而出,登时哽咽得说不下去了。

高加林一下子扑倒在德顺爷爷的脚下,两只手紧紧抓着两把黄土,沉痛地呻吟着,喊叫了一声:

"我的亲人哪……"

阅读思考题

在漫长的人生旅途中,我们经常面临选择,高加林在人生的关键时刻作出的是使他后悔终生的选择,因为高加林的人生理想、追求与现实环境产生了冲突,才有了这样的结果。我们在谴责高加林之后也应该加以沉思与反省,因为我们必须面对冷酷而真实的生活,必须不断地作出选择。请认真思考当你面对的是同样的人生十字路口时,你会作怎样的选择?

笔记区

未经省察的人生没有价值

周国平

周国平（1945—）当代著名哲学家、学者、作家，主要著作有《苏联当代哲学》（合著）、学术专著《尼采：在世纪的转折点上》、随感集《人与永恒》、《尼采与形而上学》、诗集《忧伤的情欲》、《只有一个人生》等。

公元前399年春夏之交的某一天，雅典城内，当政的民主派组成一个五百零一人的法庭，审理一个特别的案件。被告是哲学家苏格拉底（公元前469—公元前399），此时年已七十，由于他常年活动在市场、体育场、手工作坊等公共场所，许多市民都熟悉他。审理在当天完成，结果是以不敬神和败坏青年的罪名判处死刑。这是人类历史上最怪诞的一页，一个人仅仅因为他劝说同胞过更好的生活，就被同胞杀害了。雅典是哲学的圣地，但看来不是哲学家的乐园，出身本邦的哲学家只有两个，苏格拉底被处死，年轻的柏拉图在老师死后逃到了国外。这又是人类历史上最光荣的一页，一个人宁死不放弃探究人生真理的权利，为哲学殉难，证明了人的精神所能达到的高度。正因为出了苏格拉底，雅典才不愧是哲学的圣地。

多亏柏拉图的生花妙笔，把当年从审判到执行的整个过程栩栩如生地记述了下来，使我们今天得以领略苏格拉底在生命最后时刻的哲人风采。柏拉图师从苏格拉底十年，当时二十八岁，审判时在场，还上台试图为老师辩护，法官嫌他年轻把他轰了下来。评家都承认，柏拉图太有文学才华，记述中难免有虚构的成分。他大约早就开始记录老师的言论，据说有一次朗读给苏格拉底听，苏格拉底听罢说道："我的天，这个年轻人给我编了多少故事！"尽管如此，评家又都承认，由于他自己是大哲学家，能够理解老师。

现在，我们主要依据柏拉图的记述，在若干细节上参考色诺芬的回忆，来察看这个案子的来龙去脉。原告有三人。跳在台前的是无名诗人美勒托，长一根鹰钩鼻，头发细长，胡须稀疏，一看就是个爱惹是生非的家伙。还有一个无名演说家，名叫莱康。实际主使者是皮匠安尼图斯，一个活跃的政客，终于当上了民主政权二首领之一。他的儿子是苏格拉底的热心听众，常常因此荒废皮革作业，使他十分恼火。在他政坛得势之后，苏格拉底曾挖苦他说："现在你用不着再让儿子做皮匠了吧。"

更使他怀恨在心，遂唆使美勒托提起诉讼。

其实，安尼图斯之流恼恨苏格拉底，多少代表了一般市民的情绪。苏格拉底喜在公共场所谈论哲学，内容多为质疑传统的道德、宗教和生活方式，听众又多是像安尼图斯的儿子这样的青年。雅典的市民是很保守的，只希望自己的孩子恪守本分，继承父业，过安稳日子。像苏格拉底这样整天招一帮青年谈论哲学，不务正业，在他们眼里就已经是败坏青年了，因此，一旦有人告状，他们很容易附和。当然，把一个哲学家——不管是不是苏格拉底——交给几百个不知哲学为何物的民众去审判，结局反正凶多吉少。

苏格拉底之处于劣势，还有一层原因，便是在场的审判员们早在年少时就听惯流言，形成了对他的成见。他对此心中有数，所以在申辩一开始就说，那些散布流言的人是更可怕的原告，因为他们人数众多，无名无姓，把他置于无法对质却又不得不自辩的境地。他说他只知道其中有一个喜剧作家，他未点名，不过谁都明白是指阿里斯托芬。二十四年前，阿里斯托芬在喜剧《云》中把苏格拉底搬上舞台，刻画成一个满口胡诌天体理论的自然哲学家和一个教青年进行可笑诡辩的智者。在观众心目中，前者所为正是不敬神，后者所为正是败坏青年，二者合并成丑化了的苏格拉底形象。真实的苏格拉底恰与二者有别，他把哲学从天上引回了人间，从言辞引向了实质，但观众哪里顾得上分辨。苏格拉底是阿里斯托芬的朋友，当年喜剧上演时，他还去捧场，台上的苏格拉底出场，观众席上的他凑趣地站起来亮相，实在憨得可以。他和阿里斯托芬大约都没有料到，爱看戏不爱动脑子的老百姓会把戏说当真，以讹传讹，添油加醋，终于弄到使他有口莫辩的地步。

平心而论，在审判之初，无论三个原告，还是充当判官的民众，都未必想置苏格拉底于死地。他们更希望的结果毋宁是迫使苏格拉底屈服，向大家认错，今后不再聚众谈论哲学，城邦从此清静。可是，苏格拉底仿佛看穿了他们的意图，偏不示弱，以他一向的风格从容议论，平淡中带着讥刺，雄辩而又诙谐。这种人格上和智力上的高贵真正激怒了听众，他申辩时，审判席上一阵阵骚动，矛盾越来越激化。

苏格拉底大约一开始就下定了赴死的决心。美勒托准备起诉的消息传开，有同情者见他毫不在乎，行为无异于往常，便提醒他应该考虑一下如何辩护，他回答："难道你不认为我一生都在做这件事，都在思考什么是正义，什么是非正义，在实行正义和避免非正义，除此之外什么也没有做吗？"他的确用不着准备，只须在法庭上坚持他一贯的立场就行了。当然，他完全知道，这样做的后果是什么。他比原告和法官更清醒地预见到了结局，审判实质上是遵照他的意志进展的。他胸有成竹，一步步把审判推向高潮，这高潮就是死刑判决。

原则不肯放弃，还有一个方法能够影响判决。按雅典的惯例，被告的妻儿可以到庭恳求轻判,这种做法往往有效。苏格拉底有妻子,有三个儿子,其中两个还年幼,但他不让他们到庭。他不屑于为此,讽刺说:"我常见有声望的人受审时做出这种怪状,演这种可怜戏剧,他们是邦国之耻。"

投票的结果是以二百八十一票比二百二十票宣告他有罪。票数相当接近,说明在场不少人还是同情他的。审判进入第二步,由原告和被告提议各自认为适当的刑罚,审判员进行表决,在二者中择一。美勒托提议判处死刑。苏格拉底说:"我提议用什么刑罚来代替呢?像我这样对城邦有贡献的人,就判我在专门招待功臣和贵宾的国宾馆用餐吧。"说这话是存心气人,接下来他有些无奈地说:我每日讨论道德问题,省察自己和别人,原是于人最有益的事情。可是,一天之内就判决死刑案件,时间太短,我已无法让你们相信一个真理了,这个真理就是"未经省察的人生没有价值"。

要逃避死刑,有一个通常的办法,就是自认充分的罚款。只要款额足够大,审判员往往宁愿选择罚款而不是死刑。说到这一层,苏格拉底表示,他没有钱,或许只付得起一个银币。这是事实,他荒废职业,整日与人谈话,又从不收费,怎能不穷。不过,他接着表示,既然在场的柏拉图、克里托等人愿为他担保,劝他认三十个银币,他就认这个数吧。这个数也很小,加上他的口气让人觉得是轻慢法庭,把审判员们有限的同情也消除了。人们终于发现,最省事的办法不是听他的劝反省自己,而是把这个不饶人的家伙处死。

判决之后,苏格拉底作最后的发言,他说:我缺的不是言辞,而是厚颜无耻,哭哭啼啼,说你们爱听的话。你们习惯看到别人这样,但这种事不配我做。"逃死不难,逃罪恶难,罪恶追人比死快。我又老又钝,所以被跑慢的追上,你们敏捷,所以被跑快的追上。我们各受各的惩罚,合当如此。"然后,又以他特有的反讽委托判官们一件事:"我儿子长大后,如果关注钱财先于德行,没有出息而自以为有出息,请责备他们,一如我之责备你们。"这篇著名辩词用一句无比平静的话结束:"分手的时候到了,我去死,你们去活,谁的去路好,有神知道。"

苏格拉底的悲剧就此落下帷幕,柏拉图在剧终致辞:"在我们所认识的人中,他是最善良、最有智慧、最正直的人。"的确,不管人们对他的学说作何评价,都不能不承认他为后世树立了人生追求上和人格上的典范。据说在他死后,雅典人忏悔了,给他立了雕像,并且处死了美勒托,驱逐了安尼图斯。也有人指出,所谓惩处了控告者纯属捏造。不过,这些都已经不重要了。重要的是,让我们记住苏格拉底的遗训,关心自己的灵魂,度一个有价值的人生。

阅读思考题

本文作者周国平本身就是一位哲学家，所以他笔下的哲学家既生活化，又具有哲学的深度。本文记叙了苏格拉底被判死刑的过程，刻画了一位坚持真理，即使丧失生命也在所不惜的哲学家形象。苏格拉底生命最后时刻说："分手的时候到了，我去死，你们去活，谁的去路好，有神知道。"

我们怎样理解苏格拉底为真理献身、不屈服不媚俗的人生选择？

笔记区

堂吉诃德（节选）[1]

[西班牙] 米盖尔·台·塞万提斯·萨阿维德拉

米盖尔·台·塞万提斯·萨阿维德拉（1547—1616），西班牙伟大的小说家、戏剧家和诗人。他的文学创作体现了文艺复兴时期西班牙文学的最高成就，《堂吉诃德》的发表，以及这部作品产生的巨大影响使他成为世界文坛声名显赫的经典作家，被狄更斯、福楼拜和托尔斯泰誉为"现代小说之父"。

这时候，他们远远望见郊野里有三四十架风车。堂吉诃德一见就对他的侍从说："运道的安排，比咱们要求的还好。你瞧，桑丘·潘沙朋友，那边出现了三十多个大得出奇的巨人。我打算去跟他们交手，把他们一个个杀死，咱们得了胜利品，可以发财。这是正义的战争，消灭地球上这种坏东西是为上帝立大功。"

桑丘·潘沙道："什么巨人呀？"

他主人说："那些长胳膊的，你没看见吗？那些巨人的胳膊差不多二哩瓦[2]长呢。"

桑丘说："您仔细瞧瞧，那不是巨人，是风车；上面胳膊似的东西是风车的翅膀，给风吹动了就能推转石磨。"

堂吉诃德道："你真是外行，不懂冒险。他们确是货真价实的巨人。你要是害怕，就走开些，做你的祷告去，等我一人来和他们一伙儿拼命。"

他一面说，一面踢着坐骑冲出去。他侍从桑丘大喊说，他前去冲杀的明明是风车，不是巨人；他满不理会，横着念头那是巨人，既没听见桑丘叫喊，跑近了也没看清是什么东西，只顾往前冲，嘴里嚷道：

"你们这伙没胆量的下流东西！不要跑！前来跟你们厮杀的只是个单枪匹马的骑士！"

这时微微刮起一阵风，转动了那些庞大的翅翼。堂吉诃德见了说：

"即使你们挥舞的胳膊比巨人布利亚瑞欧[3]的还多，我也要和你们见个高下！"

他说罢一片虔诚向他那位杜尔西内娅小姐祷告一番，求她在这个紧要关头保佑自己，然后把盾牌遮稳身体，托定长枪飞马向第一架风车冲杀上去。他一枪刺中了风车的翅膀;翅膀在风里转得正猛,把长枪迸做几段,一股劲把堂吉诃德连人带马直扫出去;堂吉诃德滚翻在地,狼狈不堪。桑丘·潘沙趱[4]驴来救,跑近一看,他已经不能动弹,驽骍难得[5]把他摔得太厉害了。

　　桑丘说:"天啊!我不是跟您说了吗,仔细着点儿,那不过是风车。除非自己的头脑里有风车打转儿,谁还不知道这是风车呢?"

　　堂吉诃德答道:"甭说了,桑丘朋友,打仗的胜败最拿不稳。看来把我的书连带书房一起抢走的弗瑞斯冬法师对我冤仇很深,一定是他把巨人变成风车,来剥夺我胜利的光荣。可是到头来,他的邪法毕竟敌不过我这把剑的锋芒。"

　　桑丘说:"这就要瞧老天爷怎么安排了。"

　　桑丘扶起堂吉诃德;他重又骑上几乎跌歪了肩膀的驽骍难得。他们谈论着方才的险遇,顺着往拉比塞峡口的大道前去,因为据堂吉诃德说,那地方来往人多[6],必定会碰到许多形形色色的奇事。可是他折断了长枪,心上老大不痛快,和他的侍从计议说:

　　"我记得在书上读到一位西班牙骑士名叫狄艾果·贝瑞斯·台·巴尔咖斯,他一次打仗把剑斫断了,就从橡树上劈下一根粗壮的树枝,凭那根树枝,那一天干下许多了不起的事,打闷不知多少摩尔人,因此得到个绰号,叫做'大棍子'。后来他本人和子孙都被称为'大棍子'巴尔咖斯。我跟你讲这番话有个计较:我一路上见到橡树,料想他那根树枝有多粗多壮,照样也折它一枝。我要凭这根树枝大显身手,你亲眼看见了种种说来也不可信的奇事,才会知道跟了我多么运气。"

　　桑丘说:"这都听凭老天爷安排吧。您说的话我全相信;可是您把身子挪正中些,您好像闪到一边去了,准是摔得身上疼呢。"

　　堂吉诃德说:"是啊,我吃了痛没作声,因为游侠骑士受了伤,尽管肠子从伤口掉出来,也不得哼痛[7]。"

　　桑丘说:"要那样的话,我就没什么说的了。不过天晓得,我宁愿您有痛就哼。我自己呢,说老实话,我要有一丁丁点儿疼就得哼哼,除非游侠骑士的侍从也得遵守这个规矩,不许哼痛。"

　　堂吉诃德瞧他侍从这么傻,忍不住笑。他声明说:不论桑丘喜欢怎么哼、或什么时候哼,不论他是忍不住要哼、或不哼也可,反正他尽管哼好了,因为他还没读到什么游侠骑士的规则不准侍从哼痛。桑丘提醒主人说,该是吃饭的时候了。他东家说这会子还不想吃,桑丘什么时候想吃就可以吃。桑丘得了这个准许,就在驴背上尽量坐舒服了,把褡裢袋里的东西取出来,慢慢跟在主人后面一边走一边吃,还频频抱起酒袋来喝酒,喝得津津有味,玛拉咖最享口福的酒馆主人见了都会羡慕。

他这样喝着酒一路走去,早把东家对他许的愿抛在九霄云外,觉得四处冒险尽管担惊受怕,也不是什么苦差,倒是很惬意的。

长话短说。他们当夜在树林里过了一宿。堂吉诃德折了一根可充枪柄的枯枝,换去断柄把枪头挪上。他曾经读到骑士们在穷林荒野里过夜,想念自己的意中人,好几夜都不睡觉。他要学样,当晚彻夜没睡,只顾想念他的意中人杜尔西内娅。桑丘·潘沙却另是一样。他肚子填得满满,又没喝什么提神醒睡的饮料,倒头一觉,直睡到大天亮。阳光照射到他脸上,鸟声嘈杂,欢迎又一天来临,他都不理会,要不是东家叫唤,他还沉睡不醒呢。他起身就去抚摸一下酒袋,觉得比昨晚越发萎瘪了,不免心上烦恼,因为照他看来,在他们这条路上,没法立刻弥补上这项亏空。堂吉诃德还是不肯开斋,上文已经说过,他决计靠甜蜜的相思来滋养自己。他们又走上前往拉比塞峡口的道路;约莫下午三点,山峡已经在望。

堂吉诃德望见山峡,就说:"桑丘·潘沙兄弟啊,这里的险境和奇事多得应接不暇,可是你记着,尽管瞧我遭了天大的危险,也不可以拔剑卫护我。如果我对手是下等人,你可以帮忙;如果对手是骑士,按骑士道的规则,你怎么也不可以帮我,那是违法的。你要帮打,得封授了骑士的称号才行。"

桑丘答道:"先生,我全都听您的,绝没有错儿。我生来性情和平,最不爱争吵。当然,我如要保卫自己的身体,就讲究不了这些规则。无论天定的规则,人定的规则,总容许动手自卫。"

堂吉诃德说:"这话我完全同意。不过你如要帮我跟骑士打架,那你得捺下火气,不能使性。"

桑丘答道:"我一定听命,把您这条戒律当礼拜日的安息诫一样认真遵守。"

他们正说着话,路上来了两个圣贝尼多教会的修士。他们好像骑着两匹骆驼似的,因为那两头骡子简直有骆驼那么高大。两人都戴着面罩⁽⁸⁾,撑着阳伞。随后来一辆马车,有四五人骑马和两个步行的骡夫跟从。原来车上是一位到塞维利亚去的比斯盖贵夫人;她丈夫得了美洲的一个很体面的官职要去上任,正在塞维利亚等待出发。两个修士虽然和她同路,并不是一伙。可是堂吉诃德一看见他们,就对自己的侍从说:

"要是我料得不错,咱们碰上破天荒的奇遇了。前面这几个黑魆魆的家伙想必是魔术家——没什么说的,一定是魔术家;他们用这辆车劫走了一位公主。我得尽力去除暴惩凶。"

桑丘说:"这就比风车的事更糟糕了。您瞧啊,先生,那些人是圣贝尼多教会的修士,那辆马车准是过往客人的。您小心,我跟您说,您干事要多多小心,别上了魔鬼的当。"

堂吉诃德说:"我早跟你说过,桑丘,你不懂冒险的事。我刚才的话是千真万确的,你这会儿瞧吧。"

他说罢往前几步,迎着两个修士当路站定,等他们走近,估计能听见他打话了,就高声喊道:

"你们这群妖魔鬼怪!快把你们车上抢走的几位贵公主留下!要不,就叫你们当场送命;干了坏事,得受惩罚!"

两个修士带住骡子,对堂吉诃德那副模样和那套话都很惊讶,他们回答说:

"绅士先生,我们不是妖魔,也并非鬼怪。我们俩是赶路的圣贝尼多会修士。这辆车是不是劫走了公主,我们也不知道。"

堂吉诃德喝道:"我不吃这套花言巧语!我看破你们是撒谎的混蛋!"

他不等人家答话,踢动驽骍难得,斜绰着长枪,向前面一个修士直冲上去。他来势非常凶猛,那修士要不是自己滚下骡子,准被撞下地去,不跌死也得身受重伤。第二个修士看见伙伴遭殃,忙踢着他那匹高大的好骡子落荒而走,跑得比风还快。

桑丘瞧修士倒在地下,就迅速下驴,抢到他身边,动手去剥他的衣服。恰好修士的两个骡夫跑来,问他为什么脱人家衣服。桑丘说,这衣服是他东家堂吉诃德打了胜仗赢来的战利品,按理是他份里的。两个骡夫不懂得说笑话,也不懂得什么战利品、什么打仗,瞧堂吉诃德已经走远,正和车上的人说话呢,就冲上去推倒桑丘,把他的胡子拔得一根不剩,又踢了他一顿,撇他直挺挺地躺在地下,气都没了,人也晕过去了。跌倒的修士心惊胆战,面无人色,急忙上骡,踢着它向同伴那里跑;逃走的修士正在老远等着,看这番袭击怎么下场。他们不等事情结束,马上就走了,一面只顾在胸前画十字;即使背后有魔鬼追赶,也不必画那么多十字。

上文已经说了,堂吉诃德正在和车上那位夫人谈话呢。他说:

"美丽的夫人啊,您可以随意行动了,我凭这条铁臂,已经把抢劫您的强盗打得威风扫地。您不用打听谁救了您;我省您的事,自己报名吧。我是个冒险的游侠骑士,名叫堂吉诃德·台·拉·曼却;我倾倒的美人是绝世无双的堂娜杜尔西内娅·台尔·托波索。您受了恩不用别的报酬,只需回到托波索去代我拜见那位小姐,把我救您的事告诉她。"

有个随车伴送的侍从是比斯盖人,听了堂吉诃德的话,瞧他不让车辆前行,却要他们马上回托波索去,就冲到他面前,一把扭住他的长枪跟他理论,一口话既算不得西班牙语,更算不得比斯盖语,似通非通地说:

"走哇!骑士倒霉的!我凭上帝创造我起誓:不让车走啊你,我比斯盖人杀死你是真!好比你身在此地一样是真!"

这话堂吉诃德全听得懂。他很镇静地答道:

"你呀,不是个骑士;你要是个骑士,这样糊涂放肆,我早就惩罚你了,你这奴才!"

比斯盖人道:

"我不绅士(9)?对上帝发誓:你很撒谎!好比我跟基督徒一样!如果你长枪放下,拔出来剑,马上可以你瞧瞧,你是把水送到猫儿旁边去(10)呢!陆地上比斯盖人,海上也绅士!哪里都绅士(11)!你道个不字,撒谎你就是!"

堂吉诃德答道:"阿格拉黑斯说的:'你这会儿瞧吧(12)。'"

他把长枪往地下一扔,拔出剑,挎着盾牌,直取那比斯盖人,一心要结果他的性命。比斯盖人因为自己的坐骑是雇来的劣骡子,靠不住;他想要下地,可是瞧堂吉诃德这般来势,什么也顾不及,只有拔剑的工夫,幸亏正在马车旁边,就从车上抢了个垫子,权当盾牌使用,两人就像不共戴天的冤家那样打起来。旁人想劝解,可是不行,比斯盖人用他那种支离破碎的话向大家声明:他们要是不让他把这一仗打到底,他就亲手把女主人杀掉,把所有阻挡他的人都杀掉。车上那位太太看到这种情况,又惊又怕,忙叫车夫把车赶远些,就在那边遥遥观看这场恶战。当时比斯盖人伸手越过堂吉诃德的盾牌,在他肩上狠狠劈了一剑;要不是他身披铠甲,腰以上早劈做两半了。这一剑好不凶猛,堂吉诃德觉得分量不轻,大喊道:

"啊!我心上的主子、美人的典范杜尔西内娅!你的骑士为了不负你的十全十美,招得大难临头了!请你快来帮忙呀!"

他说着话,一手握剑,一手用盾牌护严身子,直向比斯盖人冲去。说时迟,那时快,他一股猛劲,要一剑劈去立见输赢。

比斯盖人瞧堂吉诃德这股冲劲,看出对手的勇猛,决计照样跟他拼一拼;可是座下的骡子已经疲乏不堪,况且天生也不是干这种玩意儿的,所以一步也挪移不动,左旋右转都不听使唤,他只好把坐垫护严身子,站定了等候。上文说过,堂吉诃德举剑直取这机警的比斯盖人,一心要把他劈做两半;比斯盖人也举着剑,把坐垫挡着身子迎候;旁人不知道这两把恶狠狠的剑下会生出什么事来,惴惴不安地等待着;车上那位太太和几个侍女只顾向西班牙所有的神像和礼拜堂千遍万遍地许愿,求上帝保佑这侍从和她们自己逃脱当前这场大难。可是偏偏在这个紧要关头,作者把一场厮杀半中间截断了,推说堂吉诃德生平事迹的记载只有这么一点。当然,这部故事的第二位作者决不信这样一部奇书会被人遗忘,也不信拉·曼却的文人对这位著名骑士的文献会漠不关怀,让它散失。因此他并不死心,还想找到这部趣史的结局。靠天保佑,他居然找到了。如要知道怎么找到的,请看本书第二部。

(杨绛译)

◎ 注 释

(1) 选自《堂吉诃德》(人民文学出版社 1983 年版)第一部第八章。杨绛译。
(2) 一哩瓦合 6.4 公里。
(3) 布利亚瑞欧：希腊神话里和神道作战的巨人，有一百条手臂。
(4) 趱（zǎn）：驱赶。
(5) 驽骍（xīng）难得：堂吉诃德出行骑的马。
(6) 因为在马德里到塞维利亚的大道上。
(7) 骑士规则第九条："骑士不论受了什么伤，不得哼痛。"
(8) 西班牙人旅行用的面罩，上面安着护眼的玻璃，防尘土入目，也防太阳晒脸。
(9) 我不绅士：原文双关，又指骑士，又指绅士。堂吉诃德指的是骑士，比斯盖人指的是绅士。
(10) 把水送到猫儿旁边去：西班牙谚语，"送猫儿下水"指一桩非常难办的事，因为猫儿是不肯下水的，比斯盖人恼怒中把成语说颠倒了。
(11) 哪里都绅士：西班牙人只要是比斯盖世家子弟，就是贵族。
(12) 你这会儿瞧吧：阿格拉黑斯是《阿马狄斯·台·咖乌拉》里的人物，每当他拔剑在手，总说："你这会儿瞧吧。"这句话变了成语。

阅读思考题

《堂吉诃德》的主人公堂吉诃德既是一个喜剧性人物，又是一个悲剧性人物。一方面，他是骑士小说的受害者，想行侠仗义却处处碰壁，其荒唐的自信与愚蠢的固执，令人忍俊不禁；另一方面，他怀揣除暴安良、伸张正义的济世理想，并为此奋不顾身与百折不挠、令人可敬，最后的含愤而终更使他蒙上一层悲剧色彩。你怎样看待堂吉诃德的人生选择？

笔记区

《居里夫人自传》原版引言（节选）

[美] 麦隆内夫人

　　麦隆内夫人，美国记者。她曾呼吁美国妇女捐款资助居里夫人因经费紧张而陷于困境的研究工作，最终用妇女界的捐款购买了一克镭赠予居里夫人，美国总统胡佛亲自主持了捐赠仪式。后来麦隆内夫人一再请居里夫人写自传，这位伟大而谦逊的女性才留下了唯一的内心独白——《居里夫人自传》。

　　在我们这个世界上，每隔一定时期就会有一名男性或女性公民降生到人间，并为人类社会做出巨大的贡献。玛丽·居里就是这些人中的一个。她发现了镭，这不仅推进了科学的发展，还减轻了人类遭受疾病的痛苦和增加了人类的财富。她的意志和极度热情的工作精神，对男性是一个挑战。

　　1898年春天的一个早晨，那时美国正准备向西班牙宣战，在巴黎郊外一个简陋的木棚子里，居里夫人结束了工作。她走出棚子，松弛了一下身体，舒了一口气。这时的她，已经掌握了人世间一个伟大的秘密。

　　秘密尚未宣布，世界还沉浸在一片宁静之中。这是人类一个伟大的时刻。

　　那个早晨所获得的伟大发现，经历了人间可怕的磨难，经历了人们无数的争论、猜疑，最终才获得了成功。它象征着坚韧；象征着顽强；象征着不屈服的意志和疯狂般的工作精神。居里夫人和她的丈夫皮埃尔·居里经历了人们无法想象的坎坷、困顿，才获得了大自然的这一无价的奥秘。

　　有人问我：为什么要发起"玛丽·居里镭基金"募捐活动，以及我是怎样说服居里夫人写这本书的。

　　居里夫人是我所见到的最谦虚的女性。不经过长期耐心地劝说，她绝不会为自己写自传。但在她的书中，还有许多内情她没有谈到，因此我觉得我有义务在这儿作一些说明，这样我们就可以更全面地认识这位伟大而高尚的女性。她对我说：她最讨厌的事就是对个人的宣传或报道，她无法想象还有比这更令人厌恶的事情了。她的思想非常准确，逻辑非常强，像科学本身一样。对于报纸杂志过分注重科学家而不是科学，她完全不能理解。她所关心的除了工作，剩下的就是她的家。

　　皮埃尔·居里不幸去世后，巴黎大学的教授和行政当局打破常规，决定聘请一位女性担任该校副教授。居里夫人接受了聘请，连第一次正式授课的日期都定下来了。

1906年10月5日下午，这是一个具有历史意义的下午。以前听皮埃尔·居里讲课的学生，再次聚集在一间大教室里。

那天听课的人特别多：名流、政治家、学者、教师等等。当上课时间到了的那一刻，讲台上的一个侧门打开了，一个两手苍白、身着黑色服装的女人走向讲桌，她那突出的额头特别引人注目。出现在听众面前的是一位智者，一位充满生命力的智者，而不仅仅是一位女性。她一出现在讲台上，热烈的掌声立即响起来，而且持续时间达5分钟之久。掌声终于停息下来以后，居里夫人微微鞠了一个躬，嘴唇颤动了几下。听众都竖耳恭听，想知道开始的第一句话她会说些什么。显然，在这具有历史意义的时刻，她无论怎样开头都将具有重要意义。

前排坐着的一位速记员正执笔以待，准备记录她的讲话。她会讲些什么呢？讲她那不幸过世的丈夫？感谢教育部长和听众们？没有，她没有讲任何闲话，而是简单地以下面的话开了头：

"当我们了解到19世纪开始的放射性研究已经为科学带来的进步时……"这位伟大女性心目中认为唯一重要的是继续研究和前进，大可不必将时间花在没有意义的闲话上。她直截了当，避免了所有的繁文缛节，用清晰悦耳的声调开始了她的讲课。除了脸色显得格外苍白和嘴唇不时有点颤动以外，人们看不出她的激动心情；她将那难以克制的激动之情克制得让人们难以察觉。

这就是这位伟大女性毕生表现出的一种特征：干起工作一往直前，从不拖泥带水。

幸运的是，居里夫人答应与我作一次交谈。在离开美国之前的几周，我曾经参观过爱迪生（Thomas Alva Edison）先生的实验室，他的设备非常完备而且十分高级，他本人可以自由地支配实验室所有的一切。他不仅在科学上很有实力，而且在经济上也同样有强大的实力。童年时代我曾与亚历山大·格雷姆·贝尔（Alexander Graham Bell）家为邻，那时我对他那豪华的住宅和良种骏马羡慕得不得了。前不久我到匹兹堡时，那里的炼镭厂高大的烟囱直耸云霄。

在我的记忆中，在制造镭监测仪和镭瞄准镜上，好像已经花了几百万美元；而贮存于美国各地的镭，也已经价值达数百万美元。在拜访居里夫人以前，我曾经设想这位靠勤劳和智慧致富的女性，大概会住在爱丽舍总统宫殿附近某个白色宫殿里，或者是巴黎某条漂亮街道的豪华住宅里。但是，出现在我面前的是一位极其朴素的女性，在一个设备极不完善的实验室里工作；而且由于法国教授薪水不高，她只能依靠这点薪水住在廉价的公寓里。

居里夫人的实验室在皮埃尔·居里路1号一幢新楼里，这幢新楼矗立在巴黎大学旧建筑物中间，显得非常显眼。我一走进这幢楼房，就立即对镭的发现者的实验室有了一个初步印象。

在一间没有任何装饰的小办公室里，我等了一会儿。这间办公室按我的想象，应该用密歇根州名牌大急流城制造的豪华家具装饰一番，才与它的地位相匹配。坐下没多久，有一扇门打开了，一位穿着黑色棉织品外衣的妇人进来了。她苍白而羞怯，面部表情显得十分忧郁，以前我从没有见过这种令人震颤的忧郁。

居里夫人的两只手很秀气，但十分粗糙。我还注意到她有一个独特的小动作，她的指尖经常神经性地在大拇指上揉搓，节奏很快。后来我才明白这是由于她的手指常常被镭照射，已经失去了知觉。她十分友善，那秀丽的脸上折射出学者特有的表情：坚韧、对世事的超然。

她谈到了美国，说多年以来她就想到美国去看一看，但又舍不得与她的两个女儿分开。

她如数家珍地说："在美国大约有50克镭，其中4克在巴尔的摩；6克在丹佛；7克在纽约……"

"法国有多少克镭呢？"我问。

"只有1克多一点点，"她简洁地回答说，"都在我的实验室中。"

"夫人您只有1克镭？"我惊讶地问。

"我？不，我一点都没有，"她更正我的话道："这1克镭属于我们的实验室所有。"

我提到她的专利，认为她对镭的生产方法应该拥有专利权，仅此专利的收入就会使她成为一位百万大富翁。

她淡淡地说："我们拒绝任何专利。我们的目的是促进科学发展，镭的发现不应该只是为了增加任何个人的财富。它是一种天然的元素，应该属于整个人类。"

她在说这些话时，丝毫也看不出她因为放弃了专利权而有任何值得惊讶的地方。但是，她为科学的进步和减轻人类的痛苦作出了重要贡献，而正当她大有作为之时，却没有足够的设备让她的智慧为人类作出更大的贡献。

1克镭的市场价格当时是10万美元。居里夫人的实验室尽管在一幢新建筑物里，但却没有足够的镭，她的实验室的那一点镭只能用于产生镭射气，供医院用来治疗癌症。

居里夫人对生活的艰难困苦无怨无艾，但对于设备缺乏而影响了她和她女儿伊伦娜的研究，却倍感遗憾。这些研究十分重要，急需尽早开始。

几周以后我回到了纽约。开始我本指望找到10位富有女性，每位如果捐助1万元，就可以买到 1 克镭送给居里夫人，从而让居里夫人继续进行研究。这样可以不必开展公开的募捐活动。

但是，后来我发现找不到 10 位妇女愿意联手帮助居里夫人买到她急需的 1 克镭。但是却有 10 万名妇女和一群男性愿意共同帮助居里夫人，他们有决心为居里夫人募集到购买 1 克镭的钱。

我们开始了声势浩大的募捐活动。第一笔较大数目的援助是威廉·沃根·穆狄夫人提供的，她是一位美国诗人和剧作家的遗孀；第二笔来自赫伯特·胡佛先生。

当全国性活动展开时，我们组织了一个委员会，罗伯特·G·米德夫人担任秘书，她是一位医生的女儿，自己也是癌症预防工作者；尼古拉斯·F·布瑞狄夫人被选为执行委员会的一员。这些女性得到了一些男性科学家的支持，他们都十分清楚镭对人类的重要价值。其中有罗伯特·阿贝博士和弗兰西斯·卡特·伍德博士，前者是美国第一个使用镭医疗的外科医生，后者是克鲁克尔纪念癌症研究实验室主任。

没到一年的时间捐款就募集齐了。

科学家们选出一个由伍德博士领导的委员会去购买镭。美国所有生产镭的工厂都聚集一起来投标，最后，标价最低的一家工厂获得了订单。

巴黎《晨报》的主编史特凡纳·洛詹纳记叙了居里夫人一生中第二件难忘之事，那是我与她会面以后快一年的事，距离巴黎大学她第一次上讲台那动人的一幕已有 15 年。

这些年来，她从未在公众面前露面，全身心在实验室里忙于研究。1921 年 3 月，洛詹纳先生再次听到了她的声音。她描述当时的情形说：

我拿起电话，听见有个声音说："居里夫人想和您通话。"简直无法让我相信，可是，别又发生了什么不幸的事吧？忽然，电话里传来了居里夫人的声音，这声音我以前虽然只听到过一次，却已经牢记不忘了，那是居里夫人在接替皮埃尔的讲座时讲的话："当我们了解到 19 世纪开始的放射性研究已经为科学带来的进步时……"

现在居里夫人说："我想告诉您，我准备到美国去一趟。作出这个决定很不容易，因为美国是那么遥远而且它又那么辽阔。如果不是有人邀请我去，我恐怕永远也去不成的。我的确有些担心，但又夹着极大的喜悦。我从事的是放射性科学研究，因此知道在科学领域里我们在许多地方得益于美国。听说您很赞成我到美国去一趟，所以我首先告诉您，我已经决定去。不过请您暂时不要让任何人知道。"

这位法国最伟大的女性说话时简直像个小姑娘，犹豫、颤抖着。她虽说每天与比雷电还危险的镭打交道，但只要遇到抛头露面的事情时，她就显得胆怯、踌躇。

我前面说过，她以前谢绝了几次去美国的机会，是因为她舍不得与她的两个女儿分开。我想，这次她最终答应做长途旅行和面对让她害怕的公众和传媒，部分原因是她要感谢那些支持她科学研究的广大美国公众，但更主要的原因是这次美国方面为她的两个女儿提供了与她一同做长途旅行的机会。在传说中，科学家似乎总是冷酷无情，为了达到研究目的而完全不顾及他人，但在居里夫人身上人们却看不到一丝这种痕迹。

在第一次世界大战期间，她驾驶着自己改装的有 X 射线辐照设备的汽车，在战场上日夜奔跑，从一个医院奔向另一个医院，还自己洗衣、晾晒和熨衣。在这次赴美的长途海上航行中，有一次在岸上旅馆住宿时，除了我们一行 5 人以外，还有几个别的房客。当我走进居里夫人的房间时，她正在洗内衣。我告诉她，这种事情自有服务员做而用不着她来做。她立即回答说："我经常自己洗衣服，习惯了。现在突然来了这么多住宿的人，服务员做的事够多的了。"

哈定总统（President Harding）准备在白宫举办的招待会上，亲自把募捐购买的那 1 克镭赠送给居里夫人。在招待会举办的前一天晚上，有人送来了赠送证书，精致的证书上写着美国妇女授予玛丽·居里任意使用这 1 克镭的权利。

她仔细看了证书上的赠文，又思考了一会儿，说："这是一件十分高尚和慷慨的礼物，但赠文不能这样写。这克镭值一大笔钱，但更为重要的是，它代表了美国妇女的崇高心意。这不应该是送给我个人的礼物，而应该是送给科学的。我现在身体很不好，随时都有可能死去。如果我去世了，这克镭就成了我个人的私有财产，而且将由我的两个女儿分享。我认为这样就亵渎了赠送这 1 克镭的崇高目的。这 1 克镭只能永远献给科学。您能让律师再起草一个文件，把这个目的写清楚吗？"

我说，这容易，过两天就会办妥。

她急了："这件事必须今天晚上就办好，明天我将收下镭，而明天我也有可能突然去世。这件事不能等到明天再办。"

没办法，于是在那个 5 月的炎热夜晚，我们好不容易才请来了一位律师。她按照居里夫人写的草稿重新起草了一份文件，她在起程到华盛顿之前签了名。开尔文·柯立芝夫人（Mrs. Calvin Coolidge）是整个事件的见证人之一。

这个重新拟定的文件是这样写的：

根据 1921 年 5 月 19 日的协议，如果我去世了，我将把玛丽·居里镭基金会妇女执行委员会捐赠给我的 1 克镭，转给巴黎镭研究所，由居里实验室管理和使用。

这件事充分表明了镭的发现者的品格是如何始终如一；也充分显示她一年前对我说的话时如何出自肺腑："镭的发现不应该只是为了增加任何个人的财富。它是一种天然的元素，应该属于整个人类。"

居里夫人很早就有一个梦想，那就是期望自己有一个安静的家，一个有鲜花和小鸟的花园，还有篱笆围墙的家。但这个梦想至今还没有成为现实。在美国乘火车穿越广阔的田野和山谷时，她经常很感兴趣地欣赏窗外景色，每当她看到小镇上一些带有花园的住宅时，就会对我说："我多么希望有这样的一个家！"

在皮埃尔和玛丽·居里的生活中，没房子的事情只能排在第二位，因为那些本可以用来买房子的钱总是被他们用来购置实验室的设备。因此他们的家就只能因陋就简，看起来颇为寒酸了。对于皮埃尔·居里不幸早逝，她感到最伤感的不是他没住上好房子，而是他生前从来没有拥有一个真正属于他自己的实验室。

当她准备结婚时，居里夫人的一个亲戚送给了她一笔礼金用来买嫁妆。礼金虽然不是很多，但对于像她这样住在巴黎的穷学生来说，却十分珍贵。玛丽·斯可罗多夫斯卡当时正是花季年华，而且姿色秀丽动人，又有极好的天赋，她当然不会不在意自己美丽的容颜，也不会不喜欢漂亮的衣裳。青年女子的爱美之心人皆有之，她岂能没有？但她的非同一般的理智，使她作出了最有利于她个人生活的选择。

她没有用这笔礼金购买婚宴礼服，结婚时仍然穿着从波兰带来的朴素服装，而把本该用来买婚服的钱买了两辆自行车，以便她和皮埃尔骑车远游，共享法国美丽的乡间风光。他们就是这样度过蜜月的。

当她在美国各地演讲和参观时，不断有人请居里夫人写自传，要求她把自己传奇的一生写下来。他们对她说，这件工作有重要的历史价值，而且对准备献身于科学事业的学生来说，肯定会有很大的影响。

最后她同意写。但是说："我的生活都是一些很平凡、很单调的小事，哪能写出一本书来呢。我生于华沙一个教师的家庭。我与皮埃尔·居里结婚，有两个女孩。我在法国工作。"

这么伟大的女性却把自己看得这么平凡，这本身就蕴涵了一种伟大而谦逊的精神。当我们中的绝大多数已经被人们遗忘；当第一次世界大战的往事在历史书上只留下几页记载时；当各种各样的政权瓦解、重建、又瓦解时，一切陷入虚无缥缈，但居里夫人的成就将永远被人们怀念、牢记和流传。

对于她以及她丈夫的研究工作，从1898年那个春天的早晨（到底是5月18日还是20日，居里夫人自己也不能确定）开始，人们已经写出了不少的书，来描述镭的发现。到底有多少这样的书，谁也不知道。那天清晨，在巴黎郊外的一间木棚屋里，经过了一整夜的苦苦守候，她终于把镭作为伟大的礼物献给了人类。科学家们还会对这种神奇的元素继续研究下去，还会获得更多的成果；但是，对这位伟大的女性本身，这本篇幅不大的自传所告诉我们的东西，恐怕会远多于其他任何一本书。

她的信仰和人生观是："在科学事业中，我们应该关心的是事，而不是人。"

阅读思考题

很少有一部名人自传像《居里夫人自传》一样，几十年畅销不衰。居里夫人（1867—1934）是历史上第一位获得诺贝尔奖的女性，也是第一位获得两项诺贝尔奖的伟大科学家。《居里夫人的自传》真实描写了一个普通女孩通过自己的刻苦努力与顽强奋斗走上科学之路，从而对人类社会进步产生巨大影响的历程，同时展现了居里夫人献身科学与人类、度过了奋斗一生的伟大选择；我们从这位伟大女性的人生选择中可以得到什么样的启示？

笔记区

梦 想 悠 悠

[美] 阿莱克斯·黑利

阿莱克斯·黑利（1921—1992），美国著名黑人作家。1977年4月，美国国家书籍奖金委员会把历史特等奖授予其代表作《根》，以表彰这部"非虚构的历史作品"。美国文学以最敏感的黑人问题为题材的作品已形成了一个专门的类别，其中以《汤姆大伯的小屋》、《飘》和《根》是最有代表性。《根》是完全以黑人的生活为主要情节且以黑人为主人公的作品，具有开创意义。

许多年轻人对我说，他要做一个作家。我总是鼓励这些人，但同时解释说，当作家与发表作品之间有很大差别。这些人大多梦想的是财富与名声，而不是打字机旁漫长时间的孤军作战。"你是想发表作品，"我对他们说，"不是想做作家。"

事实上，写作是一种孤寂、隐遁、不赚钱的事情。每一位受到司命女神青睐的作家背后，都站着千万个终生壮志未酬的人们。那些成功者常常都经受过长期的冷遇与贫穷，我就是这么过来的。

结束二十年海岸警卫队生涯时，我想成为一个自由作家，但毫无前途可言。我真正拥有的，是纽约市的一位朋友乔治·西姆斯，我和他是在田纳西州的亭宁一起长大的。乔治在我家里找到了我，家是一间搬空了的小仓库，在格林威治村公寓楼，他是这里的管理人。屋里阴冷，没有浴室，我不在乎。很快买来一台旧手工打字机，感觉如同一个天才大文豪。

过了大约一年，我仍然没有什么突破，开始对自己产生怀疑。卖出一篇小说是那么艰难，吃饭的钱都挣不够。但我明白我仍然要写作，我梦想这个许多年了，我不想成为这样一种人，临死时还在想：假如我怎么怎么可能会怎么怎么。我要保持操守，哪怕这意味着生活在收入不可靠与失败的忧惧之中。这是希望的幽冥区，大凡有一个梦想的人，都得学会过这种生活。

后来有一天，我接到一个真正奠定我一生的电话，并非什么代理人或编辑提供大宗约稿，正相反，倒像海妖塞壬在引诱我放弃我的航程。打电话的是海岸警卫队的老相识，现驻扎在旧金山，他曾借给我钱，并喜欢借此奚落我。"我什么时候能拿回那十五美元呢，阿莱克斯？"他取笑说。

"下次卖出文章的时候。"

"我倒有个好办法,"他说,"我们急需一个新的公共信息助理,年薪六千美元。如果你肯干,准行。"

六千美元一年！这在一九六零年真还不少。可以买到一套好公寓,一辆汽车,可以偿还债务,也许还能储蓄一点。尤其是,可以边工作边写作。

正当美元在我脑子里漫天飞舞的时候,内心深处某种倔强的东西抬头了。我一辈子都在梦想成为一个作家,全日制专业作家。"谢谢你,我不要。"我听得到自己在说,"我要写作到底。"

然后,我在小屋子里踱来踱去,开始觉得自己是一个傻瓜。伸手摸进我的餐橱,一个钉在墙上的香橙板条箱,拿出里面所有的东西:两罐沙丁鱼。双手插进身上口袋,掏出十八美分。放进一个揉皱了的纸包。这个,阿莱克斯,我对自己说,就是眼下你为自己挣到的一切。我不能肯定,我从前是否像当时那样懊恼沮丧过。

真希望我的写作水平立刻提高,但没有。唯一感谢上帝的是,有乔治帮我苦度窘境。

通过他,我结识了另外一些只身奋斗着的艺术家,如乔·德莱尼,来自田纳西州诺克斯维尔的老兵画家。乔经常没钱吃饭,不得不去造访左邻右舍,一个屠夫给他一些带少许肉的骨头,一个杂货商给他一些萎蔫了的蔬菜,乔用这些东西煮便餐汤喝。

另一位同村人是标致的年轻歌手,他惨淡经营一个餐馆。据传,如果顾客点了牛排,歌手就一溜烟跑出去,到街对面超级市场去买一份现成的来。他的名字叫哈里·贝拉方特。

德莱尼和贝拉方特这些人成了我的模范。我懂得,要坚持不懈为理想而工作,人得作出牺牲,过有创造性的生活。

艰苦磨炼中,我渐渐卖出一些文章。写了当时许多人谈论的问题:公民权,美洲和非洲的黑人。不久,像鸟儿南飞一样,我的思想老是回到了孩提时代。在我静静的房间里,好像听见奶奶,堂兄乔治亚,婶婶普拉斯,姑妈丽兹,舅妈蒂尔的声音,他们在讲述我们的家庭和奴隶制。

从前这些故事美国黑人是不对外人讲的,我也基本上守口如瓶。但有一天与《读者文摘》的编辑们共进午餐时,我讲起了我的奶奶姑婶堂兄,而且我说,我想追溯家族根由,直到那用铁链拴着卖到这边海岸上来的第一个非洲人。我带着一份合同离开餐桌,它将支持我采访写作九年。

这是一个爬出黑暗的漫长过程。然而一九七六年,离开海岸警卫队十七年后,《根》出版了。立刻,我尽情享受到了少数作家所体验过的成功与名声带来的欢乐。

炫目的聚光灯赶跑了漫长的黑暗。

平生第一次，我有了钱，到处的门为我敞开。电话整天响，不断结交新的朋友，签署新的协约。我收拾行李，搬到洛杉矶，帮助拍摄电视连续剧《根》。这是一个忙乱兴奋的时期，成功之光照得我晕头转向。

忽然有一天打开行李时，我无意间看到多年前住村里时装东西的一个箱子，里面有一个棕色纸包。

我倒出包中物，两个腐败了的沙丁鱼罐头，一个五分镍币，一个一角银币，三个便士。往事像漩涡似地一下子涌上心头，和打字机一起蜷缩在阴冷、滴漏的单间斗室的情景历历在目。然后我对自己说，纸包里的东西也是我的一部分根，终生不可忘记。

我把罐头送去加装有机玻璃框。把那个塑料箱干干净净摆在天天看得到的地方。如今它们摆在我在诺克斯维尔的桌子上，放一起的还有普利策长篇小说奖杯、电视剧《根》九项艾美金像奖的半身雕像，还有美国有色人种协进会最高荣誉——斯平加恩奖牌。我很难说出哪样东西对我最重要。但唯有那第一样东西给我以勇气与恒心，使我在梦想悠悠之中保持对事业的忠贞不贰。

这是所有胸怀梦想的人们都得修炼的功课。

阅读思考题

作者的奋斗过程就是一个执著地坚持自己的人生选择、最终获得成功的历程，所以作者总结道："我很难说出哪样东西对我最重要。但唯有那第一样东西给我以勇气与恒心，使我在梦想悠悠之中保持对事业的忠贞不贰。"从中我们可以得到什么样的启示？

笔记区

我 的 一 天

——为《世界上的一天》文集写的短文

[苏] 尼·奥斯特洛夫斯基

  尼·奥斯特洛夫斯基（1904—1936），苏联作家。1935年底，苏联政府授予他列宁勋章，以表彰他在文学方面的创造性劳动和卓越的贡献。短文《我的一天》是在病榻上写成的，反映了作者平凡而又紧张的生活，朴质的叙述中蕴涵着积极的生命意义。

  电话铃声闯入美梦，令人兴奋的幻觉突然地消失了……醒来，我的第一个感觉就是我这被瘫痪所钉住的身体疼得难于忍受。这就是说，几秒钟之前还在做梦，在梦中我年轻，有力，骑着战马像疾风一般奔向初升的太阳。我并不睁眼，这没有必要：在这一瞬间我正回忆着一切。八年前，残酷的疾病使我倒在床上，动弹不得，弄瞎了我的眼睛，把我周围的一切变成了黑夜。已经八年了！

  肉体的剧烈疼痛，向我猛烈攻击，既残酷又无情。我本能地做着初步的反抗——紧紧地咬着牙。第二次电话铃声赶紧地跑来援助我。我知道，生活在号召我去反抗。母亲走进来，她送来早晨的邮件——报纸、书籍、一束信件。今天还有好几次有趣味的约会。生活要取得它应有的权利。痛苦滚开吧！清晨短时间的搏斗结束了，同往日一样，生活战胜了。

  "快点，妈妈，快点，洗脸，吃饭！……"

  母亲把未喝完的咖啡拿走。我马上听见我的秘书阿列克山得拉·彼得洛夫娜的问安。她像钟一样准确。

  人们抬我到花园的树荫下。这里一切都准备好了，预备开始工作。赶快生活。就因为这个，我的一切欲望才那样强烈。

  "请读报吧。在意大利和阿比西尼亚的边界上有什么消息？法西斯主义——这个带着炸弹的疯子——已经向这里猛袭了，没有人知道它什么时候、向什么方向扔下这个炸弹。"

  报上说：国际关系是错综复杂的乱蜘蛛网。破产了的帝国主义的矛盾无法解决……战争的威胁像乌鸦一样盘旋在世界上空。日暮途穷的资产阶级已将自己仅有的后备军——法西斯青年匪徒——投入竞技场。而这些匪徒正在使用斧头和绳索，将资产阶级的文化很快地拉回中世纪去。欧洲非常沉闷，发散着血腥气味。一九一四年的暗影，甚至瞎子也能看见了。世界狂热地扩充着军备……

够啦。请读一些我国的生活吧！

于是我听到了可爱的祖国的心脏的跳动。于是在我面前便显现出一个青春、美丽、健康、活泼，不可战胜的苏维埃国家。只有她，只有我的社会主义祖国，举起了和平与世界文化的旗帜。只有她创造了民族间的真正友谊。作这样祖国的儿子该是多么幸福啊！……

阿列克山得拉·彼得洛夫娜念信啦。这是从辽阔的苏联遥远的尽头给我写来的——海参崴、塔什干、费尔干、第弗利斯、白俄罗斯、乌克兰、列宁格勒、莫斯科。

莫斯科、莫斯科呀！世界的心脏！这是我的祖国在和他的儿子中的一个互相通话，和我，和《钢铁是怎样炼成的》一书的著者，一个年轻的、初学的作者互相通话。几千封被我小心保存在纸夹中的信——这是我最珍贵的宝藏。都是谁写的呢？谁都写。工场和制造厂的青年工人、波罗的海和黑海的海员、飞行家、少年先锋队员——大家都忙着说出自己的思想，讲一讲由那本书所激发的情感。每封信都会教给你一些东西，都会增添你一些知识。看吧，一封劝我劳动的信写道："亲爱的奥斯特洛夫斯基同志！我们焦急地等待着你的新小说《暴风雨所诞生的》。你快点写吧。你应当把它写得很出色。记住，我们等待着这本书呢！祝你健康和有伟大的成就。别列兹尼克制钲工厂全体工人……"

第二封信。这封信通知我说，一九三六年，我的小说将在几家出版社同时出版，印刷总数52万册。呵！这简直是一支书籍大军了！……

我听见：门外、轻微的喔喔声。汽车站住了。脚步声。问好。听声音，我知道，这是马里切夫工程师。他正在建筑一所别墅，是乌克兰政府给作家奥斯特洛夫斯基的赠礼。在古老花园的绿树浓荫中，距海滨不远，将建造起一所美丽的小型别墅。工程师打开了设计图。

"这边是您的办公室、藏书室、秘书办公室，还有浴室。这半面是给您的家属住的。有很大的凉台，夏天您可以在那里工作。周围阳光很充足。棕树，木兰……"

一切都预备好了，就为着让我能安心工作。我深深体会到祖国的关怀和抚爱。

"对于这个设计您满意吗？"工程师问。

"这太好了！……"

"那么我们就动工啦。"

工程师走了。阿列克山得拉·彼得洛夫娜翻开记录本子。现在是工作时间。在

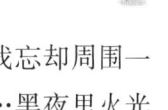

天黑以前谁也不到我这里来，都知道我在忙。几个钟头的紧张工作，我忘却周围一切，回忆着往事。在记忆中出现了动乱的一九一九年。大炮在怒吼……黑夜里火光冲天……大队的武装干涉者侵入了我国，于是我的小说的主人公，忘我牺牲的青年便和自己的父亲们并肩作战，给这种进攻以反击。

"四个钟头了，该停止啦！"秘书小声说。

午餐……一小时休息……晚间的邮件——报纸、杂志，又有来信。我听人们念小说。阳光消失了。我看不见，但我感觉到凉爽的黄昏在移近着。

许多人的脚步声在沙沙地响。洪亮的笑声。这是我的客人们，我国英勇的少女们，女跳伞家，她们曾打破了世界迟缓跳伞的纪录。同来的还有索契城参加新建筑工程的共青团员们。伟大建筑的隆隆响声竟被带进了这幽静的花园。我暗中想象着，外面正在怎样用水泥和柏油铺着我这小城的街道。一年前还是旷野的地方，现在已经耸立着宫殿似的疗养院的高大建筑了。

天黑了。屋里静静的。客人走了。人们念书报给我听。轻轻的敲门声。这是工作日程上规定的最后一次约会。英文《莫斯科日报》的记者。他的俄语不太好。

"是真的吗，您从前是一个普通的工人？"

"真的，当过烧锅炉的工人。"

他的铅笔很快地擦着纸响。

"请您告诉我，您很痛苦吧？您想，您是瞎子呀，多年躺在床上不能动了。难道您一次也没有想到自己失去了的幸福，没有想到永远不能再看东西、走路，而感觉失望吗？"

我微笑着。

"我简直没有时间想这些。幸福是多方面的。我也是很幸福的。创作产生了无比惊人的快乐，而且我感觉出自己的手也在为我们大家共同建造的美丽楼房——社会主义——砌着砖块，这样，我个人的悲痛便被排除了。"

……黑夜。我睡下，疲倦了，但很满意。又生活了一天，最平凡的一天，但过得很好……

阅读思考题

尼·奥斯特洛夫斯基的信念是："生活的主要悲剧，就是停止斗争。"人生所有的残酷打击非但没有挫败他的坚强意志，反而促使他选择更加顽强地同疾病作斗争，生活得更有意义。从其积极乐观的人生选择中我们可以学习到什么？

每个词语都对恶之圈有所知晓

——2009年诺贝尔文学奖获奖演说

〔德〕赫塔·米勒

赫塔·米勒（1953—），德国著名女作家和诗人。2009年诺贝尔文学授予米勒是因为其作品"兼具诗歌的凝练和散文的率直，描写了一无所有、无所寄托者的境况"。以及"米勒用多元化的语言，通过文学作品向世人展示了自己的成长环境及后来在异国他乡的生活感悟，她用凝练和率直的语言描述了一个个富有感情色彩的故事。"本文为其获诺贝尔获奖时的演讲。

"你有手绢吗？"这是每天早上我走到街上之前，妈妈站在家门口问我的问题。我没手绢。因为我没有，所以我要回到屋里去拿一块。我从来没手绢是因为我总要等妈妈的问题。手绢证明妈妈每天早上都在关心我。一天剩下的日子就只有我自己关心自己。"你有手绢吗？"这个问题就是亲情的间接表示。直接的表示会让人难为情，不是农民的作为。爱情被伪装成了一个问题。这是唯一的表述方式：事实上，还是一种命令的口气，或是工作的那种技巧。口气似乎生硬还是带出一种温柔。每个早晨我第一次出门没带手绢，而第二次出门就会有一块手绢。只有那个时候我才会走到街上去，好像带上手绢就等于妈妈也和我在一起。

二十年之后我早就在城里独自生活，在一家制造厂当翻译。我早上五点起来；六点半上班。两年时间就在这种千篇一律的常规中过去了，每天都和下一天没有区别。

在第三年的时候，这个常规结束了。有一个星期内三次，清晨的时候在我的办公室里出现一个来访者：一个魁梧高大而骨头粗壮的男人，蓝眼睛炯炯有神——一个来自国家安全局的大人物。

第一次他站在那里咒骂我，然后就走了。

第二次他脱下他的风衣，挂在柜子上的钥匙上，然后坐下来。那天早晨我从家里带来一点郁金香，摆放在一个花瓶里。这个人看着我，称赞我是个很有品位的人。他的口气油腔滑调，我觉得很不舒服。对他的称赞我回敬说，我了解郁金香，但是我不了解人。然后他带着恶意地说，他了解我，比我了解郁金香要多得多。说完他把风衣搭在胳膊上就离开了。

第三次他坐下来，而我只好站着不动，因为他把他的公文包放在我的椅子上。我不敢把它移到地板上去。他说我是个笨蛋，说我是逃避工作开小差的人，是个邋遢的懒人，像条迷路的母狗一样堕落。他把郁金香推开，几乎推到了桌子边上，然后在桌子中间放了一张白纸，一支笔。他对我咆哮着说：写！我就站着照他说的写——我的姓名、出生年月和住址。下面呢，是我不许告诉任何人的，不论是多么亲近的朋友或亲戚，是我要……然后就出现这个可怕的字眼："线人"——我要给他们当线人。这个时候我就不写了。我放下笔，走到窗前，瞧着窗外尘土飞扬的街道，一条没有铺过柏油的坑坑洼洼的街道，也瞧着所有那些拱着脊背的房子。最有意思的是这条街还叫做"光荣街"。在光荣街上有一个猫坐在光秃秃的桑树上。这是耳朵都残破不全的厂猫。在猫的上方，早晨的太阳就像一个黄色铜鼓。我说："我没有干这种事情的德性！"我是对着外面的街道说的。"德性"这个词让安全局的这个人变得歇斯底里。他把那张纸扯得粉碎扔在地上。

然后，也许是意识到他必须向上级交代，表示他曾经做过努力雇我，所以他弯下腰，又把碎纸收集起来，放到他的公文包里。然后他深深叹着气，像被打败了一样，把盛着郁金香的花瓶用力摔碎在墙上。瓶子破碎的时候发出嘎吱嘎吱的声音，好像空气都有了牙齿。他把公文包夹在胳膊底下，阴冷地对我说："你会后悔的，我们会把你弄到河里淹死。"我好像是自言自语地回答："如果我签了这个字，我就再也不能活得像我自己了，我自己就会淹死我自己。所以，你要淹死我更好。"那个时候办公室的门已经敞开着，他已经走了。外面的光荣街上，那只厂猫也从树上跳到房顶上去了。有一根树枝上下弹跳就像跳板。

第二天，拉锯战就开始了。他们要我离开工厂。每天早上六点半我要向厂长报到。就像我的母亲曾经问过我："你有手绢吗？"现在厂长每个早晨也要问："你找到另一个工作了吗？"每个早晨我也都同样回答："我不找工作。我喜欢在这个厂里工作。我愿意留在这里直到我退休。"

有一个早晨我去上班，发现我的厚厚的字典都堆在我的办公室门外的走廊地板上。我打开门，发现一个工程师坐在我的办公桌那里。他说，"进来之前应该敲门。这是我的地方，这里没你的事儿了。"我不能回家，未经许可就回家，会给他们找到开除我的好理由。我没了办公室，所以，现在我确实不得不另想办法证明我是来上班的。无论如何我都不能不在厂里。

我有个好朋友，我们沿着可怜兮兮的光荣街一起下班回家的时候无话不谈。起先，她在自己的办公桌清理出一个角落让我用。但是，有一个早晨她站在她的办公室外边说:"我没法让你进去了。大家都说你是一个线人。"骚扰折腾终于从上面下来了;谣言在我的同事们之间传播。这是最糟糕的事情。对外来的打击你还可以自卫,对造谣诽谤你就无能为力。在我的同事们的眼中我正好成了那种我拒绝做的人。如果我做了那种线人,他们倒会毫不犹豫地信任我。实际上,他们惩罚我是因为我宽宥了他们。

因为现在我确实不得不证明我是来上班的,但是我没有办公室,因为我的朋友无法再让我进入她的房间,我就在楼道里站着,不知道该做什么。我在楼梯里爬上爬下好几次,突然我又成了我母亲的孩子,因为我有一块手绢。我把手绢铺在二楼和三楼之间的一个台阶上,小心地把它铺平,然后坐在上面。我把厚厚的字典放在我的膝盖上,然后翻译那些液压机器的说明书。我成了个楼梯玩笑,我的办公室是一块手绢。午饭的时候我的朋友会到楼梯上来和我在一起。我们就像在她的办公室那样一起吃饭。过去我们是在我的办公室一起吃。我的朋友吃午饭的时候会对我哭。我不哭。我必须坚强。很长时间如此。几个永无休止的星期,直到我被开除。

在我成了个楼梯玩笑的这段时间里,我在字典里翻查有关"楼梯"的词。第一级阶梯称为"入阶",而最后一级阶梯成为"出阶"。阶梯上踏脚的平面则是夹在两边的"阶颊"中间,而各个阶梯中间的空当就叫做"阶眼"。我早就熟悉与液压机润滑部分有关的那些漂亮字眼:"燕尾管"、"鹅颈管"、"喷嘴"和螺丝结合使用的"螺母"等。现在我同样惊异于楼梯各部分的名称也富有诗意,技术词汇也如此优美。"阶颊"或"阶眼"说明楼梯也有面孔。不管你用的材料是木头还是石头,是水泥还是钢铁:人类为什么固执地把自己的面孔也贴到世界上哪怕是最笨重的东西上面?为什么他们要用自己的肉身来命名没有生命的东西,当做是个人身体的部分?是否这种隐蔽的温柔也是必要的,可以让艰苦的工作对于技工也能易于承受?是否所有行业的所有工作都遵循同样的这种原则,好像我母亲问我的有关手绢的问题?

当我还小的时候,我家有一个专门放手绢的抽屉,里面总是分成两排,每排都分成三叠:

左边这一叠是男人的手绢,我父亲和爷爷用的。

右边这一叠是女人的手绢,我母亲和我奶奶的。

中间这一叠是我用的小孩的手绢。

这个抽屉也是手绢形式的一幅家庭肖像。男人的手绢是最大的,带有棕色、灰色或波尔多葡萄酒色的深色边条。女人的手绢小一点,它们的边条是淡蓝色、红色或者绿色。小孩子的手绢是最小的:是没有边条的白色方布,上面画着花或者小动物。所有这三类手绢又都分成日常用的和星期天才用的,日常用的放在第一排,星期天才用的放在后排。星期天的时候,你的手绢就得和你的衣服颜色相配,就算手绢是看不到的。

对我们来说，家里没有其他东西像手绢那么重要，包括我们自己。手绢的用处无所不在：擤鼻子；出鼻血时擦鼻血；手或胳膊或膝盖擦破的时候包扎伤口；哭的时候擦眼泪或者咬住手绢抑制哭泣。头痛发烧的时候，可以放一块浸冷的湿手绢在前额上。在手绢四角打结可以罩在头上，抵挡太阳暴晒或淋雨。如果你要记住什么事情，你可以在手绢上打个结帮助记忆。为了拎住沉重的东西，你会把手绢绕在手上。火车启动离开车站的时候，你挥舞手绢告别亲友。在我们老家巴纳特的德语方言里，"眼泪"这个词听起来就像罗马尼亚语中的"火车"，所以火车车厢在轨道上磨出的尖利声音总是让我听起来像是哭泣。在老家的村子里，如果谁家死了人，会立刻在死人下巴上绑一块手绢，这样尸僵的时候他的嘴巴就可以闭紧。在城里呢，如果有人在路边倒毙，过路人总会拿一块手绢盖住他的脸，这样一来，手绢就成了死人的第一个安息之所。

在暑热的夏天，父母们会派他们的孩子在晚上到教堂的墓地去浇花。我们三三两两地分成小组，很快浇完一个墓又浇下一个墓。然后我们聚集在教堂门外的台阶上，看一些坟墓上冒出缕缕白色水汽。它们会飘荡片刻然后在黑夜中消失不见。我们以为那就是死者的鬼魂：状如动物、眼镜、玻璃瓶和杯子、手套或者袜子。此起彼伏的还有被包围在黑暗中的白色手绢。

后来，当我和奥斯卡·帕斯提奥谈话打算写他被遣送到苏联劳动营那段生活的时候，他告诉我一个年长的俄罗斯老妈妈曾经送给他一块绢布的手绢。老妈妈说，这是祝你们好运，你和我的儿子，愿你很快能回家，而我的儿子也一样。她的儿子和奥斯卡·帕斯提奥同年，也像他一样远离家乡，不过是在另一个方向，老妈妈说她儿子是在另一个劳动营里。奥斯卡·帕斯提奥曾经去敲她的门，像是一个饿得半死的乞丐，想用一块煤换点吃的东西。她让他进屋，给他喝了热汤。她看见他连鼻尖都滴下汤汁的时候，递给他一块白色绢布的手绢，一块从来还没有人用过的手绢。手绢有格子花纹边条，有用丝线精密刺绣的字母和花朵，真是美的东西，让这个乞丐既感到亲人相拥的温暖，同时又感到心如刀绞。这是一种矛盾交织的事物：一方面在绢布中深藏了安慰，另一方面，精细刺绣的字母和花朵又像一把尺子丈量出了他堕落底层远离文明的深度。对于这个女人来说，奥斯卡·帕斯提奥也是一种矛盾交织的事物：一个被世界抛弃而来到她屋子里的乞丐，又是失落在世界某处的一个孩子。在这两种人物角色中，他在这个女人的关爱姿态中既得到快乐，又承受到一种过高的要求。而这个女人对于他其实也是一身兼任两种角色：一个陌生的俄罗斯妇女，又是一个忧心忡忡的母亲，会问他这样的问题："你有手绢吗？"

自从我听到这个故事，我就一直问我自己："你有手绢吗？"这个问题是否到处都有效？它是否在冰冻与解冻之间的雪光闪耀中也能向整个世界展开？它是否也能跨越千山万水跨越每一条边界？

尽管我已经说罗马尼亚语几十年了，但只是到了和奥斯卡·帕斯提奥谈话的时候，我才认识到，罗马尼亚语中"手绢"这个词就是"绢"。这是又一个例子说明罗马尼亚语多么有感悟性，可以让它的词汇直指事物核心。这种材料不绕弯子，它直接就代表了制造出的成品，"绢"就是"手绢"。好像是所有手绢，不论何时所造，何地所产，都是绢制成的。

奥斯卡·帕斯提奥把这块手绢珍藏在行李箱里，好像是一个双重儿子的双重母亲的圣物遗骨或舍利子。在劳动营五年之后，他把它带回家里。因为他的白色绢布手绢既给他希望也给恐惧。一旦你没有了希望和恐惧，你就是行尸走肉。

在我们谈论过这块白色手绢之后，我花了半个晚上，在一张白纸板上为奥斯卡·帕斯提奥做了一张词语的拼贴画：

比娅说逗点在这里跳舞
你正进入一高脚杯牛奶
洗浴于白灰绿色锌澡缸
几乎所有林林总总材料
领取邮包时你都会碰到
瞧瞧这里
我是坐火车匆匆旅行者
也是汤盘里面樱桃雪利
从来不和生人交头接耳
绕过电话总机直接交谈

那个星期后来我去看送给他这张招贴画的时候，他说，你应该贴上"给奥斯卡的"。我说："不管我给你什么东西总是你的"。他说，"你必须贴上，不然这张白纸板不知道这是我的。"我就把画带回家，贴上"给奥斯卡的"，第二个星期再给他送去，就像我走出大门先是没有一块手绢，现在我第二次走回来带了手绢。

还有一个故事也是以手绢结束的。

我的外公外婆还有一个儿子叫马茨。三十年代的时候他们把他送到提米苏拉去学习商业，这样他将来就能接管家里的谷物生意和杂货店。那个学校里有德国来的老师，是真正的纳粹。马茨可能一面受到商人的训练，而更主要的是被培养成一个纳粹分子——按部就班地洗脑子。毕业的时候，马茨已经是个狂热的纳粹，成了另一个人。他狂呼反犹太人的口号，就像一个白痴让人不可理喻。我外公曾多次驳斥他：说家里的全部财产都要归功于犹太商人朋友预先提供的信贷。当这些都没有用的时候，我外公也扇过马茨几个耳光。但是这个年轻人的理性已经完全毁掉了。他在村子里做宣传，欺负那些拒绝去前线为纳粹卖命的人。马茨在罗马尼亚军队里本来有一份文职工作，但是他急于要把理论变成实践。他自愿报名参加党卫军，要求把他送到前线去。几个月之后他回村里来结婚，因为在前线见识到了战争的罪恶他多少变得聪明一点，他利用当时流行的骗人花招逃回来躲避战争。这个骗人花招就叫做：婚假。

我的外婆在抽屉最深处保存了两张她儿子马茨的照片：一张是婚照，一张是遗像。婚照上展示的是个全身穿白的新娘，比新郎还高一头，瘦削而严肃——长相真如麦当娜一个模子出来的。在她头顶顶着一个蜡制的花冠，叶子看上去就像雪片做成的。她旁边是身穿纳粹军服的马茨，一个士兵而不是一个丈夫，一个新娘保镖而不是新郎。他回到前线不久，遗像就很快送到家里来了。它展示的是一个被地雷炸成碎片的士兵。遗像有手掌大小：在一块黑色田地的中间是一块白布，上面有一小堆灰色的人体残骸。衬托在黑色田地上的这块白布，看上去就像孩子的手绢那样微小，像是画在中间的设计奇怪的一个白色方块。对我外婆来说，这张照片也是一种矛盾交织的事物：在白色的手绢上是一个死亡的纳粹，在她的记忆中是一个活着的儿子。我外婆终其一生都把这张意义双重的照片夹在她的祈祷书里。她每天祈祷，她的祈祷一定也都有双重的意义。从一个可爱的儿子到一个狂热纳粹的分裂也很可能伴随在祈祷中，祈求上帝也能脚踩两头维持平衡，给儿子一份慈爱，给纳粹分子一份饶恕。

我外公在第一次世界大战中也是士兵。他知道他提到儿子马茨的时候该说什么，他经常痛苦地说："旗帜开始飘扬的时候，人就会在军号里丧失正常心智。"这种警告也适用于我后来经历的那个时代。每天你都看到大大小小的既得利益者在军号里丧失正常心智。这是我决心不吹的军号。

还是孩子的时候，我的确不得不违心地学过拉手风琴。因为在家里我们有一架红色的手风琴，本来属于死去的士兵马茨。手风琴的背带对我来说太长了。为了不让背带从我的肩膀上滑下去，我的手风琴老师就在我背上用一块手绢把它们系扎在一起。

我们是否可以说，正好是最小的东西，不管它们是军号，手风琴，或是手绢，可以把生活中最不相干的东西联系在一起？这些东西如行星绕行在轨道中，在周而复始中它们的偏差显示出一种形式——一个"魔圈"。我们可以相信这种事，但是无法说出来。但是，无法说出来的，我们可以写下来。因为写作是一种沉默的动作，一种从头脑到手的劳作。嘴巴就跳越过去了。生活在那种制度之下，我说话说得很多，主要是因为我决定不吹军号。通常，我说的话都会带来痛苦不堪的后果。但是写作是在沉默中开始的，在工厂的那个楼梯上，在那里我不得不应付比我能大声说出的话还多得多的事情。发生的事情无法再用说话来表达。说话表达，你最多能在高度上再加点东西，可是事情本身的全部范围却不会再扩大。那只有在头脑中我才能默默地拼写出来，我用生的渴望来应对死的恐惧。这也是词语的饥渴。只有词语的漩涡可以把握我的生命状态。它拼写出嘴巴发不出声音的事物。直到有某种我从来不知道的东西出现。与现实平行的，是词语哑剧开始表演。它们不在乎任何现实主义的规格，把最重要的收缩起来，而把无关紧要的扩展开。突如其来，突发奇想，词语的魔圈赋予所体验到的事物一种着魔般的逻辑。这种哑剧表演不留情面难于驾驭，让你渴望更多而立刻精疲力竭。

当我是一个楼梯玩笑的时候，我就像小时候一样孤独，独自在河谷里放牛。我吃草叶和花，这样我就能属于草叶和花，因为它们知道如何生活而我不知道。我叫着它们的名字和它们说话："奶浆草"意思是叶子锯齿状而草茎带有白色奶浆的植物。但是这种草对我说的"奶浆草"这个名字毫无反应。我就试试不用"奶浆"或"草"而用其他随便想到的名字："锯齿苋"、"针针叶"等。用这些假名字，其实我叛变了真实的植物，揭示了这种植物和我之间的巨大空白。失态丢脸的是我其实大声对自己说话，而不是对植物说话。但是失态丢脸对我其实又是好事。我看护着牛群，而词语的声音看护着我。

词语的声音知道它必须欺骗而别无选择，因为事物也会欺骗它们自身的材料，感情也会用它们的姿态手势引起误会。词语的声音，以及连带着这种声音而产生的真实，存在于材料与姿态手势欺骗的交点之中。在写作中，这从来不是信任不信任的问题，而是这种欺骗所具的诚实性问题。

回到当年的工厂来说，当我是个楼梯玩笑而手绢成了我的办公室的时候，我也在字典里查到"阶梯利息"这样漂亮的词汇，这是说贷款的利息可以像阶梯一样逐渐上升。这种上升对一个人来说是费用增加，而对另一个人却是收入增加。写作中其实也两者兼具，我越深入文本向下挖掘，那么从我这里夺走的我写下的文字越多，而且也越来越清楚显示，有什么从那些生活中的体验中丧失。只有词语能够有这种发现，因为它们事先并不知道。在词语出乎意料地抓住了生活体验的地方，也是词语最精彩之处。最后它们变得如此强加于人，以至于生活的经验必须死死缠住词语，这样才能避免分崩离析。

在我看来，物体不认识它们自己的制作材料，姿态手势不认识自己的感觉，词语不认识把它们说出来的嘴巴。但是为了确认我们的存在，我们需要物体，我们需要姿态手势，我们需要词语。归根结底，我们能用的词语越多，我们就越发自由。

有一个清晨，在我快要离开罗马尼亚移居国外的时候，一个村里的警察来找我的母亲。她已经到了门口的时候想起来："你有手绢吗？"她没有。尽管警察很不耐烦，她还是到屋子里去拿一块手绢。在派出所里，这个警察朝她大发脾气。我母亲的罗马尼亚语不太好，不明白他叫喊什么。所以他离开了办公室还从外面把门反锁上了。我母亲坐在那里被关了一整天。最初几个小时她就坐在桌边哭泣。然后她走来走去，然后开始用她的眼泪浸湿的手绢给家具擦掉灰尘。后来，她又从墙角拿出水桶和墙上的钩子挂的毛巾来擦地板。后来她告诉我这些的时候我真是惊恐。我问她，"你怎么可以这样，帮他去打扫办公室？"母亲一点也没有不好意思，她说："我就找点事做，好打发时间。而且那个办公室那么脏。碰巧我还带了一块男人用的大手绢。"

只有在那个时候，我才明白，通过这些额外的然而也是自愿的忍辱负重，她还是创造了一些尊严。我尝试在一幅拼贴画里找到可以说明这种尊严的词语：

我想着在我心里昂扬的玫瑰

想着无用的灵魂像一个筛孔

但是拥有者询问着：

谁会得势占上风

我说：拯救你的面皮

他咆哮着：面皮

不过是块污迹糟蹋的绢布

没有心智没有头脑

我希望我能为所有那些被剥夺着尊严的人说一句话——一句话包含着手绢这个词。或者问这个问题："你有手绢吗？"

阅读思考题

赫塔·米勒在演讲词中叙述了自己关键的几次人生选择：年轻时候她选择不做密探，不出卖同事朋友，也不放弃自己的工作，最终作者选择了写作，也就是选择了坚持自己的做人准则与人道理想，因为作者说："我希望我能为所有那些被剥夺着尊严的人说一句话。"作者最终因为她与众不同的选择与坚持而获得诺贝尔文学奖。请思考我们面对逆境的时候该怎样选择与坚持？

第四篇 观照人性

  人性与情感是一个永恒的话题，也是一个永远没有定论的母题。情感即"七情六欲"，所谓喜怒哀乐爱憎惧是也；而人性，不超过善恶美丑之分。上述看似简单，却能生发出无数可能，无数结局。

  情感丰富的人，感性体验比常人多得多，痛苦与快乐也相应地多得多。因为情深意切的开始，经常结束于分道扬镳甚至反目成仇。而人性更是一个再苦苦参研也难以攻克的课题；比如人们就激烈争论过是否有"亘古不变的人性"而没有定论，本篇选入了约翰·杜威的《人性改变吗?》，约翰·杜威认为："当我们的关于人性和人生关系的种种科学之发展能略如我们的关于物质的自然的种种科学之发展时，它们的主要关怀将是怎样能最有效地改变人性。问题将不在人性是否能改变，而在它在目前的情况下应怎样被改变。"

  约翰·杜威的观点虽然只是多元答案中的一种，也带给我们深深的反思：人性与情感，归根结底还是与性格有关，与教育有关，与环境有关。但是，这个世界绝不可能只允许存在某一种情感，某一种人性，各种各样的人性与情感之间本来就是动态平衡、多元共存与共同牵制的，缺少其中任何一种人性、一种情感，人类社会都将面临失去平衡。

  袁宏道《独抒性灵，不拘格套》就强调创作是显示人的真面目，这就显示了对个性与真情的肯定与追求，也包含着对儒家传统温柔敦厚诗教的反抗。汤显祖《牡丹亭》则通过杜丽娘人性的觉醒，肯定了她热爱自然、珍惜青春、热烈追求美好爱情的人性。汪曾祺的《受戒》描写的和尚生活没有道貌岸然的戒律清规，倒是充满了人间的情趣与生机，这让我们真切地看到了佛门子弟原来也和俗人一样拥有七情六欲。选自《圣经》的《爱的颂歌》则热烈讴歌"爱"这个超越国界与信仰的永恒主题。卡尔·马克思的《致燕妮》显示出伟大如卡尔·马克思也拥有炽热的爱与幸福的婚姻。

  人性与情感从来就有复杂多变的另一面，陆蠡作品《竹刀》的结尾，少年杀人的行为明显超出了理智的范围，受感情的驱使了，而作者本人也常常"嵌在感情和理智的中间，受双方的挤压。"沈从文的《丈夫》刻画了"丈夫"从精神麻木到人的尊严的初步觉醒。威廉·福克纳《纪念爱米丽的一朵玫瑰花》则描写了人性的本能、潜意识以及变态心理，主人公爱米丽的人性受到了扭曲，她的情感也相应地是扭曲的变态的。人就是这样生活在善恶美丑中，挣扎在爱恨情仇里。

　　人之所以为人，正在于人有情感，也许最好的人也会犯错误，最坏的人也懂真情。无需避讳的是，人性的弱点折射出的是人世的现实，而生命是一个不可预知的过程，我们在或长或短的一生中究竟会怎样，是无可预知，也无法断言的。那么在学着强大自己内心的同时，认真阅读此篇观照人性的文本，相信总可以得到有益的启迪，从而更多地挖掘自我人性中善的一面，更好地享受情感的丰富与多彩。

独抒性灵，不拘格套

袁宏道

袁宏道（1568—1610），明代文学家。袁宏道与其兄袁宗道、弟袁中道合称为"公安三袁"。其在文学上反对"文必秦汉，诗必盛唐"的风气，提出"独抒性灵，不拘格套"的性灵说。其散文名篇有《满井游记》、《徐文长传》、《叙陈正甫会心集》等，另外有总结插花经验的《瓶史》以及佛学著作《西方合论》。

弟少也慧……既长，胆量愈廓，识见愈朗……而诗文亦因之以日进。大都独抒性灵，不拘格套，非从自己胸臆流出，不肯下笔。有时情与境会，顷刻千言，如水东注，令人夺魂。其间有佳处，亦有疵处，佳处自不必言，即疵处亦多本色独造语。然予极喜其疵处；而所谓佳者，尚不能不以粉饰蹈袭为恨，以为未能脱尽近代文人气习故也。

盖诗文至近代而卑极矣，文则必欲准予秦汉，诗则必欲准于盛唐。剿袭模拟，影响步趋，见人有一语不相肖者，则共指为野狐外道[1]。曾不知文准秦汉矣，秦汉人曷尝字字学《六经》欤[2]？诗准盛唐矣，盛唐人曷尝字字学汉魏欤？秦汉而学《六经》，岂复有秦汉之文？盛唐而学汉魏，岂复有盛唐之诗？唯夫代有升降，而法不相袭，各极其变，各穷其趣，所以可贵，原不可以优劣论也。且夫天下之物，孤行则必不可无，必不可无，虽欲废焉而不能；雷同则可以不有，可以不有，则虽欲存焉而不能。故吾谓今之诗文不传矣。其万一传者，或今闾阎妇人孺子所唱《擘破玉》、《打草竿》[3]之类，犹是无闻无识真人所作，故多真声，不效颦于汉魏，不学步于盛唐，任性而发，尚能通于人之喜怒哀乐嗜好情欲，是可喜也。

盖弟既不得志于时，多感慨；又性喜豪华，不安贫窘；爱念光景，不受寂寞。百金到手，顷刻都尽，故尝贫；而沉湎嬉戏，不知樽节，故尝病；贫复不任贫，病复不任病，故多愁。愁极则吟，故尝以贫病无聊之苦，发之于诗，每每若哭若骂，不胜其哀生失路之感。予读而悲之。大概情至之语，自能感人，是谓真诗，可传也。而或者犹以"太露"病之，曾不知情随境变，字逐情生，但恐不达，何露之有？

◎ 注　释

(1) 野狐：《景德传灯录》载，有一修行人因错解禅语一个字，遂五百生堕野狐，后得百丈怀海禅师解说,始得大悟,脱野狐身。外道:佛教徒称与佛教对立的其他教派为外道。

(2) 六经:指《诗》、《书》、《礼》、《乐》、《易》、《春秋》六部儒家经典。

(3)《擘破玉》、《打草竿》:明代万历年间流行的民歌曲调。

阅读思考题

袁宏道所提倡的"性灵"就是作家的个性表现和真情发露,因为"性之所安,殆不可强,率性所行,是谓真人"(袁宏道《识张幼于箴铭后》),即强调文章非从自己胸臆中流出,否则不下笔。袁宏道还认为创作过程是"天下之慧人才士,始知心灵无涯,搜之愈出,相与各呈其奇,而互穷其变,然后人人有一段真面目溢露于楮墨之间。"(袁中道《中郎先生全集序》),强调创作是显示人的真面目真性情,这就显示了对个性与真情的肯定与追求。你认同他的观点吗?

笔记区

牡丹亭（节选）

汤显祖

汤显祖（1550—1616），明代末期著名戏曲家、文学家。汤显祖个性耿介刚直、不肯趋炎附势，所以33岁才中进士。晚年弃官回临川闲居，致力于戏剧和文学创作活动，其所作《紫钗记》、《还魂记》（即《牡丹亭》）、《南柯记》、《邯郸记》这四大传奇被并称"临川四梦"，其中尤以《牡丹亭》为家喻户晓。日本学者青木正儿将之誉为"东方的莎士比亚"。

第十出 惊梦

〔绕池游〕（旦上）梦回莺啭，乱煞年光遍[1]。人立小庭深院。（贴）炷尽沉烟[2]，抛残绣线，恁今春关情似去年？〔乌夜啼〕"（旦）晓来望断梅关[3]，宿妆残[4]。（贴）你侧著宜春髻子[5]恰凭阑。（旦）剪不断，理还乱[6]，闷无端。（贴）已分付催花莺燕借春看。"（旦）春香，可曾叫人扫除花径？（贴）分付了。（旦）取镜台衣服来。（贴取镜台衣服上）"云髻罗梳还对镜，罗衣欲换更添香。"[7]镜台衣服在此。

〔仙吕过曲〕〔步步娇〕（旦）袅晴丝[8]吹来闲庭院，摇漾春如线。停半晌、整花钿。没揣菱花[9]，偷人半面，迤逗的彩云偏[10]。（行介）步香闺女怎便把全身现！（贴）今日穿插的好。

〔醉扶归〕（旦）你道翠生生出落的裙衫儿茜[11]，亮晶晶花簪八宝填[12]，可知我常一生儿爱好是天然[13]。恰三春好处无人见[14]。不提防沉鱼落雁[15]鸟惊喧，则怕的羞花闭月花愁颤。（贴）早茶时了，请行。（行介）你看："画廊金粉半零星，池馆苍苔一片青。踏草怕泥[16]新绣襦，惜花疼煞小金铃[17]。"（旦）不到园林，怎知春色如许！

〔皂罗袍〕原来姹紫嫣红[18]开遍，似这般都付断井颓垣。良辰美景奈何天，赏心乐事谁家院[19]！恁般景致，我老爷和奶奶再不提起。（合）朝飞暮卷[20]，云霞翠轩；雨丝风片，烟波画船。锦屏人[21]忒看的这韶光贱！（贴）是[22]花都放了，那牡丹还早。

〔好姐姐〕（旦）遍青山啼红了杜鹃[23]，荼蘼[24]外烟丝醉软。春香呵，牡丹虽好，他春归怎占的先[25]！（贴）成对儿莺燕呵。（合）闲凝眄，生生燕语明如翦，呖呖莺歌溜的圆。（旦）去罢。（贴）这园子委是观之不足也[26]。（旦）提他怎的！（行介）

〔隔尾〕观之不由他缱[27]，便赏遍了十二亭台是枉然。到不如兴尽回家闲过遣。（作到介）（贴）"开我西阁门，展我东阁妆床[28]。瓶插映山紫[29]，炉添沉水香。"小姐，你歇息片时，俺瞧老夫人去也。（下）（旦欢介）"默地游春转，小试宜春面[30]。"春呵，得和你两留连，春去如何遣咳，恁般天气，好困人也。春香那里？（作左右瞧介）（又低道沉吟介）天呵，春色恼人，信有之乎！常观诗词乐府，古之女子，因春感情，遇秋成恨，诚不谬误矣。吾今年已二八，未逢折桂之夫；忽慕春情，怎得蟾宫之客？昔韩夫人得遇于郎[31]，张生偶逢崔氏[32]，曾有《题红记》、《崔徽传》二书。此佳人才子，前以密约偷期[33]，后皆得成秦晋[34]。（长叹介）吾生于宦族，长在名门。年已及笄[35]，不得早成佳配诚为虚度青春，光阴如过隙耳。（泪介）可惜妾身颜色如花，岂料命如一叶乎[36]！

〔山坡羊〕没乱里[37]春情难遣，蓦地里怀人幽怨。则为俺生小婵娟，拣名门一例、一例里神仙眷。甚良缘，把青春抛的远！俺的睡情谁见？则索因循腼腆[38]。想幽梦谁边，和春光暗流转？迟延，这衷怀那处言！淹煎，泼残生[39]，除问天！身子困乏了，且自隐几面眠[40]。（睡介）（梦生介）（生持柳枝上）"莺逢日暖歌声滑，人遇风情笑口开。一径落花随水入，今朝阮肇到天台[41]。"小生顺路儿跟着杜小姐回来，怎生不见？（回看介）呀，小姐，小姐！（旦作惊起介）（相见介）（生）小生那一处不寻访小姐来，却在这里！（旦作斜视不语介）（生）恰好花园内，折取垂柳半枝。姐姐，你既淹通书史，可作诗以赏此柳枝乎？（旦惊喜，欲言又止介）（背想）这生素昧平生，何因到此？（生笑介）小姐，咱爱杀你哩！

〔山桃红〕则为你如花美眷，似水流年，是答儿[42]闲寻遍。在幽闺女自怜。小姐，和你那答儿讲话去。（旦作含不行）（生作牵衣介）（旦低问）那边去？（生）转过这芍药栏前，紧靠著湖山石边。（旦低问）秀才，去怎的？（生低答）和你把领扣松，衣带宽，袖梢儿揾著牙儿苫也，则待你忍耐温存一晌[43]眠。（旦作羞）（生前抱）（旦推介）（合）是那处曾相见，相看俨然，早难道[44]这好处相逢无一言？（生强抱旦下）（末扮花神束发冠，红衣插花上）"催花御史[45]异花天，检点春工又一年。蘸[46]客伤心红雨下，勾人悬梦彩云边。"吾乃掌管南安府后花园花神是也。因杜知府小姐丽娘，与柳梦梅秀才，后日有姻缘之分。杜小姐游春感伤，致使柳秀才入梦。咱花神专掌异玉怜香，竟来保护他，要他云雨十分欢幸也。

〔鲍老催〕（末）单则是混阳蒸变，看他似虫儿般蠢动把风情煽。一般儿娇疑翠绽魂儿颤⁽⁴⁷⁾。这是景上缘⁽⁴⁸⁾,想内成,因中见。呀,淫邪展污⁽⁴⁹⁾了花台殿。咱待拈片落花儿惊醒他。(向鬼门⁽⁵⁰⁾丢花介)他梦酣春透了怎留连?拈花闪碎的红如片。秀才才到的半梦儿,梦毕之时,好送杜小姐仍归香阁。吾神去也。(下)

〔山桃红〕(生、旦携手上)(生)这一霎天留人便,草藉花眠。小姐可好?(旦低头介)(生)则把云鬟点,红松翠偏。小姐休忘了呵,见了你紧相偎,慢厮连,恨不得肉儿般团成了片,逗的个日下胭脂雨上鲜。(旦)秀才,你可去呵?(合)是那处曾相见,相看俨然,早难道这好处相逢无一言?(生)姐姐,你身子乏了将息,将息。(关旦依前作睡介)(轻拍旦介)姐姐,俺去了。(作回顾介)姐姐,你可十分将息,我再来瞧你那。"行来春色三分雨,睡去巫山一片云。"(下)(旦作惊醒,低叫介)秀才,秀才,你去了也?(又作疑睡介)(老旦上)"夫婿坐黄堂,娇娃立绣窗。怪他裙衩上,花鸟绣双双。"孩儿,孩儿,你为甚瞌睡在此?(旦作醒,叫秀才介)咳也。(老旦)孩儿怎的来?(旦作惊起介)奶奶到此!(老旦)我儿,保不做些针指,或观玩书史,舒展情怀?因何昼寝于此?(旦)孩儿适花园中闲玩,忽值春暄恼人,故此回房。无可消遣,不觉困倦少息。有失迎接,望母亲恕儿之罪。(老旦)孩儿,这后花园中冷静,少去闲行。(旦)领母亲严命。(老旦)孩儿,学堂看书去。(旦)先生不在,且处消停⁽⁵¹⁾。(老旦叹介)女孩儿长成,自有许多情态,且自由他。正是:"宛转随儿女,辛勤做老娘。"(下)(旦长叹介)(看老旦下介)哎也,天那,今日杜丽娘有些侥幸也。偶到后花园中,百花开遍,睹景伤情。没兴而回,昼眠香阁。忽见一生,年可弱冠⁽⁵²⁾,丰姿俊妍。于园中折得柳丝一枝,笑对奴家说:"姐姐既淹通书史,何不将柳枝题赏一篇?"那时待要应他一声,心中自忖,素昧平生,不知名姓,何得轻与交言。正如此想间,只见那生向前说了几名伤心话儿,将奴搂抱去牡丹亭畔,芍药东边,共成云雨之欢。两情和合,真个是千般爱惜,万种温存。欢毕之时,又送我睡眠,几声"将息"。正待自送那生出门,忽值母亲来到,唤醒将来。我一身冷汗乃是南柯一梦⁽⁵³⁾。忙身参礼母亲,又被母亲絮了许多闲话。奴家口虽无言答应,心内思想梦中之事,何曾放怀。行坐不宁,自沉如有所失。娘呵,你教我学堂看书去知他看好一种书消闷也(作掩泪介)。

〔绵搭絮〕雨香云片⁽⁵⁴⁾,才到梦儿边。无奈高堂,唤醒纱窗睡不便。泼新鲜冷汗粘煎,闪的俺心悠步敦⁽⁵⁵⁾,意软鬟偏。不争多⁽⁵⁶⁾费心神情,坐起谁欠⁽⁵⁷⁾?则待去眠。(贴上)"晚妆销粉印,春润费香篝⁽⁵⁸⁾。"小姐,薰了被窝睡罢。

〔尾声〕(旦)困春心游赏倦,也不索香薰绣被眠。天呵,有心情那梦儿还去不远。

◎ 注 释

(1) 乱煞年光遍:缭乱的春光到处都是。

(2) 沉烟：沉水香，薰用的香料。

(3) 梅关：即大庾岭，宋代在这里高胡梅关。在本剧故事发生地点江西省南安府（大瘐）的南面。

(4) 宿妆：隔夜的残妆。

(5) 宜春髻子：相传立春那天，妇女剪采作燕子状，戴在髻上，上贴"宜春"二字。见《荆楚几时记》。

(6) 剪不断，理还乱：南唐后主李煜《相见欢》中的两句。

(7) "罗衣欲换更添香"两句：薛逢诗《宫词》中的两句，见《全唐诗》卷二十。

(8) 晴丝：游丝、飞丝，也即后文所说的烟丝，虫类所吐的丝缕，常在空中飘游。在春天晴朗的日子最易看见。

(9) 没揣：不意，蓦然。菱花：镜子，古时用铜镜，背面所铸花纹一般为菱花，因此称菱花镜，或用菱花作镜子的代称。

(10) 迤逗的彩云偏：迤逗号，引惹，挑逗；彩云，美丽的发卷的代称。全句，想不到镜子（拟人化）偷偷地照见了她。害得（迤逗的）她羞答答地把发卷也弄歪了。这几句写出一个少女的含情脉脉的微妙心理，她是连看见镜子里的自己的影子也有些不好意思的。迤逗，元曲中或作拖逗。

(11) 翠生生出落的裙衫儿茜：翠生生，极言彩色鲜艳。苏轼诗："一朵妖红翠欲流。"用法正同，见《苏诗编注集成》卷十一《和述古冬日牡丹》四首。《老学庵笔记》卷八："鲜翠，犹言鲜明也。"出落的，显出，衬托出。茜，茜红色。

(12) 亮晶晶花簪八宝填：镶嵌着多种宝石的簪子。

(13) 天然：天性使然。上文爱好，犹言爱美。《紫箫记》十一出《懒画眉》："道你绿鬓乌纱映画罗。"系丫环赞李十郎词，下接十郎云，"小生从来带一种爱好的性子。"用法正同。现在浙江还有这样的方言。

(14) 三春好处：比喻自己的青春美貌。

(15) 沉鱼落雁：小说戏剧中用来形容女人的美貌，意思是说，鱼见她的美色，自愧不如而下沉；雁则为看到她的美色而停落下来。下文羞花闭月，同。

(16) 泥：玷污，这里作动词用。

(17) 异花疼煞小金铃：见《开元天宝遗事》，"天宝初，宁王……于后园中纫红丝为绳，密缀金铃，掣于花梢之上。每有鸟鹊翔集，则令园吏置令索以掣。盖异花之故也。"疼，因为常常掣铃，连小金铃都被拉得疼煞了。这是夸大的描写。

(18) 姹紫嫣红：花色鲜艳的样子。

(19) 谁家：哪一家，一说作"甚么"解，见张相《诗词曲语辞汇释·谁家条》。谢灵运《拟魏太子邺中集诗序》："天下良辰美景赏心乐事，四者难并。"

(20) 朝飞暮倦：见唐王毂《滕王阁诗》，"画栋朝飞南浦云，朱帘暮卷西山雨。"

(21) 锦屏人：深闺中人，包括自己在游园前。

(22) 是：凡是、所有的。

(23) 啼红了杜鹃：开遍了红色的杜鹃花。从杜鹃（鸟）泣血联想起来的。

(24) 荼䕷：花名，晚春时开放。

(25) 牡丹虽好，他春归怎占的先：《诚斋乐府·牡丹品》三折《喜莺》："花索让牡丹先。"

(26) 观之不足：看不厌。

(27) 缱：留恋、牵绊。

(28) 开我西阁门，展我东阁床：见《木兰诗》，"开我东阁门，坐我西阁床。"

(29) 映山紫：映山红（杜鹃红）的一种。

(30) 宜春面：指新妆。

(31) 韩夫人得遇于郎：见唐人传奇故事，唐僖宗时，宫女韩氏以红叶题诗，从御沟中流出，被于佑拾到。于佑也以红叶题诗，投入上流，寄给韩氏。后来两人结为夫妇。见《青琐高议》前集卷五《流红记》。汤显祖的同时代人王骥德曾以这个故事写成戏曲《题红记》，见王骥德《曲律·杂论》第三十九下。

(32) 张生偶逢崔氏：即张生和崔莺莺的爱情故事，见唐元稹《会真记》，后来《西厢记》演的就是这个故事。下文说的《崔徽传》是另外一个故事，见《丽情集》：妓女崔徽和裴敬中相爱，分别之后不再相见。崔徽请画工画了一幅像，托人带给敬中说："崔徽一旦不及卷中人，徽且为郎死矣！"这里《崔徽传》疑是《莺莺传达室》或《西厢记》的笔误。

(33) 偷期：幽会。

(34) 得成秦晋：得成夫妇。春秋时代，秦、晋两国世代联姻，后世称联姻为秦晋。

(35) 及笄：古代女子十五岁开始以笄（簪）束发，叫及笄。见《礼记·内训》。及笄，意指女子已成年，到了婚配的年龄。

(36) 岂料命如一叶乎：见元好问《鹧鸪天·薄命妾》词，"颜色如花画不成，命如叶薄可怜生。"

(37) 没乱里：形容心绪很乱。

(38) 索：要，须。腼腆：害羞。

(39) 淹煎，泼残生：淹煎，受熬煎，遭磨折；泼残生，苦命儿。泼，表示厌恶，原来是骂人的话。

(40) 隐几：靠着几案。

(41) 阮肇到天台：见到爱人，用刘晨和阮肇在天台山桃源洞遇到仙女的故事。

(42) 是答儿：到处。是，凡。下文，那答儿，那边。

(43) 一晌：一会儿。

(44) 早难道：这里就是难道，但证据较强。

(45) 催花御史：见《说郛》卷二十七《云仙散录》引《玉尘集》，唐"穆宗，每宫中花开，则以重顶帐蒙蔽栏槛，置惜花御史掌之。"

(46) 蘸：指红雨（落花）沾在人的身上。

(47) 单则是混阳蒸变……魂儿颤：形容幽会。

(48) 景上缘：景，影；与下文的想、因都是佛家的廉洁。景上缘，想内成，喻姻缘短暂，是不真实的梦幻。因中见（现），佛家认为一切事物都由因缘造合而成。
(49) 展污：沾污、弄脏。
(50) 鬼门：一作古门，戏台上演员的上、下场门。
(51) 消停：休息。
(52) 弱冠：二十岁。《礼·曲礼》上："人生十年曰幼，学；二十曰弱，冠；三十曰壮，有室……。"冠，男子到二十岁行冠礼表示已经成人。
(53) 南柯一梦：唐人传奇故事，淳于棼梦见自己被大槐安国国王招为驸马，做南柯太守。历尽了富贵荣华，人世浮沉。醒来，才发现槐安国不过是大槐树下的一个蚁穴，南柯郡则是南面树枝下的另一个蚁穴。见《太平广记》卷四七五引李公佐《淳于棼》。南柯，后来被用作梦的代称。
(54) 雨香云片：云雨，指梦中的幽会。
(55) 步敧：脚步不动。敧，偏斜。上文闪得俺，弄得我，害得我。
(56) 不争多：差不多，几乎。
(57) 欠：惬意。
(58) 香篝：即薰笼，薰香用。

阅读思考题

《惊梦》选自《牡丹亭》第十出，包括"游园"和"惊梦"两部分内容，游园惊梦唤起了杜丽娘被压抑的人性，表现了她热爱自然与追求爱情的天性。试分析杜丽娘的自然人性与封建礼教之间的矛盾。

笔记区

竹 刀

陆 蠡

陆蠡（1908—1942），现代散文家、革命家、翻译家。其文学成就主要在散文方面，其散文集有：《海星》、《刀竹》、《囚绿记》。他还曾翻译俄国屠格涅夫的《罗亭》、英国笛福的《鲁滨孙漂流记》、法国拉•封丹的《寓言诗》和法国拉马丁的《希腊神话》等。

谁要是看惯了平畴万顷的田野，无穷尽地延伸着棋格子般的纵横阡陌，四周的地平线形成一个整齐的圆圈，只有疏疏的竹树在这圆周上坼上一些缺刻。这地平的背后没有淡淡的远山，没有点点的帆影，这幅极单调极平凡的画面乃似出诸毫无构思的拙劣的画家的手笔，令远瞩者的眼光得不到休止，而感到微微的疲倦。

假如在这平野中有一座遮断视线的孤山，不，一片高岗，一撮小丘，这对于永久圈于地的平面上的人们是多么兴奋啊。方朝日初上或夕阳初上或夕阳西坠，有巨大的山影横过田野，替没有陪衬没有光影的画面上添上一笔淡墨，一笔浓濡；多雾或微雨的天，山顶上浮起一缕白烟，一抹烟霭，间或有一道彩色的长虹，从地平尽处一脚跨到山后，于是这山便成了居民憧憬的景物。遂有平野的诗人，望见这山影移上短墙，风从门口吹进来，微有一丝凉意，哦然脱口高吟"天风入罗帏，山影排户闼"，意将古陋的旧门户喻作镶了兽环的朱门，从朱门里隐隐窥见微风拂动的绣帘，而他自己成了高车骏马的公子，偶然去那里伫盼。一会儿门掩了，他才醒过来，原来只有一片山影；也有好事的名流，乘了短轿来这山脚底下，买了一杯黄酒，索笔题词道："湖山第一峰"，遗钞而去，吩咐匠人鸠工勒石；这小山经过了许多品题，如受封禅，乃成为名山。附近的村庄亦改名为某山村。于是，在清明，在重九，远地和近地的，大家像蚂蚁上树般的跑上这小山，"登高"啊，"览胜"啊。把山上的青草踏得一株不留。

有从远僻的山乡来的人望见了这名胜的小山，便呵呵大笑道："这也算是'山'么？这，我们只叫做'鸡头山'，因为只有鸡头大小，或者这因为山上长着很多野生的俗名叫做'鸡头'的草实。说得体面点，便叫做'馒头山'，'纱帽山'，'马鞍山'，这也算得'山'么？"双手叉住腰笑弯到地。

好奇的听客便会从他夸张的口里听到他所见的是如何绵亘数百里的大山。摩天的高岭终年住宿着白云，深谷中连飞鸟都会惊坠！那是因为在清潭里照见了它自己的影。嶙峋的怪石像巨灵起卧。野桃自生。不然则出山来的涧水何来这落英的一片？倘使溯流穷源而上，说不定有石扉砉然为你开启呢。但是如果俗虑未清，中途想着妻母，那回首便会迷途了。

"我不欢喜这揣测的臆谈，谁能够相信这桃源的故事？"

于是他描说那跨悬在山腰间的羊肠路。那是只有两尺多宽，是细密的整齐的梯级。一边靠山，一边靠削壁千仞的深壑。望下去黑魖魖的，迷眩的，这深涧底下隐伏着为蛟，为龙，或其他神怪的水族，不得而知。总之万一踹了下去，则会跌得像一个烂柿子，有渣无骨头。但是居住山里的人挑了一二百斤的干柴，往来这山道，耳朵沿搁着一朵兰花，一朵山茶，百人中之一二会放上半截纸烟。他们挑着走着谈笑着，如履平地，如行坦途，有时还开个玩笑，在别人的腰边拧一把。

还有人攀援下依附岩上的薜萝，腰间带了一把短刀，去采取名贵的山药，其中有一种叫做"吊兰"的，风从峡谷吹来，身子一荡一荡啊像个钟锤，在厚密的绿叶底下，有时吐出两条火红的蛇的细舌头，或蹿出一个灰褐色的蜥蜴。……

听者忘了适才的责备，恍惚身临危岩，岩下是碧澄澄的潭水。仿佛脚下的小径在足底沉陷，他不敢俯凭，不敢仰视，一手搭住说故事的人的肩膀，如觅得一种扶持，一时找不出话由，道：

"你的家乡便在这深山里么？"

怎的不是。那是榛榛莽莽的山，林叶的荫翳，掩蔽了阳光，倘使在山径的转弯处不用斧头削去一片木皮作个记认，便会迷路。羊齿头高过你一身。绿藤缠绕在幼木上，如同蛇缠了幼儿。藤有右缠的左缠的，若是右缠的，则是百事无忧的征号，很容易找到路，碰到熟人，得好好儿受款待。迷路人倘若遇见左缠的藤，那是碰到鬼了，将寻不到要去的地方。但是你可以把它砍下，拿回家来，便会得了一根极神秘的驱邪的杖。

"关于山间神秘的话我听得许多。我知道妇人用左手打人会使人临到不幸的。则这左缠藤也正是这意义的扩张罢了。但是我想知道别的东西。"

故事又展开了。那是用"近山靠山，近水靠水"的老话开头。山民的取喻每嫌不恰切，故事中拉出枝枝节节来，有如一篇没有结构的文章。他最先说到山间头上簪花的少女，在日出的时候负了竹筐到松林里去扫夜间被山风摇落的松针，积满一筐了，用"篾耙"的柄穿着背了回来。沿途采些"鸡头"，"毛楂"和不知名的果实，一面在涧水洗净，一面嚼，倘有同伴在她的身旁投下一块小石，溅了她一脸的水，便会挨一顿着实的骂或揪扭起来；在雨天，她们躲在家里，把山里掘来的一种柴根，和水捣成浆，沉淀出略带红色的粉，那是比藕粉还细净的，或是把从棕榈树上剥下来的棕榈，一丝丝地抽出来，打成粗粗细细的绳线。

却说这山中少女，她在每天早晨携了竹筐到松林里去扫夜风摇落的松针，装满一筐便背了回来，沿途采些草实，在溪边洗洗手，一天也不曾间断。她有一天正背了满筐的松针回来的时候，觉得竹筐异常的沉重，便想道：是谁放了石块在里面么？暂时憩憩罢，便靠着竹筐坐下，却永久地坐在那儿了。山间人都说是因为她生得太美丽，被什么山灵或河伯娶去了，她的父母还替她预备了纸制的嫁妆，焚化给她……

"这又是我听到过不只一遍的故事……我颇想知道别的东西。"

你不是轻视幻想的编织么？那么让我选一个实际的故事说给你，只可惜有一个悲惨的收场。你愿意知道山居的人是如何获得每天的粮食和日用品么？狩猎是不行的，鸟兽乐生，不可杀尽；农稼也不行的，高高低低梯级似的田垄，于他们很少兴趣，况且这团团簇簇的高山遮住了阳光，只在中午的时候才晒进来，他们虽则种些番薯，山芋，玉蜀黍，大麦和小麦，但是他们大都靠打柴锯木为生。他们在高山上砍得松柯，搁在露天底下一个月两个月，待干黄的时候挑到附近数十里外的村镇，换取一把盐，几枚针，一些细纱布，有时带回一片鲞，一包白糖……

冬天，他们砍下合抱的大树，截成栋梁楹柱的尺寸，大概不会超过一丈六尺或一丈八尺，或则锯成七八分对开的木板，等到明春山洪暴发的时候，顺水流到港口，结成木筏，首尾衔接像一条长蛇，用竹篙撑着，撑到城市的近郊，售给木商运销外埠。

山势陡峻的所在，巨大的木材无法输运，那只好任它自己折断自己腐烂了。但是他们砍取寸许大小的坚木，放在泥土筑成的窑里烧成木炭，这样重量便减轻了四分之三，容易挑到外面来，木炭的销场是很好的。

"你说得又远了。没有指示给我故事的连索。"

是哟！事情便是这样：他们是靠打柴烧炭为生。但是你知道城市里的商人的阴恶和狠心么？他们想尽种种方法，把炭和木板的买价压低，卖价抬高。他们都成了巨富了，还要想出更好的方法，各行家联合起来，霸住板炭的行市。他们不买，让木筏和装炭的竹藤搁在水里，不准他们上岸，说销场坏了，除非你们完全让步。

但是谁都知道这鬼花样啊！

有的让步了。因为他们垫不起伙食费，有的呼号奔走了，但得不到公正的声援，因为吏警官厅都和他们连在一起。山民空着手在城里徜来徜去，望着橱窗里诱惑的东西，一袭夏季妇人穿的拷绸衣，红红绿绿的糖果，若能花了几个子儿带回去给孩子们，那他们多高兴啊。

并且他知道家里缺少一把盐,几升米,那是要用钱去换的。

他们忧郁了。口里也不哼短歌,妒忌地望着大腹便便的木行老板,竟想不出办法。

交易是自由的,不卖由你,不买由他,真是没有话说了。

这里由山村各户凑合成的木筏是系着许多家庭的幸福,纵然他们不致挨饿,他们的幸福的幻梦是被打碎了……。

"我希望这木行老板有点良心,他们是够肥了。"若将怜悯希望在他们的身上,抱那希望的人才是可悯的。可是事情的解决却非常简单,你愿意听我说下去罢。

一天,一位年青的人随着大家撑着木筏到城里去,正在禁止上岸的当儿。大家议论纷纷想不出主意。这位年青的人一声不响地在一只角落里用竹片削成一把尺来长的小刀,揣在怀里,跑上岸去,揪住一位大肚皮的木行老板,毫不费力的用竹刀刺进他的肚皮里,听说像刺豆腐一样的爽利,刺进去的时候一点也没有血溅出来,抽回来的时候,满手都是粘腻的了。他跑出城来,在溪边洗手的时候被警吏捉去。

"你说了可怕的故事了。我没有想到你会说出这样吓人的语句,在你说到松林中簪花的少女……那一片美丽和平……你驱走了刚才引起的高山流水的奇观,说桃花瓣从淙淙涧底流出来呢……我懊悔听这故事,但是请你说完。"

官厅在检验凶器的时候颇怀疑竹刀的能力。传犯人来问:

"你是持这凶器杀人么?"

"是的。"

"这怎么成?"

他拿了这竹刀,捏在右手里,伸出左臂,用力向臂上刺去。人肉有两寸深了,差一点不曾透过对面。复抽出这竹刀,掷在地上,鄙夷地望着臂上淙淙的血,说:

"便是这样。"

大家脸都发青了。当时便没有继续讯问。各木板行老板也似乎怵于竹刀的威力,自动派人和他们商订条件,见了他们也不如先前的骄傲。

厚钝的竹刀割断了这难解的结。"便是这样"的斩钉截铁的四个字胜于一切的控诉。你说这青年是笨货么?

"这位青年结果如何呢!"

听说刺断动脉后流血过多死了。……否则,他将在暗黑肮脏的牢屋里过他壮健的一生。

1936 年

阅读思考题

陆蠡既内向、稳重,又为感情所冲击与左右。他说过:"我羡慕两种人"。一种是感情型,一种是理智型,而他自己"如同一个楔子,嵌在感情和理智的中间,受双方的挤压。"所以他在《竹刀·后记》中说"书中多篇未能使我满意,尤其是写作集名的《竹刀》"。因为这篇作品的结尾少年的行为明显超出了理智的范围,是受感情地控制了。你怎样看待结尾少年的行为?

笔记区

丈　夫

沈从文

沈从文（1902—1988），现代著名作家、历史文物研究家、京派小说代表人物。其文学创作以"乡下人"的主体视角审视城乡对峙的现状，批判现代文明在进入中国的过程中所显露出的丑陋，这种与新文学主将们相悖反的观念大大丰富了现代小说的表现范围。其主要作品有小说《边城》、《长河》，散文集《湘行散记》。

落了春雨，一共有七天，河水涨大了。

河中涨了水，平常时节泊在河滩的烟船、妓船，离岸极近，全系在吊脚楼下的支柱上。在楼上四海春茶馆喝茶的闲汉子，俯身临河一面窗口，可以望到对河宝塔边"烟雨红桃"好景致，也可以知道船上妇人陪客烧烟的情形。因为那么近，上下都方便，有喊熟人的声音，从上面或从下面喊叫。到后是互相见面了，谈话了，取了亲昵样子，骂着野话粗话，于是楼上人会了茶钱，从湿而发臭的甬道走去，从那些肮脏地方走到船上了。

上了船，花钱半块到五块，随心所欲吃烟睡觉，同妇人毫无拘束的放肆取乐。这些在船上生活的大臀肥身的年青乡下女人，就有一个妇人的好处，热忱而切实的服侍男子过夜。

船上人，把这件事也像其余地方一样，叫这做"生意"。她们都是做生意而来的。在名分上，那名称与别的工作同样，既不和道德相冲突，也并不违反健康。她们从乡下来，从那些种田挖园的人家，离了乡村，离了石磨同小牛，离了那年青而强健的丈夫，跟随了一个同乡熟人，就来到这船上做生意了。做了生意，慢慢地变成为城市里人，慢慢地与乡村远离，慢慢地学会了一些只有城市里才需要的恶德，于是妇人就毁了。但那毁是慢慢地，因为很需要一些日子，所以谁也不去注意。而且也仍然不缺少在任何情形下还依旧好好的保留着那乡村纯朴气质的妇人。所以在本市大河妓船上，决不会缺少年青女子的来路。

事情非常简单，一个不呶呶于生养孩子的妇人，到了城市，能够每月把从城市里两个晚上所得的钱，送给那留在乡下诚实耐劳、种田喂牛的丈夫，在那方面就过了好日子，名分不失，利益存在。所以许多年青的丈夫，在娶媳妇以后，把她送出来，自己留在家中耕田种地，安分过日子，也竟是极其平常的事情。

这种丈夫，到什么时候，想到那在船上做生意的年青的媳妇，或逢年过节，照规矩要见见媳妇的面了，媳妇不能回来，自己便换了一身浆洗干净的衣服，腰带上挂了那个工作时常不离口的短烟袋，背了整箩整篓的红薯糍粑之类，赶到市上来，像访远亲一样，从码头第一号船上问起，一直到认出自己女人所在的船上为止。问明白后，到了船上，小心小心地把一双布鞋放到舱外护板上，把带来的东西交给了女人，一面便用着吃惊的眼睛，搜索女人的全身。这时节，女人在丈夫眼下自然已完全不同了。

大而油光的发髻，用小镊子扯成的细细眉毛，脸上的白粉同绯红胭脂，以及那城市里人的神气派头、城市里人的衣服，都一定使从乡下来的丈夫感到极大的惊讶，有点手足无措。那呆相是女人很容易清楚的。女人到后开了口，或者问："那次五块钱得了么？"或者问："我们那对猪养儿子了没有？"女人说话时口音自然也完全不同了，变成像城市里做太太的大方自由，完全不是在乡下做媳妇的羞涩畏缩神气了。

听女人问起钱，问起家乡豢养的猪，这做丈夫的看出自己做丈夫的身份，并不在这船上失去，看出这城里奶奶还不完全忘记乡下，胆子大了一点，慢慢地摸出烟管同火镰。第二次惊讶，是烟管忽然被女人夺去，即刻在那粗而厚大的手掌里，塞了一枝"哈德门"香烟的缘故。吃惊也仍然是暂时的事，于是这做丈夫的，一面吸烟一面谈话……

到了晚上，吃过晚饭，仍然在吸那有新鲜趣味的香烟。来了客，一个船主或一个商人，穿生牛皮长筒靴子，抱兜一角露出粗而发亮的银链，喝过一肚子烧酒，摇摇荡荡的上了船。一上船就大声地嚷要亲嘴要睡觉。那洪大而含糊的声音，那势派，都使这做丈夫的想起了村长同乡绅那些大人物的威风。于是这丈夫不必指点，也就知道往后舱钻去，躲到那后梢舱上去低低的喘气，一面把含在口上那枝卷烟摘下来，毫无目的的眺望河中暮景。夜把河上改变了，岸上河上已经全是灯火。这丈夫到这时节一定要想起家里的鸡同小猪，仿佛那些小小东西才是自己的朋友，仿佛那些才是亲人；如今和妻接近，与家庭却离得很远，淡淡的寂寞袭上了身，他愿意转去了。

当真转去没有？不。三十里路，路上有豺狗，有野猫，有查夜放哨的团丁，全是不好惹的东西，转去实在做不到。船上的大娘自然还得留他"三元官"看夜戏，到"四海春"去喝清茶。并且既然到了市上，大街上的灯同城市中人更不可不去看看。于是留下了，坐在后舱看河中景致，等候大娘的空暇。到后要上岸时就由船边小阳桥攀援篷架到船头；玩过后，仍然由那旧地方转到船上，小心小心使声音放轻，省得留在舱里躺到床上烧烟的客人发怒。

到要睡觉的时候，城里起了更，西梁山上的更鼓咚咚响了一会，悄悄的从板缝里看看客人还不走，丈夫没有什么话可说，就在梢舱上新棉絮里一个人睡了。半夜里，或者已睡着，或者还在胡思乱想，那媳妇抽空爬过了后舱，问是不是想吃一点糖。本来非常欢喜口含片糖的脾气，做媳妇的记得清楚明白，所以即或说已经睡觉，已经吃过，也仍然还是塞了一小片糖在口里。媳妇用着略略抱怨自己那种神气走去了。丈夫把糖含在口里，正像仅仅为了这点理由，就得原谅媳妇的行为，尽她在前舱陪客自己仍然很和平的睡觉了。

这样丈夫在黄庄多着！那里出强健女子同忠厚男人。地方实在太穷了，一点点收成照例要被上面的人拿走一大半，手足贴地的乡下人，任你如何勤省耐劳的干做，一年中四分之一时间，即或用红薯叶和糠灰拌和充饥，总还是不容易对付下去。地方虽在山中，离大河码头只三十里，由于习惯，女子出乡讨生活，男人明白这做生意的一切利益。他懂事，女人名分仍然归他，养得儿子归他，有了钱，也总有一部分归他。

那些船只排列在河下，一个陌生人，数来数去是永远无法数清的。明白这数目，而且明白那秩序，记忆得出每一个船和摇船人样子，是五区一个老水保。

水保是个独眼睛的人。这独眼据说在年青时节因殴斗杀过一个水恶人，因为杀人，同时也就被人把眼睛抠瞎了。但两只眼睛不能分明的。他一只眼睛却办到了。一个河里都由他管事。他的权力在这些小船上，比一个中国的皇帝、总统在地面上的权力还统一集中。

涨了河水，水保比平时似乎忙多了。由于责任，他得各处去看看，是不是有些船上做父母的上了岸，小孩子在哭奶了。是不是有些船上在吵架，需要排难解纷。是不是有些船因照料无人，有溜去的危险。在今天，这位大爷，并且要到各处去调查一些从岸上发生影响到了水面的事情。岸上这几天来出过三次小抢案，据公安局那方面人说，凡地上小缝小罅都找寻到了，还是毫无线索。地上小缝小罅都亏那些体面的在职从公人员找过，于是水保的责任便到了。他得了通知，就是那些说谎话的公安局办事处通知，要他到半夜会同水面武装警察上船去搜索"歹人"。

水保得到这消息时是上半天。一个白天他要做许多事情。他要先尽一些从平日受人款待好酒好肉而来的义务了。于是沿了河岸，从第一号船起始，每个船上去谈谈话。他得先调查一下，问问这船上是不是留容得有不端正的外乡人。

做水保的人照例是水上一霸，凡是属于水面上的事情他无有不知。这人本来就是一个吃水上饭的人，是立于法律同官府对面，按照习惯被官吏来利用，处治这水上一切的。但人一上了年纪，世界成天变，变去变来这人有了钱，成过家，喝点酒，生儿育女，生活安舒，慢慢地转成一个和平正直的人了。在职务上帮助官府，在感情上却亲近了船家。在这些情形上面他建设了一个道德的模范。他受人尊敬不小于官,却不让人害怕厌恶。他做了河船上许多妓女的干爹。由于这些社会习惯的联系,他的行为处事是靠在水上人一边的。

他这时节正从一个跳板上跃到一只新油漆过的"花船"头,那船位置在较清静的一家莲子铺吊脚楼下,他认得这只船归谁管,一上船就喊"七丫头"。

没有声音。年青的女人不见出来,年老的掌班也不见出来。老年人很懂事情,以为或者是白天有年青男子上船做呆事,就站在船头眺望,等了一会。

过一阵,他又喊了两声,又喊伯妈,喊五多;五多是船上的小毛头,年纪十二岁,人很瘦,声音尖锐,平时大人上了岸就守船,买东西煮饭,常常挨打,爱哭,过了一会儿又唱起小调来。但是喊过五多后,也仍然得不到结果。因为听到舱里又似乎实在有声音,像人出气,不像全上了岸,也不像全在做梦。水保就偻身窥觑舱口,向暗处询问"是谁在里面"。

里面还是不敢作答。

水保有点生气了,大声地问:"你是哪一个?"

里面一个很生疏的男子声音,又虚又怯回答说:"是我。"接着又说:"都上岸去了。"

"都上岸了么?"

"上岸了。她们……"

好像单单是这样答应,还深恐开罪了来人,这时觉得有一点义务要尽了,这男子于是从暗处爬出来,在舱几,小心小心扳着篷架,非常拘束的望着来人。

先是望到那一对峨然巍然似乎是用柿油涂过的猪皮靴子,上去一点是一个赭色柔软麂皮抱兜,再上去是一双同环抱着的毛手,满是青筋黄毛,手上有颗其大无比的黄金戒指,再上去才是一块正四方形像是无数橘子皮拼合而成的脸膛。这男子,明白这是有身份的主顾了,就学着城市里人说话:"大爷,您请里面坐坐,她们就回来。"

从那说话的声音,以及干浆衣服的风味上,这水保一望就明白这个人是才从乡下来的种田人。本来女人不在船就想走,但年青人忽然使他发生了兴味,他留着了。

"你从什么地方来?"他问他。为了不使人拘束,水保取的是做父亲的和平样子,望到这年青人,"我认不得你。"

他想了一下,好像也并不认得客人,就回答:"我是昨天来的。"

"乡下麦子抽穗了没有?"

"麦子吗?水碾子前我们那麦子,嘿,我们那猪,嘿,我们那……"

这个人,像是忽然明白了答非所问,记起了自己是同一个有身份的城里人说话,不应当说"我们",不应当说"我们水碾子"同"猪"。把字眼儿用错,所以再也接不下去了。

因为不说话，他就怯怯的望到水保微笑，他要人了解他，原谅他——他是一个正派人，并不敢有意拿三拿四。

水保懂得这个意思的。且在这对话中，明白这是船上人的亲戚了，他问年青人："老七到什么地方去了？什么时候可以回来？"

这时节，这年青人答语小心了。他仍然说："是昨天来的"。

他又告诉水保，他"昨天晚上来的"；末了才说，老七同掌班同五多上岸烧香去了，要他守船。因为守船必得把守船身份说出，他还告给了水保，他是老七的"汉子"。

因为老七平常喊水保都喊"干爹"，这干爹第一次认识了女婿，不必挽留，再说了几句，不到一会儿，两人皆爬进舱中了。

舱中有个小小床铺，床上有锦绸同红色印花洋布铺盖，折叠得整整齐齐。来客照规矩应当坐在床沿。光线从舱口来，所以在外面以为舱中极黑，到里面却一切分明。

年青人为客找烟卷，找自来火，毛脚毛手找翻了身边那个贮栗子的小坛子，圆而发乌金光泽的柏栗便在薄明的船舱里各处滚去，年青人各处用手去捕捉，仍然放到小坛子中去，也不知道应当请客人吃点东西。但客人却毫不客气，从舱板上把栗拾起咬破了吃，且说这风干的栗子真好。

"这个很好，你不欢喜么？"因为水保见到主人并不剥栗子吃。

"我欢喜。这是我屋后栗树上长的。去年生了好多，乖乖的从刺球里爆出来，我欢喜。"他笑了，近于提到自己儿子模样：很高兴说这个话。

"这样大栗子不容易得到。"

"我一个一个选出来的。""是的，因为老七欢喜吃这个，我才留下来。"

"你们那里可有猴栗？"

"什么猴栗？"

水保就把故事所说的："猴子在大山上住，被人辱骂时，抛下拳大粟子打人。人想得到这栗子，就故意去山下骂丑话，五蕃捡栗子。"——说给乡下人听。

因为栗子，正苦无话可说的年青人，得到同情他的人了。他知道的乡下问题可多咧。于是他说到地名"栗坳"的新闻。又说到一种栗木做成的犁柄如何结实合用。这个人太需要说些家常了。昨天来一晚上都有客人吃酒烧烟，把自己关闭在小船后梢，同五多说话，五多却睡得成死猪。今天一早上，本来应当有机会同媳妇谈到乡下事情了，女人又说要上岸过七里桥烧香，派他一个人守船。坐船上等了半天，还不见人回，到后梢去看河上景致，一切新奇不同，全只给自己发闷。先一时，正睡在舱里,就想这满江大水若到乡下去涨,鱼梁上不知道应当有多少鲤鱼上梁!把鱼捉来时,用柳条穿腮到太阳下去晒,正计算那数目,总算不清楚。忽然客人来到船上,似乎一切鱼都争着跳进水中去了。

来了客人,且在神气上看出来人是并不拒绝这些谈话的,所以这年青人,凡是预备到同自己媳妇在枕边诉说的各样事情,这时得到了一个好机会,都拿来同水保谈着。

他告给水保许多乡下情形,说到小猪捣乱的脾气,叫小猪做"乖乖"。又说到新由石匠整治过的那副石磨,顺便告给了一个石匠的笑话。又提起一把失去了多久的小镰刀,一把水保梦想不到的小镰刀,他说:"你瞧,奇怪不奇怪,我赌咒我各处都找到了。我们的床下、门枋上、仓角里,什么地方不找到?它简直躲了。躲猫猫一样,不见了。我为这件事骂老七。老七哭过。可还是不见。鬼打岩,蒙蒙眼,原来它躲在屋梁上饭箩里!半年躲在饭箩里!它吃饭!一身锈得像生疮。这东西多坏多狡猾!我说这个你明白我没有?怎么会到饭箩里半年?那是一只做样子的东西,挂到斗窗上。我记起那事了,是我削楔子,手上刮了皮,流了血,生了大气,赌气把刀那么一丢。一到水上磨了半天,还不错,仍然能吃肉,你一不小心,就得流血。我还不曾同老七说起这个,她不会忘记那哭得伤心的一回事。找到了,哈哈,真找到了。"

"找到它就好了。"水保随便那么说着。

"是的,得到了它那是好的。因为我总疑心这东西是老七掉到溪里,不好意思说明。我知道她不骗我了。我明白了。我知道她受了冤屈,因为我说过:'找不出么?那我就要打人!'我并不曾动过手。可是生气时也真吓人。她哭了半夜!"

"你是用它割草么?"

"嗨,哪里,用处多咧。是小镰刀,那么精巧,你怎么说割草?那是削一点薯皮,刮刮箫,这些用的。小得很,值三百钱,钢火妙极了。我们都应当有这样一把刀,放到身边,不明白么?"

水保说:"明白明白。都应当有一把,我懂你这个话。"

他以为水保当真懂的,因此再说下去,什么也说到了。甚至于希望明年来一个小宝宝,这样只合宜于同自己的媳妇睡到一个枕头上商量的话也说到了。年青人毫无拘束的还加上许多粗话蠢话。说了半天,水保起身要走了,他记起问客人贵姓。

"大爷,您贵姓?留一个片子到这里,我好回话。"

"不用不用。你只告她有这么一个大个儿到过船上,穿这样大靴子,告她晚上不要接客,我要来。"

"不要接客,您要来?"

"就是这样说。我一定要来的。我还要请你喝酒。我们是朋友。"

"是朋友,是朋友。"

水保用他那大而厚的手掌,拍了一下年青人的肩膊,从船头跃上岸,走到别一个船上去了。

水保走去后,年青人就一面等候,一面猜想这个大汉子是谁。他还是第一次和这样尊贵的人物谈话,他不会忘记这很好的印象的。人家今天不仅是和他谈话,还喊他做朋友,答应请他喝酒!他猜想这人一定是老七的熟客。他猜想老七一定得了这人许多钱。他忽然觉得愉快,感到要唱一个歌了,就轻轻的唱了首山歌,用四溪人体裁,他唱的是"水涨了,鲤鱼上梁,大的有大草鞋那么大,小的有小草鞋那么小"。

但足等了一会,还不见老七回来,一个鬼也不回来,他又想起那大汉子的丰采言谈了。他记起那一双靴子,闪闪发光,以为不是极好的山柿油涂到上面,是不会如此体面好看的。他记起那黄而发沉的戒指,说不分明那将值多少钱,一点不明白那宝贝为甚么如此可爱。他记起那伟人点头同发言,一个督抚的派头,一个省长的身份——这是老七的财神!他于是又唱了一首歌。用杨村人不庄重口吻,唱的是"山坳里团总烧炭,山脚里地保爬灰;爬灰红薯才肥,烧炭脸庞发黑"。

到午时,各处船上都已经有人在烧饭了。湿柴烧不燃,烟子各处窜,使人流泪打嚏。柴烟平铺到水面时如薄绸。听到河街馆子里大师傅用铲子敲打锅边的声音,听到邻船上白菜落锅的声音,老七还不见回来。可是船上烧湿柴的本领年青人还没有学会,小钢灶总是冷冷的不发吼。做了半天还是无结果,只有拿它放下了。

应当吃饭时候不得吃饭,人饿了,坐到小凳上敲打舱板,他仍然得想一点事情。一个不安分的估计在心上滋长。正似乎为装满了钱钞便极其骄傲模样的抱兜。在他眼前再现时,把原有和平失去了。一个用酒糟同红血所捏成的橘皮红色四方脸,也是极其讨厌的神气,保留在印象上。并且,要记忆有什么用?他记忆得到那嘱咐,是当到一个丈夫面前说的!"今晚你不要接客,我要来。"该死的话,是那么不客气的从那吃红薯的大口里说出!为什么要说这个?有什么理由要说这个?……

胡想使他心上增加了愤怒,饥饿重复揪着了这愤怒的心,便有一些原始人就不缺少的情绪,在这个年青简单的人情绪中滋长不已。

他不能再唱一首歌了。喉咙为嫉妒所扼,唱不出什么歌。他不能再有什么快乐。按照一个种田人的脾气,他想到明天就要回家。

有了脾气,再来烧火,自然更不行了,于是把所有的柴全丢到河里去了。

"雷打你这柴!安你到洋里海里去!"

但那柴是在两三丈以外,便被别个船上的人捞起了的。那船上人似乎一切都准

第四篇 观照人性

备好了，正等待一点从河面漂流而来的湿柴，把柴捞上，即刻就见到用废缆一段引火，且即刻满船发烟，火就带着小小爆裂声音燃好了。眼看这一切，新的愤怒使年青人感到羞辱，他想不必等待人回船就走路。

在街尾却遇到女人同小毛头五多两个人，正牵了手说着笑着走来。五多手上拿得有一把胡琴，崭新的样子，这是做梦也不曾遇到的一个好家伙！

"你走哪里去？"

"我——要回去。"

"教你看船也不看，要回去，什么人得罪了你，这样小气？"

"我要回去，你让我回去。"

"回到船上去！"

看看媳妇，样子比说话还硬劲，并且看到那一张胡琴，明知道这是特别买来给他的，所以再不能坚持。摸了摸自己发烧的额角，幽幽的说："回去也好，回去也好。"就跟了媳妇的身后跑转船上。

掌班大娘也赶来了。原来提了一副猪肺，好像东西只是乘便偷来的，深恐被人追上带到衙门里去，所以跑得颧骨发了红，喘气不止。大娘一上船，女人在舱中就喊：

"大娘，你瞧，我家汉子想走！"

"谁说的，戏也不看就走！"

"我们到街口碰到他，他生气样子，一定是怪我们不早回来。"

"那是我的错；是菩萨的错；是屠户的错。我不该同屠户为一个钱吵闹半天，屠户不该肺里灌了这样多水。"

"那是我的错。"陪男子在舱里的女人，这样说了一句话，坐下了。对面是男子汉。她于是有意的在把衣服解换时，露出极风情的红绫胸褡。胸褡上绣了"鸳鸯戏荷"，是上月自己亲手新做的。

男子觑着不说话。有说不出的什么东西，在血里窜着涌着。

在后梢，听到大娘同五多谈着柴米。

"怎么，我们的柴都被谁偷去了？""米是谁淘好的？"

"一定是火烧不燃。……姐夫是乡下人，只会烧松香。"

"我们不是昨天才解散一捆柴么？"

"都完了。"

"去前面搬一捆，不要说了。"

"姐夫只知道淘米！"小五多一面说一面笑。

听到这些话的年青汉子，一句话不说，静静的坐在舱里，望着那把新买来的胡琴。

女人说："弦早配好了，试拉拉看。"

先是不作声，到后把琴搁在膝上，查看琴筒上的松香。调弦时，生疏的音响从指间流出，拉琴人便快乐的微笑了。

不到一会，满舱是烟，男子被女人喊出，依旧把琴拿到外面去，站在船头调弦。到吃中饭时，五多说："姐夫你回头拉《孟姜女哭长城》，我唱。""我不会拉！"

"我听说你拉得很好，你骗我，谎我。"

"我不骗你。我只会拉《娘送女》流水板。"

大娘说："我听老七说你拉得好，所以到庙里，一见这琴，我想起你，才说就为姐夫买回去吧。真是运气，烂贱就买来了。这到乡里一块钱还恐怕买不到，不是么？"

"是的，多少钱？"

"一吊六。他们都说值得！"

五多笑着搭嘴说："谁那么说值得？"

大娘很生气的说："毛丫头，准说不值得？你知道什么？撕你的嘴！"

五多把舌伸伸，表示口不关风说错了话。

因为这琴是从个卖琴熟人手上拿来，一个钱不花。听到大娘的谎话，五多分辩，大娘就骂五多。老七却笑了。男子以为这是笑大娘不懂事，所以也在一旁干笑着。

男子先把饭一骨碌吃完，就动手拉琴，新琴声音又清又亮。五多兴到得意忘形，放下碗筷唱将起来，被大娘结结实实打了一筷子头，才忙着吃饭，收碗，洗锅子。

到了晚上，前舱盖了篷，男子拉琴，五多唱歌，老七也唱歌。美孚灯罩子有红纸剪成的遮光帽，全舱灯光红红的如过年办喜事。年青人在热闹中心上开了花。可是不多久，有兵士从河街过身，喝得烂醉，听到这声音了。

两个醉鬼踉踉跄跄到了船边，两手全是污泥，手扳船沿，像含胡桃那么混混胡胡的嚷叫："甚么人唱，报上名来！唱得好，赏一个五百。不听到么？

老子赏你五百！"

里面琴声戛然而止，沉静了。

醉鬼用脚不住踢船，篷篷篷发出钝而沉闷的声音。且想推篷，搜索不到篷盖接榫处。于是又叫嚷："不要赏么，婊子狗造的！装聋，装哑？甚么人敢在这里作乐？我怕谁？皇帝我也不怕。大爷，我怕皇帝我不是人！我们军长师长，都是混账王八蛋，是皮蛋鸡蛋，寡了的臭蛋，我才不怕！"

另一个喉咙发沙的说道：

"骚婊子，出来拖老子上船！"

第四篇 观照人性

并且即刻听到用石头打船篷,大声的辱宗骂祖,一船人都吓慌了。火娘忙把灯扭小一点,走出去推篷。男子听到那汹汹声气,夹了胡琴就往后舱钻去。不一会,醉人已经进到前舱了,两个人一面说着野话,一面还要争夺同老七亲嘴,同大娘、五多亲嘴。且听到有个哑嗓子问:"是什么人在此唱歌作乐?把拉琴的抓来,再为老子唱一个歌。"

大娘不敢作声,老七也无了主意,两个酒疯子就大声的骂人:

"臭货,喊龟子出来,跟老子拉琴,赏一千!英雄盖世的曹孟德也不会这样大方!我赏一千,一千个红薯。快来,不出来我烧掉你们这只船!听着没有,老东西!赶快,莫让老子们生了气,灯笼子认不得人!"

"大爷,这是我们自己家几个人玩玩,不是外人。……"

"不!不!不!老婊子,你不中吃。你老了,皱皮柑!快叫拉琴的来!杂种!我要拉琴,我要自己唱!"一面说一面便站起身来,想向后舱去搜寻。大娘弄慌了,把口张大合不拢去。老七急中生智,拖着那醉鬼的手,安置到自己的大奶上。

醉鬼懂到这个意思,又坐下了。"好的,妙的,老子出得起钱。老子今天晚上要到这里睡觉!"

这一个在老七左边躺下去后,另一个不说什么,也在右边躺了下去。

年青人听到前舱仿佛安静了一会,在隔壁轻轻的喊大娘。

正感到一种侮辱的大娘,悄悄爬过去,男子还不大分明是什么事情,问大娘:"甚么事情?"

"营上的副爷,醉了,像猫。等一会儿就得走。"

"要走才行。我忘记告你们了,今天有一个大方脸人来,好像大官,吩咐过我,他晚上还要来,不许留客。"

"是脚上穿大皮靴子,说话像打锣么?"

"是的,是的。他手上还有一个大金戒子。"

"那是老七干爹。他今早上来过了么?"

"来过的。他说了半天话才走,吃过些风干栗子。"

"他说些什么?"

"他说一定要来,一定莫留客,……还说一定要请我喝酒。"

大娘想想,来做什么?难道是水保自己要来歇夜,难道是老对老,水保注意到……?想不通,一个老鸨虽说一切丑事做成习惯,什么也不至于红脸,但被人说到"不中吃"时,是多少感到一种羞辱的。她悄悄的回到前舱,看前舱新事情不成样子,扁了扁瘪嘴,骂了一声"猪狗",终归又转到后舱来了。

"怎么?"

"不怎么。"

"怎么,他们走了?"

"不怎么,他们睡了。"

"睡了?"

大娘虽看不清楚这时男子的脸色,但她很懂得这语气,就说:"姐夫,你难得上城来,我们可以上岸玩玩去,今夜三元宫夜戏,我请你坐高台子,戏是《秋胡三戏结发妻》。"

男子摇头不语。

兵士胡闹了阵走去后,五多、大娘、老七都在前舱灯光下说笑,说那兵士的醉态。男子留在后舱不出来。大娘到门边喊过了二次,不答应,不明白这脾气从什么地方发生。大娘回头就来检查那四张票子的花纹,因为她已经认得出票子的真假了。票子倒是真的,她在灯光下指点给老七看那些记号,那些花,且放近鼻子上嗅嗅,说这个一定是清真牛肉馆子里找出来的,因为有牛油味道。

五多第二次又走过去,"姐夫,姐夫,他们走了,我们来把那个唱完,我们还得……"

女人老七像是想到了什么心事,拉着了五多,不许她说话。一切沉默了。男子在后舱先还是正用手指扣琴弦,作小小声音,这时手也离开那弦索了。

船上四个人都听到从河街上飘来的锣鼓、唢呐声音。河街上一个做生意人办喜事,客来贺喜,大唱堂戏,一定有一整夜的热闹。

过了一会,老七一个人轻脚轻手爬到后舱去,但即刻又回来了。

大娘问:"怎么了?"

老七摇摇头,叹了一口气,"牛脾气,让他去。"

先以为水保恐怕不会来的,所以大家仍然睡了觉,大娘、老七、五多三个人在前舱,只把男子放到后面。

查船的在半夜时,由水保领来了。水面鸦雀无声,四个全副武装警察守在船头,水保同巡官晃着手电筒进到前舱。这时大娘已把灯捻明了,她经验多,懂得这不是大事情。老七披了衣坐在床上,喊"干爹",喊"巡官老爷",要五多倒茶。五多还睡意迷蒙,只想到梦里在乡下摘三月莓!

男子被大娘摇醒揪出来,看到水保,看到一个穿黑制服的大人物,吓得不能说话,不晓得有什么严重事情发生。

那巡官于是装成很有威风的神气开了口:"这是什么人?"

水保代为答应:"老七的汉子,才从乡下来走亲戚。"

老七补说道:"巡官,他昨天才来。"

巡官看了一会儿男子，又看了一会儿女人，仿佛看出水保的话不是谎话，就不再说话了。随意在前舱各处翻翻，待注意到那个贮风干栗子的小坛子时，水保便抓一大把栗子，塞进巡官那件体面制服的大口袋里去。巡官只是笑，也不说什么。

一伙人一会儿就走到另一船上去了。大娘刚要盖篷，一个警察回来传话：

"大娘，大娘，你告老七，巡官要回来仔细考察她一下，你懂不懂？"

大娘说："就来么？"

"查完夜就来。"

"当真吗？"

"我什么时候同你这老婊子说过谎？"

大娘很欢喜的样了，使男子很奇怪。因为他不明白为甚么巡官还要回来考察老七。但这时节望到老七睡起的样子，上半晚的气已经没有了，他愿意讲和，愿意同她在床上说点家常私话，商量件事情，就傍床沿坐定不动。

大娘像是明白男子的心事，明白男子的欲望，也明白他不懂事，故只同老七打知会，"巡官就要来的！"

老七咬着嘴唇不作声，半天发痴。

男子一早起身就要走路，沉沉默默的一句话不说，端整了自己的草鞋，找到了自己的烟袋。一切归一了，就坐到那矮床边沿，像是有话说又说不出口。

老七问他："你不是答应过干爹，到他家喝酒吗？"

"……"摇摇头，不作答。

"人家特意为你办了酒席！四盘四碗一火锅，大面子事情，难道好意思不领情？"

"……"

"戏也不看看么？"

"……"

"满天红的荤油包子，到半日才上笼，那是你欢喜的包子！"

"……"

一定要走了，老七很为难，走出船头呆了一会，回身从荷包里掏出昨晚上那兵士给的票子来，点了一下数目，一共四张，捏成一把塞到男子左手心里去。男子无话说，老七似乎懂到那意思了，"大娘，你拿的那三张也给我。"大娘将钱取出。老七又将这钱点数一下，塞到男子右手心里去。

男子摇摇头，把票子撒到地下去，两只大而粗的手掌捂着脸孔，像小孩子那样莫名其妙地哭了起来。

五多同大娘看情形不好，一齐逃到后舱去了。五多心想这真是怪事，那么大的人会哭，好笑！可是她并不笑。她站在船后梢舱，看见挂在梢舱顶梁上的胡琴，很愿意唱一个歌,可是不知为什么也总唱不出声音来。

　　水保来船上请远客吃酒时,只有大娘同五多在船上,问及时,才明白是两夫妇一早都回转乡下去了。

1930年4月13日作于吴淞

1934年7月21日改于北京

1957年3月重校

阅读思考题

《丈夫》揭露了旧中国下层劳动人民生活中丑恶的一面:由于生活所迫,农民丈夫把妻子送到城里当船妓。《丈夫》着重描写了"丈夫"从精神麻木到人的尊严的初步觉醒,作者也寄托深切希望于下层劳动人民人性的复苏。试分析小说对"丈夫"的人性与情感的独到处理。

笔记区

受 戒

汪曾祺

汪曾祺（1920—1997），当代著名作家，大学期间开始发表作品，深受西方现代学派影响，晚年作品提倡"回到民族传统、回到现实主义"。他强调民族传统要能吸取有益的外来文化，现实主义要能融合其他学派。他的小说对语言重视到苛求的地步，要求自己"能不说话就不说话"。其主要作品有小说集《羊舍的夜晚》、《汪曾祺短篇小说选》、《晚饭花集》、评论集《晚翠文谈》等。

明海出家已经四年了。

他是十三岁来的。

这个地方的地名有点怪，叫庵赵庄。赵，是因为庄上大都姓赵。叫做庄，可是人家住得很分散，这里两三家，那里两三家。一出门，远远可以看到，走起来得走一会，因为没有大路，都是弯弯曲曲的田埂。庵，是因为有一个庵。庵叫菩提庵，可是大家叫讹了，叫成荸荠庵。连庵里的和尚也这样叫。"宝刹何处?"——"荸荠庵。"庵本来是住尼姑的。"和尚庙"、"尼姑庵"嘛。可是荸荠庵住的是和尚。也许因为荸荠庵不大，大者为庙，小者为庵。

明海在家叫小明子。他是从小就确定要出家的。他的家乡不叫"出家"，叫"当和尚"。他的家乡出和尚。就像有的地方出劁猪的，有的地方出织席子的，有的地方出箍桶的，有的地方出弹棉花的，有的地方出画匠，有的地方出婊子，他的家乡出和尚。人家弟兄多，就派一个出去当和尚。当和尚也要通过关系，也有帮。这地方的和尚有的走得很远。有到杭州灵隐寺的、上海静安寺的、镇江金山寺的、扬州天宁寺的。一般的就在本县的寺庙。明海家田少，老大、老二、老三，就足够种的了。他是老四。他七岁那年，他当和尚的舅舅回家，他爹、他娘就和舅舅商议，决定叫他当和尚。他当时在旁边，觉得这实在是在情在理，没有理由反对。当和尚有很多好处。一是可以吃现成饭。哪个庙里都是管饭的。二是可以攒钱。只要学会了放瑜伽焰口，拜梁皇忏，可以按例分到辛苦钱。积攒起来，将来还俗娶亲也可以；不想还俗，买几亩田也可以。当和尚也不容易，一要面如朗月，二要声如钟磬，三要聪明记性好。他舅舅给他相了相面，叫他前走几步，后走几步，又叫他喊了一声赶牛打场的号子:"格当得——",说是"明子准能当个好和尚,我包了!"要当和尚,得下点本,——念几年书。哪有不认字的和尚呢!于是明子就开蒙入学,读了《三字经》、《百家姓》、《四言杂字》、《幼学琼林》、《上论、下论》、《上孟、下孟》,每天还写一张仿。村里都夸他字写得好,很黑。

舅舅按照约定的日期又回了家,带了一件他自己穿的和尚领的短衫,叫明子娘改小一点,给明子穿。明子穿了这件和尚短衫,下身还是在家穿的紫花裤子,赤脚穿了一双新布鞋,跟他爹、他娘磕了一个头,就随舅舅走了。

他上学时起了个学名,叫明海。舅舅说,不用改了。于是"明海"就从学名变成了法名。

过了一个湖。好大一个湖!穿过一个县城。县城真热闹:官盐店,税务局,肉铺里挂着成边的猪,一个驴子在磨芝麻,满街都是小磨香的香味,布店,卖茉莉粉、梳头油的什么斋,卖绒花的,卖丝线的,打把式卖膏药的,吹糖人的,耍蛇的……他什么都想看看。舅舅一劲地推他:"快走!快走!"

到了一个河边,有一只船在等着他们。船上有一个五十来岁的瘦长瘦长的大伯,船头蹲着一个跟明子差不多大的女孩子,在剥一个莲蓬吃。明子和舅舅坐到舱里,船就开了。

明子听见有人跟他说话,是那个女孩子。

"是你要到荸荠庵当和尚吗?"

明子点点头。

"当和尚要烧戒疤呕!你不怕?"

明子不知道怎么回答,就含含糊糊地摇了摇头。

"你叫什么?"

"明海。"

"在家的时候?"

"叫明子。"

"明子!我叫小英子!我们是邻居。我家挨着荸荠庵。——给你!"

小英子把吃剩的半个莲蓬扔给明海,小明子就剥开莲蓬壳,一颗一颗吃起来。

大伯一桨一桨地划着,只听见船桨拨水的声音:

"哗——许!哗——许!"

……

荸荠庵的地势很好,在一片高地上。这一带就数这片地势高,当初建庵的人很会选地方。门前是一条河。门外是一片很大的打谷场。三面都是高大的柳树。山门里是一个穿堂。迎门供着弥勒佛。不知是哪一位名士撰写了一副对联:

> 大肚能容容天下难容之事
> 开颜一笑笑世间可笑之人

弥勒佛背后，是韦驮。过穿堂，是一个不小的天井，种着两棵白果树。天井两边各有三间厢房。走过天井，便是大殿，供着三世佛。佛像连龛才四尺来高。大殿东边是方丈，西边是库房。大殿东侧，有一个小小的六角门，白门绿字，刻着一副对联：

> 一花一世界
> 三藐三菩提

进门有一个狭长的天井，几块假山石，几盆花，有三间小房。

小和尚的日子清闲得很。一早起来，开山门，扫地。庵里的地铺的都是箩底方砖，好扫得很，给弥勒佛、韦驮烧一炷香，正殿的三世佛面前也烧一炷香、磕三个头、念三声"南无阿弥陀佛"，敲三声磬。这庵里的和尚不兴做什么早课、晚课，明子这三声磬就全部代替了。然后，挑水，喂猪。然后，等当家和尚，即明子的舅舅起来，教他念经。

教念经也跟教书一样，师父面前一本经，徒弟面前一本经，师父唱一句，徒弟跟着唱一句。是唱哎。舅舅一边唱，一边还用手在桌上拍板。一板一眼，拍得很响，就跟教唱戏一样。是跟教唱戏一样，完全一样哎。连用的名词都一样。舅舅说，念经：一要板眼准，二要合工尺。说：当一个好和尚，得有条好嗓子。说：民国二十年闹大水，运河倒了堤，最后在清水潭合龙，因为大水淹死的人很多，放了一台大焰口，十三大师——十三个正座和尚，各大庙的方丈都来了，下面的和尚上百。谁当这个首座？推来推去，还是石桥——善因寺的方丈！他往上一坐，就跟地藏王菩萨一样，这就不用说了；那一声"开香赞"，围看的上千人立时鸦雀无声。说：嗓子要练，夏练三伏，冬练三九，要练丹田气！说：要吃得苦中苦，方为人上人！说：和尚里也有状元、榜眼、探花！要用心，不要贪玩！舅舅这一番大法要说得明海和尚实在是五体投地，于是就一板一眼地跟着舅舅唱起来：

"炉香乍爇——"

"炉香乍爇——"

"法界蒙薰——"

"法界蒙薰——"

"诸佛现金身……"

"诸佛现金身……"

……

等明海学完了早经，——他晚上临睡前还要学一段，叫做晚经，——荸荠庵的师父们就都陆续起床了。

这庵里人口简单,一共六个人。连明海在内,五个和尚。

有一个老和尚,六十几了,是舅舅的师叔,法名普照,但是知道的人很少,因为很少人叫他法名,都称之为老和尚或老师父,明海叫他师爷爷。这是个很枯寂的人,一天关在房里,就是那"一花一世界"里。也看不见他念佛,只是那么一声不响地坐着。他是吃斋的,过年时除外。

下面就是师兄弟三个,仁字排行:仁山、仁海、仁渡。庵里庵外,有的称他们为大师父、二师父;有的称之为山师父、海师父。只有仁渡,没有叫他"渡师父"的,因为听起来不像话,大都直呼之为仁渡。他也只配如此,因为他还年轻,才二十多岁。

仁山,即明子的舅舅,是当家的。不叫"方丈",也不叫"住持",却叫"当家的",是很有道理的,因为他确确实实干的是当家的职务。他屋里摆的是一张账桌,桌子上放的是账簿和算盘。账簿共有三本。一本是经账,一本是租账,一本是债账。和尚要做法事,做法事要收钱。——要不,当和尚干什么?常做的法事是放焰口。正规的焰口是十个人。一个正座,一个敲鼓的,两边一边四个。人少了,八个,一边三个,也凑合了。荸荠庵只有四个和尚,要放整焰口就得和别的庙里合伙。这样的时候也有过。通常只是放半台焰口。一个正座,一个敲鼓,另外一边一个。一来找别的庙里合伙费事;二来这一带放得起整焰口的人家也不多。有的时候,谁家死了人,就只请两个,甚至一个和尚咕噜咕噜念一通经,敲打几声法器就算完事。很多人家的经钱不是当时就给,往往要等秋后才还。这就得记账。另外,和尚放焰口的辛苦钱不是一样的。就像唱戏一样,有份子。正座第一份。因为他要领唱,而且还要独唱。当中有一大段"叹骷髅",别的和尚都放下法器休息,只有首座一个人有板有眼地曼声吟唱。第二份是敲鼓的。你以为这容易呀?哼,单是一开头的"发擂",手上没功夫就敲不出迟疾顿挫!其余的,就一样了。这也得记上:某月某日、谁家焰口半台,谁正座,谁敲鼓……省得到年底结账时赌咒骂娘。……这庵里有几十亩庙产,租给人种,到时候要收租。庵里还放债。租、债一向倒很少亏欠,因为租佃借钱的人怕菩萨不高兴。这三本账就够仁山忙的了。另外香烛、打火、油盐"福食",这也得随时记记账呀。除了账簿之外,山师父的方丈的墙上还挂着一块水牌,上漆四个红字"勤笔免思"。

仁山所说当一个好和尚的三个条件,他自己其实一条也不具备。他的相貌只要用两个字就说清楚了:黄、胖。声音也不像钟磬,倒像母猪。聪明么?难说,打牌老输。他在庵里从不穿袈裟,连海青直裰也免了。经常是披着件短僧衣,袒露着一个黄色的肚子。下面是光脚趿拉着一双僧鞋,——新鞋他也是趿拉着。他一天就是这样不衫不履地这里走走，那里走走，发出母猪一样的声音："呣——呣——"。

二师父仁海。他是有老婆的。他老婆每年夏秋之间来住几个月，因为庵里凉快。庵里有六个人，其中之一，就是这位和尚的家眷。仁山、仁渡叫她嫂子，明海叫她师娘。这两口子都很爱干净，整天的洗涮。傍晚的时候，坐在天井里乘凉。白天，闷在屋里不出来。

三师父是个很聪明精干的人。有时一笔账大师兄扒了半天算盘也算不清，他眼珠子转两转，早算得一清二楚。他打牌赢的时候多，二三十张牌落地，上下家手里有些什么牌，他就差不多都知道了。他打牌时，总有人爱在他后面看歪头胡。谁家约他打牌，就说"想送两个钱给你"。他不但经忏俱通（小庙的和尚能够拜忏的不多），而且身怀绝技，会"飞铙"。七月间有些地方做盂兰会，在旷地上放大焰口，几十个和尚，穿绣花袈裟，飞铙。飞铙就是把十多斤重的大铙钹飞起来。到了一定的时候，全部法器皆停，只几十副大铙紧张急促地敲起来。忽然起手，大铙向半空中飞去，一面飞，一面旋转。然后，又落下来，接住。接住不是平平常常地接住，有各种架势，"犀牛望月"、"苏秦背剑"……这哪是念经，这要杂技。也许是地藏王菩萨爱看这个，但真正因此快乐起来的是人，尤其是妇女和孩子。这是年轻漂亮的和尚出风头的机会。一场大焰口过后，也像一个好戏班子过后一样，会有一个两个大姑娘、小媳妇失踪，——跟和尚跑了。他还会放"花焰口"。有的人家，亲戚中多风流子弟，在不是很哀伤的佛事——如做冥寿时，就会提出放花焰口。所谓"花焰口"就是在正焰口之后，叫和尚唱小调，拉丝弦，吹管笛，敲鼓板，而且可以点唱。仁渡一个人可以唱一夜不重头。仁渡前几年一直在外面，近二年才常住在庵里。据说他有相好的，而且不止一个。他平常可是很规矩，看到姑娘媳妇总是老老实实的，连一句玩笑话都不说，一句小调山歌都不唱。有一回，在打谷场上乘凉的时候，一伙人把他围起来，非叫他唱两个不可。他却情不过，说："好，唱一个。不唱家乡的。家乡的你们都熟，唱个安徽的。"

    姐和小郎打大麦，

    一转子讲得听不得。

    听不得就听不得，

    打完了大麦打小麦。

唱完了，大家还嫌不够，他就又唱了一个：

    姐儿生得漂亮的，

    两个奶子翘翘的。

    有心上去摸一把

    心里有点跳跳的。

……

这个庵里无所谓清规,连这两个字也没人提起。

仁山吃水烟,连出门做法事也带着他的水烟袋。

他们经常打牌。这是个打牌的好地方。把大殿上吃饭的方桌往门口一搭,斜放着,就是牌桌。桌子一放好,仁山就从他的方丈里把筹码拿出来,哗啦一声倒在桌上。斗纸牌的时候多,搓麻将的时候少。牌客除了师兄弟三人,常来的是一个收鸭毛的,一个打兔子兼偷鸡的,都是正经人。收鸭毛的担一副竹筐,串乡串镇,拉长了沙哑的声音喊叫:

"鸭毛卖钱——!"

偷鸡的有一件家什——铜蜻蜓。看准了一只老母鸡,把铜蜻蜓一丢,鸡婆子上去就是一口。这一啄,铜蜻蜓的硬簧绷开,鸡嘴撑住了,叫不出来了。正在这鸡十分纳闷的时候,上去一把薅住。

明子曾经跟这位正经人要过铜蜻蜓看看。他拿到小英子家门前试了一试,果然!小英的娘知道了,骂明子:

"要死了!儿子!你怎么到我家来玩铜蜻蜓了!"

小英子跑过来:

"给我!给我!"

她也试了试,真灵,一个黑母鸡一下子就把嘴撑住,傻了眼了!

下雨阴天,这二位就光临荸荠庵,消磨一天。

有时没有外客,就把老师叔也拉出来,打牌的结局,大都是当家和尚气得鼓鼓的:"×妈妈的!又输了!下回不来了!"

他们吃肉不瞒人。年下也杀猪。杀猪就在大殿上。一切都和在家人一样,开水、水桶、尖刀。捆猪的时候,猪也是没命地叫。跟在家人不同的,是多一道仪式,要给即将升天的猪念一道"往生咒",并且总是老师叔念,神情很庄重:

"……一切胎生、卵生、息生,来从虚空来,还归虚空去,往生再世,皆当欢喜。南无阿弥陀佛!"

三师父仁渡一刀子下去,鲜红的猪血就带着很多沫子喷出来。

明子老往小英子家里跑。

小英子的家像一个小岛,三面都是河,西面有一条小路通到荸荠庵。独门独户,岛上只有这一家。岛上有六棵大桑树,夏天都结大桑葚,三棵结白的,三棵结紫的;一个菜园子,瓜豆蔬菜,四时不缺。院墙下半截是砖砌的,上半截是泥夯的。大门是桐油油过的,贴着一副万年红的春联:

第四篇　观照人性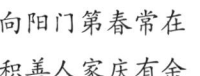

向阳门第春常在
积善人家庆有余

　　门里是一个很宽的院子。院子里一边是牛屋、碓棚；一边是猪圈、鸡窠，还有个关鸭子的栅栏。露天地放着一具石磨。正北面是住房，也是砖基土筑，上面盖的一半是瓦，一半是草。房子翻修了才三年，木料还露着白茬。正中是堂屋，家神菩萨的画像上贴的金还没有发黑。两边是卧房。隔扇窗上各嵌了一块一尺见方的玻璃，明亮亮的，——这在乡下是不多见的。房檐下一边种着一棵石榴树，一边种着一棵栀子花，都齐房檐高了。夏天开了花，一红一白，好看得很。栀子花香得冲鼻子。顺风的时候，在荸荠庵都闻得见。

　　这家人口不多。他家当然是姓赵。一共四口人：赵大伯、赵大妈，两个女儿，大英子、小英子。老两口没得儿子。因为这些年人不得病，牛不生灾，也没有大旱大水闹蝗虫，日子过得很兴旺。他们家自己有田，本来够吃的了，又租种了庵上的十亩田。自己的田里，一亩种了荸荠，——这一半是小英子的主意，她爱吃荸荠，一亩种了茨菰。家里喂了一大群鸡鸭，单是鸡蛋鸭毛就够一年的油盐了。赵大伯是个能干人。他是一个"全把式"，不但田里场上样样精通，还会罩鱼、洗磨、凿砻、修水车、修船、砌墙、烧砖、箍桶、劈篾、绞麻绳。他不咳嗽，不腰疼，结结实实，像一棵榆树。人很和气，一天不声不响。赵大伯是一棵摇钱树，赵大娘就是个聚宝盆。大娘精神得出奇。五十岁了，两个眼睛还是清亮亮的。不论什么时候，头都是梳得滑滴滴的，身上衣服都是格挣挣的。像老头子一样，她一天不闲着。煮猪食，喂猪，腌咸菜，——她腌的咸萝卜干非常好吃，舂粉子，磨小豆腐，编蓑衣，织芦箔。她还会剪花样子。这里嫁闺女，陪嫁妆，磁坛子、锡罐子，都要用梅红纸剪出吉祥花样，贴在上面，讨个吉利，也才好看："丹凤朝阳"呀、"白头到老"呀、"子孙万代"呀、"福寿绵长"呀。二三十里的人家都来请她："大娘，好日子是十六，你哪天去呀？"——"十五，我一大清早就来！"

　　"一定呀"！——"一定！一定！"

　　两个女儿，长得跟她娘像一个模子里托出来的。眼睛长得尤其像，白眼珠鸭蛋青，黑眼珠棋子黑，定神时如清水，闪动时像星星。浑身上下，头是头，脚是脚。头发滑溜溜的，衣服格挣挣的。——这里的风俗，十五六岁的姑娘就都梳上头了。这两个丫头，这一头的好头发！通红的发根，雪白的簪子！娘女三个去赶集，一集的人都朝她们望。

　　姐妹俩长得很像，性格不同。大姑娘很文静，话很少。像父亲。小英子比她娘还会说，一天咭咭呱呱地不停。大姐说：

　　"你一天咭咭呱呱——"

"像个喜鹊！"

"你自己说的——吵得人心乱！"

"心乱？"

"心乱！"

"你心乱怪我呀！"

二姑娘话里有话。大英子已经有了人家。小人她偷偷地看过，人很敦厚，也不难看，家道也殷实，她满意。已经下过小定，日子还没有定下来。她这二年，很少出房门，整天赶她的嫁妆。大裁大剪，她都会。挑花绣花，不如娘。可她又嫌娘出的样子太老了。她到城里看过新娘子，说人家现在绣的都是活花活草。这可把娘难住了。最后是喜鹊忽然一拍屁股："我给你保举一个人！"

这人是谁，是明子。明子念"上孟下孟"的时候，不知怎么得了半套《芥子园》，他喜欢得很。到了荸荠庵，他还常翻出来看，有时还把旧账簿子翻过来，照着描。小英子说：

"他会画！画得跟活的一样！"

小英子把明海请到家里来，给他磨墨铺纸，小和尚画了几张，大英子喜欢得了不得：

"就是这样！就是这样！这就可以乱孱！"——所谓"乱孱"是绣花的一种针法：绣了第一层，第二层的针脚插进第一层的针缝，这样颜色就可由深到淡，不露痕迹，不像娘那一代绣的花是平针，深浅之间，界限分明，一道一道的。小英子就像个书童，又像个参谋：

"画一朵石榴花！"

"画一朵栀子花！"

她把花掐来，明海就照着画。

到后来，凤仙花、石竹子、水蓼、淡竹叶、天竺果子、腊梅花，他都能画。

大娘看着也喜欢，搂住明海的和尚头：

"你真聪明！你给我当一个干儿子吧！"

小英子捺住他的肩膀，说：

"快叫！快叫！"

小明子跪在地下磕了一个头，从此就叫小英子的娘做干娘。

大英子绣的三双鞋，三十里方圆都传遍了。很多姑娘都走路坐船来看。看完了，就说："啧啧啧，真好看！这哪是绣的，这是一朵鲜花！"她们就拿了纸来央大娘求了小和尚来画。有求画帐檐的，有求画门帘飘带的，有求画鞋头花的。每回明子来画花，小英子就给他做点好吃的，煮两个鸡蛋，蒸一碗芋头，煎几个藕团子。

因为照顾姐姐赶嫁妆,田里的零碎生活小英子就全包了。她的帮手,是明子。

这地方的忙活是栽秧、车高田水、薅头遍草,再就是割稻子、打场了。这几茬重活,自己一家是忙不过来的。这地方兴换工。排好了日期,几家顾一家,轮流转。不收工钱,但是吃好的。一天吃六顿,两头见肉,顿顿有酒。干活时,敲着锣鼓,唱着歌,热闹得很。其余的时候,各顾各,不显得紧张。

薅三遍草的时候,秧已经很高了,低下头看不见人。一听见非常脆亮的嗓子在一片浓绿里唱:

栀子哎开花哎六瓣头哎……

姐家哎门前哎一道桥哎……

明海就知道小英子在哪里,三步两步就赶到,赶到就低头薅起草来。傍晚牵牛"打汪",是明子的事。——水牛怕蚊子。这里的习惯,牛卸了轭,饮了水,就牵到一口和好泥水的"汪"里,由它自己打滚扑腾,弄得全身都是泥浆,这样蚊子就咬不透了。低田上水,只要一挂十四轧的水车,两个人车半天就够了。明子和小英子就伏在车杠上,不紧不慢地踩着车轴上的拐子,轻轻地唱着明海向三师父学来的各处山歌。打场的时候,明子能替赵大伯一会,让他回家吃饭。——赵家自己没有场,每年都在荸荠庵外面的场上打谷子。他一扬鞭子,喊起了打场号子:

"格当嘚——"

这打场号子有音无字,可是九转十三弯,比什么山歌号子都好听。赵大娘在家,听见明子的号子,就侧起耳朵:

"这孩子这条嗓子!"

连大英子也停下针线:

"真好听!"

小英子非常骄傲地说:

"一十三省数第一!"

晚上,他们一起看场。——荸荠庵收来的租稻也晒在场上。他们并肩坐在一个石磙子上,听青蛙打鼓,听寒蛇唱歌,——这个地方以为蝼蛄叫是蚯蚓叫,而且叫蚯蚓叫"寒蛇",听纺纱婆子不停地纺纱,"吵——",看萤火虫飞来飞去,看天上的流星。

"呀!我忘了在裤带上打一个结!"小英子说。

这里的人相信,在流星掉下来的时候在裤带上打一个结,心里想什么好事,就能如愿。

……

"拧"荸荠,这是小英子最爱干的生活。秋天过去了,地净场光,荸荠的叶子枯了，——荸荠的笔直的小葱一样的圆叶子里是一格一格的，用手一捋，哔哔地响，小英子最爱捋着玩，——荸荠藏在烂泥里。赤了脚，在凉浸浸滑溜溜的泥里踩着，——哎，一个硬疙瘩！伸手下去，一个红紫红紫的荸荠。她自己爱干这活，还拉了明子一起去。她老是故意用自己的光脚去踩明子的脚。

她挎着一篮子荸荠回去了，在柔软的田埂上留了一串脚印。明海看着她的脚印，傻了。五个小小的趾头，脚掌平平的，脚跟细细的，脚弓部分缺了一块。明海身上有一种从来没有过的感觉，他觉得心里痒痒的。这一串美丽的脚印把小和尚的心搞乱了。

……

明子常搭赵家的船进城，给庵里买香烛，买油盐。闲时是赵大伯划船；忙时是小英子去，划船的是明子。

从庵赵庄到县城，当中要经过一片很大的芦花荡子。芦苇长得密密的，当中一条水路，四边不见人。划到这里，明子总是无端端地觉得心里很紧张，他就使劲地划桨。

小英子喊起来：

"明子！明子！你怎么啦？你发疯啦？为什么划得这么快？"

明海到善因寺去受戒。

"你真的要去烧戒疤呀？"

"真的。"

"好好的头皮上烧十二个洞，那不疼死啦？"

"咬咬牙。舅舅说这是当和尚的一大关，总要过的。"

"不受戒不行吗？"

"不受戒的是野和尚。"

"受了戒有啥好处？"

"受了戒就可以到处云游，逢寺挂褡。"

"什么叫'挂褡'？"

"就是在庙里住。有斋就吃。"

"不把钱？"

"不把钱。有法事，还得先尽外来的师父。"

"怪不得都说'远来的和尚会念经'。就凭头上这几个戒疤？"

"还要有一份戒牒。"

"闹半天，受戒就是领一张和尚的合格文凭呀！"

"就是！"

"我划船送你去。"

"好。"

小英子早早就把船划到荸荠庵门前。不知是什么道理,她兴奋得很。她充满了好奇心,想去看看善因寺这座大庙,看看受戒是个啥样子。

善因寺是全县第一大庙,在东门外,面临一条水很深的护城河,三面都是大树,寺在树林子里,远处只能隐隐约约看到一点金碧辉煌的屋顶,不知道有多大。树上到处挂着"谨防恶犬"的牌子。这寺里的狗出名的厉害。平常不大有人进去。放戒期间,任人游看,恶狗都锁起来了。

好大一座庙!庙门的门坎比小英子肐膝都高。迎门矗着两块大牌,一边一块,一块写着斗大两个大字:"放戒",一块是:"禁止喧哗"。这庙里果然是气象庄严,到了这里谁也不敢大声咳嗽。明海自去报名办事,小英子就到处看看。好家伙,这哼哈二将、四大天王,有三丈多高,都是簇新的,才装修了不久。天井有二亩地大,铺着青石,种着苍松翠柏。"大雄宝殿",这才真是个"大殿"!一进去,凉嗖嗖的。到处都是金光耀眼。释迦牟尼佛坐在一个莲花座上,单是莲座,就比小英子还高。抬起头来也看不全他的脸,只看到一个微微闭着的嘴唇和胖墩墩的下巴。两边的两根大红蜡烛,一搂多粗。佛像前的大供桌上供着鲜花、绒花、绢花,还有珊瑚树、玉如意、整颗的大象牙。香炉里烧着檀香。小英子出了庙,闻着自己的衣服都是香的。挂了好些幡。这些幡不知是什么缎子的,那么厚重,绣的花真细。这么大一口磬,里头能装五担水!这么大一个木鱼,有一头牛大,漆得通红的。她又去转了转罗汉堂,爬到千佛楼上看了看。真有一千个小佛!她还跟着一些人去看了看藏经楼。藏经楼没有什么看头,都是经书!妈吔!逛了这么一圈,腿都酸了。小英子想起还要给家里打油,替姐姐配丝线,给娘买鞋面布,给自己买两个坠围裙飘带的银蝴蝶,给爹买旱烟,就出庙了。

等把事情办齐,晌午了。她又到庙里看了看,和尚正在吃粥。好大一个"膳堂",坐得下八百个和尚。吃粥也有这样多讲究:正面法座上摆着两个锡胆瓶,里面插着红绒花,后面盘膝坐着一个穿了大红满金绣袈裟的和尚,手里拿了戒尺。这戒尺是要打人的。哪个和尚吃粥吃出了声音,他下来就是一戒尺。不过他并不真的打人,只是做个样子。真稀奇,那么多的和尚吃粥,竟然不出一点声音!她看见明子也坐在里面,想跟他打个招呼又不好打。想了想,管他禁止不禁止喧哗,就大声话了一句:"我走啦!"她看见明子目不斜视地微微点了点头,就不管很多人都朝自己看,大摇大摆地走了。

第四天一大清早小英子就去看明子。她知道明子受戒是第三天半夜,——烧戒疤是不许人看的。她知道要请老剃头师傅剃头,要剃得横摸顺摸都摸不出头发茬子,要不然一烧,就会"走"了戒,烧成了一片。她知道是用枣泥子先点在头皮上,然后用香头子点着。她知道烧了戒疤就喝一碗蘑菇汤,让它"发",还不能躺下,要不停地走动,叫做"散戒"。这些都是明子告诉她的。明子是听舅舅说的。

她一看,和尚真在那里"散戒",在城墙根底下的荒地里。一个一个,穿了新海青,光光的头皮上都有十二个黑点子。——这黑疤掉了,才会露出白白的、圆圆的"戒疤"。和尚都笑嘻嘻的,好像很高兴。她一眼就看见了明子。隔着一条护城河,就喊他:

"明子!"

"小英子!"

"你受了戒啦?"

"受了。"

"疼吗?"

"疼。"

"现在还疼吗?"

"现在疼过去了。"

"你哪天回去?"

"后天。"

"上午?下午?"

"下午。"

"我来接你!"

"好!"

小英子把明海接上船。

小英子这天穿了一件细白夏布上衣,下边是黑洋纱的裤子,赤脚穿了一双龙须草的细草鞋,头上一边插着一朵栀子花,一边插着一朵石榴花。她看见明子穿了新海青,里面露出短褂子的白领子,就说:"把你那外面的一件脱了,你不热呀!"

他们一人一把桨。小英子在中舱,明子扳艄,在船尾。

她一路问了明子很多话,好像一年没有看见了。

她问,烧戒疤的时候,有人哭吗?喊吗?

明子说,没有人哭,只是不住地念佛。有个山东和尚骂人:

"俺日你奶奶!俺不烧了!"

她问善因寺的方丈石桥是相貌和声音都很出众吗?

"是的。"

"说他的方丈比小姐的绣房还讲究?"

"讲究。什么东西都是绣花的。"

"他屋里很香?"

"很香。他烧的是伽楠香,贵得很。"

"听说他会做诗,会画画,会写字?"

"会。庙里走廊两头的砖额上,都刻着他写的大字。"

"他是有个小老婆吗?"

"有一个。"

"才十九岁?"

"听说。"

"好看吗?"

"都说好看。"

"你没看见?"

"我怎么会看见?我关在庙里。"

明子告诉她,善因寺一个老和尚告诉他,寺里有意选他当沙弥尾,不过还没有定,要等主事的和尚商议。

"什么叫'沙弥尾'?"

"放一堂戒,要选出一个沙弥头,一个沙弥尾。沙弥头要老成,要会念很多经。沙弥尾要年轻,聪明,相貌好……"

"当了沙弥尾跟别的和尚有什么不同?"

"沙弥头,沙弥尾,将来都能当方丈。现在的方丈退居了,就当。石桥原来就是沙弥尾。"

"你当沙弥尾吗?"

"还不一定哪。"

"你当方丈,管善因寺?管这么大一个庙?!"

"还早呐!"

划了一气,小英子说:"你不要当方丈!"

"好,不当。"

"你也不要当沙弥尾!"

"好,不当。"

又划了一气,看见那一片芦花荡子了。

小英子忽然把桨放下,走到船尾,趴在明子的耳朵旁边,小声地说:

"我给你当老婆,你要不要?"

明子眼睛鼓得大大的。

"你说话呀!"

明子说:"嗯。"

"什么叫'嗯'呀!要不要,要不要?"

明子大声地说:"要!"

"你喊什么?"

明子小小声说:"要——!"

"快点划!"

小英子跳到中舱,两只桨飞快地划起来,划进了芦花荡。

芦花才吐新穗。紫灰色的芦穗,发着银光,软软的,滑溜溜的,像一串丝线。有的地方结了蒲棒,通红的,像一枝一枝小蜡烛。青浮萍,紫浮萍。长脚蚊子,水蜘蛛。野菱角开着四瓣的小白花。惊起一只青桩(一种水鸟),擦着芦穗,扑鲁鲁鲁飞远了。

一九八〇年八月十二日

写四十三年前的一个梦

阅读思考题

汪曾祺认为:"很多人心目中对小说叙事模式有个一定之规。他们不知道小说创作方法第一必须打破常规。"其《受戒》就打破了常规,因为他描写的和尚生活没有道貌岸然的戒律清规,反而充满了人间烟火味,让我们真切地看到了佛门子弟原来也和俗人一样拥有七情六欲,这也启迪了我们应该怎样对待人的感情?

笔记区

爱 的 颂 歌

《圣经·新约》

《圣经》由两部分构成,一个是《旧约》,所述是神与人(犹太人)过去所订立的契约;一个是《新约》,所记则是神与人(基督徒)重新订立的契约。《新约》记载了耶稣基督和其门徒的言行与早期基督教的事件,包括为人类洗罪、使徒书信及关于世界末日的预言。《新约》是在耶稣创立基督教以后,由信徒保罗汇编而成。这种编辑使《新约》内容完整无歧义,从此使基督教从犹太人的民族宗教变成了世界性的宗教。

我现今把最妙的道指示人们。

我若能说万人的方言,并天使的话语,却没有爱,我就成了鸣的锣、响的钹一般。我若有先知讲道之能,也明白各样的奥秘、各样的知识,而且有全备的信,叫我能够移山,却没有爱,我就算不得什么。我若将所有的周济穷人,又舍己身叫人焚烧,却没有爱,仍然与我无益。

爱是恒久忍耐,又有恩慈;爱是不嫉妒,爱是不自夸,不张狂,不作害羞的事,不求自己的益处,不轻易发怒,不计算人的恶,不喜欢不义,只喜欢真理;凡事包容,凡事相信,凡事盼望,凡事忍耐。

爱是永不止息。先知讲道之能终必归于无有,说方言之能终必停止,知识也终必归于无有。我们现在所知道的有限,先知所讲的也有限,等那完全的来到,这有限的必归于无有了。我作孩子的时候,话语像孩子,心思像孩子;既成了人,就把孩子的事丢弃了。我们如今仿佛对这镜子观看,模糊不清("模糊不清"原文作"如同猜谜"),到那时,就要面对面了。我如今所知道的有限,到那时就全知道,如同主知道我一样。

如今常存的有信,有望,有爱;这三样,其中最大的是爱。

阅读思考题

《圣经》具有十分丰富的理论思想,特别是有关"爱"的阐述。基督教认为爱是无限无尽的,耶稣被钉在十字架上,就是用"人子的血"为人类赎罪,表达的就是上帝对人的爱,而世人也同样应该以博爱之心善待与宽恕他人。爱是超越国界与信仰的永恒主题,你怎样看待爱?

笔记区

致 燕 妮

[德] 卡尔·马克思

卡尔·马克思（1818—1883），是伟大的政治家、哲学家、经济学家、革命理论家，也是科学共产主义的创始人。马克思的学说是近代最复杂和深奥的学说之一，其范围囊括了政治、哲学、经济、社会等诸多领域。其主要著作有《资本论》、《共产党宣言》等。

我的亲爱的：

我又给你写信了，因为我孤独，因为我感到难过，我经常在心里和你交谈，但你根本不知道，既听不到也不能回答我。你的照片纵然照得不高明，但对我却极有用，现在我才懂得为什么"阴郁的圣母"，最丑陋的圣母像，能有狂热的崇拜者，甚至比一些优美的像有更多的崇拜者。无论如何，这些阴郁的圣母像中没有一张像你这张照片那样被吻过这么多次，被这样深情地看过并受到这样的崇拜；你这张照片即使不是阴郁的，至少也是郁闷的，它决不能反映你那可爱的、迷人的、"甜蜜的"、好像专供亲吻的面庞。但是我把阳光晒坏的地方还原了，并且发现，我的眼睛虽然为灯光和烟草所损坏，但仍能不仅在梦中，甚至不在梦中也在描绘形象。你好像真的在我面前，我衷心珍爱你，自顶至踵地吻你，跪倒在你跟前，叹息着说"我爱您，夫人！"事实上我对你的爱情胜过威尼斯的摩尔人的爱情。撒谎和空虚的世界对人的看法也是虚伪而表面的。无数诽谤我、污蔑我的敌人中有谁曾骂过我适合在某二流戏院扮演头等情人的角色呢？但事实如此。要是这些坏蛋稍微有点幽默感的话，他们会在一边画上"生产关系和交换关系"，另一边画上我拜倒在你的脚前。请看看这幅画，再看看那幅画——他们会题上这么一句。但是这些坏蛋是笨蛋，而且将永远是笨蛋。

暂时的别离是有益的，因为经常的接触会显得单调，从而使事物间的差别消失。甚至宝塔在近处也显得不那么高，而日常生活习惯由于亲近会完全吸引住一个人而表现为热情，只要它的直接对象在视野中消失，它也就不再存在。深挚的热情由于它的对象的亲近而表现为日常的习惯，而在别离的魔术般的影响下会壮大起来并重新具有它固有的力量。我的爱情就是如此。只要我们一为空间所分隔，我就立即明白，时间之于我的爱情正如阳光雨露之于植物——使其滋长。我对你的爱情，只要你远离我身边，就会显出它的本来面目，像巨人一样的面目。在这爱情上集中了我的所有的精力和全部感情。我又一次感到自己是一个真正的人，因为我感到了一种强烈的热情。现代的教养和教育带给我们的复杂性以及使我们对一切主客观印象都不相信的怀疑主义，只能使我们变得渺小、孱弱、啰唆和优柔寡断。然而爱情，不是对费尔巴哈的"人"的爱，不是对摩莱肖特的"物质的交换"的爱……而是对亲爱的即对你的爱，使一个人成为真正意义上的人。

你会微笑，我的亲爱的。你会问，为什么我突然这样滔滔不绝？不过，我如能把你那温柔而纯洁的心紧贴在自己的心上，我就会默默无言，不作一声。我不能以唇吻你，只能求助于文字，以文字来传达亲吻。事实上，我甚至能写下诗篇并把奥维狄乌斯的《哀歌》重新以韵文写成德文的《哀书》。奥维狄乌斯只是被迫离开了皇帝奥古斯都。我却被迫和你远离，这是奥维狄乌斯所无法理解的。

诚然，世间有许多女人，而且有些非常美丽。但是哪里还能找到一副容颜，它的每一个线条，甚至每一处皱纹，能引起我的生命中的最强烈而美好的回忆？甚至我的无限悲痛，我的无可挽回的损失，我都能从你的容颜中看出，而当我遍吻你那亲爱的面庞的时候，我也就能克制这种悲痛。"在她的拥抱中埋葬，因她的亲吻而复活"。这正是你的拥抱和亲吻。我既不需要婆罗门和毕达哥拉斯的转生学说，也不需要基督教的复活学说。

最后，告诉你几件事。今天，我给艾萨克·埃恩赛德寄去了一组文章中的第一章，并附去（即附在该急件中）我亲笔写的便条，而且是用我自己的英语写的。在这篇东西寄走之前，弗里德·里希读它时不言不语地皱着眉，颇有批评之意，这自然使我十分愉快。不过他在第一次读时，感到非常惊奇，并高呼这一重要著作应该用另一种形式出版，首先用德文出版。我将把第一份寄给你和在德国的老历史学者施洛塞尔。

顺便告诉你，在《奥格斯堡报》（它直接引用了科伦共产党人案件中的我们的通告）上我读到，"似乎"从同一个来源，即从伦敦又发出了一个新的通告，这是一种捏造，是施梯伯先生按我们的作品摘出来的可怜的改编；这位先生由于近来在普鲁士不大吃香，想在汉诺威装作一个汉诺威的大人物。我和恩格斯将在奥格斯堡《总汇报》上加以驳斥。

再见。我的亲爱的，千万次地吻你和孩子们。

1856年6月21日于曼彻斯特格林码头巴特勒街34号

阅读思考题

卡尔·马克思说过:"哲学家在解释世界,而重要的在于改造世界。"卡尔·马克思的思想改变了这个世界,而且他在不知疲倦的工作与思考之外,他还拥有幸福的婚姻与完整的爱。我们该怎样思考人生的意义、该怎样爱与被爱呢?

笔记区

纪念爱米丽的一朵玫瑰花

[美] 威廉·福克纳

威廉·福克纳（1897—1962），美国现代作家，"意识派"流派的重要代表之一。他一生写了 19 部长篇小说和 70 多篇短篇小说，其中 15 部长篇与绝大多数短篇的故事都发生在约克纳帕塔法县；其主要脉络是这个县杰弗逊镇及其郊区的属于不同社会阶层的若干个家族的几代人的故事，时间从 1800 年起直到第二次世界大战以后。其中最有代表性的作品是《喧哗与骚动》。

一

爱米丽·格里尔生小姐过世了，全镇的人都去送丧：男子们是出于敬慕之情，因为一个纪念碑倒下了。妇女们呢，则大多数出于好奇心，想看看她屋子的内部。除了一个花匠兼厨师的老仆人之外，至少已有 10 年光景谁也没进去看看这幢房子了。

那是一幢过去漆成白色的四方形大木屋，坐落在当年一条最考究的街道上，还妆点着有 19 世纪 70 年代风格的圆形屋顶、尖塔和涡形花纹的阳台，带有浓厚的轻盈气息。可是汽车间和轧棉机之类的东西侵犯了这一带庄严的名字，把它们涂抹得一干二净。只有爱米丽小姐的屋子岿然独存，四周簇拥着棉花车和汽油泵。房子虽已破败，却还是执拗不驯，装模作样，真是丑中之丑。现在爱米丽小姐已经加入了那些名字庄严的代表人物的行列，他们沉睡在雪松环绕的墓园之中，那里尽是一排排在南北战争时期杰弗生战役中阵亡的南方和北方的无名军人墓。

爱米丽小姐在世时，始终是一个传统的化身，是义务的象征，也是人们关注的对象。打 1894 年某日镇长沙多里斯上校——也就是他下了一道黑人妇女不系围裙不得上街的命令——豁免了她一切应纳的税款起，期限从她父亲去世之日开始，一直到她去世为止，这是全镇沿袭下来对她的一种义务。这也并非说爱米丽甘愿接受施舍，原来是沙多里斯上校编造了一大堆无中生有的话，说是爱米丽的父亲曾经贷款给镇政府，因此，镇政府作为一种交易，宁愿以这种方式偿还。这一套话，只有沙多里斯一代的人以及像沙多里斯一样头脑的人才能编得出来，也只有妇道人家才会相信。

等到思想更为开明的第二代人当了镇长和参议员时,这项安排引起了一些小小的不满。那年元旦,他们便给她寄去了一张纳税通知单。二月份到了,还是杳无音信。他们发去一封公函,要她便中到司法长官办公处去一趟。一周之后,镇长亲自写信给爱米丽,表示愿意登门访问,或派车迎接她,而所得回信却是一张便条,写在古色古香的信笺上,书法流利,字迹细小,但墨水已不鲜艳,信的大意是说她已根本不外出。纳税通知附还,没有表示意见。

参议员们开了个特别会议,派出一个代表团对她进行了访问。他们敲敲门,自从8年或者10年前她停止开授瓷器彩绘课以来,谁也没有从这大门出入过。那个上了年纪的黑人男仆把他们接待进阴暗的门厅,从那里再由楼梯上去,光线就更暗了。一股尘封的气味扑鼻而来,空气阴湿而又不透气,这屋子长久没有人住了。黑人领他们到客厅里。里面摆设的笨重家具全都包着皮套子。黑人打开了一扇百叶窗,这时,便更可看出皮套子已经坼裂;等他们坐了下来,大腿两边就有一阵灰尘冉冉上升,尘粒在那一缕阳光中缓缓旋转。壁炉前已经失去金色光泽的画架上面放着爱米丽父亲的炭笔画像。

她一进屋,他们全都站了起来。一个小模小样、腰圆体胖的女人,穿了一身黑服,一条细细的金表链拖到腰部,落到腰带里去了,一根乌木拐杖支撑着她的身体,拐杖头的镶金已经失去光泽。她的身架矮小,也许正因为这个缘故,在别的女人身上显得不过是丰满,而她却给人以肥大的感觉。她看上去像长久泡在死水中的一具死尸,肿胀发白。当客人说明来意时,她那双凹陷在一脸隆起的肥肉之中,活像揉在一团生面中的两个小煤球似的眼睛不住地移动着,时而瞧瞧这张面孔,时而打量那张面孔。

她没有请他们坐下来。她只是站在门口,静静地听着,直到发言的代表结结巴巴地说完,他们这时才听到那块隐在金链子那一端的挂表嘀嗒作响。

她的声调冷酷无情。"我在杰弗生无税可纳。沙多里斯上校早就向我交代过了。或许你们有谁可以去查一查镇政府档案,就可以把事情弄清楚。"

"我们已经查过档案,爱米丽小姐,我们就是政府当局。难道你没有收到过司法长官亲手签署的通知吗?"

"不错,我收到过一份通知,"爱米丽小姐说道,"也许他自封为司法长官……可是我在杰弗生无税可缴。"

"可是纳税册上并没有如此说明,你明白吧。我们应根据……"

"你们去找沙多里斯上校。我在杰弗生无税可缴。"

"可是,爱米丽小姐——"

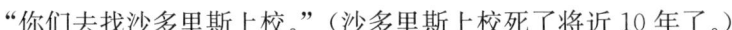

"你们去找沙多里斯上校。"(沙多里斯上校死了将近 10 年了。)

"我在杰弗生无税可纳。托比!"黑人应声而来。"把这些先生们请出去。"

二

她就这样把他们"连人带马"地打败了,正如 30 年前为了那股气味的事战胜了他们的父辈一样。那是她父亲死后两年,也就是在她的心上人——我们都相信一定会和她结婚的那个人——抛弃她不久的时候。父亲死后,她很少外出;心上人离去之后,人们简直就看不到她了。有少数几位妇女竟冒冒失失地去访问过她,但都吃了闭门羹。她居处周围唯一的生命迹象就是那个黑人男子拎着一个篮子出出进进,当年他还是一个青年。

"好像只要是一个男子,随便什么样的男子,都可以把厨房收拾得井井有条似的。"妇女们都这样说。因此,那种气味越来越厉害时,她们也不感到惊异。那是芸芸众生的世界与高贵有势的格里尔生家之间的另一联系。

邻家一位妇女向年已 80 的法官斯蒂芬斯镇长抱怨。

"可是太太,你叫我对这件事又有什么办法呢?"他说。

"哼,通知她把气味弄掉,"那位妇女说,"法律不是有明文规定吗?"

"我认为这倒不必要,"法官斯蒂芬斯说,"可能是她用的那个黑鬼在院子里打死了一条蛇或一只老鼠。我去跟他说说这件事。"

第二天,他又接到两起申诉,一起来自一个男的,用温和的语气提出意见。"法官,我们对这件事实在不能不过问了。我是最不愿意打扰爱米丽小姐的人,可是我们总得想个办法。"那天晚上全体参议员——三位老人和一位年纪较轻的新一代成员在一起开了个会。

"这件事很简单,"年轻人说,"通知她把屋子打扫干净,限期搞好,不然的话……"

"先生,这怎么行?"法官斯蒂芬斯说,"你能当着一位贵妇人的面说她那里有难闻的气味吗?"

于是,第二天午夜之后,有 4 个人穿过了爱米丽小姐家的草坪。像夜盗一样绕着屋子潜行,沿着墙角一带以及地窖通风处拼命闻嗅,而其中一个人则用手从挎在肩上的袋子中掏出什么东西,不断做着播种的动作。他们打开了地窖门,在那里和所有的外星里都撒上了石灰。等到他们回头又穿过草坪时,原来暗黑的一扇窗户亮起了灯:爱米丽小姐坐在那里,灯在她身后,她那挺直的身躯一动不动像是一尊偶像。他们蹑手蹑脚地走过草坪,进入街道两旁洋槐树树荫之中。一两个星期之后,气味就闻不到了。

而这时人们才开始真正为她感到难过。镇上的人想起爱米丽小姐的姑奶奶韦亚特老太太终于变成了十足疯子的事，都相信格里尔生一家人自视过高，不了解自己所处的地位。爱米丽小姐和像她一类的女子对什么年轻男子都看不上眼。长久以来，我们把这家人一直看做一幅画中的人物：身段苗条、穿着白衣的爱米丽小姐立在背后，她父亲叉开双脚的侧影在前面，背对爱米丽，手执一根马鞭，一扇向后开的前门恰好嵌住了他们俩的身影。因此当她年近30岁，尚未婚配时，我们实在没有喜幸的心理，只是觉得先前的看法得到了证实。即令她家有着疯癫的血液吧，如果真有一切机会摆在她面前，她也不至于断然放过。

父亲死后，传说留给她的全部财产就是那座房子；人们倒也有点感到高兴。到头来，他们可以对爱米丽表示怜悯之情了。单身独处，贫苦无告，她变得懂人情了。如今她也体会到多一便士就激动喜悦、少一便士便痛苦失望的那种人皆有之的心情了。

她父亲死后的第二天，所有的妇女们都准备到她家拜望，表示哀悼和愿意接济的心意，这是我们的习俗。爱米丽小姐在家门口接待她们，衣着和平日一样，脸上没有一丝哀愁。她告诉她们，她的父亲并未死。一连三天她都是这样，不论是教会牧师访问她也好，还是医生想劝她让他们把尸体处理掉也好。正当他们要诉诸法律和武力时，她垮下来了，于是他们很快地埋葬了她的父亲。

当时我们还没有说她发疯。我们相信她这样做是控制不了自己。我们还记得她父亲赶走了所有的青年男子，我们也知道她现在已经一无所有，只好像人们常常所做的一样，死死拖住抢走了她一切的那个人。

三

她病了好长一个时期。再见到她时，她的头发已经剪短。看上去像个姑娘，和教堂里彩色玻璃窗上的天使像不无相似之处——有几分悲怆肃穆。

行政当局已订好合同，要铺设人行道，就在她父亲去世的那年夏天开始动工。建筑公司带着一批黑人、骡子和机器来了，工头是个北方佬，名叫荷默·伯隆，个子高大，皮肤黝黑。精明强干，声音洪亮，双眼比脸色浅淡。一群群孩子跟在他身后听他用不堪入耳的话责骂黑人，而黑人则随着铁镐的上下起落有节奏地哼着劳动号子。没有多少时候，全镇的人他都认识了。随便什么时候人们要是在广场上的什么地方听见呵呵大笑的声音，荷默·伯隆肯定是在人群的中心。过了不久，逢到礼拜天的下午，我们就看到他和爱米丽小姐一齐驾着轻便马车出游了。那辆黄轮车配上从马房中挑出的栗色辕马，十分相称。

起初我们都高兴地看到爱米丽小姐多少有了一点寄托，因为妇女们都说："格里尔生家的人绝对不会真的看中一个北方佬，一个拿日工资的人。"不过也有别人，一些年纪大的人说就是悲伤也不会叫一个真正高贵的妇女忘记"贵人举止"，尽管口头上不把它叫做"贵人举止"。他们只是说："可怜的爱米丽，她的亲属应该来到她的身边。"她有亲属在亚拉巴马；但多年以前，她的父亲为了疯婆子韦亚特老太太的产权问题跟他们闹翻了，以后两家就没有来往。他们连丧礼也没派人参加。

老人们一说道"可怜的爱米丽"，就交头接耳开了。他们彼此说："你当真认为是那么回事吗？""当然是啰。还能是别的什么事？……"而这句话他们是用手捂住嘴轻轻地说的；轻快的马蹄得得驶去的时候，关上了遮挡星期日午后骄阳的百叶窗，还可听出绸缎的窸窣声："可怜的爱米丽。"

她把头抬得高高——甚至当我们深信她已经堕落了的时候也是如此，仿佛她比历来都更要求人们承认她作为格里尔生家族末代人物的尊严，仿佛她的尊严就需要同世俗的接触来重新肯定她那不受任何影响的性格。比如说，她那次买老鼠药、砒霜的情况。那是在人们已开始说"可怜的爱米丽"之后一年多，她的两个堂姐妹也正在那时来看望她。

"我要买点毒药，"她跟药剂师说。她当时已三十出头，依然是个削肩细腰的女人，只是比往常更加清瘦了，一双黑眼冷酷高傲，脸上的肉在两边的太阳穴和眼窝处绷得很紧，那副面部表情是你想象中的灯塔守望人所应有的。"我要买点毒药。"她说道。

"知道了，爱米丽小姐。要买哪一种？是毒老鼠之类的吗？那么我……"

"我要你们店里最有效的毒药，种类我不管。"

药剂师一口说出好几种。"它们什么都毒得死，哪怕是大象。可是你要的是……"

"砒霜，"爱米丽小姐说，"砒霜灵不灵？"

"是……砒霜？知道了，小姐。可是你要的是……"

"我要的是砒霜。"

药剂师朝下望了她一眼。她回看他一眼，身子挺直，面孔像一面拉紧了的旗子。"噢噢，当然有，"药剂师说，"如果你要的是这种毒药。不过，法律规定你得说明做什么用途。"

爱米丽小姐只是瞪着他，头向后仰了仰，以便双眼好正视他的双眼，一直看到他把目光移开了，走进去拿砒霜包好。黑人送货员把那包药送出来给她；药剂师却没有再露面。她回家打开药包，盒子上骷髅骨标记下注明："毒鼠用药"。

四

于是，第二天我们大家都说："她要自杀了。"我们也都说这是再好没有的事。我们第一次看到她和荷默·伯隆在一块儿时，我们都说："她要嫁给他了。"后来又说："她还得说服他呢。"因为荷默自己说他喜欢和男人来往，大家知道他和年轻人在麋鹿俱乐部一道喝酒，他本人说过，他是无意于成家的人。以后每逢礼拜天下午他们乘着漂亮的轻便马车驰过：爱米丽小姐昂着头，荷默歪戴着帽子，嘴里叼着雪茄烟，戴着黄手套的手握着马缰和马鞭。我们在百叶窗背后都不禁要说一声："可怜的爱米丽。"

后来有些妇女开始说，这是全镇的羞辱，也是青年的坏榜样。男子汉不想干涉，但妇女们终于迫使浸礼会牧师——爱米丽小姐一家人都是属于圣公会的——去拜访她。访问经过他从未透露，但他再也不愿去第二趟了。下个礼拜天他们又驾着马车出现在街上，于是第二天牧师夫人就写信告知爱米丽住在亚拉巴马的亲属。

原来她家里还有近亲，于是我们坐待事态的发展。起先没有动静，随后我们得到确讯，他们即将结婚。我们还听说爱米丽小姐去过首饰店，订购了一套银质男人盥洗用具，每件上面刻着"荷·伯"。两天之后人家又告诉我们她买了全套男人服装，包括睡衣在内，因此我们说："他们已经结婚了。"我们着实高兴。我们高兴的是两位堂姐妹比起爱米丽小姐来，更有格里尔生家族的风度。

因此当荷默·伯隆离开本城——街道铺路工程已经竣工好一阵子了时，我们一点也不感到惊异。我们倒因为缺少一番送行告别的热闹，不无失望之感。不过我们都相信他此去是为了迎接爱米丽小姐作一番准备，或者是让她有个机会打发走两个堂姐妹（这时已经形成了一个秘密小集团，我们都站在爱米丽小姐一边，帮她踢开这一对堂姐妹）。一点也不差，一星期后她们就走了。而且，正如我们一直所期待的那样，荷默·伯隆又回到镇上来了。一位邻居亲眼看见那个黑人在一天黄昏时分打开厨房门让他进去了。

这就是我们最后一次看到荷默·伯隆。至于爱米丽小姐呢，我们则有一段时间没有见到过她。黑人拿着购货篮进进出出，可是前门却总是关着。偶尔可以看到她的身影在窗口晃过，就像人们在撒石灰那天夜晚曾经见到过的那样，但却有整整 6 个月的时间，她没有出现在大街上。我们明白这也并非出乎意料；她父亲的性格三番五次地使她那作为女性的一生平添波折，而这种性格仿佛太恶毒，太狂暴，还不肯消失似的。

等到我们再见到爱米丽小姐时，她已经发胖了，头发也已灰白了。以后数年中，头发越变越灰，变得像胡椒盐似的铁灰色，颜色就不再变了。直到她 74 岁去世之日为止，还是保持着那旺盛的铁灰色，像是一个活跃的男子的头发。

打那时起，她的前门就一直关闭着，除了她40左右的那段约有六七年的时间之外。在那段时期，她开授瓷器彩绘课。在楼下的一间房里，她临时布置了一个画室，沙多里斯上校的同时代人全都把女儿、孙女儿送到她那里学画，那样的按时按刻，那样的认真精神，简直同礼拜天把她们送到教堂去，还给他们二角五分钱的硬币准备放在捐献盆子里的情况一模一样。这时，她的捐税已经被豁免了。

后来，新的一代成了全镇的骨干和精神，学画的学生们也长大成人，渐次离开了，她们没有让她们自己的女孩子带着颜色盒、令人生厌的画笔和从妇女杂志上剪下来的画片到爱米丽小姐那里去学画。最后一个学生离开后，前门关上了，而且永远关上了。全镇实行免费邮递制度之后，只有爱米丽小姐一个拒绝在她门口钉上金属门牌号，附设一个邮件箱。她怎样也不理睬他们。

日复一日，月复一月，年复一年，我们眼看着那黑人的头发变白了，背也驼了，还照旧提着购货篮进进出出。每年12月我们都寄给她一张纳税通知单，但一星期后又由邮局退还了，无人收信。不时我们在楼底下的一个窗口——她显然是把楼上封闭起来了——见到她的身影，像神龛中的一个偶像的雕塑躯干，我们说不上她是不是在看着我们。她就这样度过了一代又一代——高贵，宁静，无法逃避，无法接近，怪僻乖张。

她就这样与世长辞了。在一栋尘埃遍地、鬼影憧憧的屋子里得了病，侍候她的只有一个老态龙钟的黑人。我们甚至连她病了也不知道；也早已不想从黑人那里去打听什么消息。他跟谁也不说话，恐怕对她也是如此，他的嗓子似乎由于长久不用变得嘶哑了。

她死在楼下一间屋子里，笨重的胡桃木床上还挂着床帷，她那长满铁灰头发的头枕着的枕头由于用了多年又不见阳光，已经黄得发霉了。

五

黑人在前门口迎接第一批妇女，把她们请进来，她们话音低沉，发出咝咝声响，以好奇的目光迅速扫视着一切。黑人随即不见了，他穿过屋子，走出后门，从此就不见踪影了。

两位堂姐妹也随即赶到，他们第二天就举行了丧礼，全镇的人都跑来看看覆盖着鲜花的爱米丽小姐的尸体。停尸架上方悬挂着她父亲的炭笔画像，一脸深刻沉思的表情，妇女们唧唧喳喳地谈论着死亡，而老年男子呢——有些人还穿上了刷得很干净的南方同盟军制服——则在走廊上、草坪上纷纷谈论着爱米丽小姐的一生，仿佛她是他们的同时代人，而且还相信和她跳过舞，甚至向她求过爱，他们把按数学级数向前推进的时间给搅乱了。这是老年人常有的情形。在他们看来,过去的岁月不是一条越来越窄的路,而是一片广袤的连冬天也对它无所影响的大草地,只是近十年来才像窄小的瓶口一样,把他们同过去隔断了。

我们已经知道,楼上那块地方有一个房间,40年来从没有人见到过,要进去得把门撬开。他们等到爱米丽小姐安葬之后,才设法去开门。

门猛烈地打开,震得屋里灰尘弥漫。这间布置得像新房的屋子,仿佛到处都笼罩着墓室一般的淡淡的阴惨惨的氛围;败了色的玫瑰色窗帘,玫瑰色的灯罩,梳妆台,一排精细的水晶制品和白银做底的男人盥洗用具,但白银已毫无光泽,连刻制的姓名字母图案都已无法辨认了。杂物中有一条硬领和领带,仿佛刚从身上取下来似的,把它们拿起来时,在台面上堆积的尘埃中留下淡淡的月牙痕。椅子上放着一套衣服,折叠得好好的;椅子底下有两只寂寞无声的鞋和一双扔了不要的袜子。

那男人躺在床上。

我们在那里立了好久,俯视着那没有肉的脸上令人莫测的龇牙咧嘴的样子。那尸体躺在那里,显出一度是拥抱的姿势,但那比爱情更能持久、那战胜了爱情的煎熬的永恒的长眠已经使他驯服了。他所遗留下来的肉体已在破烂的睡衣下腐烂,跟他躺着的木床粘在一起,难分难解了。在他身上和他身旁的枕上,均匀地覆盖着一层长年累月积下来的灰尘。

后来我们才注意到旁边那只枕头上有人头压过的痕迹。我们当中有一个人从那上面拿起了什么东西,大家凑近一看——这时一股淡淡的干燥发臭的气味钻进了鼻孔——原来是一绺长长的铁灰色头发。

(杨岂深译)

阅读思考题

1949年,威廉·福克纳获诺贝尔文学奖,他在得奖感言中说道:"我拒绝认为人类已经走到了尽头……人类能够忍受艰难困苦,也终将会获胜。"本篇是威廉·福克纳最为著名的短篇小说,小说描写了人的性本能、潜意识以及变态心理。爱米丽的人性受到了扭曲,她的情感也相应的是扭曲的变态的,作者通过刻画这个人物的复杂性格,启发我们思索怎样才能拥有健全的人性与情感?

乡 村 医 生

［奥地利］卡夫卡

卡夫卡（1883—1924），奥地利小说家。他的小说无论是短篇还是长篇，都能以怪诞离奇的形式深刻洞察现代人隐秘的内心世界。其著作有短篇小说《判决》、《变形记》；长篇小说《审判》、《城堡》、《美国》等。

我感到非常窘迫：我必须赶紧上路去看急诊；一个患重病的人在十英里外的村子里等我；可是这儿到他那里是广阔的原野，现在正狂风呼啸，大雪纷飞，我有一辆双轮马车，大轮子，很轻便，非常适合在我们乡村道路上行驶；我穿上皮大衣，手里拿着放医疗用具的提包，站在院子里准备上路；但是找不到马。我自己的马就在头天晚上，在这冰雪的冬天里因劳累过度而死了；我的女佣人现在正在村子里到处奔忙，想借一匹马；但是我知道，这是不会有什么结果的，我白白地站着，雪愈下愈厚；愈等愈走不了了。那姑娘在门口出现了，只有她一个人，摇晃着灯笼：当然，谁会在现在这样的时刻把马借给你走这一程路呢？我又在院子里走来走去，可是想不出一点办法；我感到很伤脑筋，心不在焉地向多年来一直不用的猪圈破门踢了一脚。门开了，门板在门铰链上摆来摆去发出拍击声。一股热气和马身上的气味从里面冒出来。一盏昏暗的厩灯吊在里面的一根绳子上晃动着。有个人在这样低矮的用木板拦成的地方蹲着，露出一张睁着蓝眼睛的脸。"要我套马吗？"他问道，匍匐着爬了出来。我不知道说什么好，只是弯下腰来看看猪圈里还有什么。女佣人站在我的身边。她说"人往往不知道自己家里还会有些什么东西。"我们俩人都笑了。

"喂，老兄，喂。姑娘！"马夫叫着，于是两匹强壮的膘肥的大马，它们的腿紧缩在身体下面，长得很好的头像骆驼一样低垂着，只是靠着躯干运动的力量，才从那个和它们身体差不多大小的门洞里一匹跟着一匹地挤出来。它们马上都站直了，原来它们的腿很长，身上因出汗而冒着热气。"去帮帮他忙。"我说，于是那听话的姑娘就赶紧跑过去，把套车用的马具递给马夫。可是她一走近他，那马夫就抱住她，把脸贴向她的脸。她尖叫一声，逃回到我这里来，脸颊上红红地印着两排牙齿印。"你这个畜生，"我愤怒地喊道；"你是不是想挨鞭子？"但是我马上就想到，这是个陌生人；我不知道他是从哪儿来的，而当大家拒绝我的要求时，他却自动前来帮助我摆脱困境。他好像知道我在想什么，所以对我的威胁没有生气，只顾忙着套马，最后才把身子转向我。"上车吧，"他说。的确，一切都已准备好了。我注意到这确实是一对好马，我还从来没有用过这样的好马拉过车呢，我就高高兴兴地上了车。"不过我得自己来赶车，因为你不认识路，"我说。"当然啰。"他说：'我不跟你去，我要留在罗莎这里。""不！"罗莎叫喊起来，并跑进屋里，预感到自己将遇到无可逃避的厄运；我听见她拴上门链发出的叮当声；我听见钥匙在锁孔里转动的声音；我还可以看到她先关掉过道里的灯，然后穿过好几个房间把所有的灯都关掉，别人就找不到她了。"你同我一道走，"我对马夫说："否则我就不去了，即使是急诊也罢。我不想为这事把姑娘交给你作为代价。""驾！"他吆喝道，同时拍了拍手；马车便像在潮水里的木头一样向前急驰；我听到马夫冲进我屋子时把房屋的门打开发出的爆裂声，接着卷来一阵狂风暴雪侵入我所有的感官，使我什么也听不见，什么也看不到。但这只是一瞬间的工夫，因为我已经到了目的地，好像病人家的院子就在我家的院门外似的；两匹马安静地站住了：风雪已经停止；月光洒在大地上；病人的父母匆匆忙忙地从屋里出来，后面跟着病人的姐姐，我几乎是被他们从车子里抬出来的；他们七嘴八舌地嚷嚷着，我一句也听不清楚；病人房间里的空气简直无法呼吸；炉子没人管，可是冒着烟；我想打开窗子，但是我首先得看看病人。这年轻的病人长得很瘦，不发烧，不冷，也不热，有一双失神的眼睛，身上没有穿衬衫，他从鸭绒被下坐起来，搂着我的脖子，对着我的耳朵轻声说："医生，让我死吧。"我向四周看了一眼；没有人听到这句话；病人的父母正弯身向前默默地站着，静候我的诊断；姐姐搬来一张椅子让我放手提包。我打开手提包，寻找医疗用具；这孩子还是从床上向我摸过来，要我记住他的请求；我取出一把小镊子，在烛光下检查了一下又把它放回去。"是的。"我有些亵渎神明地想："上帝在这种情况下真肯帮忙，送来了失去的马，由于事情紧急还多送了一匹，甚至还过了分，多送了一个马夫——。"这时我才又想起罗莎；我该怎么办，我怎样才能救她，离她有十英里之外，而且套的两匹马难以驾驭，在这种情况下，我怎样才能把她从马夫身下拉出来呢？现在，这两匹马不知用什么方法松开了缰绳，我也不知道它们怎样从外面把窗户顶开的；每一匹马都从一扇窗户探进头来注视着病人，对于这家人的叫喊毫不在乎。"我最好马上就回去，"我想，好像那两匹马在要求我回去似的，但我还是容许病人的姐姐替我脱下皮大衣，她还以为我热得有些晕眩了。老人给我斟来一杯罗木酒，并拍拍我的肩膀，他拿出心爱的东西来待客表明对我的亲切信赖。我摇了摇头；老人狭隘的思想，使我很不舒服，正是由于这个原因我谢绝喝酒。母亲站在床边招呼我过去，我顺从了，而当一匹马向天花板高声嘶叫的时候，我把头贴在孩子的胸口，他在我的潮湿的胡子下面颤栗起来。这就证实了我的看法：这孩子是健康的，只是血液循环方面有些小毛病，这是她母亲宠爱过分给他多喝了咖啡的缘故，但确实是健康的，最好还是把他赶下床来。我并不是个社会改革家，所以只好由他躺着。我是这个地区雇佣的医生，非常忠于职守，甚至有些过了分。我的收入很少，但是非常慷慨，对穷人乐善好施。可是我还得养活罗莎，所以这男孩想死是对的，因为我自己也想死。在这漫长的冬日里，我在这儿干些什么啊！我的马已经死了，村子里没有一个人肯借马给我。我只得从猪圈里拉出马来套车；要不是猪圈里意外的有两匹马，我只好用猪来拉车了。事情就是这样。于是我向这家人点点头。他们一点也不知道这些事，即使他们知道了，他们也是不会相信的。开张药方是件容易的事，但是人与人之间互相了解是件难事。好了，我的出诊也就到此结束，我又一次白跑了一趟，反正我已经习惯了，这一地区的人老是晚上来按我的门铃，使我深受折磨，但是这一次还得牺牲个罗莎，这个漂亮的姑娘多年来一直和我生活在一起，我几乎没有怎么管她——这个牺牲未免太大了，于是我必须在头脑里仔细捉摸一下，以克制自己不致对这家人训斥起来，他们无论如何也不可能把罗莎还给我了。但是当我关上提包，伸手去取皮大衣时，全家人都站在一起，父亲嗅着手里的那杯甜酒，母亲可能对我感到失望——是啊，人们还要期待些什么呢？——她含着泪咬着嘴唇，姐姐摇晃着一条满是血污的毛巾，于是我打定主意做好准备，在某种情况下承认这孩子也许是真的病了。我向他走去，他朝我微笑着，好像我给他端去最滋补的汤菜似的——啊，现在两匹马同时嘶叫起来；这叫声一定是上帝特地安排来帮助我检查病人的——此时我发现：这孩子确实有病。在他身体的右侧靠近胯骨的地方，有个手掌那么大的溃烂伤口。玫瑰红色，但各处深浅不一，中间底下颜色最深，四周边上颜色较浅，呈微小的颗粒状，伤口里不时出现凝结的血块，好像是矿山上的露天矿。这是从远处看去。如果近看的话，情况就更加严重。谁看了这种情形会不惊讶地发出唏嘘之声呢？和我的小手指一样粗一样长的蛆虫，它们自己身子是玫瑰红色，同时又沾上了血污，正用它们白色的小头和许多小脚从伤口深处蠕动着爬向亮处。可怜的孩子，你是无可救药的了。我已经找出了你致命的伤口；你身上的这朵鲜花正在使你毁灭。全家人都很高兴，他们看我忙来忙去；姐姐把这个情况告诉母亲，母亲告诉父亲，父亲告诉一些客人，他们刚从月光下走进洞开的门，踮起脚，张开两臂以保持身体的平衡。"你要救我吗？"这孩子抽噎着轻轻地说，他因为被伤口中蠕动的生命而弄得头晕眼花。住在这个地区的人都是这样，总是向医生要求不可能做到的事情。他们已经失去了旧有的信仰；牧师坐在家里一件一件地拆掉自己的法衣；可是医生却被认为是什么都能的，只要一动手术就会妙手回春。好吧，随他们的便吧：我不是自动要去替他们看病的；如果他们要用我充作圣职，那我也只好这样，我是个上了年纪的乡村医生，我的女佣人都给人家夺去了，我还能希冀什么好事情呢！于是这家人和村子里的长者一同来了，他们脱掉我的衣服；老师领着一个学生合唱队站在房子前面，用极简单的曲调唱着这样的歌词：

　　脱掉我的衣服，他就能治愈我们，

　　如果他医治不好，就把他处死！

　　他仅仅是个医生，他仅仅是个医生。

　　然后我的衣服被脱光了，我的手指捋着胡子，我把头侧向一边，静静地看着这些人。我镇定自若，胜过所有的人，尽管他们现在抱住我的头、拖住我的脚，把我按倒在床上，我仍然是这样。他们把我放在朝墙的一面，靠近孩子的伤口。然后他们从小房间里走出去；门也关上了；歌声也停止了；云层遮住了月亮；被褥使我的周身感到暖和；忽隐忽现的马头在洞开的窗口前晃动。"你知道。"我听到有人在我耳边说："我对你很少信任。你不过是从那儿被抛弃掉的，根本不是用自己的脚走来的。你不但没有帮助我，还缩小我死亡时睡床的面积。我恨不得把你的眼睛挖出来。""你说得对，"我说："这的确是一种耻辱。但我是个医生。那我怎么办呢？相信我，我作为一个医生，要做什么事情也并不是很容易的。""你以为这几句道歉的话就会使我满足吗？哎，我也只能这样，我对一切都很满足。我带着一个美丽的伤口来到世界上；这是我的全部陪嫁品。""年轻的朋友，"我说："你的错误在于：你对全面的情况不了解。我曾经去过远远近近的许多病房，可以告诉你：你的伤口还不算严重。只是被斧子砍了两下，有了这么一个很深的口子。许多人都自愿把半个身子呈献出来，而几乎听不到树林中斧子的声音，更不用说斧子靠近他们了。""这是真的吗，或者是你趁我发烧的时候来哄骗我？""确实是这样，你安心地带着一个公家医生以荣誉担保的话去吧。"于是他相信了，他静静地安息了。可是现在我得考虑如何来救我自己了。两匹马还忠实地站在原处。我很快地把衣服、皮大衣和提包收集在一起；我不愿意把时间花费在穿衣服上；如果两匹马能像来时一样快速，那么简直就可以说我从这张床一跳就跳回自己的床上。一匹马驯顺地从窗口退回去了；我把收拾好的那包东西扔进马车；皮大衣飞得太远了，只有一只袖子牢牢地挂在一只钩子上。这就很好了。我自己也跃上马车。缰绳松松地拖曳着，这匹马同另一匹马几乎没有套在一起，双轮马车晃荡地随在后面，皮大衣拖在最后面，就这样行驶在雪地上。"驾！"我喊道，可是马没有奔驰起来；我们像老年人似的慢慢拖过荒漠的雪地；在我们后面长久地响着孩子们唱的一首新编的、但是错误的歌曲：

　　高兴吧，病人们，

　　医生正陪着你们躺在床上！

　　这样下去我可永远回不到家；我的兴旺发达的医疗业务也完了；一个后继者正在抢我的生意，但是没有用，因为他不能代替我；在我的房子里那讨厌的马夫正在胡作非为；罗莎是他的牺牲品；我不愿意再想下去了。在这最不幸时代的严寒里我这个上了年纪的老人赤裸着身体，坐着尘世间的车子，驾着非人间的马，到处流浪。我的皮大衣挂在马车的后面，可是我够不着它，我那些手脚灵活的病人都不肯助我一臂之力。受骗了，受骗了！只要有一次听信深夜急诊的骗人的铃声——这就永远无法挽回。

阅读思考题

《乡村医生》是一篇非理性小说，作品描写了人类在社会中身不由己的境地，人的自我存在的痛苦，人与社会、人与自然以及与他人不相容的孤独感，人掌握不了自己命运的灾难感，写出了对现代人人性的困惑。卡夫卡的作品往往不只一两种解释，甚至可以说是无解的方程。你是怎样理解他描绘的无限复杂与矛盾的人性的？

笔记区

人性改变吗？

[美] 约翰·杜威

约翰·杜威（1859—1952），美国著名哲学家，实用主义哲学的创始人之一，功能心理学的先驱，美国进步主义教育运动的代表。杜威是一位积极推动社会改革，倡言民主政治理想，致力于民主主义教育思想的实践者。其主要教育著作有《我的教育信条》、《学校和社会》、《儿童与课程》、《民主主义与教育》、《明日之学校》、《经验与教育》和《人的问题》等。

我得出这样的结论：凡对于我在本文标题中提出的问题给予不同的答案者，都在谈论着不同的事物。但是这样解答问题的办法未免太轻易，不能令人满意。因为还有一个真实的问题，并且若把这个问题看成为实际的而非理论的问题，那么，我想正确的答案是：人性的确是改变的。

我所谓问题的实际方面是：在人的信仰和行动上的重要的、差不多基本的改变是否已发生过和今后是否仍能发生的问题。但若把这个问题安放在其更适当的透视点上，我们应首先承认在某种意义上，人性并不改变。我不相信能证明：人们的固有的需要自有人类以来曾改变过，或在今后人类生存于地球上的时期中将会改变。

我所谓"需要"，是指人们由于其身体构造而表现的固有的要求。例如，对饮食的需要和对行动的需要，等于是我们存在的一部分，因此不可设想在任何情况下，这些需要会停止存在。还有其他不是这样直接属于身体方面的，而在我看起来也仿佛是同样植根于人的本性之中的需要。我可以举出以下的例子：对某种合群的需要，显示自己的精力并把自己的力量作用于周围环境的需要，为了互助和斗争与自己的同伴合作或与之竞争的需要，某种美感的表现和满足的需要，领导和服从的需要等。

我所举的例子是否选择得适当是无关宏旨的，比较重要的则是要承认这个事实：有些倾向是人的本性的不可分割的部分；如果这些倾向改变了，本性便不再成其为本性了。这些倾向通常叫做本能。心理学家现在用这个名词比较从前更谨慎了。但是用以称呼这些倾向的名词是无关宏旨的，比较重要的是人的本性有其自己的构造的这一事实。

承认了在人的本性的构造中有些不变的因素的这个事实以后，我们容易犯错误的地方是从这个事实所作出的推论。我们假定这些需要的表现方式亦是不变的。我们假定我们习惯了的表现方式，如同其所产生的需要一样，都是自然的和不可改变的。

对食物的需要是如此迫切，我们称那些坚决抗拒饮食者为疯子。但是要求或采用何种食物，是为物质环境和社会风俗所影响的获得的习惯之事物。对于今日的文明人，吃人肉是完全不自然的事情。但有些民族过去曾认为这是颇自然的事情，因为它为社会所许可并得到颇高的尊重。有些相当可信的故事讲到有些人需要他人帮助才肯吃美味可口的和营养丰富的食物，因为他们不习惯于吃这些东西；这些新奇的食物是如此"不自然"的，以致他们宁可挨饿而不吃。

当亚里士多德称奴隶制度的存在有其本性的根据时，他不仅为他自己辩护，而且为一种整个社会秩序辩护。他认为从社会中废除奴隶制度的努力是改变人类的不可改变的本性的一种无用的和空想的努力。因为依他的看法，不仅当主人的欲望是植根于人性中，而且有些人生来即有内在的奴隶的根性，把他们解放是违反人性的。

当有人提倡社会改变以改良或改进现存的制度时，常听到人说，人性是不能改变的。当制度上或情况上的改变建议与现存制度或情况处于尖锐的对立时，我们经常听见这种论调。如果保守分子更聪明的话，他在最多的事例中应把习惯的惰性而不应把人性的不变论作为其提出的反对论调之基础；他应把曾一度获得的习惯对于改变的抗拒性作为其提出的反对论调之基础。教老狗变新戏法是不容易的，但教社会采用那些违反相沿已久的风俗之风俗，那是更不容易的。这种保守主义是明智的，它将强使那些要求改变者不仅要稳步前进，而且要考虑如何引进其所要的改变而同时使一般人感到最少的震惊和脱节。

不过，有很少几种社会改变是可能用其违反人性为理由而加以反对的。创设不要饮食的社会的一个建议，便是其中的一个例子。曾经有过创设无夫妻同居的社会之建议，并且这种社会曾维持了一个时期。但是这种社会是如此的违反人性，以致不能长久维持下去。这些事例差不多是根据人性不变论以反对社会改变的唯一的事例。

请看战争这个制度，它是一切制度中最古老的和最为社会所重视的制度之一。对于持久和平的努力常遭到反对，其理由是：人在本性上是一种斗争的动物，并且其本性的这一方面是不变的。可援引过去和平运动的失败以支持这种看法。但在事实上，战争是一种社会习惯，如同古代人认为不可变的奴隶制度是一种社会习惯一样。

我已说过，依我的意见，斗争性是人性的一个构成部分。但是我亦曾说过，这些本性的因素之种种表现是可改变的，因为它们常为风俗和传统所影响。战争的存在并非由于人有斗争的本能，而是由于社会情况和势力导引，差不多强迫这些"本能"走上战争的道路。

人们停止互相残杀以满足其斗争需要的时期，人们在反对那些对于所有的人都是共同敌人的势力的普遍的和集体的种种努力中表现其斗争需要的时期，距今可能遥远。但其困难在于某些获得的社会风俗的持续性不在斗争需要的不变性。

斗争性和恐惧心是人性中的固有的因素，但怜惜心和同情心亦是如此的。我们很"自然"地派遣护士和医生到战场上去并供给医院种种便利品，如同我们很自然地以刺刀互相冲击或放射机关枪一样。在古时候，斗争性和战争有密切的关系，因为战争的进行多半是挥拳肉搏。但斗争性在今日战争的发生上则起很小的作用。某一国的公民并不能本能地仇恨另一国的公民。当他们攻击或被攻击的时候，他们并不挥拳肉搏，而是从很远的地方用炮弹射击其从未看见的人们。在近代战争中，愤怒和仇恨是在战争开始后产生的；它们是战争的结果，不是其原因。

关于现代战争的原因，我将不企图说些武断的话。但是我不相信有人将否认，战争的原因与其说是心理的，不如说是社会的，虽然在鼓动人们要求作战和继续作战上，心理的刺激是很重要的。并且我不相信有人将否认，在战争的社会的原因中，经济的情况是很强大的因素。但是主要的论点是不管什么社会原因，它们是传统、风俗、制度、组织的事物，并且这些因素都属于人性的可改变的表现方式，不属于其不变的因素。

在上面我曾拿战争做一个范例，来说明在人性中什么是可改变的因素，什么是不可改变的因素，什么是这些因素与社会改变的计划之关系。我选择了这个范例，因为它是一个极难有持久改变的事例，而并非一个容易有持久改变的事例。重要的论点是：当前的种种障碍是社会势力所建立的，而社会势力则随时改变，并不为人性的因素所确定。和平主义者专门乞援于同情心和怜惜心，从而不能达到其目的，这亦足以说明这一事实。因为，如同我在上面所说的，仁爱的情感亦是人性中的一个确定的因素，但其表现的途径则依赖于社会的情况。

在战时，常有这些仁爱的情感的伟大的表现。友爱感和帮助那些需要救济者的欲望在战时是很强烈的，正如它们在我们观察到或想象到的大灾难时期是很强烈的一样。但是这些情感是在确定的途径中表现出来的，是局限于对待我方的人们的。这些仁爱的情感和对于敌方的愤怒的与恐惧的情感，如果不是同时表现在同一个人中，至少是同时表现在同一社会中的。因此，和平主义者乞援于人性的仁爱的因素，而不明智地考虑到正在起作用的社会的和经济的力量，这必然会招致最后的失败。

威廉·詹姆士在其《战争的道德的因素》一文中，作了一个伟大的贡献。这篇文章的标题即暗示我的论点。有些基本的需要和情感是永恒不变的。但是他们可能采取和其目前的表达方式根本不同的表达方式。

当有人建议在经济制度和经济关系上作出某种基本改变时，立即会引起一个更激烈的争论。现在关于这个广泛的改变的建议是司空见惯的事了，在另一方面，有人反对这些建议，说这些改变是不可能的，因为他们牵涉到人性中的一个不可能改变。对于这些论调，主张改革者的答复是：现在的制度或其某些方面是违反人性的。反对和赞成改革的两方面的论据都是错误的。

在事实上，经济制度和经济关系是属于人性的表现方式之最易改变者。历史便是这些改变的活生生的证据。例如亚里士多德认为付利息是不自然的事，这种说法在中古时代得到回响。一切利息在当时都认为是剥削，只有在经济情况改变后，付利息才变为习惯的"自然的"事情，而剥削一名词获得了现在的意义。

法律是最保守的人类制度之一；但是通过立法和司法的判决，它有时亦或快或慢地改变着。工业的和法律的制度上的改变所引起的人生关系上的种种改变反过来改变人性的表现方式，这个又引起制度上的进一步的改变，如此循环，以至无穷。

根据这些理由，我说，凡是认为由于人性的确实不变，关于社会改变、即便是颇深刻的社会改变的种种建议都是不可能的和空想的那些人们，都把那来自获得习惯的对改变的抗拒和那些来自人类本性对于改变的抗拒混淆起来。生活在原始社会中的野蛮人比文明人是更接近于"自然人"的。文明本身便是人性的改变之结果。但是甚至野蛮人亦为改变其本性的一大堆的部落风俗和传统信仰所束缚；使用他变为一个文明人所以如此困难者，亦即由于这些获得的习惯。

在另一方面，过激主义者忽视根深蒂固的习惯之势力。依我的看法，他的关于人性的无限制的可塑性的看法是正确的。但是他认为欲望、信仰和目标的范型没有一种力量，像已被推动的物质对象的原动力，和像同一对象在静止时的惰性或对运动的抗拒力，他的这种想法是错误的。习惯（不是人类的本性），在最多的时候维持事物运动着，如同其在过去运动的那样。

如果人性是不变的，那么，就根本不要教育了，一切教育的努力都注定要失败了。因为教育的意义的本身就在改变人性以形成那些异于朴质的人性的思维、情感、欲望和信仰的新方式。如果人性是不可变的，我们可能有训练，但不可能有教育。因为训练与教育不同，仅是某些技能的获得。本性上的才能可训练到一个更高效率的程度，而并无新的态度和倾向的发展，但后者正是教育的目标。不过，这种训练的结果是机械的。这正像一个音乐家可能通过练习以获得更大的技术能力，但他不能从音乐欣赏和创作的某一境界提高到另一境界。

所以人性不变的理论是在一切可能的学说中，最令人沮丧的和最悲观的一种学说。如果逻辑地贯彻它，它将意味着个人的发展在其出生时即已预先决定的一种学说，其武断性将赛过最武断的神学的学说。因为依照这种学说，人们在出生时是怎样的，以后亦是怎样的，我们对此不能有所作为，我们所能为者，亦不能超过像体操教练对于个人固有筋肉系统所给予的那种训练。如果一个人生来即有罪犯的倾向，他就将变为罪犯并将继续做罪犯。如果一个人生来即有过多的贪欲，他就将变为靠牺牲他人的掠夺活动以谋生的人；其他可以类推。我并不怀疑自然禀赋种种差异之存在。我所要提出疑问的是这些差异注定了个人表现的确定方向之观念。把铁锯齿做成丝钱袋，确是困难的。但是一种音乐的自然禀赋所表现的特殊形式则依赖于其所感受的社会影响。如果贝多芬生在一个野蛮的部落中，他无疑地将是一个卓越的音乐家，但他将不是一个写交响乐的贝多芬。

在世界史上的某时某地，存在着差不多一切可想象的各种社会制度的这一事实，即是人性的可塑性的证明。这个事实并不证明这些不同的社会制度在物质上、道德上和文化上有同等的价值。只需要最粗略地观察，便知不是如此的。但是证明人性的可变性的这一事实指示我们对于社会改变的种种建议应采取的态度。主要问题是这些建议，在特殊情况下是否为可欲的。解答这个问题的方法是试图发现什么是它们的结果，如果它们被采纳，如果结论是它们所欲的，进一步的问题是怎样能在最少的浪费、破坏与不必要的脱节的条件下去实现它们。

为了求得这个问题的答案，我们应考虑到现存的传统和风俗的力量；应考虑到已存在的行为和信仰的种种范型。我们应找出有些什么已在起作用的势力能予以加强，使其走向可欲的改变，并找出怎样能逐渐削弱那些反抗改变的情况。诸如此类的问题可根据事实和理性去考虑。

认为所建议的改变由于人性的确定不变而是不可能的这种主张，使人们的注意从一个改变是否可欲的问题转移到改变将怎样实现的问题。它把问题投诸情感和兽力的角逐场中。结果，它鼓励那些人设想那些伟大的改变可仓促产生之，并可用暴力产生之。

当我们的关于人性和人生关系的种种科学之发展能略如我们的关于物质的自然的种种科学之发展时，它们的主要的关怀将是怎样能最有效地改变人性。问题将不在人性是否能改变，而在它在目前的情况下应怎样被改变。这个问题最后是最广义的教育问题。所以，凡是压制和歪曲那些能在最少的浪费的条件下改变人类倾向的教育过程的东西，都会助长那些使社会陷入僵局的势力，并从而鼓励人们用暴力作为社会改变的工具。

阅读思考题

约翰·杜威认为"经验"的内涵，除了认知的意义以外，还有其他的性质，如人们感受到的喜悦、苦痛、作为等。如我们送一个好友离国远行，我们对此情境的经验感受就包括了诸多的感受与情愫。相信我们对于"人性"的经验，也不仅仅是认知意义上的，肯定包含许多酸甜苦辣的感性体验，请结合自身的感性体验探讨人性会改变吗？

笔记区

第五篇 反思理性

  人类的感性是对事物的直接感觉，而理性思考则是一种"批判性思维"，它是一种分析和评估的思维方式，是深思熟虑地分析信息之后得出的逻辑结论。

  大学教育应该向学生传授的重点之一就是理性思考。比如学习一门学科的方法不是死记硬背或者单纯的主动参与，而是学会思考这门学科内在的逻辑、概念和假设；关注它的目标、疑问以及信息；面对复杂问题时，能够通过推理思考出综合的答案。而在当今的学校中，理性思考的习惯和技巧没有得到足够的传授。但从现在开始，我们至少可以学习思索我们应当怎样思考，我们至少可以不断质疑自己的假设、自己的观点与自己的结论，我们至少可以不仅开放自己的大脑吸取知识，而且慢慢学习独立判断与思考。

  在《子张问仁》里孔子思考的出发点就与众不同，他提出："仁者，爱人"、"己所不欲，勿施于人"；在不把人当人的阶级社会中，他力排众议地提出这种主张是具有进步的人道意义的。郭沫若的《凤凰涅槃》则通过凤凰集体自焚，从死灰中更生的故事，把祖国比喻成凤凰，宣告民族在"死灰中更生"的新时代到来，出色地表现了狂飙突进的"五四精神"。陈独秀在《敬告青年》中提出对青年的六点要求：自主的而非奴隶的，进步的而非保守的，进取的而非退隐的，世界的而非锁国的，实利的而非虚文的；这也是要求大学生首先要有独立的理性思考能力。茅以升主持设计并组织修建的中国第一座公路、铁路两用的现代桥梁——钱塘江公路铁路两用大桥工程，前后花了14年时间，经历了建桥、炸桥、修桥三个时期，所以茅以升相信理性的力量，相信"没有不能造的桥"。帕斯卡尔的《人是能够思想的芦苇》认为人应该"竭力寻找真理并准备摆脱感情而追随真理"，即作者认为理性的求索是第一位的。米兰·昆德拉《人们一思索，上帝就发笑》提倡的"小说艺术的精神"即欧洲文明的珍贵遗产——独立思想、个人创见和神圣的隐私生活。雅斯贝尔斯在《大学生的精神升华》里倡导大学生应该成为能够理性思考的"精神贵族"，他指出："精神贵族有自己的自由，不论是在达官贵人或工人群中，在富商人家或在贫民窟里，均可发现他们，但不论何处，精神贵族都是珍品。而进入大学学习的年轻人便是全国民众中的精神贵族。"

还要提醒大学生的是，应该有意识地选择不同观点与立场的人文名作加以比较阅读。作为现代大学生，不能只听任一种没有经过比较与竞争的观点占据自己头脑的统治地位，而应该接受观念开放的多元市场，因为只有吸取不同的观点方可克服自身的片面性；也唯有如此，读书才真正有收获，陈寅恪提倡的"独立之精神、自由之思想"也才能真正形成。所以本篇特意选入了关于理性思考的另外的声音，如苏格拉底就认为人应该既发扬理性精神又承认自己的无知无能，他在《人之无知》中指出："我是智过此人，我与他同是一无所知，可是他以不知为知，我以不知为不知。我想，就在细节上，我确实比他聪明；我不以所不知为知。"亚瑟·叔本华《读书与书籍》告诉我们读书能读出对的东西，也同样能读出错的东西，即完全跟着作者的意志走，而舍弃了自己独立的理性与思考。其实理性思考同样既能思考出对的东西，也能思考出错的，所以我们不能盲目地过度地崇拜理性。

是的，也许每个人都在思考，但我们并不总是善于思考。实际上，我们中的许多人思考往往流于草率、片面、无知甚至偏见。所以我们既呼吁社会机构、政府与国家给予公民独立思考的权利，也要积极主动地在学校与大学生生活的所有角落培养公正的理性思考的能力。

子张问仁

《论语》

《论语》是儒家学派的经典著作之一,由孔子的弟子及其再传弟子编撰而成。《论语》首创语录之体,比较真实地记录了孔子及其弟子的言行,集中体现了孔子的政治主张、论理思想、道德观念及教育原则等。其与《大学》、《中庸》、《孟子》、《诗经》、《尚书》、《礼记》、《易经》、《春秋》并称"四书五经"。

子张问"仁"于孔子。孔子曰:"能行五者于天下,为'仁'矣。"请问之。曰:"恭(1)、宽、信(2)、敏、惠(3)。恭则不侮,宽则得众,信则人任焉,敏则有功(4),惠则足以使人。"

◎ 注 释

(1) 恭:恭敬,礼让。
(2) 宽;宽厚。信:忠信,任用。
(3) 敏:勤快。惠:慈惠,好处。
(4) 功:成功。

阅读思考题

孔子的思想核心是"仁",他思考的出发点是"仁者,爱人"、"己所不欲,勿施于人"。在存在着压迫与不把人当人的阶级社会中,他提出这种主张是具有进步意义的,也具有古典人道主义意义。孔子说:"弟子,入则孝,出则悌,谨而信,泛爱众,而亲仁。行有余力,则以学文。"(《学而》)又曰:"人而不仁,如礼何?人而不仁,如乐何?"(《八佾》)这说明在仁德的基础上做学问、学礼乐才有意义。孔子还说:"唯仁者能好人,能恶人。"(《里仁》)"齐景公有马千驷,死之日,民无德而称焉。伯夷、叔齐饿死于首阳之下,民到于今称之。"(《季氏》)这说明孔子认为只有仁德的人才能无私地对待别人,才能得到人们的称颂。我们今天应该怎样思考与实行"仁德"?

凤凰涅槃

郭沫若

郭沫若（1892—1978），中国现代著名学者、文学家、社会活动家。早年赴日本留学，后接受斯宾诺沙、泰戈尔、惠特曼等人思想，弃医从文，与成仿吾、郁达夫等组织"创造社"，积极从事新文学运动。这一时期的诗集《女神》摆脱了中国传统诗歌的束缚，充分反映了"五四"时代精神，在中国文学史上开一代诗风。建国后他主编《中国史稿》和《甲骨文合集》，全部作品编成《郭沫若全集》38卷。

天方国古有神鸟名"菲尼克司"（Phoenix），满五百岁后，集香木自焚，复从死灰中更生，鲜美异常，不再死。

按此鸟殆即中国所谓凤凰；雄为凤，雌为凰。《孔演图》云："凤凰火精，生丹穴。"《广雅》云："凤凰……雄鸣曰即即，雌鸣曰足足。"

序　曲

除夕将近的空中，
飞来飞去的一对凤凰，
唱着哀哀的歌声飞去，
衔着枝枝的香木飞来，
飞来在丹穴山上。

山右有枯槁了的梧桐，
山左有消歇了的醴泉，
山前有浩茫茫的大海，
山后有阴莽莽的平原，
山上是寒风凛冽的冰天。

天色昏黄了，
香木集高了，

凤已飞倦了,

凰已飞倦了,

他们的死期将近了。

凤啄香木,

一星星的火点迸飞。

凰扇火星,

一缕缕的香烟上腾。

凤又啄,

凰又扇,

山上的香烟弥散,

山上的火光弥满。

夜色已深了,

香木已燃了,

凤已啄倦了,

凰已扇倦了,

他们的死期已近了!

啊啊!

哀哀的凤凰!

凤起舞,低昂!

凰唱歌,悲壮!

凤又舞,

凰又唱,

一群的凡鸟,

自天外飞来观葬。

凤　　歌

即即!即即!即即!

即即!即即!即即!

茫茫的宇宙,冷酷如铁!

茫茫的宇宙,黑暗如漆!

茫茫的宇宙，腥秽如血！

宇宙呀，宇宙，
你为什么存在？
你自从哪儿来？
你坐在哪儿在？
你是个有限大的空球？
你是个无限大的整块？
你若是有限大的空球，
那拥抱着你的空间，
他从哪儿来？
你的外边还有些什么存在？
你若是无限大的整块，
这被你拥抱着的空间，
他从哪儿来？
你的当中为什么又有生命存在？
你到底还是个有生命的交流？
你到底还是个无生命的机械？

昂头我问天，
天徒矜高，莫有点儿知识。
低头我问地，
地已死了，莫有点儿呼吸。
伸头我问海，
海正扬声而呜咽。

啊啊！
生在这样个阴秽的世界当中，
便是把金刚石的宝刀也会生锈！
宇宙呀，宇宙，
我要努力地把你诅咒：
你脓血污秽着的屠场呀！
你悲哀充塞着的囚牢呀！
你群鬼叫号着的坟墓呀！

你群魔跳梁着的地狱呀！
你到底为什么存在？

我们飞向西方，
西方同是一座屠场。
我们飞向东方，
东方同是一座囚牢。
我们飞向南方，
南方同是一座坟墓。
我们飞向北方，
北方同是一座地狱。
我们生在这样一个世界当中，
只好学着海洋哀哭。

凰　　歌

足足！足足！足足！
足足！足足！足足！
五百年来的眼泪倾泻如瀑。
五百年来的眼泪淋漓如烛。
流不尽的眼泪，
洗不净的污浊，
浇不熄的情炎，
荡不去的羞辱，
我们这缥缈的浮生，
到底要向哪儿安宿？

啊啊！
我们这缥缈的浮生，
好像那大海里的孤舟。
左也是漂漫，
右也是漂漫，
前不见灯台，

后不见海岸,
帆已破,
樯已断,
楫已飘流,
柁已腐烂,
倦了的舟子只是在舟中呻唤,
怒了的海涛还是在海中泛滥。

啊啊!
我们这缥缈的浮生
好像这黑夜里的酣梦。
前也是睡眠,
后也是睡眠,
来得如飘风,
去得如轻烟,
来如风,
去如烟,
眠在后,
睡在前,
我们只是这睡眠当中
一刹那的风烟。

啊啊!
有什么意思?
有什么意思?
痴!痴!痴!
只剩些悲哀,烦恼,寂寥,衰败,
环绕着我们活动着的死尸,
贯串着我们活动着的死尸。

啊啊!
我们年轻时候的新鲜哪儿去了?
我们年轻时候的甘美哪儿去了?
我们年轻时候的光华哪儿去了?

我们年轻时候的欢爱哪儿去了?

去了!去了!去了!

一切都已去了,

一切都要去了。

我们也要去了,

你们也要去了,

悲哀呀!烦恼呀!寂寥呀!衰败呀!

凤凰同歌

啊啊!

火光熊熊了。

香气蓬蓬了。

时期已到了。

死期已到了。

身外的一切,

身内的一切,

一切的一切!

请了!请了!

群 鸟 歌

岩鹰

哈哈,凤凰!凤凰!

你们枉为这禽中的灵长!

你们死了吗?你们死了吗?

从今后该我为空界的霸王!

孔雀

哈哈,凤凰!凤凰!

你们枉为这禽中的灵长!

"你们死了吗?你们死了吗?

从今后请看我花翎上的威光!

鸱枭

哈哈，凤凰！凤凰！

你们枉为这禽中的灵长！

你们死了吗？你们死了吗？

哦！是哪儿来的鼠肉的馨香？

家鸽

哈哈，凤凰！凤凰！

你们枉为这禽中的灵长！

你们死了吗？你们死了吗？

从今后请看我们驯良百姓的安康！

鹦鹉

哈哈，凤凰！凤凰！

你们枉为这禽中的灵长！

你们死了吗？你们死了吗？

从今后请听我们雄辩家的主张！

白鹤

哈哈，凤凰！凤凰！

你们枉为这禽中的灵长！

你们死了吗？你们死了吗？

从今后请看我们高蹈派的徜徉！

凤凰更生歌

鸡鸣

昕潮涨了，

昕潮涨了，

死了的光明更生了。

春潮涨了，

春潮涨了，

死了的宇宙更生了。

生潮涨了，

生潮涨了，

死了的凤凰更生了。

凤凰和鸣
我们更生了,
我们更生了。
一切的一,更生了。
一的一切,更生了。
我们便是他,他们便是我,
我中也有你,你中也有我。
我便是你,
你便是我。
火便是凰。
凤便是火。
翱翔!翱翔!
欢唱!欢唱!

我们新鲜,我们净朗,
我们华美,我们芬芳,
一切的一,芬芳。
一的一切,芬芳。
芬芳便是你,芬芳便是我。
芬芳便是他,芬芳便是火。
火便是你。
火便是我。
火便是他。
火便是火。
翱翔!翱翔!
欢唱!欢唱!

我们热诚,我们挚爱。
我们欢乐,我们和谐。
一切的一,和谐。
一的一切,和谐。
和谐便是你,和谐便是我。

和谐便是他，和谐便是火。
火便是你。
火便是我。
火便是他。
火便是火。
翱翔！翱翔！
欢唱！欢唱！

我们生动，我们自由。
我们雄浑，我们悠久。
一切的一，悠久。
一的一切，悠久。
悠久便是你，悠久便是我。
悠久便是他，悠久便是火。
火便是你。
火便是我。
火便是他。
火便是火。
翱翔！翱翔！
欢唱！欢唱！

我们欢唱，我们翱翔。
我们翱翔，我们欢唱。
一切的一，常在欢唱。
一的一切，常在欢唱。
是你在欢唱？是我在欢唱？
是他在欢唱？是火在欢唱？
欢唱在欢唱！
欢唱在欢唱！
只有欢唱！
只有欢唱！
欢唱！
欢唱！
欢唱！

阅读思考题

《凤凰涅槃》以凤凰的传说为素材，通过凤凰集体自焚，从死灰中更生的故事，把祖国比喻成凤凰，宣告民族在"死灰中更生"的新时代到来。这样一首时代的颂歌出色地表现了"五四精神"。其基调雄浑悲壮，具有鲜明的浪漫主义特色。请结合诗中具体的描写体会作者激荡的力量、饱酣的气势以及理性的强度。

笔记区

敬告青年

陈独秀

陈独秀（1879—1942），学者，新文化运动的主要领导人之一。1915年9月《新青年》（原名《青年杂志》）创刊，他是主编。在五四运动前后以攻击孔子学说和封建制度著名当世。五四运动以后，开始接受马克思主义思想，并成为中国共产党发起人之一。其主要作品有《独秀文存》、《陈独秀著作选》等。

窃以少年老成，中国称人之语也；年长而勿衰（keep young while growing old），英美人相勖之辞也；此亦东西民族涉想不同、现象趋异之一端欤？青年如初春，如朝日，如百卉之萌动，如利刃之新发于硎，人生最可宝贵之时期也。青年之于社会，犹新鲜活泼细胞之在人身。新陈代谢，陈腐朽败者无时不在天然淘汰之途，与新鲜活泼者以空间之位置及时间之生命。人身遵新陈代谢之道则健康，陈腐朽败之细胞充塞人身则人身死；社会遵新陈代谢之道则隆盛，陈腐朽败之分子充塞社会则社会亡。

准斯以谈，吾国之社会，其隆盛耶？抑将亡耶？非予之所忍言者。彼陈腐朽败之分子，一听其天然之淘汰，雅不愿以如流之岁月，与之说短道长，希冀其脱胎换骨也。予所欲涕泣陈词者，惟属望于新鲜活泼之青年，有以自觉而奋斗耳！

自觉者何？自觉其新鲜活泼之价值与责任，而自视不可卑也。奋斗者何？奋其智能，力排陈腐朽败者以去，视之若仇敌，若洪水猛兽，而不可与为邻，而不为其菌毒所传染也。

呜呼！吾国之青年，其果能语于此乎！吾见夫青年其年龄，而老年其身体者十之五焉；青年其年龄或身体，而老年其脑神经者十之九焉。华其发，泽其容，直其腰，广其膈，非不俨然青年也；及叩其头脑中所涉想所怀抱，无一不与彼陈腐朽败者为一丘之貉。其始也未尝不新鲜活泼，寝假而为陈腐朽败分子所同化者有之；寝假而畏陈腐朽败分子势力之庞大，瞻顾依回，不敢明目张胆作顽狠之抗斗者，有之。充塞社会之空气，无往而非陈腐朽败焉，求些少之新鲜活泼者，以慰吾人窒息之绝望，亦杳不可得。

循斯现象，于人身则必死，于社会则必亡。欲救此病，非太息咨嗟之所能济，是在一二敏于自觉、勇于奋斗之青年，发挥人间固有之智能，抉择人间种种之思想，——孰为新鲜活泼而适于今世之争存，孰为陈腐朽败而不容留置于脑里，——利刃断铁，快刀理麻，决不作迁就依违之想，自度度人，社会庶几其有清宁之日也。青年乎！其有以此自任者乎？若夫明其是非，以供抉择，谨陈六义，幸平心察之：

（一）自主的而非奴隶的

等一人也，各有自主之权，绝无奴隶他人之权利，亦绝无以奴自处之义务。奴隶云者，古之昏弱对于强暴之横夺，而失其自由权利者之称也。自人权平等之说兴，奴隶之名，非血气所忍受。世称近世欧洲历史为"解放历史"——破坏君权，求政治之解放也；否认教权，求宗教之解放也；均产说兴，求经济之解放也；女子参政运动，求男权之解放也。

解放云者，脱离夫奴隶之羁绊，以完其自主自由之人格之谓也。我有手足，自谋温饱；我有口舌，自陈好恶；我有心思，自崇所信；绝不认他人之越俎，亦不应主我而奴他人；盖自认为独立自主之人格以上，一切操行，一切权利，一切信仰，唯有听命各自固有之智能，断无盲从隶属他人之理。非然者，忠孝节义，奴隶之道德也〔德国大哲尼采（Nietzsche）别道德为二类：有独立心而勇敢者曰贵族道德（Morality of Noble），谦逊而服从者曰奴隶道德（Morality of Slave）〕；轻刑薄赋，奴隶之幸福也；称颂功德，奴隶之文章也；拜爵赐第，奴隶之光荣也；丰碑高墓，奴隶之纪念物也；以其是非荣辱，听命他人，不以自身为本位，则个人独立平等之人格，消灭无存，其一切善恶行为，势不能诉之自身意志而课以功过；谓之奴隶，谁曰不宜？立德立功，首当辨此。

（二）进步的而非保守的

人生如逆水行舟，不进则退，中国之恒言也。自宇宙之根本大法言之，森罗万象，无日不在演进之途，万无保守现状之理；特以俗见拘牵，谓有二境，此法兰西当代大哲柏格森（H. Bergson）之《创造进化论》（L'Evolution Creatrice）所以风靡一世也。以人事之进化言之，笃古不变之族，日就衰亡；日新求进之民，方兴未已；存亡之数，可以逆睹。矧在吾国，大梦未觉，故步自封，精之政教文章，粗之布帛水火，无一不相形丑曲拙，而可与当世争衡？

举凡残民害理之妖言，率能征之故训，而不可谓诬，谬种流传，岂自今始！固有之伦理、法律、学术、礼俗，无一非封建制度之遗，持较皙种之所为，以并世之人，而思想差迟，几及千载；尊重廿四朝之历史性，而不作改进之图，则驱吾民于二十世纪之世界以外，纳之奴隶牛马黑暗沟中而已，复何说哉！于此而言保守，诚不知为何项制度文物，可以适用生存于今世。吾宁忍过去国粹之消亡，而不忍现在及将来之民族，不适世界之生存而归削灭也。

呜呼！巴比伦人往矣，其文明尚有何等之效用耶？"皮之不存，毛将焉傅？"世界进化，未有已焉。其不能善变而与之俱进者，将见其不适环境之争存，而退归天然淘汰已耳，保守云乎哉！

（三）进取的而非退隐的

当此恶流奔进之时，得一二自好之士，洁身引退，岂非希世懿德；然欲以化民成俗，请于百尺竿头，再进一步。夫生存竞争，势所不免，一息尚存，即无守退安隐之余地。排万难而前行，乃人生之天职。以善意解之，退隐为高人出世之行；以恶意解之，退隐为弱者不适竞争之现象。欧俗以横厉无前为上德，亚洲以闲逸恬淡为美风，东西民族强弱之原因，斯其一矣。此退隐主义之根本缺点也。

若夫吾国之俗，习为委靡：苟取利禄者，不在论列之数；自好之士，希声隐沦，食粟衣帛，无益于世，世以雅人名士目之，实与游惰无择也。人心秽浊，不以此辈而有所补救，而国民抗往之风，植产之习，于焉以斩。人之生也，应战胜恶社会，而不可为恶社会所征服；应超出恶社会，进冒险苦斗之兵，而不可逃循恶社会，作退避安闲之想。呜呼！欧罗巴铁骑，入汝室矣，将高卧白云何处也？吾愿青年之为孔、墨，而不愿其为巢、由（古之隐士）；吾愿青年之为托尔斯泰与达噶尔（R. Tagore，印度隐遁诗人），不若其为哥伦布与安重根！

（四）世界的而非锁国的

并吾国而存立于大地者，大小凡四十余国，强半与吾有通商往来之谊。加之海陆交通，朝夕千里，古之所谓绝国，今视之若在户庭。举凡一国之经济政治状态有所变更，其影响率被于世界，不啻牵一发而动全身也。立国于今之世，其兴废存亡，视其国之内政者半，影响于国外者恒亦半焉。以吾国近事证之：日本勃兴，以促吾革命维新之局；欧洲战起，日本乃有对我之要求；此非其彰彰者耶？投一国于世界潮流之中，笃旧者固速其危亡，善变者反因以竞进。

吾国自通海以来，自悲观者言之，失地偿金，国力索矣；自乐观者言之，倘无甲午庚子两次之福音，至今犹在八股垂发时代。居今日而言锁国闭关之策，匪独力所不能，亦且势所不利。万邦并立，动辄相关，无论其国若何富强，亦不能漠视外情，自为风气。各国之制度文物，形式虽不必尽同，但不思驱其国于危亡者，其遵循共同原则之精神，渐趋一致，潮流所及，莫之能违。于此而执特别历史国情之说，以冀抗此潮流，是犹有锁国之精神，而无世界之智识。国民而无世界知识，其国将何以图存于世界之中？语云："闭户造车，出门未必合辙。"今之造车者，不但闭户，且欲以《周礼》《考工》之制，行之欧美康庄，其患将不止不合辙已也！

（五）实利的而非虚文的

自约翰弥尔（J. S. Mill）"实利主义"唱道于英，孔特（Comte）之"实验哲学"唱道于法，欧洲社会之制度，人心之思想，为之一变。最近德意志科学大兴，物质文明，造乎其极，制度人心，为之再变。举凡政治之所营，教育之所期，文学技术之所风尚，万马奔驰，无不齐集于厚生利用之一途。一切虚文空想之无裨于现实生活者，吐弃殆尽。当代大哲，若德意志之倭根（R. Eucken），若法兰西之柏格森，虽不以现时物质文明为美备，咸揭橥生活（英文曰 Life，德文曰 Leben，法文曰 La vie）问题，为立言之的。生活神圣，正以此次战争，血染其鲜明之旗帜。欧人空想虚文之梦，势将觉悟无遗。

夫利用厚生，崇实际而薄虚玄，本吾国初民之俗；而今日之社会制度，人心思想，悉自周、汉两代而来，——周礼崇尚虚文，汉则罢黜百家而尊儒重道。——名教之所昭垂，人心之所祈向，无一不与社会现实生活背道而驰。倘不改弦而更张之，则国力莫由昭苏，社会永无宁日。祀天神而拯水旱，诵《孝经》以退黄巾，人非童昏，知其妄也。物之不切于实用者，虽金玉圭璋，不如布粟粪土。若事之无利于个人或社会现实生活者，皆虚文也，诳人之事也。诳人之事，虽祖宗之所遗留，圣贤之所垂教，政府之所提倡，社会之所崇尚，皆一文不值也！

（六）科学的而非想象的

科学者何？吾人对于事物之概念，综合客观之现象，诉之主观之理性，而不矛盾之谓也。想象者何？既超脱客观之现象，复抛弃主观之理性，凭空构造，有假定而无实证，不可以人间已有之智灵，明其理由，道其法则者也。在昔蒙昧之世，当今浅化之民，有想象而无科学。宗教美文，皆想象时代之产物。近代欧洲之所以优越他族者，科学之兴，其功不在人权说下，若舟车之有两轮焉。今且日新月异，举凡一事之兴，一物之细，罔不诉之科学法则，以定其得失从违；其效将使人间之思想云为，一遵理性，而迷信斩焉，而无知妄作之风息焉。

国人而欲脱蒙昧时代，羞为浅化之民也，则急起直追，当以科学与人权并重。士不知科学，故袭阴阳家符瑞五行之说，惑世诬民，地气风水之谈，乞灵枯骨。农不知科学，故无择种去虫之术。工不知科学，故货弃于地，战斗生事之所需，一一仰给于异国。商不知科学，故惟识罔取近利，未来之胜算，无容心焉。医不知科学，既不解人身之构造，复不事药性之分析，菌毒传染，更无闻焉；惟知附会五行生克寒热阴阳之说，袭古方以投药饵，其术殆与矢人同科；其想象之最神奇者，莫如"气"之一说，其说且通于力士羽流之术，试遍索宇宙间，诚不知此"气"之果为何物也！

凡此无常识之思维，无理由之信仰，欲根治之，厥为科学。夫以科学说明真理，事事求诸证实，较之想象武断之所为，其步度诚缓，然其步步皆踏实地，不若幻想突飞者之终无寸进也。宇宙间之事理无穷，科学领土内之膏腴待辟者，正自广阔。青年勉乎哉！

（原载1915年9月15日"青年杂志"1卷1号，又见"独秀文存"卷1）

阅读思考题

中国当今新青年的现状让人觉得并不满意，许多青年把如花的青春花费在肥皂剧和魔兽游戏的虚拟世界中，或自闭在一个狭小的巢里孤芳自赏。对照陈独秀先生在《敬告青年》提出过对青年的六点要求，今天的新青年应该如何反省与努力呢？

笔记区

清华大学王观堂先生纪念碑铭

陈寅恪

陈寅恪(1890—1969),江西义宁(今修水县)人。中国现代最负盛名的历史学家、古典文学研究家、语言学家。清华百年历史上,四大哲人之一。其代表作有《唐代政治史述论稿》、《元白诗笺证稿》、《柳如是别传》、《金明馆丛稿初编》、《寒柳堂集》、《陈寅恪学术文化随笔》等。

1928年6月3日,王国维(字静安,晚号观堂)逝世一周年忌日,清华立《海宁王静安先生纪念碑》,碑文由陈寅恪撰,林志钧书丹,马衡篆额,梁思成设计。碑铭云:

"海宁王先生自沉后二年,清华研究院同人咸怀思不能自已[1]。其弟子受先生之陶冶煦育者有年,尤思有以永其念[2]。佥曰:宜铭之贞珉,以昭示于无竟[3],因以刻石之词命寅恪。数辞不获已[4],谨举先生之志事[5],以普告天下后世。其词曰:士之读书治学,盖将以脱心志于俗谛[6]之桎梏,真理因得以发扬。思想而不自由,毋宁死耳。斯古今仁圣所同殉之精义,夫岂庸鄙之敢望[7]。先生以一死见其独立自由之意志,非所论于一人之恩怨,一姓之兴亡。呜呼!树兹石于讲舍,系哀思而不忘。表哲人之奇节,诉真宰[8]之茫茫。来世不可知者也,先生之著述,或有时而不章[9];先生之学说,或有时而可商。惟此独立之精神,自由之思想,历千万祀,与天壤而同久,共三光而永光。"

◎ 注 释

(1) 已:停歇、终止。

(2) 永其念(主谓句,谓语为非及物动词):永其念(非及物动词占据及物动词位置,成为非及物动词活用作及物动词的使动用法,即:使其念永);川流不息,绵延无尽,谓之永,永字左右翻转和永字同义,现在不单独做字只充当偏旁,比如:脉、派;有以永其念:有(物)以(之)永其念。

(3) 无竟:无止境;无竟(之世)。

(4) 获已:得已;不获已:不得已。

(5) 志事:抱负和事迹。

(6) 谛：道理。

(7) 敢望：敢于望见（其项背）。望其项背：能看见他的颈背，比喻和人差距不大，不相上下，不分伯仲，能追赶得上。

(8) 真宰：真正的主宰。

(9) 章：彰显。

附：王国维遗书

五十之年，只欠一死，经此世变，义无再辱。我死后 当草草棺敛（殓），即行索葬于清华茔地。汝等不能南归，亦可暂于城内居住；汝兄亦不必奔丧，固道路不通，渠又不曾出门故也。书籍可托陈、吴二先生处理，家人自有人料理，必不至不能南归。我虽无财产分文遗汝等，然苟谨慎勤俭，亦必不至饿死也。

阅读思考题

王国维于1927年自沉昆明湖，举国皆痛。与王国维同为"清华国学研究院"四大导师的陈寅恪先生为其撰写的碑文，是站在历史的高度看待社会变革和文化转型，看待处在深刻矛盾中的王国维的内心世界的。陈寅恪标举的"独立之精神、自由之思想"带给我们怎样深刻的警示？

笔记区

没有不能造的桥

茅以升

茅以升（1896—1988），我国著名土木工程学家、桥梁专家、工程教育家。20世纪30年代，他主持设计并组织修建了中国第一座公路、铁路两用的现代桥梁——钱塘江公路铁路两用大桥，成为中国铁路桥梁史上的一个里程碑。他在工程教育中，始创启发式教育法，坚持理论联系实际，致力教育改革，为我国培养了一大批科学技术人才。茅以升积极倡导科普教育，撰写了《桥话》、《中国石拱桥》、《桥梁次应力》、《钱塘江桥》、《中国的古桥与新桥》等大量的科普文章。

路是人走出来的，有了路，就要桥。哪里有人，哪里就有路，同时哪里也就可能有桥。人是需要桥的，同时人也能造桥。只要有能修的路，就没有不能造的桥。人能移土填海来修路，也能连山跨海来造桥。人们改造自然的雄心壮志，就在修路造桥的工作上，也能充分表现出来。不但表现出和自然界斗争的集体力量，也表现出了征服自然、改造自然的聪明才智。"一桥飞架南北，天堑变通途。"（毛主席词）这便是近代造桥技术的新成就。

桥是路的一部分，没有路，当然就没有桥；桥不能没有联系的路而孤立存在。桥的存在是为路服务的。既然是为路服务，就要能满足路的要求：第一，所有路上的车辆行人，都要能安全地顺利地在桥上通过。第二，车在桥上走，要能和在路上走一样，不能因为过桥而使行车有所限制，比如减轻载重，降低速度，一车单行等等。第三，路上交通运输，总是天天发展的，路还可以跟着改造、加强，桥就不那么简单，一定要造得比路更为坚固耐久。满足了以上这些要求，桥和路才能成为一体，合为一家。否则那就是"路归路，桥归桥"不能密切合作，共同为陆上运输服务了。

桥和路不但要为陆上运输而合作，它们还要为水上运输而合作。因为过河的桥，下面要走船，水涨船高，不但桥要造得高，而且路也要跟着高。桥在过河的地位上要服从路，路在两岸的高度上，也要迁就桥。桥和路都是越高越难造的，但是为了行船方便，就把困难留给自己。桥和路跟船合作得好，这个困难就解决了。

不论行车或走船，总不要因为过桥而使人感到不适，或是激烈震动，或是骤然改变方向，使桥形成一个"关"。如果车在桥上走，如同在路上走一样，船在桥下过，如同河上没有桥一样，有桥恍同无桥，这种桥就算是造得真好了。但是，对行人来说，有桥虽然是好，能在一座桥上走走，饱览河上风光，两岸景色，岂不令人心旷神怡！

从走车、行人的观点看，桥就是一种路。不过这种路不是躺在地上，而是跨过一条河道或是横越一个山谷的。因此，桥是从地上架起来的一条空中的路。路在空中，当然问题就多了。这个空中的路，一般只是跨过一条河，或者越过一个山谷，或者和另一条路立体交叉，它的长度，总是有限的。但如高架铁路或高速公路，因为架在空中，虽名为路，但实际是桥，以桥代路，这"桥"的长度，就大得可观了。

一座桥所以能成为空中的路，因为在两岸桥头，它有"桥台"，在河道水中，它有"桥墩"，有了"台"和"墩"，才能架起桥身（名为"桥梁"），三者联合在一起，才能构成一座桥。桥墩有两个问题，一是妨碍航运，一是阻挡洪水，所以一座桥的桥墩，愈少愈好，然而桥墩少则每孔的桥梁长，如果一座桥的桥墩和桥梁的造价约略相等，这桥才算是经济的。这就牵涉到造桥过河的地点问题，是要桥的位置服从路的线路，还是路的线路服从桥的位置呢？这是一个经济上要考虑的问题。

桥梁的设计与施工，有一个重大的特点，即不但要力求经济，而且要绝对保证安全。假如一座造成的桥，因为承载车辆过重，或者行车速度太快，或者洪水、台风等等影响，桥身断裂坠入河中，则对生命财产的损失，何可胜计！这比起其他很多工程，如果失败，只浪费财产而不影响生命，更是大不相同。

桥，不论它的长度多大，都不足显示它的技术优点；足以显示桥的技术优点的是桥的"跨度"，就是一座桥架在两头支座之间的架空长度。一座桥就像一条板凳，板凳两条腿之间的架空长度就叫做跨度；几条板凳头尾相连，就构成一座长桥。板凳虽多，它的强度仍只是决定于一个板凳的长度。

板凳就是一座"梁桥"的简单模型。板凳的板，好像是桥的"梁"；板凳的腿，好像是桥的"墩"；板凳的脚立在地上，就好像墩是建筑在"基础"上。"梁"、"墩"和"基础"构成一座桥梁的三大部分。每一部分都有各种不同的形式，构成不同类型的桥。

"梁"是承托铁路或公路"路面"的建筑物，是直接受到桥上车辆行人的"荷载"的（重量和振动）。最简单的"梁"，是几座既平且直的"板梁"，架在两头桥墩上。这种"板梁"的"跨度"不可能太大，要加长"跨度"就要把"桥梁"的板，改成各种"结构"，来承担"荷载"。所谓"结构"就是用许多"杆件"拼成的一种梁。比用平直的"梁"更为经济的办法，是把梁"拱"起来，让它向上弯成"拱"，在"拱"的下面或上面安装路面，这就形成一座"拱桥"。更经济的办法是用"缆索",跨过两岸上立起来的高塔,把缆索的两头锚定在土石中,然后从"缆索"上悬挂起路面,就像一恨绳子上吊起洗的衣服一样。这种桥叫做"吊桥"。"梁桥"、"拱桥"、"吊桥",是桥梁的三种基本类型,我国几千年来,就造过无数的这三种桥。

福建泉州的"洛阳桥"是宋代(1059 年)建成的石板"梁桥",总长 834 米,有 47 孔,每孔"跨度"16 米左右,用长条石块,架在桥墩上作路面,桥墩下的"筏形基础"设计,比外国的早八百年。河北赵县的"赵州桥"是隋代(公元 605 年左右)建成的"石拱桥",只有一孔,"跨度"长达 37.4 米,建成至今虽已一千三百多年,但它的雄姿依然不减当年,堪称世界上最古老的石"拱桥"。

四川泸定县的"泸定桥"是清代(1706 年)建成的铁索"吊桥",跨度 103 米,是 1935 年我英雄红军长征路上强渡"大渡河"的革命纪念地。以上三座桥是我国古桥中三种基本类型的代表作。其他名桥,书不胜书。

我国自从有了铁路,就有了新式的钢桥和钢筋混凝土桥,桥的结构也有了多种形式。解放前,滔滔长江,没有一座桥;滚滚黄河,上面也只有三座桥。解放后,我国桥梁建设,日新月异,长江上先后有了武汉、南京等铁路、公路联合大桥,黄河上造了二十几座桥。其他大小河流上的铁路、公路桥,遍布国内。它们的型式和古桥一样,基本上仍是这三种,即梁桥、拱桥和吊桥。但每种都有创新,如武汉、南京长江大桥都是三孔钢梁首尾连成一联的"三联连续桥"。又如许多的钢筋混凝土拱桥中,造成"双曲拱"的型式。所有这些新结构的运用都是为了节约材料并增加安全度。其方法是控制材料的变形,不使超出限外。

板凳的板上站了人,板就要向下微微弯曲,这时板的下面就要被拉长,上面就要被压短(这可以用简单试验来证明)。但板的材料(木、石或其他)是要抵抗"变形"的(这是所有材料的特性)。抵抗被拉长时,就有抗拉"应力"[5];抵抗被压短时,就有抗压"应力"。比如石料,抗压强度大大超过抗拉强度,因此如果把梁做成拱形,在担负"荷载"时,这拱就要被压短了(也可试试看),引起材料的抗压应力,而这正是由石料的抗压强度来决定的。同时,拱不大可能被拉长,这就避免了材料的弱点。所以"拱"比平直的"梁"更经济。同样的道理,一条绳子只能被拉长而不可能被压短,如用钢缆把桥的路面吊起,就能充分发挥材料的抗拉强度,同"拱"能充分发挥石料的抗压强度一样。但钢的强度比石料大得多,所以"吊桥"跨度可以比"拱桥"跨度大得多。

一座桥的形式,决定于所用的材料和材料做成的"结构",要加大"跨度",就要充分发挥材料的强度,而克服它的弱点。

桥墩是桥梁的支柱,桥上车辆的重量和振动影响,都要通过桥梁而达到桥墩,再加桥梁和桥墩本身的重量,以及桥上风力、桥下水力等等,桥墩的负担,可就不轻了。不但如此，桥墩这个支柱，有一部分是在水里的（越过山谷的桥的墩，有时也有小部分在水中），而水是很难对付的。因此，建筑桥墩的材料，既要有强度，还要能抗水。当桥梁在承载过程中变形时，桥墩也跟着变形，不过这个变形，主要是压缩，因此桥墩的材料必须要有较大的抗压强度，但它的结构形式却比较简单，重要的是，桥墩要"立"得牢，桥梁才能"坐"得稳；要桥墩立得牢，就要有坚强的"基础"。

　　桥梁基础是把全桥上的重量和一切振动影响传达到地下的一个结构。它是桥墩的"脚跟"，是全桥和地下联系的一个"关键"。因此，它必须建筑在石层或坚硬土层上面。当它在受到桥墩向下压迫的作用时，除了自己压缩变形以外，还会使下面的土石层跟着变形。由于土石层的变形，基础、桥墩以至整座桥梁都会跟着慢慢移动。这种移动，名为"沉陷"。这对桥梁是非常重要的，任何桥都有沉陷。但要控制在一定范围以内，并使它平均分布，以免桥墩倾斜。

　　基础的类型也很多，最简单的方式是水中"打桩"、把"桩"打到石层或坚硬土层上，然后在桩上造起桥墩。在水深的地方，可以采用"沉井"、"沉箱"或"管柱"，就是把预制的"井"、"箱"或"管柱"沉到石层或坚硬土层上，再在它们里面或上面筑桥"墩"。南京长江大桥，水下石层深达73米，是世界上罕见的深水基础，曾经用了多种方法，才将桥墩建造成功。

　　桥同路要合作，桥本身的梁、墩和基础三部分更要密切合作。首先，每部分以及各部分"接头"处，都不能有薄弱环节。其次，各部分要配合得当，彼此协作，来发挥每个角落的最大强度。再次，全桥的强度要分布均匀，薄弱环节固然不好，一处过分坚强，形成浪费，也不必要。一座桥是由许多部件组成的，每个部件的强度与它的变形有关，而变形是可以测定的。凡是变形较大的地方都是薄弱环节。在一座桥的设计和施工中，都应当使这座桥在车辆走动、载重增加时，处处只有最小的变形。从全桥和各部件变形的大小，就能看出这桥的技术水平。桥梁技术的发展，就是要以争取全桥整体的和局部的最小变形为方向。但是无论设计施工如何完善，总有估计不到的因素，桥在建成后也会遇到不测的袭击，如地震，这里就要依靠桥的本身潜力来抵抗了。原来在任何建筑物中，按照自然法则，在必要时，较强的部分都会适当地帮助较弱的部分，自动调剂。也就是，各部分的变形，如果忽然过多或过少，它们会互相调剂，均衡力量，使全桥的变形，仍然达到最小的限度。只有在这个变形超出"安全度"的时候，这个建筑物才会遭到破坏。这个建筑物的自动调节的性能，就叫做"整体性"，对于它的安全是很重要的。充分发挥整体性的作用，也是桥梁新技术的一个极其重要的目标。

　　桥梁技术中有许多新的成就，这些新成就，帮助我们多快好省地把桥建成。所谓好，就是这座桥在任何情况下，将会有最可能小的变形和最可能大的整体性。

作为新技术的例子，现在来谈一个"装配式预应力混凝土"的结构。混凝土是由水泥、砂子和小石块，在加水后搅拌，浇灌到模板中，经过凝结而成的建筑材料。它的优点是抗压强度大，弱点是抗拉强度小。为了克服它的弱点，抵抗被拉长，就放进钢筋，成为"钢筋混凝土"，因为钢的抗拉强度大。然而，就是这样，钢筋混凝土的强度，还是抗拉不够，为了进一步加大它的抗拉强度，就把钢筋在混凝土凝结之前，预先拉长一下，然后让钢筋和它周围的混凝土一同缩短，这样钢筋就恢复了原来长度，并把混凝土压紧，产生抗压强度。这个预先被压紧的混凝土，在受到载重时，就能抵抗更多的拉长，也就是增加了它的抗拉强度。这个增加出来的抗拉强度是由于它预先有了压缩，有了抗压应力，所以叫做"预应力混凝土"。用这种预应力混凝土，在工厂中预先制成结构中的部件，然后运往建桥工地，把各部件"装配"成形，这就成为"装配式预应力混凝土"结构。这种结构可以用在较大跨度的桥梁上，是一种现代化的技术，我国正在普遍推广。

在以前，一般大跨度的桥梁，都是采用钢结构的。但现在，很多桥梁已经用预应力混凝土来代替了。不过对于特大跨度的桥梁，还是非用钢不可；有时还要用高强度的合金钢。比如建造一座跨海的桥梁，每孔跨度，长达一两公里，那就非用"钢索吊桥"不可。将来会有更新的建筑材料出现，如不脆的"玻璃钢"、合成的"塑料"、"高分子聚合物"等等，同时也将有更新式的结构来利用这些材料。由于这些材料的强度高而重量小，那时桥梁的一孔跨度和水下基础深度就会大得惊人。现在世界上桥的最大跨度，是英国的"恒比尔"公路"吊桥"，跨度 1405 米。建造中的日本的明石海峡公路、铁路两用"吊桥"跨度 1780 米。水下基础最深的桥是葡萄牙的塔古斯河桥，基础在水下 79 米。

最后，再谈一个极其重要的桥梁建设问题，那就是"造桥工业化"的问题。造桥是一个非常复杂的技术问题。要从大量的地形、地质、水文、气候等资料中，根据交通运输的需要，作出设计，然后一面在水下建筑基础和桥墩，一面在工厂制造桥梁，最后再把桥梁安装在桥墩上。如果有大量的造桥工程，急待解决进行，就必须有一整套"工业化"的措施，这样才能做到多快好省。这一套措施有三方面。第一，"设计标准化"：对跨度相同、一般条件相同的桥梁，预先作出标准设计，根据需要，按照各种条件的"系列"（即等级层次），作出整套的标准设计。第二，材料工厂化：不论是石料、钢材或各种混凝土，都在工厂中，按照设计，预先制成部件，然后运往工地，装配成所需的结构。第三，施工机械化：造桥时要跟自然界各种不同因素作战，比如风浪中测量，深水下建筑，高空中吊装等等，这都不是单纯的体力劳动所能济事的，必须使用各式各样的机械，才能成功。这样的"三化"是桥梁技术现代化的新方向。

　　桥梁技术的成就是无穷无尽的，因为桥梁工程中的困难是没有底的。如果因为人所需要，遇到难造的桥，则人类进步，必有相应发展的新技术，来克服此难关。桥是人造的，人有了社会主义觉悟，勤学苦练，发挥了主观能动性，就不怕任何困难。有人就有桥，世界上没有不能造的桥！

阅读思考题

　　茅以升主持设计并组织修建的中国第一座公路、铁路两用的现代桥梁——钱塘江公路铁路两用大桥工程，前后花了14年时间，经历了建桥、炸桥、修桥三个时期：1934年茅以升受命开始主持大桥工程，到1937年9月26日建成通车。89天后，即1937年12月23日，因为日军攻打杭州，当天下午茅以升就接到炸桥命令。抗日战争胜利后，茅以升受命组织修复大桥，至1948年3月，钱塘江大桥又重新飞跨在波涛之上。所以茅以升坚信没有不能造的桥。你认同茅以升的这种坚定信念吗？

笔记区

人之无知（节选）

[古希腊] 苏格拉底

苏格拉底（公元前469—前399），古希腊著名的思想家、哲学家，被广泛认为是西方哲学的奠基者。他和他的学生柏拉图及柏拉图的学生亚里士多德被并称为"古希腊三贤"。苏格拉底本人没有写过著作，他的学说主要是通过他的学生柏拉图和色诺芬著作中的记载而得以传播。

……雅典人啊，我无非由于某种智慧而得此不虞之誉。何种智慧？也许只不过是人的智慧。或者我真有这种智慧。方才我所提的那些人也许有过人的智慧。我不知道如何形容他们的智慧，因我对那种智慧一窍不通。说我有那种智慧的人是说谎，是对我伪作飞扬谤讪之语。雅典人啊，即使我对你们显得说大话，也不要高声阻挠我；我说的不是自己的话，是引证你们认为有分量的言语。我如果真有智慧，什么智慧、何种智慧，有带勒弗伊的神为证。你们认识海勒丰吧，他是我的总角之交，也是你们多数党的同志，和你们同被放逐、同回来的。你们了解他是何样人，对事何等激进热诚。有一次他竟敢去带勒弗伊求谶——诸位，不要截断我的话——他问神，有人智过于我者否？辟提亚的谶答曰"无也"。如今海勒丰已故，他的弟弟在此，能对你们作证。

六

你们想，我为什么提起这话，因为要告诉你们，对我的谤讪从何而起。我听了神的话，胸中怀此疑团："神的话：究竟有何所指，他出了何谜？我自信毫无智慧，他说我最有智慧，究竟何所云？按其本性，神决不会说谎。"神的话何所云，我的疑团好久不能解。后来用很大气力去探讨他的真意。

我访了一位以智慧著称的人，想在彼处反驳神谶，覆谶语曰："此人智过于我，你却说我最智慧。"我见了此人——不必举其姓名，他是一个政治人物——我对他的印象如此：和他交谈以后，觉得此人对他人、对许多人，尤其对自己，显得有智慧，可是不然。于是我设法向他指出，他自以为智，其实不智。结果，我被他恨，被在场的许多人恨。我离开后，自己盘算着："我是智过此人，我与他同是一无所知，可是他以不知为知，我以不知为不知。我想，就在细节上，我确实比他聪明；我不以所不知为知。"再访比他更以智慧著称的人，也发现了同样情况。于是除他以外，我又结怨于许多人。

七

此后，我一一去访，明知会结怨，满腔苦恼、恐惧，可是必须把神的差事放在首要地位。为了探求神谶的真意，我必须出发去访以智慧著称的人。指天为誓，雅典人啊，我必须对你们说实话；确实，我所得的经验如此；我秉神命出访时，发现名望最高的人几乎最缺乏智慧，其他名望较低的人却较近于有学识。我要对你们叙述我在出访所做的苦工，以证明谶语之不可反驳。访政客们以后，访了各体——咏史、颂神以及其他——的诗人，想在现场证明我比他们不学无术。以其精心结构的作品质问他们其中的意义，本想同时能得到一些指教。诸位，对你们说实话，我感觉难为情，可又不得不说。几乎所有在场的人讲他们的诗都比他们本人讲得好。因此我发现，诗人作诗不是出于智慧，其作品成于天机之灵感，如神巫和预言家之流常作机锋语而不自知其所云，我想诗人所感受亦复如此。同时我发现，诗人们因其会做诗，其他方面便自以为智在人人之上，成了出类拔萃人物，其实不然。我离开他们，心想，我超过他们，正如我超过政客们。

八

最后去访手工艺人。自知对这方面一无所知，也相信会发现他们这方面的知识很丰富。我确实没有被欺，这方面我所不知的他们尽知，在这方面，他们智过于我。可是，雅典人啊，好艺人竟和诗人犯同样的错误，因有一技之长，个个自以为一切都通，在其他绝大事业上并居上智。这种错见反而掩盖了他们固有的智慧。因此，关于神的谶语，我扪心自问：保持自我的操守，不似彼辈之智，亦不似彼辈之愚呢？或是效他们之亦智亦愚？最终我自答并答谶语：还是保持故我好。

九

由于这样的考察，雅典人啊，许多深仇劲敌指向我们，对我散布了许多诬蔑宣传，于是我知之；其实，诸君啊，唯有神真有智慧。神的谶语是说，人的智慧渺小，不算什么；并不是说苏格拉底最有智慧，不过借我的名字，提醒世人，仿佛是说："世人啊，你们之中，唯有如苏格拉底这样的人最有智慧，因他自知其智实在不算什么。"

甚至如今，我仍然遵循神的旨意，到处察访我所认为有智慧的，不论本邦人或异邦人；每见一人不智，便为神添个佐证，指出此人不智。为了这宗事业，我无暇顾及国事、家事；因为神服务，我竟至于一贫如洗。

阅读思考题

　　苏格拉底经常在雅典大街上向人们提出问题，因为苏格拉底认为自称智慧的人类不明白自己的无知："我是智过此人，我与他同是一无所知，可是他以不知为知，我以不知为不知。我想，就在细节上，我确实比他聪明；我不以所不知为知。"人是否应该既发扬理性精神又承认自己的无知无能？为什么？

笔记区

人是能够思想的芦苇（节选）

[法] 帕斯卡尔

帕斯卡尔（1623—1662），法国著名的科学家、思想家。他毕生潜心学术和宗教哲学的探讨；其成就是多方面的：几何学上的帕斯卡尔六边形定理、帕斯卡尔三角形，物理学上的帕斯卡尔定理等均是他的贡献。其主要著作有《思想录》、《几何学的精神》、《关于爱情》等。

思想形成人的伟大。

人只不过是一根芦苇，是自然界最脆弱的东西；但他是一根能思想的芦苇。用不着整个宇宙都拿起武器来才能毁灭；一口气、一滴水就足以致他死命了。然而，纵使宇宙毁灭了他，人却仍然要比致他于死命的东西高贵得多；因为他知道自己要死亡，以及宇宙对他所具有的优势，而宇宙对此却是一无所知。

因而，我们全部的尊严就在于思想。正是由于它而不是由于我们所无法填充的空间和时间我们才必须提高自己。因此，我们要努力好好地思想；这就是道德的原则。

能思想的芦苇——我应该追求自己的尊严，绝不是求之于空间，而是求之于自己的思想的规定。我占有多少土地都不会有用；由于空间，宇宙便囊括了我并吞没了我，有如一个质点；由于思想，我却囊括了宇宙。既不是天使，又不是禽兽；但不幸就在于想表现为天使的人却表现为禽兽。

思想——人的全部的尊严就在于思想。

因此，思想由于它的本性，就是一种可惊叹的、无与伦比的东西。它一定得具有出奇的缺点才能为人所蔑视；然而它又确实伟大所以再没有比这更加荒唐可笑的事了。思想由于它的本性何等地伟大啊！思想又由于它的缺点是何等地卑贱啊！

然而，这种思想又是什么呢？它是何等地愚蠢啊！

人的伟大之所以为伟大，就在于他认识自己可悲。一棵树并不认识自己可悲。因此，认识（自己）可悲乃是可悲的；然而认识我们之所以为可悲，却是伟大的。

这一切的可悲其本身就证明了人的伟大。它是一位伟大君主的可悲，是一个失了位的国王的可悲。

我们没有感觉就不会可悲；一栋破房子就不会可悲。只有人才会可悲。

人的伟大——我们对于人的灵魂具有一种如此伟大的观念，以致我们不能忍受它受人蔑视，或不受别的灵魂尊敬；而人的全部的幸福就在于这种尊敬。

人的伟大——人的伟大是那样地显而易见，甚至于从他的可悲里也可以得出这一点来。因为在动物是天性的东西，我们于人则称之为可悲；由此我们便可以认识到，人的天性现在既然有似于动物的天性，那么他就是从一种为他自己一度所固有的更美好的天性里面堕落下来的。

因为，若不是一个被废黜的国王，有谁会由于自己不是国王就觉得自己不幸呢？人们会觉得保罗·哀米利乌斯不再任执政官就不幸了吗？正相反，所有的人都觉得他已经担任过了执政官乃是幸福的，因为他的情况就是不得永远担任执政官。然而人们觉得柏修斯不再做国王却是如此之不幸，——因为他的情况就是永远要作国王，——以致人们对于他居然能活下去感到惊异。谁会由于自己只有一张嘴而觉得自己不幸呢？谁又会由于自己只有一只眼睛而不觉得自己不幸呢？我们也许从不曾听说过由于没有三只眼睛便感到难过的，可是若连一只眼睛都没有，那就怎么也无法慰藉了。

对立性。在已经证明了人的卑贱和伟大之后——现在就让人尊重自己的价值吧。让他热爱自己吧，因为在他身上有一种足以美好的天性；可是让他不要因此也爱自己身上的卑贱吧。让他鄙视自己吧，因为这种能力是空虚的；可是让他不要因此也鄙视这种天赋的能力。让他恨自己吧，让他爱自己吧：他的身上有着认识真理和可以幸福的能力；然而他却根本没有获得真理，无论是永恒的真理，还是满意的真理。

因此，我要引人竭力寻找真理并准备摆脱感情而追随真理（只要他能发现真理），既然他知道自己的知识是彻底地为感情所蒙蔽；我要让他恨自身中的欲念，——欲念本身就限定了他，——以便欲念不至于使他盲目做出自己的选择，并且在他做出选择之后不至于妨碍他。

> **阅读思考题**
>
> 作者说过："人的灵魂有两个入口：一是理智、一是意志。"所以他认为人应该"竭力寻找真理并准备摆脱感情而追随真理"，即作者认为理性的求索是第一位的，你认同他的观点吗？为什么？

读书与书籍

[德] 亚瑟·叔本华

亚瑟·叔本华（1788—1860），德国著名哲学家。他认为意志可以通过直观而被认识，意志独立于时间、空间，而且意志的支配最终只能导向虚无和痛苦。1814～1891年，他完成了他的代表作品——被认为是将东方和西方思想融合的世界首部哲学作品——《作为意志和表象的世界》。叔本华的哲学论著为近代西方的唯意志论哲学奠定了理论基础。

一

愚昧无知如伴随着富豪巨贾，更加贬低了其人的身价。穷人忙于操作，无暇读书无暇思想，无知是不足为怪的。富人则不然，我们常见其中的无知者，恣情纵欲，醉生梦死，类似禽兽。他们本可做极有价值的事情，可惜不能善用其财富和闲暇。

二

我们读书时，是别人在代替我们思想，我们只不过重复他的思想活动的过程而已，犹如儿童启蒙习字时，用笔按照教师以铅笔所写的笔画依样画葫芦一般。我们的思想活动在读书时被免除了一大部分。因此，我们暂不自行思索而拿书来读时，会觉得很轻松，然而在读书时，我们的头脑实际上成为别人思想的运动场了。所以，读书越多，或整天沉浸于读书的人，虽然可借以休养精神，但他的思维能力必将渐次丧失，此犹如时常骑马的人步行能力必定较差，道理相同。有许多学者就是这样，因读书太多而变得愚蠢。经常读书，有一点闲空就看书，这种做法比常做手工更会使精神麻痹，因为在做手工时还可以沉湎于自己的思想中。我们知道，一条弹簧如久受外物的压迫，会失去弹性，我们的精神也是一样，如常受别人的思想的压力，也会失去其弹性。又如，食物虽能滋养身体，但若吃得过多，则反而伤胃乃至全身；我们的"精神食粮"如太多，也是无益而有害的。读书越多，留存在脑中的东西越少，两者适成反比，读书多，他的脑海就像一块密密麻麻、重重叠叠、涂抹再涂抹的黑板一样。读书而不加以思考，决不会有心得，即使稍有印象，也浅薄而不生根，大抵在不久后又会淡忘丧失。以人的身体而论，我们所吃的东西只有五十分之一能被吸收，其余的东西，则因呼吸、蒸发等作用而消耗掉。精神方面的营养亦同。

况且被记录在纸上的思想，不过是像在沙上行走者的足迹而已，我们也许能看到他所走过的路径；如果我们想要知道他在路上看见些什么，则必须用我们自己的眼睛。

三

作家们各有其所专擅，例如雄辩、豪放、简洁、优雅、轻快、诙谐、精辟、纯朴、文采绚丽、表现大胆等等，然而，这些特点，并不是读他们的作品就可学得来的。如果我们自己天生就有着这些优点，也许可因读书而受到启发，发现自己的天赋。看别人的榜样而予以妥善的应用，然后我们才能也有类似的优点。这样的读书可教导我们如何发挥自己的天赋，也可借以培养写作能力，但必须以自己有这些禀赋为先决条件。否则，我们读书只能学得陈词滥调，别无利益，充其量只不过是个浅薄的模仿者而已。

四

如同地层依次保存着古代的生物一样，图书馆的书架上也保存着历代的各种古书。后者和前者一样，在当时也许曾洛阳纸贵，传诵一时，而现已犹如化石，了无生气，只有那些"文学的"考古学家在鉴赏而已。

五

据希罗多德（Herodotus 希腊史家）说，薛西斯（Xerxes 波斯国王）眼看着自己的百万雄师，想到百年之后竟没有一个人能幸免黄土一抔的厄运，感慨之余，不禁泫然欲泣。我们再联想起书局出版社那么厚的图书目录中，如果也预想到十年之后，这许多书籍将没有一本还为人所阅读时，岂不也要令人兴起泫然欲泣的感觉？

六

文学的情形和人生毫无不同，不论任何角落，都可看到无数卑贱的人，像苍蝇似的充斥各处，为害社会。在文学中，也有无数的坏书，像蓬勃滋生的野草，伤害五谷，使它们枯死。他们原是为贪图金钱，营求官职而写作，却使读者浪费时间、金钱和精神，使人们不能读好书，做高尚的事情。因此，它们不但无益，而且为害甚大。大抵来说，目前十分之九的书籍是专以骗钱为目的的。为了这种目的，作者、评论家和出版商，不惜同流合污，朋比为奸。

许多文人，非常可恶又狡猾，他们不愿他人企求高尚的趣味和真正的修养，而集中笔触很巧妙地引诱人来读时髦的新书，以期在交际场中有谈话的资料。如斯宾德连、布维（Bulwer）及尤金·舒等人都很能投机，而名噪一时。这种为赚取稿费的作品，无时无地都存在着，并且数量很多。这些书的读者真是可怜极了，他们以为读那些平庸作家的新作品是他们的义务，因此而不读古今中外的少数杰出作家的名著，仅仅知道他们的名姓而已——尤其那些每日出版的通俗刊物更是狡猾，能使人浪费宝贵的时光，以致无暇读真正有益于修养的作品。

因此，我们读书之前应谨记"绝不滥读"的原则，不滥读有办法可循，就是不论何时凡为大多数读者所欢迎的书，切勿贸然拿来读。例如正享盛名，或者在一年中发行了数版的书籍都是，不管它属于政治或宗教性还是小说或诗歌。你要知道，凡为愚者所写作的人是常会受大众欢迎的。不如把宝贵的时间专读伟人的已有定评的名著，只有这些书才是开卷有益的。

不读坏书，没有人会责难你，好书读得多，也不会引起非议。坏书有如毒药，足以伤害心神——因为一般人通常只读新出版的书，而无暇阅读前贤的睿智作品，所以连作者也仅停滞在流行思想的小范围中，我们的时代就这样在自己所设的泥泞中越陷越深了。

七

有许多书，专门介绍或评论古代的大思想家，一般人喜欢读这些书，却不读那些思想家的原著。这是因为他们只顾赶时髦，其余的一概不理会；又因为"物以类聚"的道理，他们觉得现今庸人的浅薄无聊的话，比大人物的思想更容易理解，是以古代名作难以入目。

我很幸运，在童年时就读到了施勒格尔的美妙警句，以后也常奉为圭臬。

你要常读古书，读古人的原著；

今人论述他们的话，没有多大意义。

平凡的人，好像都是一个模型铸成的，太类似了！他们在同时期所发生的思想几乎完全一样，他们的意见也是那么庸俗。他们宁愿让大思想家的名著摆在书架上，但那些平庸文人所写的毫无价值的书，只要是新出版的，便争先恐后地阅读。太愚蠢了！

平凡的作者所写的东西，像苍蝇似的每天产生出来，一般人只因为它们是油墨未干的新书，而爱读之，真是愚不可及的事情。这些东西，在数年之后必遭淘汰，其实，在产生的当天就应当被遗弃的才对，它只可作为后世的人谈笑的资料。

无论什么时代，都有两种不同的文艺，似乎各不相悖的并行着。一种是真实的，另一种只不过是貌似的东西。前者成为不朽的文艺，作者纯粹为文学而写作，他们的进行是严肃而静默的,然而非常缓慢。在欧洲一世纪中所产生的作品不过半打。另一类作者,文章是他们的衣食父母,但它们却能狂奔疾驰,受旁观者的欢呼鼓噪,每年送出无数的作品于市场上。但在数年之后,不免令人发生疑问:它们在哪里呢?它们以前那喧嚣的声誉在哪里呢?因此,我们可称后者为流动性的文艺,前者为持久性的文艺。

八

买书又有读书的时间,这是最好的现象,但是一般人往往是买而不读,读而不精。

要求读书的人记住他所读过的一切东西,犹似要求吃东西的人,把他所吃过的东西都保存着一样。在身体方面,人靠所吃的东西而生活;在精神方面,人靠所读的东西而生活,因此变成他现在的样子。但是身体只能吸收同性质的东西,同样的道理,任何读书人也仅能记住他所感兴趣的东西,也就是适合于他的思想体系,或他的目的物。任何人当然都有他的目的,然而很少人有类似思想体系的东西。没有思想体系的人,无论对什么事都不会有客观的兴趣,因此,这类人读书必定是徒然无功,毫无心得。

温习乃研究之母。任何重要的书都要立即再读一遍,一则因再读时更能了解其所述各种事情之间的联系,知道其末尾,才能彻底理解其开端;再则因为读第二次时,在各处都会有与读第一次时不同的情调和心境,因此,所得的印象也不同,此犹如在不同的照明中看一件东西一般。

作品是作者精神活动的精华,如果作者是一个非常伟大的人物,那么他的作品常比他的生活还有更丰富的内容,或者大体也能代替他的生活,或远超过它。平庸作家的著作,也可能是有益和有趣的,因为那也是他的精神活动的精华,是他一切思想和研究的成果。但他的生活际遇并不一定能使我们满意。因此,这类作家的作品,我们也不妨一读。何况,高级的精神文化,往往会使我们渐渐达到另一种境地,从此可不必再依赖他人以寻求乐趣,书中自有无穷之乐。

没有别的事情能比读古人的名著更能给我们精神上的快乐。我们一拿起一本这样的古书来,即使只读半小时,也会觉得无比的轻松、愉快、清净、超逸,仿佛汲饮清冽的泉水似的舒适。这原因,大概一则是由于古代语言之优美,再则是因为作者的伟大和眼光之深远,其作品虽历数千年,仍无损其价值。我知道目前要学习古代语言已日渐困难,这种学习,如果一旦停止,当然会有一种新文艺兴起,其内容是以前未曾有过的野蛮、浅薄和无价值。德语的情况更是如此。现在的德语还保留有古代的若干优点,但很不幸的却有许多无聊作家正在热心而有计划地予以滥用,使它渐渐成为贫乏、残废，或竟成为莫名其妙的语言。

文学界有两种历史：一种是政治的，一种是文学和艺术的。前者是意志的历史；后者是睿智的历史。前者的内容是可怕的，所写的无非是恐惧、患难；欺诈及可怖的杀戮等等；后者的内容都是清新可喜的，即使在描写人的迷误之处也是如此。这种历史的重要分支是哲学史。哲学实在是这种历史的基础低音，这种低音也传入其他的历史中。所以，哲学实在是最有势力的学问，然而它的发挥作用是很缓慢的。

九

我很希望有人来写一部悲剧性的历史，他要在其中叙述：世界上许多国家，无不以其大文豪及大艺术家为荣，但在他们生前，却遭到虐待；他要在其中描写，在一切时代和所有的国家中，真和善常对着邪和恶作无穷的斗争；他要描写，在任何艺术中，人类的大导师们几乎全都遭灾殉难；他要描写，除了少数人外，他们从未被赏识和关心，反而常受压迫，或流离颠沛，或贫寒饥苦，而富贵荣华则为庸碌卑鄙者所享受，他们的情形和创世纪中的以扫（Esau）相似。（旧约故事，以扫和雅各为孪生兄弟。以扫出外为父亲击毙野兽时，雅各穿上以扫的衣服，在家里接受父亲的祝福。）然而那些大导师们仍不屈不挠，继续奋斗，终能完成其事业，光耀史册，永垂不朽。

阅读思考题

人们经常以读书为自豪：因为"书籍是人类进步的阶梯"。其实读书的最终目的是成为拥有"独立的思想，自由的精神"的人。所以对读书我们也要保持清醒，读书能读出对的东西，也同样能读出错的东西，即人云亦云，完全跟着作者的意志走，而舍弃了自己独立的理性与思考。那么如何才能读书得"对"呢？请结合本文谈谈我们应该怎样读书。

笔记区

人们一思索，上帝就发笑

［捷］米兰·昆德拉

米兰·昆德拉（1929—），著名捷克小说家。1967年，其第一部长篇小说《玩笑》在捷克出版，就获得巨大成功。后来他多次被提名为诺贝尔文学奖的候选人，主要作品有《小说的艺术》、《不能承受的生命之轻》、《被背叛的遗嘱》等。一直用捷克语创作的米兰·昆德拉最近开始用法语写作，已用法语出版了《慢》（1995）、《身份》（1997）两部小说。

以色列将其最重要的奖项保留给世界文学，绝非偶然，而是传统使然。那些伟大的犹太先人，长期流亡国外，他们所着眼的欧洲也因而是超越国界的。对他们而言，"欧洲"的意义不在于疆域，而在于文化。尽管欧洲的凶蛮暴行曾叫犹太人伤心绝望，但是他们对欧洲文化的信念始终如一。所以我说，以色列这块小小的土地，这个失而复得的家园，才是欧洲真正的心脏。这是个奇异的心脏，长在母体之外。

今天我来领这个以耶路撒冷命名、以伟大的犹太精神为依归的奖项，心中充满了异样的激动。我是以"小说家"的身份来领奖的，不是"作家"。法国文豪福楼拜曾经说过，小说家的任务就是力求从作品后面消失，他不能当公众人物。然而，在我们这个大众传播极为发达的时代，往往相反，作品消失在小说家的形象背后了。固然，今天无人能够彻底避免曝光，福楼拜的警告仍不啻是适时的警告：如果一个小说家想成为公众人物，受害的终归是他的作品。这些小说，人们充其量只能当是他的行动、宣言、政见的附庸，小说家不是代言人。严格说来，他甚至不应为自己的信念说话。当托尔斯泰构思《安娜·卡列尼娜》的初稿时，他心目中的安娜是个极不可爱的女人，她的凄惨下场似乎是罪有应得。这当然跟我们看到的定稿大相径庭。这当中并非托氏的道德观念有所改变，而是他听到了道德以外的一种声音，我姑且称之为"小说的智慧"。所有真正的小说家都聆听这超自然的声音，因此，伟大的小说里蕴藏的智慧总比它的创作者多。认为自己比其作品更有洞察力的作家不如索性改行。

可是，这"小说的智慧"究竟从何而来？所谓"小说"又是怎么回事？我很喜欢一句犹太谚语："人们一思索，上帝就发笑。"这句谚语带给我灵感，我常想象拉伯雷有一天突然听到上帝的笑声，欧洲第一部伟大的小说就呱呱坠地了。小说艺术就是上帝笑声的回响。

为什么人们一思索，上帝就发笑呢？因为人们越思索，真理离他越远。人们越思索，人与人之间的思想距离就越远。因为人从来就跟他想象中的自己不一样。当人们从中世纪迈入现代社会的门槛，他终于看到自己的真面目：堂吉诃德左思右想，他的仆役桑丘也左思右想。他们不但未曾看透世界，连自身都无法看清。欧洲最早期的小说家却看到了人类的新处境，从而建立起一种新的艺术，那就是小说艺术。

十六世纪法国修士、医师兼小说家拉伯雷替法语创造了不少新词汇，一直沿用至今。可惜有一字被人们遗忘了。这就是源出希腊文的 Agelaste，意指那些不懂得笑、毫无幽默感的人。拉伯雷对这些人既厌恶又惧怕。他们的迫害，几乎使他放弃写作。小说家跟这群不懂得笑的家伙毫无妥协余地。因为他们从未听过上帝的笑声，自认掌握绝对真理、根正苗红，又认为人人都得"统一思想"。然而，"个人"之所以有别于"人人"，正因为他窥破了"绝对真理"和"千人一面"的神话。小说是个人发挥想象的乐园，那里没有人拥有真理，但人人有被了解的权利。在过去四百年间，西欧个性主义的诞生和发展，就是以小说艺术为先导的。

巴汝奇是欧洲第一位伟大小说的主人翁。他是拉伯雷《巨人传》的主角。在这部小说的第三卷里，巴汝奇最大的困扰是：到底要不要结婚？他四出云游，遍寻良医、预言家、教授、诗人、哲人，这些专家们又引用希波克拉底、亚里士多德、荷马、赫拉克利特和柏拉图的话。可惜尽管皓首穷经，到头来巴汝奇还是决定不了应否结婚。我们这些读者也下不了结论。当然到最后，我们已经从所有不同的角度，衡量过主人翁这个既滑稽又严肃的处境了。

拉伯雷这一番旁征博引，与笛卡儿式的论证虽然同样伟大，性质却不尽相同。小说的智慧跟哲学的智慧截然不同。小说的母亲不是穷理尽性，而是幽默。

欧洲历史最大的失败之一就是它对于小说艺术的精神，其所揭示的新知识，及其独立发展的传统，一无所知。小说艺术其实正代表了欧洲的艺术精神。这门受上帝笑声启发而诞生的艺术，并不负有宣传、推理的使命，恰恰相反，它像佩内洛碧那样，每晚都把神学家、哲学家精心编织的花毯拆骨扬线。

近年来，指责十八世纪已经成为一种时尚。我们常常听到这类老生常谈："俄国极权主义的恶果是西欧种植的，尤其是启蒙运动的无神论理性主义，及理性万能的信念。"我不够资格跟指责伏尔泰得为苏联集中营负责的人争辩。但是我完全有资格说："十八世纪不仅仅是属于卢梭、伏尔泰、霍尔巴哈的，它也属于甚至可能是全部费尔丁、斯特恩、歌德和勒卢的。"

十八世纪的小说之中，我最喜欢劳伦斯·斯特恩的作品《项狄传》。这是一部奇特的小说。斯特恩在小说的开端，描述主人翁开始在母体里骚动那一夜，走笔之际，斯特恩突来灵感，使他联想起另外一个故事。随后上百页篇幅里，小说的主角居然被遗忘了。这种写作技巧看起来好像是在耍花枪。作为一种艺术，技巧绝不仅仅在于耍花枪。无论有意还是无意，每一部小说都要回答这个问题：

"人的存在究竟是什么？其真意何在？"

斯特恩同时代的费尔丁认为答案在于行动和大结局。斯特恩的小说答案却完全不同：答案不在行动和大结局，而是行动的阻滞中断。

因此，也许可以说，小说跟哲学有过间接但重要的对话。十八世纪的理性主义不就奠基于莱布尼兹的名言："凡存在皆合理。"

当时的科学界基于这样的理念，积极去寻求每样事物存在的理由。他们认为，凡物都可计算和解释。人要生存得有价值，就得弃绝一切没有理性的行为。所有的传记都是这么写的：生活总是充满了起因和后果、成功与失败。人类焦虑地看着这连锁反应，急剧地奔向死亡的终点。

斯特恩的小说矫正了这种连锁反应的方程式。他并不从行为因果着眼，而是从行为的终点着手。在因果之间的桥梁断裂时，他悠哉游哉地云游寻找。看斯特恩的小说，人的存在及其真意何在要到离题万丈的枝节上去寻找。这些东西都是无法计算的，毫无道理可言，跟莱布尼兹大异其趣。

评价一个时代精神不能光从思想和理论概念着手，必须考虑到那个时代的艺术，特别是小说艺术。十九世纪蒸汽机车问世时，黑格尔坚信他已经掌握了世界历史的精神。但是福楼拜却在大谈人类的愚昧。我认为那是十九世纪思想界最伟大的创见。

当然，早在福楼拜之前，人们就知道愚昧。但是由于知识贫乏和教育不足，这里是有差别的。在福楼拜的小说里，愚昧是人类与生俱来的。可怜的爱玛，无论是热恋还是死亡，都跟愚昧结了不解之缘。爱玛死后，郝麦跟布尔尼贤的对话真是愚不可及，好像那场丧礼上的演说。最使人惊讶的是福楼拜他自己对愚昧的看法。他认为科技昌明、社会进步并没有消灭愚昧，愚昧反而跟随社会进步一起成长！

福楼拜着意收集一些流行用语，一般人常用来炫耀自己的醒目和跟得上潮流。他把这些流行用语编成一本辞典。我们可以从这本辞典里领悟到："现代化的愚蠢并不是无知，而是对各种思潮生吞活剥。"福楼拜的独到之见对未来世界的影响，比弗洛伊德的学说还要深远。我们可以想象，这个世界可以没有弗洛伊德的心理分析学说，但是不能没有抗拒各种泛滥思潮的能力。这些洪水般的思潮输入电脑，借助于大众传播媒介，恐怕会凝聚成一股粉碎独立思想和个人创见的势力。这股势力足以窒息欧洲文明。

在福楼拜塑造了包法利夫人80年之后，也就是我们这个世纪的30年代，另一位伟大的小说家，维也纳人布洛克写下了这么句至理名言："现代小说英勇地与媚俗的潮流（tide of kitsch）抗争，最终被淹没了。"Kitsch 这个字源于上世纪中之德国。它描述不择手段去讨好大多数的心态和做法，既然想要讨好，当然得确认大家喜欢听什么，然后把自己放到这个既定的模式思潮之中。Kitsch 就是把这种有既定模式的愚昧，用美丽的语言和感情把它乔装打扮，甚至连自己都会为这种平庸的思想和感情洒泪。

今天，时光又流逝了 50 年，布洛克的名言日见其辉。为了讨好大众，引人注目，大众传播的"美学"必然要跟"Kitsch"同流。在大众传媒无所不在的影响下，我们的美感和道德观慢慢也 Kitsch 起来了。现代主义在近代的含义是不墨守成规，反对既定思维模式，决不媚俗取宠。今日之现代主义（通俗的用法称为"新潮"）已经融会于大众传媒的洪流之中。所谓"新潮"就得竭力地赶时髦，比任何人更卖力地迎合既定的思维模式。现代主义套上了媚俗的外衣，这件外衣就叫 Kitsch。

那些不懂得笑，毫无幽默感的人，不但墨守成规，而且媚俗取宠。他们是艺术的大敌。正如我强调过的，这种艺术是上帝笑声的回响。在这个艺术领域里，没有人掌握绝对真理，人人都有被了解的权利。这个自由想象的王国是跟现代欧洲文明一起诞生的。当然，这是非常理想化的"欧洲"，或者说是我们梦想中的欧洲。我们常常背叛这个梦想，可也正是靠它把我们凝聚在一起。这股凝聚力已经超越欧洲地域的界限。我们都知道，这个宽宏的领域无论是小说的想象，还是欧洲的实体都是极其脆弱的，极易夭折的。那些既不会笑又毫无幽默感的家伙老是虎视眈眈盯着我们。

在这个饱受战火蹂躏的城市里，我一再重申小说艺术。我想，诸位大概已经明白我的苦心。我并不是故意回避谈论大家都认为重要的问题。我觉得今天欧洲文明内外交困。欧洲文明的珍贵遗产——独立思想、个人创见和神圣的隐私生活都受到威胁。对我来说，个人主义这个欧洲文明的精髓，只能珍藏在小说历史的宝盒里。我想把这篇答谢辞归功于小说的智慧。我不应再饶舌了。我似乎忘记了，上帝看见我在这儿煞有介事地思索演讲，他正在一边发笑。

阅读思考题

米兰·昆德拉认为生长于一个小国实在是一种优势，因为身处小国，要么做一个"可怜的、眼光狭窄的人"，要么成为一个广闻博识的"世界性的人"。米兰·昆德拉终于成为了世界性的人，这也归功于他拥有独立的思考与创见，我们应该怎样看待他提倡的"小说艺术的精神"？

大学生的精神升华

[德] 雅斯贝尔斯

雅斯贝尔斯（1883—1969），是德国存在主义哲学家、神学家、精神病学家。雅斯贝尔斯主要在探讨内在自我的现象学描述，自我分析及自我考察等问题。他推崇个人的自由与独立。其主要作品有《这个时代的人》、《现代的精神状况》、《尼采》、《存在哲学》、《哲学入门》与《什么是教育》。

大学也是一种学校。但是一种特殊的学校。学生在大学里不仅要学习知识，而且要从教师的教诲中学习研究事物的态度，培养影响其一生的科学思维方式。大学生要具有自我负责的观念，并带着批判精神从事学习，因而拥有学习的自由；而大学教师则是以传播科学真理为己任，因此他们有教学的自由。

大学的理想要靠每一位学生和教师来实践，至于大学组织的各种形式则是次要的。如果这种为实现大学理想的活动被消解，那么单凭组织形式是不能挽救大学的生命的，而大学的生命全在于教师传授给学生新颖的、符合自身境遇的思想来唤起他们的自我意识。大学生们总是潜心地寻觅这种理想并时刻准备接受它，但当他们从教师那里得不到任何有益的启示时，他们便感到理想的缥缈和希望的破灭而无所适从。如果事实果真如此，那他们就必须经历人生追求真理的痛苦磨难去寻求理想的亮光。

我认为，大学的理想始终存在着，只要西方国家的大学里还把自由作为其生命的首要原则。那么实现这种理想则依赖于我们每一个人，依赖于理解这一理想并将它广为传授的单个个人。

年青一代正因为年青气盛，所以从其天性来说，他们对真理的敏感速度往往比成熟以后更为灵敏。哲学教授的任务就是，向年青一代指出哪些是对思想史做出重大贡献的哲学家，不能让学生们把这些哲学家与普通的哲学家混为一谈。哲学教授应鼓励学生对所有可知事物科学的意义的把握，让他们认识到生活在大学的理想之中，并且意识到自己有责任去创新、去建设和实现这一理想，他不必讳言知识的极限，但是他要教授适当的内容。

精神贵族是从各阶层中产生的，其本质特征是品德高尚、个体精神的永不衰竭和才华横溢，因此精神贵族只能是少数人。大学的观念应指向这少数人，而芸芸众生则在对精神贵族的憧憬中看到了自身的价值。

但是，由于精神贵族只能在民主社会中得到承认，而不是出自自我的要求，因此大学必须为他们提供机会。大学就是要求在成绩和个性方面都十分突出的人才，这是不言而喻的，它们才构成了大学生命的条件。

人们普遍认为，大学的更新要与整个人类观念的改变联系起来把握，其结果仿佛会导致国家观念的觉醒。一个真正的民主国家懂得怎样运用权力，唯其如此，国家的意义才能深深扎根于民众的日常思维方式中。如同所有精神生活一样，国家不断校正自我的形象，在精神的斗争中显示出自由，精神通过共同的任务存在于与它相连的对立面中。这样的国家充满了尊重知识的气氛，因此，在大学的精神创造中不仅要寻求最透明的意识，而且还要寻找国民教育的根源。

大学生是未来的学者和研究者。即使他将来选择实用性的职业，从事实际的工作，但在他的一生中，将永远保持科学的思维方式。

原则上，学生有学习的自由，他再也不是一个高中生，而是成熟的、高等学府中的一分子。如果要培养出科学人才和独立的人格，就要让青年人勇于冒险，当然，也允许他们有懒惰、散漫，并因此而脱离学术职业的自由。

如果人们要为助教和学生订下一系列学校的规则，那就是精神生活、创造和研究的终结之日。在这种状况下成长起来的人，必然在思维方式上模棱两可，缺乏批判力，不会在每一种境况中寻找真理。

假如我们希望大学之门为每一个有能力的人敞开，就应该让全国公民，而不是某些阶层中的能干人拥有这项权利。这就是说不要因为一些需要特别技巧应付的考试而淘汰了真正具有创造精神的人。

通过一连串考试，一步步地抵达目的地，这种方式对不能独立思考的芸芸众生来说是十分有利的，而对有创造精神的人来说，考试则意味着自由学习的结束。大学应始终贯串这一思想观念：即大学生应是独立自主、把握自己命运的人，他们已经成熟，不需要教师的引导，因为他们能把自己的生活掌握在手中。他们有选择地去听课，聆听不同的看法、事实和建议，为的是自己将来去检验和决定。谁要想找一位领导者，就不该进入大学的世界，真正的大学生能主动地替自己订下学习目标，善于开动脑筋，并且知道工作意味着什么。大学生在交往中成长，但仍保持其个性，他们不是普通人，而是敢拿自己来冒险的个人。这种冒险既是现实的又必须带有想象力。同时，这也是一种精神上的升华，每一个人都可以感觉到自己被召唤成为最伟大的人。

最后一关是考试，而考试只是在证实已经发生的事情：学生运用他的自由对自我做出选择。如果经过严格条件挑选出来的大学生，在整个学习期间仍要走一条由学校规定、控制的安稳之路，然后达其终点，这就不成其为大学生了。高等学府的本质在于，对学生的选择是以每个人对自己负责的行为为前提，他所负的责任也包括了到头来一无所成、一无所能之冒险。在学校里让学生在精神上做这样的选择是最严肃的事情。

精神贵族与社会贵族迥然相异，每一个有天赋的人都应该寻求读书的机会。

精神贵族有自己的自由，不论是在达官贵人或工人群中，在富商人家或在贫民窟里，均可发现他们，但不论何处，精神贵族都是珍品。而进入大学学习的年轻人便是全国民众中的精神贵族。

精神贵族与精神附庸的区别在于：前者会昼夜不停地思考并为此形销体瘦，后者则要求工作与自由时间分开；前者敢冒险，静听内心细微的声音，并随着它的引导走自己的路，而后者则要别人引导，要别人为他订下学习计划；前者有勇气正视失败，而后者则要求在他努力之后就有成功的保证。

阅读思考题

作者认为大学生应该成为"精神贵族"，他说："精神贵族是从各阶层中产生的，其本质特征是品德高尚、个体精神的永不衰竭和才华横溢。"你认同他的观点吗？请结合作者的言论，思考当代大学生的精神应该怎样升华？

第六篇 感恩境界

"感恩"是个舶来词,牛津字典给"感恩"的定义是:"乐于把得到好处的感激呈现出来且回馈他人"。"感恩"的本意是对他人给予的恩惠表示感谢,但这种观念在悄悄地改变与拓展:感恩不仅仅是"衔环结草,以恩报德",更是生活态度和价值取向,是人生的一种境界。

本篇选入的文章就展示了感恩的四种境界:第一种境界是感谢应该感谢的,即对别人给予自己的帮助表示感激。如苏轼的《亡妻王氏墓志铭》细腻地记叙了其妻观察生活的精细和见识的卓然过人,充分表达了作者对妻子的感恩。归有光的《先妣事略》情真意切地表达了对其先母真挚的悼念与感恩之情。

感恩的第二种境界是感谢不必感谢的,这是真诚的感恩之心,而非简单的等价交换。如舒婷的《啊,母亲》就表达了这份感恩之情,祖国母亲是对所有的人民一视同仁地付出不求回报的,而舒婷对祖国热情洋溢的"爱"与礼赞就包含了感恩回报的内涵。还有《我们是怎样过母亲节的——一个家庭成员的自述》描写了一位因为各种各样的"特殊情况"反而比平日更忙碌与操劳的母亲,最后这位母亲却说这是她有生以来过得最最快活的一天,因为她感谢家人都想为她做些什么,虽然没有真正做到。这类"感恩"就是尊重他人的基础,是学会做人的支点。

感恩的第三种境界是感谢不应该感谢的,比如欣然接收天灾人祸。如威廉·C·博伊尔斯在《永不道别》中阐述的人生哲理:对于生离死别,可以用"永不道别"这种特殊的方式纪念逝去的亲人朋友,并怀抱感恩地继续好好活。帕尔·费比安·拉格尔克维斯特在《父亲与我》中生动地记叙了一次意外,在极度的恐惧中他体会到父亲茫然无知、更不能保护他的一面,这并没有影响作者对父亲的爱:"啊,这不是真正的世界,不是真正的生活,它们只是在无边的黑暗中冲撞、燃烧。"这份对失败与挫折的感恩,使我们在失败时看到差距,在不幸时获得温暖,并能激发我们继续挑战困难,继续在人生道路上前行。

感恩的第四种境界是用实际行动来回报整个社会与人类,当然我们受人恩惠一定要报答,但不仅仅是报答帮助过我们的人,而是扩展到整个人类。如老舍的《宗月大师》充分表达作者对"宗月大师"的感谢，而老舍在自己的一生中常常是以"宗月大师"的善良、助人作为自己效法的榜样，所以旁人这样评论："老舍先生就是宗月大师"。在《往事（一）·七》中冰心含蓄地表达了对母爱的感恩，而冰心本人把对母亲的感恩扩大为对所有儿童的热爱与付出，赢得了所有人的敬爱。郁达夫在《怀鲁迅》中提出要采取实际行动来表达对鲁迅的感恩与纪念，而郁达夫本人一直为抗日而战斗，最终为民族解放事业英勇献身，被追认为烈士。

上述这种感恩是何等崇高而伟大的境界！如果我们都能达到这样的感恩境界，那么我们面对生活的时候，就会越发充满热情且心怀坦荡胸襟宽广了。所以，感恩是人生基本准则之一，是人生质量的体现，是一切美好幸福的基础。

兼 爱（节选）

墨 子

墨子（约公元前468—前376），名翟（dí），相传原为宋国人，后长期住在鲁国，是春秋战国之际墨家学派的创始人，曾提出"兼爱"、"非攻"、"尚贤"等观点。墨学在当时影响很大，与儒家并称"显学"。《墨子》一书现在一般认为是墨子的弟子以及其再传弟子对墨子言行的辑录。

若使天下兼相爱，国与国不相攻，家与家不相乱，盗贼无有，君臣父子皆能孝慈，若此，则天下治。故圣人以治天下为事者，恶得不禁恶而劝爱？故天下兼相爱则治，交相恶则乱。

【译文】若使天下的人都彼此相爱，国与国不互相攻打，家与家不互相争夺，没有盗贼，君臣父子都能忠孝慈爱，这样天下就太平了。圣人既然以治理天下为己任，怎么能不禁止人们互相仇恨而不劝导彼此相爱呢？所以，天下人能彼此相爱才会太平，互相仇恨就会混乱。

天下之人皆不能相爱，强必执弱、富必侮贫、贵必敖贱、诈必欺愚。凡天下祸篡怨恨其所以起者以不相爱生也。

【译文】天下的人都不相爱，那么强大的一定会压迫弱小的，富有的一定会欺侮贫穷的，显贵的一定会轻视低贱的，诡诈的一定会欺骗愚笨的。天下一切祸乱、篡位、积怨、仇恨等之所以会发生，都是由于互不相爱引起的。

夫爱人者人必从而爱之，利人者人必从而利之，恶人者人必从而恶之，害人者人必从而害之。

【译文】爱别人的，别人也必然爱他，利于别人的，别人也必然利于他，憎恶别人的，别人也必然憎恶他，残害别人的，别人也必然残害他。

无言而不应，无德而不报，投我以桃，报之以李，即此言爱人者必见爱也，而恶人者必见恶也。

【译文】没有什么话不答应，没有什么恩德不报答，你把桃子投给我，我用李子回报你。这就是说，爱人的必定被人爱，而憎恶别人的必定被人憎恶。

爱人不外己，己在所爱之中。

【译文】爱别人并不是不爱自己,自己也在所爱之中。

爱人非为誉也,其类在逆旅。

【译文】爱人不是为个人沽名钓誉,就像旅店接待客人一样,是为了与人方便。

爱众众世与爱寡世相若,兼爱之有相若。爱尚世与爱后世,一若今之世人也。

【译文】爱世间多数人和爱世间少数人相同,兼爱就是这样。爱上世之人和爱后世之人,都像爱今世之人一样。

今小为非则知而非之,大为非攻国则不知非,从而誉之,谓之义。此可谓知义与不义之辩乎?

【译文】现在有人犯了小过错,人们知道了就非难他;对于犯了像攻打别国那样的大错误,却不知道非难他,还加以称颂,称之为义,这能说是懂得义和不义的区别吗?

阅读思考题

墨子提倡的"兼爱"是一种博爱,与儒家"亲亲有术,尊贤有等"的观点相反,墨子主张将"父慈、子孝、兄友、弟悌"等对待亲人的方式,扩展到所有陌生人身上,所以墨子也提倡"非攻"反对战争,"兼爱"的目的在袪除个人心理的偏私,"非攻"则在消弭国家间的战斗。换言之,这种兼爱也是一种感恩境界,是对所有人的爱与感谢。你认为"兼爱"的理念可以在现实世界中实行吗?

笔记区

亡妻王氏墓志铭

苏 轼

　　苏轼（1037—1101），北宋文学家、书画家，与父苏洵弟苏辙，合称"三苏"。其文汪洋恣肆，明白畅达，为"唐宋八大家"之一。其诗清新豪健，善用夸张比喻，在艺术表现方面独具风格。诗文有《东坡七集》等。词开豪放一派，对后代很有影响，其词代表作《念奴娇·赤壁怀古》、《水调歌头·丙辰中秋》等。其存世书迹有《答谢民师论文帖》、《祭黄几道文》、《前赤壁赋》、《黄州寒食诗帖》等。

　　治平二年五月丁亥[1]，赵郡[2]苏轼之妻王氏卒于京师。六月甲午[3]殡[4]于京成之西。其明年六月壬[5]，葬于眉[6]之东北彭山县安镇乡可龙里先君先夫人[7]墓之西北八步。轼铭其墓曰：

　　君讳[8]弗，眉之青神人，乡贡进士[9]方之女。生十有六年而归[10]于轼。有子迈。君之未嫁，事父母，既嫁，事吾先君、先夫人，皆以谨肃[11]闻。其始，未尝自言其知书也。见轼读书，则终日不去，亦不知其能通也。其后轼有所为于外，君未尝不问知其详。曰："子[12]去亲远[13]，不可以不慎。"日以先君之所以戒轼者相语也。轼与客言于外，君立屏间听之，退必反复[14]其言曰："某人也，言辄持两端[15]，惟子意之所向[16]，子何用与是人言？"有来求与轼亲厚甚者[17]，君曰："恐不能久。其与人锐，其去人必速[18]。"已而果然。将死之岁，其言多可听，类有识者[19]。其死也，盖年二十有七而已。始死，先君命轼曰："妇从汝于艰难，不可忘也。他日汝必葬诸[20]其姑[21]之侧。"

　　君得从先夫人于九原[22]，余不能。呜呼哀哉！余永无所依怙[23]。君虽没，其有与为妇何伤乎[24]？呜呼哀哉！

◎ 注　释

(1) 治平二年：公元一〇六五年。治平，宋英宗赵曙的年号（1064—1067）。五月丁亥：阴历五月二十八日。

(2) 赵郡：指苏轼家族所属的郡，在今河北赵县。

(3) 六月甲午：阴历六月六日。

(4) 殡：盛殓而未葬。

(5) 明年六月壬午：治平三年（1066）六月无壬午日，疑误。

(6) 眉：眉州，今四川眉县。

(7) 先君先夫人：对已死父母的尊称。

(8) 讳：旧有避讳的习俗，也指所避讳的名字。

(9) 乡贡进士：指从各州选送到中央参加进士考试的学子。

(10) 归：嫁于。这两句指：至和元年（1054），王弗十六岁，嫁给了十九岁的苏轼。

(11) 谨肃：谨慎恭敬。

(12) 子：您，对男子的尊称或通称。

(13) 去亲远：离开父亲很远。亲，父母。

(14) 反复：重复，再三。

(15) 持两端：采取模棱两可的骑墙态度。

(16) 惟子意之所向：一味迎合您的心意所在。

(17) 有来求与轼亲厚甚者：有来要求与苏轼建立亲密关系而又太过分的人。

(18) 其与人锐，其去人必速：那个人结交人很迫切，他以后不理睬人也一定很快速。

(19) 类有识者：像是预卜先知的人。

(20) 诸："之于"的合音。

(21) 姑：婆婆，指苏轼母亲程氏。

(22) 九原：指墓地。

(23) 依怙：依靠，引申为父母的代称。

(24) 君虽没，其有与为妇何伤乎：你虽死了，但能与我母亲葬在一起，仍然做媳妇，没什么可憾。

阅读思考题

本文作于治平三年（1066）。苏轼和他的妻子王弗有着十分亲密的感情，他的悼亡词《江城子》可以见证他们间的深厚感情："十年生死两茫茫，不思量，自难忘。千里孤坟，无处话凄凉。纵使相逢应不识，尘满面，鬓如霜。夜来幽梦忽还乡，小轩窗，正梳妆。相顾无言，唯有泪千行。料得年年肠断处，明月夜，短松岗。"这篇墓志铭细腻地记叙了这位深闺妇女观察生活的精细和见识的卓然过人，充分表达了作者对妻子的感情。我们应该怎样对待深爱我们的亲人呢？

先妣事略

归有光

归有光（1506—1571），明代著名散文家。归有光反对当时文坛上的"文必秦汉"的拟古风气，提倡学习唐宋人的古文，所以又称为"唐宋派"。他的文章摆脱了佶屈聱牙的拟古作风，主张直抒胸臆，所以他的散文作品特别亲切动人。其著有《三吴水利录》、《马政志》、《易图论》、《震川文集》、《震川尺牍》等。

先妣[1]周孺人[2]，弘治元年二月十一日生。年十六来归[3]。逾年，生女淑静。淑静者，大姊也。期而生有光。又期而生女、子[4]，殇一人[5]，期[6]而不育者[7]一人。又逾年生有尚，妊十二月。逾年生淑顺，一岁又生有功。

有功之生也，孺人比乳[8]他子加健。然数颦蹙[9]顾诸婢曰："吾为多子苦。"老妪[10]以杯水盛二螺进，曰："饮此后，妊不数矣[11]。"孺人举之尽，喑[12]不能言。

正德八年五月二十三日，孺人卒。诸儿见家人泣，则随之泣，然犹以为母寝[13]也。伤哉！于是家人延[14]画工画，出二子，命之曰："鼻以上画有光，鼻以下画大姊。"以二子肖[15]母也。

孺人讳桂。外曾祖讳明；外祖讳行，太学生；母何氏。世居吴家桥，去县城东南三十里，由千墩浦而南直桥[16]，并[17]小港以东，居人环聚，尽周氏也。外祖与其三兄皆以资雄[18]，敦尚简实，与人姁姁[19]说村中语，见子弟甥侄无不爱。

孺人之[20]吴家桥，则治木棉[21]。入城，则缉纑[22]，灯火荧荧[23]，每至夜分[24]。外祖不二日使人问遗[25]。孺人不忧米盐，乃劳苦若不谋夕，冬月炉火炭屑，使婢子为团，累累[26]暴[27]阶下。室靡[28]弃物，家无闲人。儿女大者攀衣，小者乳抱，手中纫缀不辍，户内洒然[29]。遇童仆有恩，虽至棰楚[30]，皆不忍有后言。吴家桥岁致鱼蟹饼饵，率人人得食。家中人闻吴家桥人至，皆喜。

有光七岁与从兄有嘉入学。每阴风细雨，从兄辄留[31]，有光意恋恋[32]，不得留也。孺人中夜觉寝，促有光暗诵《孝经》，即熟读无一字龃龉[33]，乃喜。

孺人卒，母何孺人亦卒。周氏家有羊狗之痾[34]。舅母卒；四姨归顾氏，又卒，死三十人而定；惟外祖与二舅存。

孺人死十一年，大姊归王三接，孺人所许聘者也。十二年，有光补学官弟子。

十六年而有妇，孺人所聘者也。期⁽³⁵⁾而抱女，抚爱之，益念孺人。中夜与其妇泣，追惟⁽³⁶⁾一二，仿佛如昨，馀则茫然矣。世乃有无母之人，天乎！痛哉！

注 释

(1) 先妣：先母。

(2) 孺人：明清时代七品官的母亲或妻子封孺人，后成为古人对母亲或妻子的尊称。

(3) 来归：嫁来。

(4) 生女、子：生一男一女双胞胎。

(5) 殇一人：生时死了一个。

(6) 期：满一年。

(7) 不育者：无法抚养。

(8) 乳：养育。

(9) 颦蹙：皱眉头。

(10) 老妪：老妇人。

(11) 妊不数矣：不会经常怀孕。

(12) 喑：哑。

(13) 寝：睡着。

(14) 延：聘请。

(15) 肖：像。

(16) 直桥：对着桥头。

(17) 并：依傍。

(18) 资雄：有钱。

(19) 妁妁：言语温和亲切。

(20) 之：到。

(21) 木棉：棉花。

(22) 缉纑：苎麻类的植物，可以织成布匹。

(23) 荧荧：闪动的样子。

(24) 夜分：半夜。

(25) 问遗：馈赠。

(26) 累累：繁多的样子。

(27) 暴：晒。

(28) 靡：无。

(29) 洒然：整洁的样子。

(30) 棰楚：一种用木杖鞭打的古代刑罚。

(31) 辄留：请假不去上学。

(32) 恋恋：依依不舍。

(33) 龃龉：牙齿上下不整齐，指不顺畅。

(34) 羊狗之痫：疾病，羊癫风。

(35) 期：一年。

(36) 追惟：追念。

阅读思考题

归有光的散文具有特殊的个性与风格，其抒情散文能做到"无意于感人，而欢愉惨恻之思，溢于言语之外"（王锡爵《归公墓志铭》）。本文是透过什么描写来表达对先母真挚悼念与感恩之情的？

笔记区

宗月大师

老 舍

舒庆春（1899—1966），中国现代小说家、文学家、戏剧家。"老舍"这一笔名，是在1926年发表长篇小说《老张的哲学》时开始使用的。老舍的一生，总是在忘我地工作，他是文艺界当之无愧的"劳动模范"，发表了众多影响后人的文学作品，获得"人民艺术家"的殊荣。其代表作有《骆驼祥子》、《离婚》、《茶馆》等。

在我小的时候，我因家贫而身体很弱。我九岁才入学。因家贫体弱，母亲有时候想叫我去上学，又怕我受人家的欺侮，更因交不上学费，所以一直到九岁我还不识一个字。说不定，我会一辈子也得不到读书的机会。因为母亲虽然知道读书的重要，可是每月间三四吊钱的学费，实在让她为难。母亲是最喜脸面的人。她迟疑不决，光阴又不等待着任何人，荒来荒去，我也许就长到十多岁了。一个十多岁的贫而不识字的孩子，很自然的去做个小买卖——弄个小筐，卖些花生、煮豌豆或樱桃什么的。要不然就是去学徒。母亲很爱我，但是假若我能去做学徒，或提篮沿街卖樱桃而每天赚几百钱，她或者就不会坚决的反对。穷困比爱心更有力量。

有一天刘大叔偶然的来了。我说"偶然的"，因为他不常来看我们。他是个极富的人，尽管他心中并无贫富之别，可是他的财富使他终日不得闲，几乎没有工夫来看穷朋友。一进门，他看见了我。"孩子几岁了？上学没有？"他问我的母亲。他的声音是那么洪亮（在酒后，他常以学喊俞振庭的《金钱豹》自傲），他的衣服是那么华丽，他的眼是那么亮，他的脸和手是那么白嫩肥胖，使我感到我大概是犯了什么罪。我们的小屋，破桌凳，土炕，几乎禁不住他的声音的震动。等我母亲回答完，刘大叔马上决定："明天早上我来，带他上学，学钱、书籍，大姐你都不必管！"我的心跳起多高，谁知道上学是怎么一回事呢！

第二天，我像一条不体面的小狗似的，随着这位阔人去入学。学校是一家改良私塾，在离我的家有半里多地的一座道士庙里。庙不甚大，而充满了各种气味：一进山门先有一股大烟味，紧跟着便是糖精味（有一家熬制糖球糖块的作坊），再往里，是厕所味，与别的臭味。学校是在大殿里。大殿两旁的小屋住着道士和道士的家眷。大殿里很黑、很冷。神像都用黄布挡着，供桌上摆着孔圣人的牌位。学生都面朝西坐着,一共有三十来人。西墙上有一块黑板——这是"改良"私塾。老师姓李,一位极死板而极有爱心的中年人。刘大叔和李老师"嚷"了一顿,而后教我拜圣人及老师。老师给了我一本《地球韵言》和一本《三字经》。我于是,就变成了学生。

自从做了学生以后,我时常到刘大叔的家中去。他的宅子有两个大院子,院中几十间房屋都是出廊的。院后,还有一座相当大的花园。宅子的左右前后全是他的房屋,若是把那些房子齐齐的排起来,可以占半条大街。此外,他还有几处铺店。每逢我去,他必招呼我吃饭,或给我一些我没有看见过的点心。他绝不以我为一个苦孩子而冷淡我,他是阔大爷,但是他不以富傲人。

在我由私塾转入公立学校去的时候,刘大叔又来帮忙。这时候,他的财产已大半出了手。他是阔大爷,他只懂得花钱,而不知道计算。人们吃他,他甘心叫他们吃;人们骗他,他付之一笑。他的财产有一部分是卖掉的,也有一部分人骗了去的,他不管;他的笑声照旧是洪亮的。

到我在中学毕业的时候,他已一贫如洗,什么财产也没有了,只剩了那个后花园。不过,在这个时候,假若他肯用用心思,去调整他的产业,他还能有办法叫自己丰衣足食,因为他的好多财产是被人家骗了去的。可是,他不肯去请律师。贫与富在他心中是完全一样的。假若在这时候,他要是不再随便花钱,他至少可以保住那座花园和城外的地产。可是,他好善。尽管他自己的儿女受着饥寒,尽管他自己受尽折磨,他还是去办贫儿学校、粥厂等慈善事业。他忘了自己。就是在这个时候,我和他过往的最密。他办贫儿学校,我去做义务教师。他施舍粮米,我去帮忙调查及散放。在我的心里,我很明白:放粮放钱不过只是延长贫民的受苦难的日期,而不足以阻拦住死亡。但是,看刘大叔那么热心,那么真诚,我就顾不得和他辩论,而只好也出点力了。即使我和他辩论,我也不会得胜,人情是往往能战败理智的。

在我出国以前,刘大叔的儿子死了。而后,他的花园也出了手。他入庙为僧,夫人与小姐入庵为尼,由他的性格来说,他似乎势必走入避世学禅的一途。但是由他的生活习惯上来说,大家总以为他不过能念念经,布施布施僧道而已,而绝对不会受戒出家。他居然出了家,在以前,他吃的是山珍海味,穿的是绫罗绸缎,他也嫖也赌。现在,他每日一餐入秋还穿着件夏布道袍。这样苦修,他的脸上还是红红的,笑声还是洪亮的。对佛学,他有多么深的认识,我不敢说。我却真知道他是个好和尚,他知道一点便去作一点,能作一点便作一点。他的学问也许不高,但是他所知道的都能见诸实行。

出家以后,他不久就做了一座大寺的方丈。可是没有多久就被驱除出来。他是要做真和尚,所以他不惜变卖庙产去救济苦人。庙里不要这种方丈。一般地说,方丈的责任是要扩充庙产,而不是救苦救难的。离开大寺,他到一座没有任何产业的庙里做方丈。他自己既没有钱,他还须天天为僧众们找到斋吃,同时,他还举办粥厂等等慈善事业。他穷,他忙,他每日只进一顿简单的素餐,可是他的笑声还是那么洪亮。他的庙里不应佛事,赶到有人来请,他便领着僧众给人家去唪真经,不要报酬。他整天不在庙里,但是他并没忘了修持;他持戒越来越严,对经义也深有所获。他白天在各处筹钱办事,晚间在小室里作工夫。谁见到这位破和尚也不曾想到他曾是个在金子里长起来的阔大爷。

去年,有一天他正给一位圆寂了的和尚念经,他忽然闭上了眼,就坐化了。火葬后,人们在他的身上发现许多舍利。没有他,我也许一辈子也不会入学读书。没有他,我也许永远想不起帮助别人有什么乐趣与意义。他是不是真的成了佛?我不知道,但是,我的确相信他的居心与言行是与佛相近似的。我在精神上物质上都受过他的好处,现在我的确愿意他真的成了佛,并且盼望他以佛心引领我向善,正像在三十五年前,他拉着我去入私塾那样!

他是宗月大师。

阅读思考题

老舍在自己的一生中常常是以"宗月大师"的善良、助人作为自己效法榜样的。他在青少年时期就曾经积极地参加过慈善活动,即使到了晚年也仍保持着助人为乐的品格,以至于老舍挚友萧伯青评价说:"老舍先生就是宗月大师"。即老舍是通过自己的实际行动来表达对"宗月大师"的感恩的。我们从"宗月大师"与老舍身上可以得到什么启发?

笔记区

往事（一）·七

冰 心

冰心（1900—1999），原名谢婉莹，现代著名诗人、作家、翻译家、儿童文学家，其笔名寓意"一片冰心在玉壶"。"母爱、童真、自然"是其作品的主旋律。她把孩子看做"最神圣的人"，同时也成为了小读者的知心朋友。其代表作品有《繁星》、《春水》、《寄小读者》等。

父亲的朋友送给我们两缸莲花，一缸是红的，一缸是白的，都摆在院子里。

八年之久，我没有在院子里看莲花了——但故乡的园院里，却有许多：不但有并蒂的，还有三蒂的，四蒂的，都是红莲。

九年前的一个月夜，祖父和我在园里乘凉。祖父笑着和我说："我们园里最初开三蒂莲的时候，正好我们大家庭中添了你们三个姊妹。大家都欢喜，说是应了花瑞。"

半夜里听见繁杂的雨声，早起是浓阴的天，我觉得有些烦闷。从窗内往外看时，那一朵白莲已经谢了，白瓣儿小船般散飘在水面。梗上只留个小小的莲蓬，和几根淡黄色的花须，那一朵红莲，昨夜还是菡萏的，今晨却开满了，亭亭地在绿叶中间立着。

仍是不适意！——徘徊了一会儿，窗外雷声作了，大雨接着就来，愈下愈大。那朵红莲，被那紧密的雨点，打得左右敧斜。在无遮蔽的天空之下，我不敢下阶去，也无法可想。

对屋里母亲唤着，我连忙走过去，坐在母亲旁边——回头忽然看见红莲旁边的大荷叶，慢慢地倾侧下去，正覆盖在红莲上面……我不宁的心绪散尽了！

雨势并不减退，红莲却不摇动了。雨点不住的打着，只能在勇敢慈怜的荷花上面，聚了些流动无力的水珠。

我心中深深的受了感动——

母亲呵！你是荷叶，我是红莲。心中的雨点来了，除了你，谁是我在无遮拦天空下的荫蔽？

1922 年 10 月

阅读思考题

冰心曾将她心目中的诗神的特点概括为:"满蕴着温柔,微带着忧愁,欲语又停留。"(冰心《诗的女神》)温柔、忧愁、含蓄,既是年轻的冰心眼里诗神的特点,也是冰心早期散文的特点。冰心在本文中含蓄地表达了对母爱的感恩,你是怎样感恩母亲的?

笔记区

怀鲁迅

郁达夫

郁达夫（1895—1945），现代著名作家。1930年发起并加入中国自由运动大同盟，参加中国左翼作家联盟。抗战爆发后，郁达夫积极从事抗日活动，后因汉奸告密而被杀害。郁达夫的创作风格独特，以小说和散文著称，代表作为《沉沦》、《采石矶》、《春风沉醉的晚上》、《薄奠》、《迟桂花》、《迷羊》、《她是一个弱女子》、《出奔》等。

真是晴天的霹雳，在南台的宴会席上，忽而听到了鲁迅的死！

发出了几通电报，荟萃了一夜行李，第二天我就匆匆跳上了开往上海的轮船。

二十二日上午十时船靠了岸，到家洗了一个澡，吞了两口饭，跑到胶州路万国殡仪馆去，遇见的只是真诚的脸，热烈的脸，悲愤的脸，和千千万万将要破裂似的青年男女的心肺与紧捏的拳头。

这不是寻常的丧葬，这也不是沉郁的悲哀，这正像是大地震要来，或黎时将到时充塞在天地之间的一瞬间的寂静。

生死，肉体，灵魂，眼泪，悲叹，这些问题与感觉，在此地似乎太渺小了，在鲁迅的死的彼岸，还照耀着一道更伟大，更猛烈的寂光。

没有伟大的人物出现的民族，是世界上最可怜的生物之群；有了伟大的人物，而不知拥护，爱戴，崇仰的国家，是没有希望的奴隶之邦。因鲁迅的一死，使人们自觉出了民族的尚可以有为，也因鲁迅之一死，使人家看出了中国还是奴隶性很浓厚的半绝望的国家。

鲁迅的灵柩，在夜阴里被埋入浅土中去了；西天角却出现了一片微红的新月。

阅读思考题

本文前半部分叙事，简洁凝练，淋漓尽致地展示了沉痛哀悼之情；后半部分的议论充满了过人的勇气和力量。最后的结尾也暗示了什么？作者认为我们应该采取什么样的行动来表达对鲁迅的感恩与纪念？

啊，母亲

舒　婷

舒婷（1952—），"朦胧诗"代表诗人之一，擅长抒写敏感的内心世界，诗风真切优雅，表达了特定年代青年人的复杂情感和思考，作品有诗集《双桅船》、《会唱歌的鸢尾花》等。

你苍白的指尖理着我的双鬓，
我禁不住像儿时一样
　　紧紧拉住你的衣襟。
啊，母亲，
为了留住你渐渐隐去的身影，
虽然晨曦已把梦剪成烟缕，
我还是久久不敢睁开眼睛。

我依旧珍藏着那鲜红的围巾，
生怕浣洗会使它
　　失去你特有的温馨
啊，母亲，
岁月的流水不也同样无情？
生怕记忆也一样褪色呵，
我怎敢轻易打开它的画屏？

为了一根刺我曾向你哭喊，
如今戴着荆冠，我不敢，
　　一声也不敢呻吟。
啊，母亲，
我常悲哀地仰望你的照片，
纵然呼唤能够穿透黄土，

第六篇 感恩境界

我怎敢惊动你的安眠？

我还不敢这样陈列爱的礼品，
虽然我写了许多支歌，
　　　给花、给海、给黎明。
啊，母亲，
我的甜柔深谧的怀念，
不是激流，不是瀑布，
是花木掩映中唱不出歌声的古井。

选自《朦胧诗选》
春风文艺出版社1986年版

阅读思考题

　　舒婷分外珍惜生活中的感情和友谊，"爱"是她情感和意识中供养的神明。而舒婷诗中的"爱"有它自己的特点，她说："当做一个正直的普通人都很不容易的时候，我不奢望当英雄。"所以舒婷歌唱的是普通人的自爱与爱人。你怎样理解本诗刻画的对母亲的爱与感恩？

笔记区

我们是怎样过母亲节的

——一个家庭成员的自述

[加] 斯蒂芬·巴特勒·里柯克

斯蒂芬·巴特勒·里柯克是著名的加拿大幽默作家，也是加拿大第一位享有世界声誉的作家；在美国，他被认为是继马克·吐温之后最受人欢迎的幽默作家。给他带来国际声誉的主要是他精炼犀利的幽默讽刺小品。他善于用笑的语言表达自己的感受与观点。其代表作品有《史比利金斯的爱情故事》、《我的金融生涯》、《新型食品》等。

在最近提出来的所有各式各样的意见中，我认为，一年过一次"母亲节"这个主意要算最高明了。难怪五月十一日在美国正在成为一个人人喜爱的日子，而且我还相信，这样的想法也一定会蔓延到英国去。

在我们这样一个大家庭里，这个想法特别受欢迎，所以我们决定为"母亲节"举行一次特别庆祝。我们觉得这是个好主意。它使我们大伙儿都体会到：母亲为我们成年累月地操劳，她吃足苦头和付出牺牲，全都是为了我们的缘故。

因此，我们决定把这一天过得痛痛快快的，成为全家的一个节日，我们要做一切我们力所能及的事情让母亲高兴。父亲决定向办公室请一天假，好在庆祝节日时帮帮忙，姐姐安娜和我从大学请假回家，妹妹玛丽和弟弟维尔也从中学请假回来了。

我们的计划是，把这一天过得像过圣诞节或别的盛大的节日一样隆重，我们决定用鲜花点缀房间，在壁炉上摆些格言，以及诸如此类的事情。我们请母亲安排格言和布置装饰品，因为在圣诞节她是经常干这些事情的。

两个姑娘考虑到，逢到这样一个大场面，我们应该穿戴得最最漂亮才合适，于是她们俩都买了新帽子。母亲把两顶帽子都修饰了一番，使它们显得挺好看。父亲给他自己和我们兄弟俩买了几条带活结的丝领带，作为纪念母亲这个节日的纪念品。我们也准备给母亲买顶新帽子，不过，她倒是似乎更喜欢她那顶灰色的旧无檐帽，不喜欢新的，而且两个女孩子都说，那顶旧帽子，她戴了非常合适。

早饭后，我们做了一个出乎母亲意料的安排，我们准备雇一辆汽车，把她载到乡下去美滋滋地兜游一番。母亲一向是难得有这样一种享受的，因为我们只雇得起一个女佣人，在家里母亲几乎就得整天忙个不停。不然，如今乡下正是风光明媚的时节，要是让她驱车游逛几十里，度过一个美好的早晨，这对她来说可真会是莫大的享受。

但是，就在当天早晨，我们把计划稍微修改了一下，因为父亲想起了一个主意，与其让母亲坐在汽车里逛来逛去，倒不如带她去钓鱼更妙。父亲说，出租汽车嘛，雇了一样得花钱，我们何不利用它又游玩又开到山上有溪流的地方去钓鱼哩。就像父亲说的，如果你只是驱车出游而没有一个目标，那么你就会有一种漫无目的之感；可是如果你们要去钓鱼，前面就有个明确的目标，能提高你的兴致。

我们大伙儿都感觉到，对母亲来说，有个明确的目标会更好些；再说，不管怎样，父亲昨天刚好又买了一根新钓竿，这就更自然而然地使他想起钓鱼来了。他还说，要是母亲愿意的话，她还可以使用那根钓竿；真的，他说过，钓竿实际上是给她买的，不过母亲说，她宁愿看着父亲钓鱼，她自己却不想钓。

这样，我们便为这次旅行做好了一切安排，我们让母亲切了些夹心面包片，为了怕我们肚子饿，还准备了一顿便餐，当然中午我们还要回到家里来吃一顿丰富的正餐，就像过圣诞节和新年那样。母亲把所有的东西都给我们收拾齐全，放到一只篮子里，准备上车。

唉，车子到了门口的时候，不料汽车里面看来并没有我们想象的那么宽敞，因为我们没有把父亲的鱼篓、钓竿以及便餐估计在内，显然，我们没法儿都坐进车里去。

父亲叫我们不必管他，他说他留在家里也很不错，而且他相信他能利用这段时间在花园里干点活儿；他说那里有一大堆他可以干的粗活和脏活，比如挖个垃圾坑什么的，这就免得雇人来干了，所以他愿意留在家里；他说我们也用不着顾虑他三年来一直没有过一个真正的假期这回事；他要我们马上出发，快快活活地过个节，不要为他操心。他说他能够整天埋头干活，而且，真的，他还说，本来，他想过个什么节就是想入非非。

不过，当然我们全都觉得，让父亲留在家里可绝对不行；特别是，我们都知道，他果真留下来的话，准会闯祸。安娜和玛丽姐妹俩倒也都乐意留下来，帮着女佣做中饭，只是，在这样一个美好的日子里，她们买了新帽子不戴一戴，未免太使人扫兴。不过，她们都表示，只要母亲说句话，她们就都乐意留在家里干活。维尔和我本来也愿意退出，但不幸的是，我们在准备饭菜上，却是一点忙也帮不上。

因此，到最后，决定还是母亲留下来，就在家里痛痛快快地休息一天，同时准备午饭。反正母亲不喜欢钓鱼，而且尽管天气明媚，阳光灿烂，但室外还是有点儿凉，父亲有些担心，要是母亲出门，她没准会着凉的。

他说，当母亲本来可以好好地休息的时候，如果他硬拉她到乡下去转悠，一下子得了重感冒，他是永远不会原谅自己的。他说，母亲既然已经为我们大伙儿操劳了一辈子，我们有责任想方设法让她尽可能安安静静地多休息会儿。他还说，他之所以想到出门去钓鱼，主要的是，这么一来就可以给母亲一点安静。他说年轻人很少能体会到，安静对于上了年纪的人有多么重大的意义。关于他自己，他总算还够硬朗，不过他很高兴能让母亲避免这一场折腾。

于是我们向母亲欢呼了三次之后就开车出发了。母亲站在阳台上，从那里瞅着我们，直到瞅不见为止。父亲每隔一会儿就转身向她挥手，后来他的手撞在车后座的边上，他才说，他认为母亲再看不见我们了。

嗯，我们把汽车开到美妙无比的山冈中行驶，度过了最愉快的一天。父亲钓到了各式各样的大鱼，他敢肯定，要是母亲来钓的话，她是无论如何也拽不上来的。维尔和我也都钓了，不过我们钓的鱼都不及父亲钓的那么多。至于那两个姑娘呢，在我们乘车一路去的时候，她们碰到不少熟人，在溪流旁边她们还遇到几个熟识的小伙子，便在一块儿聊起来。这一回，我们大伙儿都玩得痛快极了。

我们到家已经很晚，快到下午七点了，不过母亲猜到我们会回来得晚，于是她把开饭的时间推迟了，热腾腾的饭菜给我们准备着。可是首先她不得不给父亲拿来手巾和肥皂，还有干净的衣服，因为他钓鱼时总是弄得一身肮里肮脏的，这就叫母亲忙了好一阵子，接着，她又去帮女孩子们开饭。

终于，一切都齐备了，我们便在最最豪华的筵席上坐下来，有烤火鸡和圣诞节吃的各种各样的好东西。吃饭的时候，母亲不得不屡次三番地站起来，去帮着上菜、收盘，再坐下来吃；后来父亲注意到这种情况，便说，她完全不必这样忙来忙去，他要她歇会儿，于是他自己便站起身到碗橱里去拿水果。

这顿饭吃了好长的时间，真是有趣极了。吃完饭，我们大伙儿争着帮忙擦桌子、洗碗碟，可是母亲说她情愿亲自来做这些事，我们只好让她去做了，因为这一次我们也总得迁就她才行。

一切收拾完毕，已经很晚了。睡觉之前我们全都去吻过母亲；她说，这是她有生以来过得最最快活的一天。我觉得她眼里含着泪水。总之，我们大家都感觉到，我们所做的一切得到了最大的报偿。

阅读思考题

斯蒂芬·巴特勒·里柯克认为幽默的地位崇高:"以世界上最优秀、最伟大的幽默作品而言,幽默也许是我们人类文明的最高成就。"本文就诙谐生动地描写了一个与众不同的"母亲节",因为各种各样的"特殊情况",母亲反而比平日更忙碌与操劳。最后母亲却说这是她有生以来过得最最快活的一天,请说说理由。

笔记区

永不道别

[美] 威廉·C·博伊尔斯

威廉·C·博伊尔斯，美国作家。

我那年才十岁，却陡然陷入了极度痛苦之中，因为我即将远离熟悉的家乡。尽管我还年幼，但这短暂时光中的每时每刻都是在这个古老而庞大的家族中度过的，这里凝聚着四代人的欢乐与苦楚。

最后的一天终于来临了。我一个人偷偷地跑到我的避难所——那个带顶棚的游廊，独自悄悄地坐着，身子不断地抽动，伤心的泪水如泉水一般直往外流。突然间，我感到一只手在轻轻地抚摸着我的肩膀，抬头一看，原来是爷爷。"不好受吧，比利？"他问道，随后坐在我旁边的石级上。

"爷爷，"我擦着泪汪汪的眼睛问道，"这可让我怎么向您和我的小伙伴们道别呀？"他盯着远处的苹果树，静静地望了好一会儿才说道："再见这个字眼太令人伤感了，好像是永别一般，而且还过于冷漠。看起来似乎我们有许许多多道别的方式，但都离不开'悲伤'这两个字。"

我依然直直地盯着他的脸，他却慢慢地把我的小手放到他那双大手之中，轻声说道："跟我来，小家伙。"

我们手牵着手，来到前院，这是他最为珍爱的地方，那里长着一株巨大的红色玫瑰树。

"比利，你看到什么了？"

我看着这些开得正旺的玫瑰花，心里却不知说些什么，就冒失地回答："爷爷，我见到的是又轻柔又漂亮的花呀！真是美极了！"

他屈膝跪了下来，把我拉到他身边，说："的确美极了，但这不仅仅是玫瑰本身美，比利，更重要的是你心目中那块特殊领地才使得它们这样美。"

他与我的视线相遇了。"比利，这些玫瑰是我很久很久以前种下的，那时你妈甚至还不知在哪儿呢。我的大孩子出生那天，我栽下了这些玫瑰，这是我对上帝感恩的一种特殊方式。那孩子和你一样，也叫比利，过去我常常看着他摘那些花，献给他妈妈……"

爷爷已是老泪纵横了（在这以前，我没见他流过泪呢），声音也随之哽咽了。

"一天，可怕的战争终于爆发了，我儿子和其他许许多多人的孩子一道远离家乡去前线。我和他一道步行，到了火车站……十个月过去了，我收到了一份电报，原来比利已在意大利的一个小村庄牺牲了。我所能记起的一切就是他一生中与我最后说的话就是'再见'。"

爷爷缓缓地站起来："比利，今后永远不要说再见。千万不要被世上的悲哀和孤独缠绕。相反，我倒希望你能记住第一次问候朋友时的那种幸福愉快之情。把这个不同寻常的问号牢牢地记在心中，就如同太阳常在一起，暖烘烘的。当你和朋友们分离时，想远一些，特别是记住第一次问好。"

一年半过去了，爷爷重病缠身，生命垂危。几个星期后从医院回来，他又选择了靠窗那张床，以便能看到他所珍爱的玫瑰。

一天，家里人都被召集到一起，我又回到了这幢旧房子里。按常规，长孙也有与祖父告别的机会。

轮到我了，我注意到爷爷已是疲倦不堪，眼睛紧闭，呼吸缓慢而且沉重。

我轻松地握着他的手，正如当初他拉着我的手一样。

"您好，爷爷。"我轻轻地向他问候，他的眼睛缓缓地睁开了。

"你好，我的朋友。"他说道，脸上掠过一丝微笑，眼睛又闭上了。我赶紧离开了。

我静静地伫立在玫瑰旁边，这时，我叔叔走过来告诉我爷爷过世了。我不由得又想起爷爷的话和形成我们友谊的那种特殊感情。突然间，我真正领悟出他说永不道别和不必悲哀的真正涵义。

阅读思考题

美国作家威廉·C·博伊尔斯的《永不道别》揭示了温馨又深刻的人生哲理，"爷爷"的"永不道别"是一种特殊的纪念与感恩逝去的亲人朋友的方式。你认可这种感恩方式吗？

父 亲 与 我

[瑞典] 帕尔·费比安·拉格尔克维斯特

帕尔·费比安·拉格尔克维斯特（1891—1974），瑞典诗人、戏剧家、小说家，生于一个铁路工人家庭，在大学文学系学习时因经济困难辍学后专事写作，主要作品有诗集《苦闷》，短篇小说《刽子手》，长篇小说《侏儒》、《大盗巴拉巴》等，1951年获诺贝尔文学奖。自传体散文《父亲与我》是其散文名篇。

记得是一个星期天的下午，那时我快满十岁，父亲搀着我的手，一块儿去森林，去那里听鸟的歌声。我们挥手同母亲告别，她留在家里，因为要做晚饭，不能与我们同去。太阳暖暖地照着，我们精神抖擞地上了路。其实，我们并不把去森林、听鸟鸣看做一件了不起的大事。好像有多么稀奇或怎么的。父亲和我都是在大自然的怀抱中长大的，熟悉了它的一切，去不去森林，是并不打紧的。当然，我们也不是今天非去不可，只是趁礼拜天。父亲休息在家罢了。我们走在铁路线上，这里一般是不让走的，但父亲在铁路工作，便享受了这份权利。这样，我们也就可以直接去森林，无需绕圈子、走弯路了。

我们刚走入森林，四周便响起了鸟雀的啁啾和其他动物的鸣叫。燕雀、柳莺、山雀和歌鸫在灌木丛里欢唱，它们悦耳的歌声在我们的身边飘荡。地面上铺满了一层厚厚的银莲花，白桦树刚绽出淡黄的叶子，松树吐出了新鲜的嫩芽，四周弥漫着树木的气息。在太阳的照射下，泥土腾起缕缕蒸汽。这里处处充满了生机。野蜂正从它们的洞穴里钻出；昆虫在沼泽地里飞舞；一只鸟突然像子弹似的从灌木丛中穿出，去捕捉那些虫类，而后，又用同样速度拍翼而下。正当万物欢跃的时候，一列火车呼啸着向我们驶来，我们跨到路基旁，父亲把两指对着礼帽，朝车上的司机行礼，司机也舞动一只手向我们回敬。这一切都在瞬间完成。我们继续踏着枕木往前走。枕木上的沥青在烈日的曝晒下正在溶化。这里交杂着各种气味，有汽油的，有杏花的，有沥青的，也有石楠树的。我们迈着大步，尽量踩在枕木上，因为轨道上的石子太尖，会把鞋底磨坏的。路轨两旁竖着一根根的电线杆，人从旁边擦过时，它们会发出歌一般的声音。这真是一个迷人的日子！天空晶蓝透明，不挂一丝云彩。父亲说，这种天气是不多见的。过不久，我们来到铁轨右侧的燕麦地里。我们在这里认识的那个佃户,有一块火种地。燕麦长得又整齐又稠密,父亲带着行家的表情观察着它们,随后脸上露出满意的神态。那时,我对农家之事不怎么懂,因为我长时间住在城里。我们走过一座桥,桥下的小河很少有过这么多的水,河水在欢腾着流动。我们手拉着手,以免从枕木间掉下去。过桥不一会,便到了护路工的小屋。小屋掩映在浓密的翠绿之中,四周是苹果树和醋栗。我们走进去和里面的人打招呼,他们请我们喝牛奶。然后,我们去看他们养的猪、鸡和盛开着鲜花的果树。看完了,又继续赶路。我们想去那条大河,那里的风景比哪儿都好,而且很别致。河流蜿蜒着北去,流经父亲童年的家乡。我们通常得走好长的路才返回,今天也一样。走了很久,几乎到了下一个车站,我们才收住脚。父亲只想看看信号牌是否放在适当的位置,他真细心。我们在河边停了下来,河水在烈日下轻缓地拍击着两岸,发出悠扬的声音。沿岸苍苍的落叶林把影子投在波光涟涟的河面上。这里,所有的一切都明亮、新鲜。微风从前面的湖上吹来。我们走下坡,顺着河岸走了一阵,父亲指点着钓鱼的地方。小时候,他常常一整天地坐在石上,垂着鱼竿静候鲈鱼,但往往连鱼的影子都见不着。不过,这种生活是很悠闲快活的。但现在没时间钓鱼了。我们在河边闲逛着,大声笑闹着,把树皮抛入河里,水波立刻将它们带走,又向河里扔小石块,看谁扔得远。父亲和我们都快活极了。最后,我们感到有点累了,觉得已经尽兴,便开始往家里走。

  这时,暮色降临了,森林起了变化,几乎快变成一片黑色。我们加快脚步,母亲现在一定焦虑地等待我们回家吃饭。她总是提心吊胆,怕有什么事会发生。这自然是不会的。在这样好的日子里,一切都应该安然无事,一切都会叫人称心如意的。天空越来越暗,树的模样也变得奇怪,它们伫立着静听我们的脚步声,好像我们是奇异的陌生人。在一棵树上,有只萤火虫在闪动,它趴着,盯视黑暗中的我们。我紧紧抓着父亲的手,但他根本不看这奇怪的光亮,只是走着。天完全黑了,我们走上那座桥,桥下可怕的声响仿佛要把我们一口吞掉,黑色的缝隙在我们的脚下张大着嘴,我们小心地跨着每道枕木,使劲拉着手,怕从上面坠下去。我原以为父亲会背我走的,但他什么也不说。也许,他想让我和他一样,对眼前的一切置之不理。我们继续走着。黑暗中的父亲神态自若,步履匀稳,他沉默着,在想自己的事。我真不懂,在黑暗中,他怎会如此镇定。我害怕地环顾四周,心扑通扑通地狂跳着。四下一片黑暗,我使劲地憋着呼吸。那时,我的肚里早已填满了黑暗。我暗想:好险呵,一定要死了。我清楚地记得那时我确实是这样想的。铁轨陡然地斜着,好像陷入了黑暗无底的深渊。电线杆魔鬼似的伸向天空,发出沉闷的声音,仿佛有人在地底下嘀语,它上面的白色瓷帽惊恐地缩成一团,静听着这些可怕的声音。一切都叫人毛骨悚然,一切都像是奇迹,一切都变得如梦如幻,飘忽不定。我挨近父亲,轻声说:

"爸爸，为什么黑暗中，一切都这样可怕呀？"

"不，孩子，没什么可怕的。"他说着，拉住我的手。

"是的，爸爸，真可怕。"

"不，孩子，不要这样想，我们知道上帝就在世上。"

我突然感到我是多么孤独，仿佛是个弃儿。奇怪呀，怎么就我害怕，父亲一点也没什么，而且，我们想的不一样。真怪，他也不说帮助我，好叫我不再担惊受怕，他只字不提上帝会庇护我。在我心里，上帝也是可怕的。啊，多么可怕！在这茫茫黑暗中，到处有他的影子。他在树下，在不停絮语的电话线杆里——对，肯定是他——他无处不在，所以我们才总看不到的。

我们默默地走着，各自想着心事。我的心紧缩成一团，好像黑暗闯了进去，并开始抱住了它。

我们刚走到铁轨转弯处，一阵沉闷的轰隆声猛地从我们的背后扑来，我们从沉思中惊醒，父亲蓦地将我拉到路基上，拉入深渊，他牢牢地拉着我。这时，火车轰鸣着奔来，这是一辆乌黑的火车，所有的车厢都暗着，它飞也似的从我们身旁掠过。这是什么火车？现在照理是没有火车的！我们惊惧地望着它，只见它那燃烧着的煤在车头里腾扬着火焰，火星在夜色里四处飞蹿，司机脸色惨白，站着一动不动，犹如一尊雕像，被火光清晰地映照着。父亲认不出他是谁，也不认识他。那人两眼直愣愣地盯视前方，似乎要径直向黑暗开去，深深扎入这无边的黑暗里。

恐惧和不安使我呼吸急促，我站着，望着眼前神奇的情景火车被黑夜的巨喉吞掉了，父亲重新把我拉上铁轨，我们加快了回家的脚步。他说："奇怪，这是哪辆火车，那司机我怎么不认识？"说完，一路没再开口。

我的整个身子都在战栗，这话自然是对我说的，是为了我的缘故。我猜到这话的含义，料到了这欲来的恐惧，这陌生的一切和那些父亲茫然无知、更不能保护我的东西。世界和生活将如此在我的面前出现！它们与父亲那时安乐平安的世界截然不同。啊，这不是真正的世界，不是真正的生活，它们只是在无边的黑暗中冲撞、燃烧。

阅读思考题

作者平时感觉到的是父亲的爱带给他的安乐平安的世界，却在一次意外的恐惧中体会到父亲茫然无知、更不能保护他的一面，这是否会影响作者对父亲的爱？对待恐怖和苦难的事情我们是否也可以采取感恩的态度？

附录　人文经典拓展阅读书目[①]

《诗经选》. 余冠英选注. 人民文学出版社
《论语译注》. 杨伯峻译注. 中华书局
《孟子译注》. 杨伯峻译注. 中华书局
《老子译注》. 辛战军译注. 中华书局
《庄子译注》. 曹础基译注. 中华书局
《荀子选》. 荀况著. 张觉撰、方孝博选注. 人民文学出版社
《元散曲选注》. 王季思等选注. 北京出版社
《儒林外史》. 吴敬梓著. 人民文学出版社
《牡丹亭》. 汤显祖著. 人民文学出版社
《乐府诗选》. 余冠英选. 人民文学出版社
《唐宋词选释》. 俞平伯选释. 人民文学出版社
《古文观止》. 吴楚材、吴调侯选编. 中华书局
《楚辞选》. 马茂元选注. 人民文学出版社
《三国演义》. 罗贯中著. 人民文学出版社
《西游记》. 吴承恩著. 人民文学出版社
《红楼梦》. 曹雪芹、高鹗著. 人民文学出版社
《水浒传》. 施耐庵著. 人民文学出版社
《边城》. 沈从文著. 花城出版社
《子夜》. 茅盾著. 人民文学出版社
《家》. 巴金著. 人民文学出版社
《骆驼祥子》. 老舍著. 人民文学出版社
《加拿大的月亮》（短篇集）. 王蒙著. 人民文学出版社
《中国当代散文排行榜》（上下）. 王剑冰主编. 漓江出版社
《白鹿原》. 陈忠实著. 人民文学出版社
《平凡的世界》. 路遥著. 华夏出版社
《尘埃落定》. 阿来著. 人民文学出版社
《现代派诗选》. 蓝棣之编选. 人民文学出版社
《中国艺术精神》. 徐复观著. 广西师范大学出版社
《泰戈尔诗选》. [印]泰戈尔著. 人民文学出版社
《德伯家的苔丝》. [英]哈代著. 张谷若译. 人民文学出版社
《追忆似水年华》. [法]马塞尔. 普鲁斯特著. 李恒基、徐继曾译. 译林出版社
《不能承受的生命之轻》. [捷]米兰·昆德拉著. 许钧译. 上海译文出版社
《莫泊桑短篇小选》. [法]莫泊桑著. 人民文学出版社
《外国现代派作品选》（1—4卷）. 袁可嘉等选编. 上海文艺出版社
《高老头》. [法]巴尔扎克著. 王振孙译. 上海译文出版社
《母亲》. [苏]高尔基著. 夏衍译. 人民文学出版社

[①] 我们推荐的以下图书均为古今中外具有代表性的文、史、哲的著作，反映了不同时期的学术和人文成就，具有很强的经典性和人文性。愿同学们能够不断地从圣贤的智慧中吸取有益的营养，在持续的阅读中铸造健全的人格，在坚持不懈的自我修炼中拥有深厚的人文修养，为未来的全面发展打下坚实的基础。

《钢铁是怎样炼成的》.[苏]奥斯特洛夫斯基著.梅益译.人民文学出版社
《包法利夫人》.[法]福楼拜著.许渊冲译.译林出版社
《忏悔录》.[法]卢梭著.周士良译.商务印书馆
《约翰·克利斯朵夫》.[法]罗曼·罗兰著.傅雷译.人民文学出版社
《卡拉马佐夫兄弟》.[俄]陀思妥耶夫斯基著.耿济之译.人民文学出版社
《复活》.[俄]托尔斯泰著.汝龙译本、草婴译本.人民文学出版社
《安娜·卡列尼娜》.[俄]托尔斯泰著.人民文学出版社
《契诃夫小说选》.[俄]契诃夫著.人民文学出版社
《简·爱》.[英]夏洛蒂·勃朗特著.祝庆英译.上海译文出版社
《名利场》.[英]萨克雷著.杨必译.人民文学出版社
《欧也妮·葛朗台》.[法]巴尔扎克著.傅雷译.人民文学出版社
《死魂灵》.[俄]果戈里著.鲁迅译.人民文学出版社
《堂吉诃德》.[西班牙]塞万提斯著.杨绛译.人民文学出版社
《十日谈》.[意]薄伽丘著.人民文学出版社
《飘》.[美]玛格丽特·米切尔著.戴侃译.外国文学出版社
《莫泊桑短篇小选》.[法]莫泊桑.人民文学出版社
《鲁滨孙漂流记》.[英]笛福著.方原译.人民文学出版社
《猎人笔记》.[俄]屠格涅夫著.丰子恺译.人民文学出版社
《奥勃洛莫夫》.[俄]冈察洛夫著.齐蜀夫译.上海译文出版社
《莎士比亚戏剧集》.[英]莎士比亚著.朱生豪译.人民文学出版社
《汤姆叔叔的小屋》.[美]斯托著.人民文学出版社
《牛虻》.[英]伏尼契著.李良民译.中国青年出版社
《中国哲学简史》.冯友兰著.北京大学出版社
《美的历程》.李泽厚著.天津社会科学院出版社
《守望的距离》.周国平著.北岳文艺出版社
《乡土中国》.费孝通著.三联书店
《中国人》.林语堂著.学林出版社
《完全成长手册》.[美]爱德华·赖利.上海人民出版社
《新教伦理与资本主义精神》.[德]马克思·韦伯著.彭强、黄晓京译.陕西师范大学出版社
《西方美学史》.朱光潜著.人民文学出版社
《中国文化概论》.张岱年、方克立主编.北京师范大学出版社
《情爱论》.[保]瓦西列夫著.赵永穆等译.当代世界出版社
《人性的弱点》.[美]卡耐基著.光明日报出版社
《理想国》.[希腊]柏拉图著.郭斌和、张竹明译.商务印书馆
《人性论》.[英]休谟著.商务印书馆
《社会契约论》.[法]卢梭著.何兆武译.商务印书馆
《西方音乐史》.朱敬修著.河南大学出版社
《世界文明史》.[美]艾德华、麦克诺尔·伯因斯等著.商务印书馆
《中国科学思想史》.[英]李约瑟著.何兆武译.科学出版社与上海古籍出版社
《哲学史讲演录》(1—4卷).[德]黑格尔著.贺麟等译.商务印书馆
《存在与虚无》.[法]让保尔·萨特著.陈宣良译.三联书店
《精神分析引论》.[奥]弗洛伊德著.高觉敷译.商务印书馆
《科学史》.[英]丹皮尔著.李珩译.商务印书馆
《人生五大问题》.[法]莫罗阿著.傅雷译.三联书店
《人文社会科学是什么》丛书.葛剑雄、何怀宏等20余位学者合著.北京大学出版社
《未来之路》.[美]比尔·盖茨.北京大学出版社
《大学人文读本》.夏中义主著.广西师大出版社
《大学生与现代社会》.朱永新等编.高等教育出版社